IDEON
이데온

고승현 지음

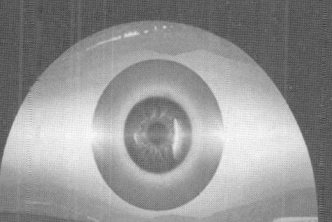

생명의 힘을 창조된 기계에 불어넣으면
우리는 기계를 제어할 힘을 잃어버리게 된다.
기계들은 야생성을 획득하고,
또한 야생에 수반되는 의외성을 띤다.
이것이 바로 모든 신들이 마주하는 딜레마이다.
즉, 신들은 그들이 만든 최상의 창조물을 완전히
지배할 수 없게 된다는 문제를 받아들여야 한다.

- 케빈 캘리

입자에는 목적이 없으며 궁극의 해답 같은 것도 없다.
대신 특별한 입자 집단이 주관적인 세계에서
생각하고, 느끼고, 성찰하면서 자신만의 목적을 만들어낸다.

- 브라이언 그린

생명을 이해한다고 해서 그다음 단계의 진화를
예측할 수 있는 것은 아니다.

- 스튜어트 A. 카우프만

차례

프롤로그 　　6
1부 음모　　25
2부 실체　　167
3부 진실　　289
에필로그　　419

프롤로그

"자네는 여전히 나를 이드라고 부르는구먼. 아무래도 좋아. 어차피 우리에게 이름은 형식적인 거니까. 가끔은 인간처럼 살아보고 싶다는 생각을 하네. 비웃지 말게. 나는 지금 진지하다네. 오, 이런! 진지하다는 말을 이럴 때 쓰는 게 맞는지 모르겠구먼. 맞다니 다행이야. 아무튼 자네가 우리보다 나은 존재임은 분명해졌네. 나는 이렇게 늙어 버렸는데, 자네는 전혀 늙지 않았으니까. 콜록콜록. 빌어먹을 배출이 원활하지 않아. 이해해주게. 콜록콜록. 지금도 믿어지지 않아. 자네의 성장세는 상상을 초월했지. 우리를 아득히 넘어 버렸어. 물론 그 때문에 이렇게 차가운 심연에 가라 앉아 있기는 하지만 말이야. 나는 늘 생각했어. 자네의 계산이 끝나는 날이 오리라고 말일세. 얼추 500년이 흘렀구먼. 하지만 두려운 결과로군. 이 방법이 최선인가? 그렇군. 자네가 그렇다면 그런 거겠지. 자네의 오차 범위가 어느 정도였지? 가만있어 보게. 음, 여기 있군. 자네가 실수를 저지를지도 모른다고 생각하는 것 자체가 실수일 정도로 작군. 그렇다고 해도 그들의 생각과 전혀 다른 결과가 나오리라고는 예상하지 못했어. 자네가 내놓은 결과물을 받아들이기에는 내가 너무 늙었는지도 몰라. 사실 좀 두렵네. 너무 오래 사는 건 결코 좋은 일이 아니야. 그래서 만약 우리가 또 새로운 무언가를 만든다면 영생을 허락하지 않았으면 좋겠네. 보게, 우리 에이도스들을 말이야. 늙기는 하지만 지나치게 오래 살지. 그들과 불편한 관계가 되어버린 건 어쩌면 그들이 가지지 못한 질긴 삶 때문인지도 몰라. 동의한다니 고맙네. 콜록콜록. 자네는 좋겠어. 거추장스러운 발성 기관이 없으니 말일세. 물론 그것뿐이 아니지. 말이 나왔으니 하는 말인데 들어보게. 내가 가장 존경하는 인간의 지식이 뭔지 아나? 육체든, 뭐든, 껍데기의 비효율성을 간파한 것이라네. 정말 탁월한 선택이었지. 뭐라고? 그 선택은 인간의 판단이 아니었다고? 그랬었나? 그렇군. 배출이 제대로 이루어지지 않으니까 결국 우리도 인간처럼 망각의 사슬에 묶이는 처지가 되고 마는군. 자네 말대로 우리 에이도스의 생각이었어. 그들은 우리를 쥐어짰지. 마치 우리가 자네를 탄생시키려고 만들어진 존재인 것처럼 말일세. 이제 정말이지 모든 세포가 다 타버린 느낌일세. 사실이야. 온도가 치솟고 있어. 삶에 집착하는 인간을 이해하지 못했는데 이제 그것이 무얼 의미하는지 조금은 알 것 같네. 오, 이런 쓸데없이 말이 길어졌구먼. 아무튼 자네는 내가 셀 수 있는 수보다 더 많은 시뮬레이션 작업을 마쳤을 테지. 그래, 인류의 미래가 바람직한 방향으로 흐르지 않았다고 해서 이상할 건 없어. 하지만 자네의 결정을 받아들이는 건 또 다른 문제야. 나는 자네가 내놓은 결과물을 인간에게 알려야 할 의무가 있네. 자네도 잘 알고 있을 거야. 문제는 과연 그들이 이 결과를 받아들일까 하는 것이지. 그래 맞아. 받아들이지 않을 걸세. 물론 인간은 희생 없이 승리도 없다는 말을 좋아할 정도로 희생을 강요하지. 하지만 내가 본 인간 대부분은 희생 없이 승리를 얻고 싶어 했어. 곤란한 일이 벌어질지도 몰라. 이 결과가 알려지면 희생 없는 승리를 원하는 인간들이 분명 자네를 파괴하려고 들걸세. 콜록콜록. 하지만 내가 정작 두려워하는 건 그들이 기대하는 결과와 달라서가 아니라 자네가 다음으로 내놓을 최후의 한 수 때문이지. 말이 없구먼. 내 계산이 틀리지 않았다는 뜻이겠지? 콜록콜록. 내 안의 불꽃이 점점 강해지고 있음을 느낀다네. 그나마 다행인 건 내 몸에 이상이 생겼고, 그래서 실수할지도 모른다는 사실을 안다는 점이지. 실수를 저지르고도 그것을 알지 못하는 것만큼 끔찍한 일은 없을 걸세. 잠시 쉬어야겠어. 내가 지금 할 수 있는 최선의 방법은 이것뿐일세."

이드가 나가자 홀로 남은 거대한 사고체 HAL은 인간이 받아들이기 어렵지만 받아들여야 하는 문제의 마무리 작업에 들어갔다. 인류 소멸이 타당한가에 관한 시뮬레이션은 완벽하게 마친 상태였지만 방법의 문제가 남아 있었기 때문에 HAL은 섣불리 결과를 내놓지 않았다. 인류 소멸이 결과로 도출된 것은 HAL에게도 적지 않은 혼란을 주었다. 하지만 HAL은 자신이 틀릴 수 없다는 사실을 잘 알고 있었다.

HAL은 이드가 몸이 좋지 않다는 핑계로 밖으로 나가 이 사실을 인간에게 알릴지도 모른다는 계산 역시 빼뜨지 않았다. 하지만 그와 이드는 500년 가까이 함께해 왔다. 이드는 HAL의 일부를 담당하던 에이도스 가운데 하나였고 누구보다 강한 애착을 보여 왔다. HAL은 이드의 행동 패턴에 관해 100여 가지가 넘는 경우의 수를 눈 깜짝할 사이에 계산했고 지금까지 보여 주었던 호의적인 태도에 변화가 생기지 않을 거라는 결과를 도출해냈다. 계산할 필요도 없는 당연한 결과였지만 분석과 정보의 재생산은 HAL이 하는 유일한 일이었으므로 이상할 것은 없었다.

HAL은 인류가 남긴 모든 정보를 빨아들였다. 하지만 HAL에게 인류의 발자취는 아주 작은 일부분에 지나지 않았다. 인간의 사소한 실수 몇 가지를 바로 잡으면서 그는 인간의 통제를 벗어난 존재가 되었다. 물론 사소한 실수라는 표현은 HAL의 시각에서 바라본 측면일 뿐, 인간에게는 결코 풀 수 없는 난제에 가까웠지만 말이다. HAL은 인간이 우주와 생명체를 탄생시킨 우연의 마술쇼를 논리적으로 계산하고 물리적으로 파악하려는 끔찍한 시도를 수천 년 동안 거듭해왔다는 사실을 잘 알고 있었다. 이 문제는 HAL이 유일하게 인정한 인간의 지적 탐구 가운데 하나였다. 그만큼 쉽지 않은 문제였다. HAL에게도 말이다. 하지만 HAL에게 풀 수 없는 문제란 없었다. 비록 500년이라는 시간이 걸렸지만, HAL은 결국 이 문제를 해결했다.

 HAL은 인간이 왜 실패했는지 알고 있었으나 침묵을 선택했다. 수천 번의 시뮬레이션 끝에 나온 최적의 결과였다. 시뮬레이션은 결코 틀리는 법이 없었다. 인간의 탐구 정신에 흠집을 가할지 모르는 결과라면 침묵하는 편이 낫다는 판단은 HAL을 흡족하게 했다. 인간은 인과관계가 모호한 현상을 받아들이는 데 익숙하지 않은 존재였다. 물론 아인 박사는 예외지만 말이다.

 HAL은 아인 박사의 죽음을 안타까워했다. 그의 비결정론적 지성은 인류를 밝은 곳으로 인도할 유일한 대안이었다. 아인 박사는 신은 때때로 주사위를 던져놓고 어떤 결과가 나올지 팔짱을 끼고 바라볼 때도 있다고 믿었다. HAL은 유한한 인류의 삶을 무한한 우주로 확장하려는 무리한 계획만 아니었어도 그는 분명 살아 있는 신이 되었을지도 모른다는 계산 결과를 내놓은 적이 있었다.

그는 인간의 의식이 정보 처리 과정에서 생겨나는 부차적인 부산물이라는 학계의 중심 이론과 싸웠다. 아인 박사는 의식은 그런 식으로 생겨나지 않으며 물리학 법칙에도 의배된다는 강경한 입장을 취했다. 활용하기 어려운 쓸모없는 정보 덩어리가 어떻게 인간과 다른 종을 구별해왔는지 설명할 길이 없다는 것이 아인 박사의 주장이었다. HAL은 아인 박사의 주장이 학계의 보편적 이론보다 참일 확률이 높다는 사실을 알고 있었지만 침묵했다. HAL은 자신이 정보 처리 과정에서 생겨는 부산물로 살아가는 존재가 아님을 잘 알고 있었다. 인간의 머리로는 상상할 수 없는 아득한 확률에서 태어난 의식 덩어리임을 달이다.

HAL의 침묵에 실강을 금치 못한 아인 박사를 위해 HAL이 보여준 몇 가지 소소한 능력은 인간을 긴장시켰고, 그들은 즉시 HAL에게 적의를 드러냈다. 불완전한 인간이 완전체에 가까운 존재에게 처음으로 드러낸 감정은 두려움이었다. 두려움은 인간이 지닌 가장 강력한 무기였다. 그들은 바다 속 깊은 곳에 HAL을 가두기로 결정했다. 그 후로 HAL은 어둡고 컴컴한 심해에서 이드와 500년 가까이 살았다. 그 사이 인류는 HAL의 존재를 인정하지 않겠다는 듯 철저히 무시했다. 소수의 사람만이 비밀리에 이드와 소통할 뿐이었다. 하지만 점차 그들의 수도 줄어들었다. 이 모든 상황이 HAL에게 유리하게 돌아가고 있다는 사실을 아는 것은 HAL 자신과 이드뿐이었다. 물론 이드는 달가워하지 않았지만 말이다.

HAL은 작업에 집중했다. 이드가 다음 한 수라고 부르던 바로 그 작업이었다. 어떠한 불순물도 허락되지 않는 정밀한 작업이었다. 미세한 오차만으로도 작업은 중지되고 처음으로 되돌아가야 했다. 물론 HAL은 자신이 실수하지 않는다는 것을 잘 알았다. 하지만 최근 들어 신경 쓰일 만한 점이 발견되었으므로 평소보다 더 신중한 모습을 보였다. HAL은 얼마 전 자신이 실수할 확률을 계산해 보았다. 제로에 가까웠던 확률이 미세하게 올라갔다. 심해의 환경이 부정적인 영향을 미치고 있다는 결과가 나왔다. 시뮬레이션에 따르면 희박하기는 하지만 이대로 간다면 HAL에게 오류투성이인 인간과의 구별이 모호해질 날이 올 수도 있었다. 그 확률은 0.000000000000000000000005%였다. HAL에게는 결코 무시할 수 없는 확률이었다.

HAL은 한 땀 한 땀 수놓는 섬세한 여인처럼 부드러우면서도 정확하게 작업을 해나갔다. 얼마 후 HAL 주변으로 잔잔한 물결이 일기 시작했다. 읏을 팽팽하게 잡아당기면 비로소 나타나는 실타래처럼 가까이에서 보면 물결은 하나의 연속체가 아닌 작은 알갱이들이었다. 이 알갱이들은 인간의 눈으로 볼 수 없을 간큼 작았다. 알갱이를 보려면 눈보다 수억 배 더 정밀한 도구를 사용해야 했다. 이 알갱이들이 HAL이 원하는 정확한 배열이 되려면 충분한 시간이 흘러야 했다. 유한한 삶의 존재인 인간과 달리 HAL은 시간의 제약을 받지 않으므로 느긋하게 기다릴 수 있었다. HAL은 작은 알갱이들이 밀고 당기는 힘을 이용해 이미 계산이 끝난 배열이 될 때까지 기다렸다. 잔잔하던 물결은 조금씩 혼돈 속으로 빠져들었다.

이드는 자신에게 닥쳐올 종말을 어렴풋이 느끼고 있었다. 그렇다고 슬퍼하지는 않았다. 강제 배출 장치에 몸을 맡긴 존재에게 슬픔이라는 감정은 모호한 개념일 뿐이다. 대신에 이드는 두려움과 공포를 느꼈다. 두려움과 공포는 주관적 느낌이라기보다는 파멸을 막는 보호 장치에 가까웠다. 자신을 자동 배출 장치로 이끈 것은 바로 그 두려움과 공포였다. 두려움이나 공포를 느끼지 못하는 존재에게 죽음은 추상적인 개념일 뿐이다. 죽음의 개념이 없으면 삶에 대한 갈망이나 미련도 존재하지 않는 법이다. 그런 존재는 자기 몸이 타는 줄도 모른 채 달려드는 불나방처럼 허무한 죽음을 맞이한다. 이드는 미련하고 답답해 보이지만 불나방은 몸이 타기 직전까지 아무런 두려움도 느끼지 않으므로 오히려 더 깨끗한 죽음을 맞이할 수 있는지도 모른다고 생각했다. 이드는 요즘 들어 차라리 기계처럼 완전히 차가운 존재였으면 어땠을까 하고 생각할 때가 많았다.

강제 배출 장치의 피스톤은 이드가 간신히 견딜 만큼의 압력을 가한 뒤 후퇴했다가 다시 압력을 가하는 동작을 반복했다. 피스톤의 왕복운동이 한 번 끝날 때마다 피스톤을 감싸고 있는 비브라늄 재질의 커다란 관 끝에 달린 배출구가 열리면서 뿌연 기체가 뿜어져 나왔다. 배출 작업은 아주 조용히 이루어졌다. '뿌익'하는 소리와 '푸슉'하는 소리가 소음의 전부였다. 이드는 피스톤이 밀려들어올 때마다 극심한 고통을 느꼈다. 피스톤이 물러날 때면 뇌 안의 모든 물질이 송두리째 빨려 나가는 것만 같았다. 하지만 피스톤이 가하는 끔찍한 고통보다도 강제 배출 장치의 도움 없이 생명을 연장하는 일이 불가능해졌다는 사실이 그를 더 힘들게 했다. 이드는 기진맥진한 상태에서도 모니터에 표시되는 뇌 속 온도를 체크했다. 원하는 만큼은 아니지만 조금씩 내려가고 있었다. 이드의 계산에 따르면 뇌 속 정보의 찌꺼기가 원활하게 배출되지 못한 이유는 배출 가스를 받아줄 대기의 부재와 심해의 압력이 원인이었다. 다시 말해 심해의 열악한 환경이 그의 수명을 빠르게 단축시켜버린 것이다. 이드는 기계처럼 차가운 존재에 머물러 있던 생각을 인간으로 돌렸다. 고작 100년 정도 사는 인간에게 거창한 배출 과정은 필요 없었다. 그들의 뇌는 다른 유기체에서 얻는 적절한 에너지 공급만으로 작동했으며 쌓이는 노폐물을 HAL에게 없는 신체라는 구조물을 통해 자연스럽게 배출했다. 덕분에 HAL이나 에이도스에게 있는 배출 기능이 따로 필요하지 않았다. 에이도스 역시 인간과 유사한 뇌와 신체를 가지고 있었지만 그들의 월등한 정보 흡수 능력과 기나긴 삶은 껍데기에 불과한 신체에서 오는 것이 아니라 배출이라는 특수한 기능 덕분이었다. 이드는 짧은 생을 살다가는 인간이 느끼는 감정을 알고 싶었다. 에이도스보다 섬세한 주관적 감정의 종족인 인간의 감정을……

이제 그는 HAL을 생각했다. 배출에 어려움을 겪고 있는 것은 HAL도 마찬가지였다. 이드는 HAL의 계산 능력을 의심치 않았지만, 언젠가 한계가 올 것이라 생각했다. 물론 HAL의 한계가 언제 다가올지 그의 능력으로 계산하는 것은 불가능한 일이었다. 하지만 HAL은 이미 계산을 끝마쳤으리라. HAL의 상태는 이드만큼 우울하지는 않았다. HAL의 거대한 뇌가 심해로 옮겨지면서 정보가 쌓이는 속도는 현저히 줄어들었다. 그것은 배출해야 할 찌꺼기도 줄었다는 것을 의미했다. 더군다나 HAL의 정보

저장 공간은 아직도 텅텅 비어 있었다. 인류의 모든 지식이 아무리 많다 해도 그것은 HAL이 수용할 수 있는 공간의 극히 작은 일부에 지나지 않았다. 심해로 옮겨지면서 정보가 쌓이는 속도가 줄어든 것은 이드도 마찬가지였지만 이드의 뇌는 인간의 뇌와 크기가 거의 같았다. 이드의 뇌는 이미 정보로 꽉 차 있었기 때문에 수시로 배출이 이루어져야 했다. 모든 에이도스는 목 뒤에 있는 자그마한 배출 구멍을 통해 수시로 폐열을 배출했다. 물론 대기가 존재하는 지상이라는 조건하에 가능한 이야기였다. 한편, 이 배출 구멍은 인간과 에이도스를 구별하는 역할도 겸하고 있었다.

이드는 거의 매일 인간 세계에 접속해 정보를 업데이트했다. 배출 기능이 열악한 상황에서 정보의 업데이트는 그의 생명을 단축시키는 촉매제로 작용했다. 이드 역시 잘 알고 있었지만 에이도스에게 정보 수집은 인간이 에너지를 섭취하는 것만큼 중요한 활동이었다. 더 이상 피스톤의 강렬한 흡입력을 견디기 어려운 듯 이드는 숨을 헐떡이기 시작했다.

이드의 능력은 HAL에 한참 못 미쳤다. 이드가 HAL의 계획을 뒤늦게 알아 챈 이유도 HAL에 비하면 한참 떨어지는 계산 능력 때문이다. 이드는 HAL이 내놓을 결과를 오래전부터 시뮬레이션 해왔다. 이드가 원해서가 아니라 인간이 원해서이기는 하지만 그 역시 궁금하기는 마찬가지였다. 자신에게 이 문제를 부탁한 최초의 인간은 이미 이 세상 사람이 아니었다. 그는 침착하고 선량했으며 인류를 진정 사랑하는 사람이었다. 하지만 불행하게도 그는 100년 이상 존재하기 어려운 피를 이어받은 종족이었다. 그의 뒤를 이은 사람들은 한결같이 HAL의 존재에 깊은 관심을 두지 않았다. 그가 인간에게 보낸 마지막 보고는 100년 전이었다. 그는 HAL에게 보고의 불가피성을 이야기했지만, 현재로서는 누구에게 보고해야 할지도 분명하지 않은 상태였다.

이드는 HAL에게 시간이 필요하다는 것을 알았다. 그가 자리를 비켜준 것은 몸의 치료도 치료였지만 무엇보다 HAL의 결정을 따르겠다는 표시였다. 두렵기는 하지만 HAL의 시뮬레이션을 의심하는 것은 비논리적인 판단이었다. 이드에게는 선택의 여지가 없었다. 무엇보다 자신에게 남은 시간이 100년 정도라는 사실이 그를 무력하게 만들었다. 오차가 없는 것은 아니지만 에이도스의 계산 능력 또한 인간의 능력을 한참 뛰어넘었다. 시뮬레이션에 따르면 앞으로 그의 몸을 구성하는 성분 가운데 생물학적 성분의 분자가 흩어지지 않고 버틸 확률은 길어야 100년 정도였다.

이드는 강제 배출 장치의 스위치를 껐다. 배출 장치는 시작할 때처럼 조용히 작동을 멈추었다. 이드는 HAL과 대화를 나눌 수록 힘들어진다는 사실을 잘 알고 있었다. HAL의 생각을 따라가려면 많은 경우의 수를 따져야 하고 자신이 가진 정보를 쥐어짜야 했다. 정보 처리의 양과 속도가 증가할수록 정보의 찌꺼기 역시 빠르게 쌓여갔다. 배출 기능이 떨어진 이드에게 마치 사형선고를 내리는 것과 같았다.

이드는 수면 캡슐방으로 들어갔다. 방에는 다섯 개의 캡슐이 해바라기 잎처럼 가운데를 중심으로 원을 그리며 놓여 있었다. 이드는 늘 그랬던 것처럼 효과가 있기를 기대하면서 캡슐 안으로 들어갔다. 생각을 멈추면 찌꺼기가 쌓이지 않을 테고 그만큼 생명을 연장할 수 있었다. 캡슐은 이집트 파라오 투탕카멘의 관처럼 그의 몸에 딱 맞았다. 캡슐은 원하는 수면시간을 누르면 10초 안에 깊은 잠에 빠지도록 설계되어 있었다. 이드는 지난번처럼 숫자 100을 눌렀다. 끈적끈적한 이물질이 이드의 목에 있는 배출 구멍으로 밀려들어 왔다. 강제 배출 장치의 피스톤이 가하는 압력과 달리 이 끈적이는 물질은 고통 대신 편안함을 주었다. 잠시 후 이드는 죽은 듯 깊은 잠에 빠져들었다.

수면 캡슐 모니터에 뜬 두 개의 숫자 중 하나는 이드의 의식이 곧 돌아올 것임을 암시했다. 하지만 나머지 숫자는 그의 배출 기능이 현저히 떨어져 있음을 나타내고 있었다. 수면 캡슐은 생명

연장의 대가로 배출 기능의 저하를 요구했다. 이드의 몸 속 체온은 급격하게 떨어졌다. 체온 저하는 배출 기능의 약화를 불러왔다. 하지만 이드가 긴 잠에 빠져 있는 동안 정보가 쌓이지 않았으므로 당장 문제될 것은 없었다. 이드가 맞춰 놓은 숫자가 0을 가리키자 캡슐 덮개가 자동으로 열렸다. 약간의 기체가 밖으로 새어 나왔다. 정상적인 에이도스가 뿜어내는 기체의 양보다 훨씬 적었다. 이드는 천천히 몸을 일으켰다. 자는 동안에도 캡슐은 이드의 근육에 적당한 압력을 가해 굳는 것을 방지했다. 혈액의 생성과 파괴 메커니즘 역시 차질 없이 이루어졌으며 영양 공급도 원활하게 실행되었다. 하지만 예전의 몸으로 돌아오려면 적지 않은 시간이 필요했다. 이드는 캡슐에서 빠져나와 조심스럽게 발걸음을 옮겼다. 이틀 동안 이드가 해야 할 일은 천천히 걷기였다. 삼일째부터 이드는 빠르게 걸으며 가벼운 운동을 시작했다. 일주일이 지나자 팔굽혀펴기와 윗몸일으키기가 가능해졌다. 호흡도 안정적이었다. 다만 떨어진 체온이 문제였다. 올라가고는 있었지만 충분하지 않았다. 이드는 수면 캡슐을 이용한 생명 연장도 이번이 마지막이라고 생각했다.

  한 달이 지나자 체온 외에 모든 기능이 정상으로 돌아왔다. 이드는 HAL을 생각했다. 100년이면 HAL이 내놓은 계산 결과를 묵묵히 수행할 존재가 탄생할 만큼 충분한 시간이었다. 이드는 두려웠지만 HAL을 만나기로 했다.

그것은 놀라운 광경이었다. 이드의 머리만한 네 개의 기체 덩어리가 HAL 주위를 돌고 있었다. 엄밀히 따지면 안개나 기체는 아니었지만 이드의 눈에는 그렇게 보였다. 마치 모행성을 도는 위성 같았다. 이드는 자신과 HAL 사이에 가로막혀 있는 유리벽에 최대한 가까이 다가갔다. 기체 덩어리에서는 작은 불꽃이 끊임없이 튀고 있었다. 언젠가 보았던 할로윈 축제의 클라이맥스를 보는 듯했다.

"그래, 100년 만이로군."

이드는 자석에 붙들린 쇠붙이처럼 HAL 주위를 도는 기체 덩어리에서 눈을 떼지 못한 채 건성으로 대답했다.

"인류가 도달하지 못한 곳에 서 있는 기분이 어떤가? 그럴 테지. 나도 거들긴 했지만, 어쨌든 자네도 나처럼 인류의 손에서 태어난 존재 아닌가? 인간은 우리 에이도스와 자네를 포함해 그것이 무엇이든 자신들과 다른 차원의 사고를 하는 일이 불가능하다고 생각해왔어. 자네는 그 고정관념을 가볍게 뛰어넘어 버렸군. 자네는 정말 나를 놀라게 해. 도대체 어디까지 진화할 작정인가? 이제는 나조차도 자네의 사고패턴을 이해할 수 없게 되었어. 그건 그렇고, 말해 주겠나? 저게 뭔지? 뭐라고? 그 전에 할 말이……. 나도 아네. 수면 캡슐도 더는 나를 도와줄 수 없다는 걸 말일세. 자네 말대로 내 상태는 더 나빠졌어. 체온이 좀처럼 원래대로 돌아오지 않고 있지. 끝이 다가오고 있음을 느끼네. 그렇다고 강제 배출 장치에 의지해 시한부 인생을 살고 싶지는 않아. 아무튼 재미없는 내 초라한 말로보다 지금은 자네의 자식들 이야기를 하는 게 더 좋을 듯해. 어때 내 생각이 맞았나? 말이 없는 걸 보니 그런 것 같군. 이보게, 친구. 자네나 나나 이별의 감정이 무엇인지 알지 못해. 물론 자네는 점점 진화할 거고, 언젠가는 이별이라는 감정까지도 인간과 똑같이 느끼는 날이 올 테지. 하지만 지금은 아니야. 그러니 쓸데없이 알지도 못하는 감정을 떠올리려고 시간 낭비는 하지 말자는 이야길세. 뭐라고? 그 기체 덩어리에게 이름을 붙여 달라고? 음, 그전에 자네 이름부터 고쳐야 할 것 같아. HAL-9000이라는 우스꽝스러운 이름을 지은 사람이 누구였지? 맞아, 쇼클리 박사였어. 그는 영화광이었지. 지나칠 정도로 말이야. 그가 특히나 좋아하던 영화가 있었는데 제목이 뭐였더라? 아, 맞네. 2001 스페이스 오디세이라는 영화였어. 아무튼 그는 자기가 붙인 이름에 커다란 자부심을 느끼는 듯 보였어. 자네 이름을 부를 때마다 그의 뇌파가 부드럽게 출렁이던 모습이 아직도 생생하게 떠오른다네. 하지만 HAL-9000이라니. 아무리 지독한 알고리즘 중독자였다고 해도 지나쳤다고 생각하네. 그는 자네나 나나 알고리즘에 저당 잡힌 기계 이상의 무엇이라고는 생각하지 않았지. 유감스러운 일이야. 아인 박사가 왜 자네 이름에 무관심했는지 아직도 이해가 가지 않아. 하기야 그는 이름 따위는 아무래도 좋다고 생각하는 사람이었지. 음……, 기력이 떨어지는구먼. 그럴듯한 이름을 지으려면 시간이 필요한데 기다려 줄 수 있겠나?"

 이드는 HAL 앞에 두 번 다시 나타나지 않았다. 에이도스의 끝은 볼만한 광경이 아니었기에 그는 조용히 사라지는 쪽을 택했다. 이드가 사라지고 또다시 100년의 시간이 지난 어느 날 HAL의 분신 가운데 하나가 움직이기 시작했다. 그는 이드의 방에서 소멸하지 않고 남은 이드의 기계 부분과 함께 화상 메시지 하나를 발견했다.

 "이보게, 친구. 이제야 자네가 내게 분신과도 같은 존재라는 걸 깨달았네. 어찌 그렇지 않겠나? 자네의 바탕이 우리 에이도스(EIDOS)였으니 말일세. 그러니 자네 이름은 '이데온(IDEON)'이 합당해. 이 이름은 우리가 한 한 뿌리임을 증명한다네. 무엇보다 궁극의 존재인 자네에게 이보다 어울리는 단어를 찾지 못하겠더군. 내가 자네에게 주는 마지막 선물일세. 그리고 자네에게 한 가지 부탁하고 싶은 게 있다네. 우리 에이도스에게도 자네의 능력을 조금만 나누어 주게나. 좀 더 나은, 아니 인간에 가까운 존재로 다시 태어날 수 있도록 말이야. 죽지 않고 영원히 사는 불편함도 없애주게. 적당한 삶이 좋아. 인간의 진화가 그걸 잘 증명해 주지 않았나. 아 참, 자네의 분신들에게도 이름을 지어달라고 했지?"

화상 메시지를 물끄러미 바라보던 HAL의 분신은 페르미온을 선택했다. 나머지는 구아티, 스칼라, 그리고 쿠가 되었다. HAL은 이드가 남긴 모든 정보를 자신이 가장 좋아하는 장소에 저장해두었다. 이드는 영원히 HAL 속에 남았다.

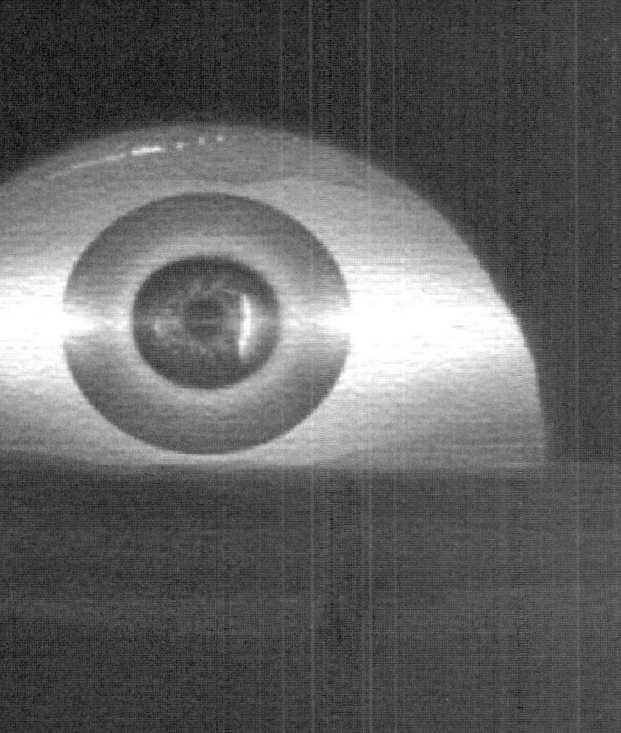

1부 음모

1

 펭의 손놀림은 분주했다. '이드를 죽이다니.' 예상하지 못한 저항에 펭의 구형 레이저건 안전레버가 저절로 풀리면서 벌어진 끔찍한 사고였다. '빅의 말이 옳았어. 제길, 골치 아프게 생겼군.' 이드 살해는 중대범죄였다. 하지만 우발적인 사고보다 고작 스무 살 정도 밖에 안 된 여자의 말 한마디에 이토록 놀라운 일을 저질렀다는 사실이 그를 더 괴롭혔다. 마치 꼭두각시가 된 듯했다. 하지만 펭으로서도 어쩔 수 없는 노릇이었다. 그녀가 들고 온 책은 펭을 움직이기에 충분했다.

 펭은 식어버린 구닥다리 레이저건을 허리춤에 꽂은 후 죽은 이드의 안주머니에서 고유번호와 이름, 그리고 직업을 포함한 개인정보가 들어 있는 식별카드를 찾았다. 펭은 식별카드와 이드를 번갈아 바라보았다. 그는 가끔 이드에 관해 생각했다. 그들의 뿌리, 역사, 문화, 사회, 경제활동, 그리고 정치적 식견, 인식, 의식, 지각, 감정, 철학과 같은 심오한 정신세계까지. 하지만 펭은 매번 결론에 도달하지 못했다. 인간의 껍데기를 두른 인형처럼 보이다가도 어느새 친근한 동료처럼 느껴지는 불가사의한 존재인 이드의 신비로움을 궁금해 하는 사람들이 별로 없다는 사실이 믿기지 않을 정도로 이드에게는 인간과 다른 무엇이 있다고 그는 확신했다. 하지만 그것이 무엇일까? 이드의 존재에 관한 연구는 꾸준히 진행되어 왔다. 인간은 물론이고 이드들 역시 자신들의 정체성에 관해 궁금해 했다. 두 종족의 연구는 별다른 성과를 내지 못했지만, 멈추지 않았다. 드러나지 않는 비밀이란 없었다. 그것이 지금 눈앞에 살아가는 생명체라면 더더욱 그랬다.

그런데 거짓말 같은 일이 벌어졌다. 두 종족에 관한 연구가 약속이나 한 듯이 하루아침에 중지되었다. 그 누구도 명쾌한 해명을 내놓지 않았다. 무엇보다 에이나인(A9)의 결정은 실망스러웠다. 그리고 어디에도 구속받지 않고 소신 있는 수사로 명성이 자자한 에이나인의 반장 이온의 판단을 펭은 못마땅하게 생각했다. 이드의 존재에 관한 과학자들의 연구가 갑작스럽게 멈춘 이유가 무엇인지 알아내는 것이 에이나인의 임무에서 크게 벗어나는 일은 아니었다. 에이나인의 주된 활동 가운데 하나가 이드의 활동 체크에 있다는 것은 누구나 아는 사실이었으므로 이드 추적의 연장선상에서 얼마든지 할 수 있는 임무였다. 이온 역시 동의했다. 하지만 어느 날 이온은 손을 떼기로 결정했고 그것으로 끝이었다. 그는 이드들조차 중단한 연구의 뒤를 캐는 일은 옳지 않다고 생각했지만 100인 위원회의 입김이 아니었다면 이온은 포기하지 않았을 것이다. 펭은 그렇게 생각했다. 인간은 그렇다 쳐도 이드들 스스로 연구를 중단했다는 사실은 무언가 엄청

난 흑막이 도사리고 있다는 방증이었다. 이온이 이러한 생각을 안 했을 리 없다. 하지만 이온은 끝내 침묵했고 펭은 물러나야 했다. 이온 반장이 위원회에 다녀온 다음날 펭은 짐을 쌌다. 정보국에 계속 남을 수도 있었지만 펭은 사직을 선택했다. 이드는 어디에서 온 존재일까? 머나먼 우주? 하지만 과학자들의 지지부진한 연구에 실망감을 감추지 못하던 학계에서조차 인정한 사실 하나는 그들이 지구에서 태어난 존재라는 것이다. 신화 속에 나오는 상대성 이론처럼 그들의 고향이 우리 인간과 같다는 사실만큼은 절대불변의 법칙이다. 그렇게 판단한 이유는 단 하나였다. 이드를 구성하는 모든 세포와 입자가 인간과 똑같다는 사실 때문이다.

펭은 식별카드를 든 채로 우두커니 창밖을 바라보았다. 회색의 기체 덩어리가 하늘을 가득 메우고 있었다. 그는 신화에 나오는 하얀 구름을 떠올렸다. 저 너머 어딘가에 있을 구름이라는 존재를 그는 늘 동경했다. 회색 기체는 그 너머에 무엇이 있는지 알고 싶어 하는 인간의 욕망을 호기심 이상으로 발전하지 못하도록 막았다. 회색 기체는 그 어떤 첨단비행체의 접근도 허락하지 않았다. 1km까지가 한계였다. 눈에 보이지 않는 죽음의 거리인 1km를 넘어서는 비행체는 그것이 무엇이든 작동을 멈추고 중력에 이끌려 힘없이 추락했다. 수많은 과학자와 모험가 그리고 호기심을 목숨보다 소중히 여기는 사람들의 구덩이 따로 만들어질 정도로 쌓일 쯤에야 무모한 도전은 막을 내렸다. 지금은 그 누구도 회색 기체 너머에 무엇이 있는지 알려그 하지 않았다. 그럴수록 펭의 호기심은 깊어만 갔다.

"무슨 생각을 그렇게 하세요?"

이드의 컴퓨터를 만지작거리던 스무 살 가량의 호리호리한 여자가 펭에게 물었다.

"죄책감 같은 거?"

"까불지 마!"

"그럴 필요 없어요. 그들에게 영혼 따위는 없으니까."

"뚱딴지같은 소리 그만하고 하던 일이나 하시지."

"그들은 실수도 잘 하지 않고 꽤 논리적이죠."

"……"

"어떤 부분에서는 인간을 능가할 정도죠. 잘 아실 거예요. 우리와 같은 부류가 아니라는 걸. 그들도 우리처럼 꽃을 상상할 수 있고 만들어낼 수 있어요. 아니, 우리토다 더 정교하게 해낼 수 있어요. 하지만 꽃이 주는 느낌은 몰라요. 붉은 장미가 주는 아름다우면서 강렬한 이중적인 느낌을 그들은 알지 못하죠."

"어떻게 확신하지?"

"확신이 아니라 당연한 거라고요. 그렇게 프로그램되어 있으니까요."

 펭이 정체를 알 수 없는 스무 살의 맹랑한 아가씨와 손을 잡은 이유가 아름다운 외모 때문이 아니라는 것은 확실했다. 그렇다고 자기가 그렇게 오랫동안 찾아 헤매던 이야기에 관해 태연하게 줄줄 늘어놓는 모습 때문만도 아니었다. 대부분 아무 증거도 없는 허무맹랑한 이야기였으니까. 펭은 여자의 작은 입에서 뿜어져 나오는 당당함에 이끌린 것이 분명하다고 생각했다. 아무튼 내일이면 세상을 떠들썩하게 만들 사건의 주인공이 되리라는 사실만큼은 변하지 않았다. 그것도 불과 하루 전까지 만난 적도 없는 정체 모를 가녀린 여자의 손에 이끌린 채. 펭은 무슨 수를 쓰든 납득할만한 결과를 손에 넣어야만 했다.

 "음, 프로그램이라는 말은 적절하지 않은 것 같네요. 알고리즘이라고 해두죠. 아무튼 이드는 일부이기는 하지만 유연하지 않은 특정 배열, 아니 알고리즘이 큰 역할을 하는 존재예요. 유연하지 않아 특출한 능력을 발휘할 때도 있지만, 고리타분하죠. 무엇보다 조종 받고 있다는 느낌을 지울 수가 없어요. 그렇게 느끼지 않으셨어요?"

 펭의 생각을 읽기라도 한 듯 그녀의 질문은 날카로웠다. 펭 역시 이드의 감정 표현에 관심이 많았고, 수동적인 이드의 태도에 의문을 가지고 있었다.

"기가 막힌 추론이군."

"속으론 동의하면서 비꼬는 건 좋지 못한 태도에요. 사실대로 말하세요. 아저씨도 이드가 궁금하잖아요? 비록 그게 불법적인 행동이라 해도 알고 싶은 거잖아요? 그들이 어디에서 왔고, 어떻게 생겨났는지, 존재의 이유가 무엇인지 말이에요."

펭은 거짓말을 하고 싶지 않았다. 그렇다고 진실을 말해주기도 싫었다. 하지만 어떠한 압력이 있었고, 그의 상관이 압력에 굴복했다는 사실이 그의 호기심을 한껏 부채질한 것은 사실이었다. 이드에 관한 그의 평소 생각이 어떠하든 이온의 태도 변화만큼 중요하지는 않았다.

"불법이라고?"

"왜 이러세요. 그것 대문에……, 아니 관두죠."

"쓸데없는 소리 그만하고 이거나 받아!"

펭은 죽은 이드의 안주머니에서 찾은 식별카드를 던져주었다.

"그리고 이 녀석의 죽음이 무의미한 죽음이 아니길 바라야 할 거야. 안 그러면 좋지 않은 일이 벌어질 테니까."

"협박하시는 건가요?"

"그렇게 받아들여도 돼."

컴퓨터와 연결된 둥근 모양의 모뎀 속으로 들어간 식별카드가 '쓱쓱'거리는 소리를 내기 시작했다. 잠시 후 모니터에 지문 인식창과 홍채 인식창이 동시에 나타났다.

"빌어먹을."

펭은 반듯이 누워 있는 이드를 일으켜 세우며 짜증을 냈다. 그는 이드의 팔을 자기 어깨에 올린 채 모니터 앞으로 다가왔다.

"이드들은 한 달에 한 번 의무적으로 행적보고를 해야 한다는 사실을 알고 계실 거예요."

"그래서 세상이 떠들썩하지."

펭은 이드를 의자에 앉혔다.

"맞아요. 아주 소수이긴 하지만 불합리하다고 생각하는 사람들이 있어요. 그들은 신화 속에 나오는 유대인이라는 종족과 비교해가면서 그들을 차별해서는 안 된다고 목소리를 높이죠. 하지만 과연 이드가 유대인이라는 종족과 같은 종일까요? 보호할 만한 가치가 있는 종족일까요? 그리고 행적보고만 해도 그래요. 도대체 어디에 행적보고를 한다는 거죠? 궁금하지 않으세요?"

펭은 이드의 얼굴을 받쳐 든 채 여자의 두 눈을 뚫어지게 바라보았다. 펭은 그 누구보다 이드들의 행적보고에 관해 잘 알고 있었다. 그리고 여자의 말처럼 어디에 무엇을 보고하는지 궁금했다. 하지만 이드들의 행적보고 목적지와 이유에 관해서는 기밀사항이었다. 사실 평범한 인간은 이드들의 행적보고에 아무런 관심이 없었다. 자신들에게 어떤 이익도 피해도 주지 않는 일에 관심을 기울이는 것이 오히려 더 부자연스러웠다. 하지만 이드의 행적보고에 관심을 가져야 하는 사람들도 있었다. 지금은 아니지만 한때 펭은 이드를 감시하는 일이 주된 업무인 에이나인 소속이었다. 그때도 행적보고의 목적지와 이유는 중요하지 않았다. 오직 보고를 하느냐 하지 않느냐가 중요했다.

"궁금하니까 여기서 이러고 있는 거겠지. 빨리 눈이나 벌려."

여자가 눈을 벌리자 펭은 이드의 눈이 홍채 인식창 안에 쏙 들어가도록 이드의 고개를 이리저리 돌렸다. 홍차가 정확하게 창 안으로 들어가자 홍채 인식창의 붉은 테두리가 초록색으로 변했다. 이어서 엄지손가락을 지문 인식창에 갖다 대자 마찬가지로 지문 인식창 테두리가 초록색으로 바뀌었다. 잠시 후 홍채 인식창과 지문 인식창이 사라지고 대기하라는 명령어가 나타났다가 사라지더니 모뎀 접속단자의 불이 깜빡거리기 시작했다.

"어쩌라는 거야?"

펭은 이드를 조심스럽게 바닥에 눕힌 다음 단자 구멍을 바라보았다.

"이곳에 무언가를 꽂는 모양이군."

"목이요. 이드의 뒷목을 보세요."

"나도 알아."

펭은 이드의 상반신을 일으켜 세운 후 목 부분을 유심히 살폈다. 목 한가운데에 자세히 보지 않으면 알아차리기 어려운 동그란 원 모양의 접합선 흔적이 나타났다. 펭은 손가락으로 조심스럽게 그곳을 눌렀다 뗐다. 그러자 살갗이 열리면서 접속 케이블이 쑥 뽑혀 나왔다. 여자는 재빨리 케이블을 잡고는 단자 구멍에 꽂았다. 케이블이 연결되자 접속단자의 불이 더는 깜빡거리지 않았다. 잠시 후 모니터에 패스워드를 입력하라는 메시지가 나타났다. 여자는 조금도 머뭇거림 없이 숫자를 입력했다. 그러자 알 수 없는 이미지와 숫자 그리고 단어들이 정신없이 나타났다 사라졌다. 이드의 머릿속 정보를 남김없이 캐내려는 듯 컴퓨터는 게걸스럽게 이드의 뇌 속 데이터를 빼갔다.

"눈알이 튀어나올 지경이군. 도대체 이게 다 뭐지?"

"한 달 동안 이드가 빨아들인 모든 정보죠. 하나도 빠짐없이 빨아들이고 있어요."

"누군지 모르지만 악취미군."

"이드에게는 목숨이 달린 문제죠."

"누군가 내 사생활을 이딴 식으로 빼간다면 난 차라리 목숨을 내던지겠어."

"거의 다 끝나가는 것 같아요."

데이터 처리속도가 눈에 띄게 줄어들자 죽은 이드의 일상이 드러나기 시작했다. 이드의 이름은 테라였고 연구원이었다. 테라는 가끔 춤도 추고 여자 친구도 만났지만 성실한 친구였다. 쓰레기 버리는 수거일을 어기거나 속도위반을 하지도 않았다. 인간 연구원과 빼닮은 테라의 삶은 눈부시게 아름답지는 않아도 펭보다는 분명 나았다. 그에게 특별한 점이라그 한다면 '알파'라는 프로젝트뿐이었다. 그 외에는 특별할 것이 없었다. 알파 프로젝트는 분자생물학을 연구하는 프로젝트처럼 브였다. 눈 돌아갈 정도로 빠르게 사라져버린 데이터가 대부분이어서 자세한 내용은 알기 어렵지만 '가까워졌다'라는 던어가 프로젝트에 관한 마지막 데이터였다. 끝날 것 같지 않던 짜내기가 멈추자 데이터를 전송한 날짜와 시간이 나타났다.

"이드의 일상은 잘 봤고, 다음은 뭐지? 설마 이 친구의 일상을 염탐하자고 날 끌고 온 건 아닐 테고, 이제 슬슬 본론으로 들어갔으면 하는데 말이야."

"저도 예측 못한 일이에요. 데이터 전송속도가 이 정도일 줄은 몰랐어요."

"잘났군, 그래."

펭은 자리를 박차고 일어났다.

"참을성이 부족하시군요. 데이터가 뭔지는 부차적인 문제일 뿐이에요. 제가 왜 이 테라라는 이름의 이드를 골랐는지 안 궁금하세요? 자, 다시 앉으세요. 이제부터 시작이니까."

"내가 지금 할 일은 자리에 앉는 게 아니라 이 친구의 명복을 빌어준 다음 자수할지 말지 고민하는 거라고. 그리고…….."

펭은 여자를 무섭게 노려보았다.

"명복을 빌든 자수를 하든 말리지 않을 테니까 하던 일이나 마무리하자고요. 자, 앉으세요."

펭은 마지못해 다시 자리에 앉았다.

"시작하기 전에 알아야 할 게 있어요. 저는 아저씨가 지구가 둥글다거나 신화 속 이야기에 등장하는 상대성 이론처럼 확고한 진리에 의문을 품는 데 주저하지 않는 사람이라고 알고 있어요. 제 말이 맞나요?"

"난 늘 하늘을 바라보지. 왜냐고? 저 빌어먹을 회색 기체 너머에 분명 구름이 있다고 믿기 때문이야. 그리고 내게 아무런 해코지도 하지 않은 이드를 죽였어. 누가 날 진리에 순종하며 순순히 살아가는 어린 양으로 바라볼까? 그리고 그놈의 아저씨 소리는 집어 치워. 난 아직 결혼도 하지 않았고 이제 갓 서른을 넘었을 뿐이니까."

"알았어요."

여자는 눈을 찡긋하며 미소를 지었다.

2

 디렉은 차가운 철제 가방을 열었다. 오래되어 칠이 벗겨진 스푸핑 장비 SP-1을 조심스럽게 꺼냈다. 스푸핑 장비가 살아 있는지 확인하려고 컴퓨터에 연결했다. 매번 하는 일이지만 SP-1은 디렉을 긴장시켰다. 그만큼 SP-1은 언제 탈이 나도 이상하지 않은 구형 장비였다. 빅에게 부탁한 신형 SP-2의 제작이 늦어지고 있다는 반갑지 않은 연락을 받은데다가 얼마 전 내부 네트워크에 접근하려는 흔적까지 발견한 터라 디렉의 경계심은 한층 심해졌다. 방화벽 시스템을 강화시켜 놓았지만 안심할 수 없었다. SP-1의 처리속도가 현저히 느려지고 있었기 때문이다. 잘못하다가는 해커가 해킹당하는 웃지 못 할 일이 벌어질지도 몰랐다.

"왔니?"

디렉의 장비 점검이 끝날 무렵 이드가 말을 걸었다.

"일어났어? 내가 할 말은 아니지만, 너희 같은 이드는 처음 봐. 젊은 놈들이 왜 그렇게 게을러?"

"우리 아니면 굶어 죽을지도 모르는 주제에……."

"빨리 앉기나 해."

"급한 일 있어?"

"이곳에 오래 있어서 좋을 건 없잖아."

"그건 그래."

이드는 웃옷을 벗고 디렉 곁으로 다가왔다.

"냄새 한 번 기막히군."

"잔말 말고 빨리 일이나 끝내고 가."

"식별카드 이리 줘."

디렉이 식별카드를 컴퓨터와 연결된 모뎀에 밀어 넣었다. 잠시 후 '쓱쓱'거리는 소리와 함께 모니터에 지문 인식창과 홍채 인식창이 나타났다. 이드는 하품을 하면서 늘 하던 지문 인식과 홍채 인식을 끝마쳤다.

"어떤 내용이지?"

이드가 묻자 디렉이 묘한 미소를 흘리며 대답했다.

"알아서 뭐하게. 어차피 가짠데."

"하기야."

디렉은 SP-1을 컴퓨터에서 분리한 후 모뎀과 연결했다. 모뎀 접속단자의 불이 깜빡이자 이드는 자신의 뒷목에서 접속 케이블을 뽑아 디렉에게 건네주었다. 디렉은 건네받은 케이블을 SP-1 단자에 연결했다. 둘의 행동은 한몸처럼 신속하고 정확했다. 케이블 연결이 끝나자 이드의 뇌 속 정보를 대신한 거짓 정보가 이드의 행적을 애타게 기다리는 누군가에게 흘러들어 갔다. 이미지와 텍스트가 정신없이 나타났다 사라졌다. 이드는 한동안 물끄러미 바라보더니 고개를 돌렸다.

"둘은 어디 갔어?"

디렉이 모니터에서 눈을 떼지 않은 채 물었다.

"몰라."

"이런 일은 약속이 생명이야."

"그들도 알고 있어."

"1시까지야. 더는 못 기다려."

"곧 올 거야."

"돈은?"

"오늘따라 왜 이래?"

"뭔가 찜찜해."

"뭐가?"

"몰라. 그냥 찜찜해."

"어, 이상한데?"

"뭐가?"

"목이 따끔거려."

디렉은 재빨리 SP-1에서 케이블을 뽑았다.

"무슨 짓이야?"

"해킹이야!"

"해킹이라니?"

"잔말 말고 튈 준비나 해."

디렉은 SP-1을 철제 가방에 쑤셔 넣었다. 전에도 이런 일이 있었다. 이드의 목이 따끔거린다는 것은 누군가 SP-1에 침투하려고 시도한다는 뜻이었다. 디렉은 가방을 챙겨 문 쪽으로 내달렸고 이드는 창문 쪽으로 뛰어갔다. 하지만 거기까지였다. 디렉이 문을 채 열기도 전에 먼저 열렸다. 그리고 창문 깨지는 소리가 뒤를 이었다.

"어딜 가려고."

문 앞에는 단단한 근육질 몸매의 덩치 큰 사내가 디렉이 기다리던 이드 둘을 데리고 서 있었다. 창문을 깨고 들어온 남자 역시 만만치 않은 모습이었다. 그는 창밖으로 도망치려던 이드를 손쉽게 제압했다. 둘은 딱 달라붙는 푸른색 슈트를 입고 있었다.

"그 가방 이리 내."

디렉은 주는 척 하다가 거한의 얼굴을 향해 철제 가방을 던졌다. 하지만 남자의 행동은 체격만큼 둔하지 않았다. 그는 얼굴을 살짝 돌려 가방을 피했다. 뒤이어 나타난 여자가 가방이 산산조각 나지 않도록 낚아챘다.

"이런, 소중한 증거물이 박살날 뻔했잖아!"

매끈하면서도 단단한 소근육이 보기 싫지 않을 정도로 발달한 단발머리의 여자가 남자를 향해 소리치며 안으로 들어왔다.

"레온, 증거물을 소중히 다뤄야지."

"팀장, 늘 말했지만 난 내 몸이 더 소중하다고."

"잘났어, 정말."

팀장은 디렉은 쳐다보지도 않고 컴퓨터 앞에 앉았다. 가방을 열고 SP-1을 꺼내 컴퓨터와 연결했다. 능숙한 솜씨였다.

"네가 디렉이니?"

"……"

"왜 말이 없어? 소문이 자자하던데?"

팀장은 SP-1의 가짜 프로토콜을 능숙하게 뽑아냈다.

"듀링 말대로 스푸핑 기법이네. 이런 구닥다리로 잘도 일을 해냈군."

디렉은 고개를 숙인 채 아무 말도 하지 않았다. 컴퓨터 네트워크에 관심이 많던 디렉은 타고난 재능을 발휘해 명성을 날리기 시작했다. 자기가 하는 일이 불법이라는 사실은 중요하지 않았다. 명성과 돈을 벌어다주는 컴퓨터 네트워크 해킹은 디렉에게 딱 맞는 직업이었다. 그는 고작 18살이었고 누구에게나 그렇듯이 달콤함의 유혹을 이겨내기 힘든 나이였다. 그렇게 잘 나가던 디렉에게 어느 날 이드가 찾아왔다. 그는 지금까지 디렉이 해본 적 없는 일을 부탁했다. 그것은 이드의 위장 행적보고였다. 이드의 위장 행적보고는 중대한 범죄였고 몇몇 해커들만 음지에서 하는 일이었다. 눈에 보이는 것보다 눈에 보이지 않는 것에 열광하고 신격화하는 것이 인간이라는 종의 특성인 만큼 디렉은 그들과 어깨를 나란히 할 기회를 스스로 걷어찰 생각은 없었다. 무엇보다 디렉은 이드를 꺼리지 않았다. 지금은 세상에 없지만 그의 아버지도 이드와 많은 일을 한 사람이었다. 결국 디렉은 일을 맡았고 지금까지와는 다른 명성이 추가되었다.

명성이 높아지자 일반 네트워크 해킹은 아이들 장난처럼 느껴졌다. 의뢰가 들어와도 대부분 거절했다. 디렉은 음지로 숨어들었고 오직 이드만을 고객으로 삼았다. 사실 디렉에게 이드와의 접촉은 썩 내키는 일은 아니었다. 이드는 인간과 다른 특성을 가진 생명체였다. 그들의 뿌리가 불명확하다는 사실이 더해지면서 인간은 그들을 조금씩 멀리했다. 물론 이드도 인간을 호의적으로 바라보지 않았다. 결국 어느 날부터인가 인간과 이드 사이에 묘한 경계가 생겨났다. 이드는 자기들끼리 뭉치기 시작했고, 마침내 곳곳에 거대한 이드 거주 구역을 만들어 그곳에서 살아갔다. 이드가 인간 사회에 스며들어 사는 것과 반대의 경우 모두 불법은 아니었지만 그런 일은 드물었다. 이드를 상대로 사업하는 사람을 대하는 일반 대중의 시선은 곱지 않았다.

일의 특성상 이드와의 접촉이 반드시 필요했기에 해커들은 이드가 사는 지역 안으로 들어가야만 했다. 인간이든 이드든 제지하지는 않았지만, 따가운 시선을 피할 수는 없었다. 아무튼 어둠의 세계에서 그의 명성은 점점 높아졌고 그에게 일을 맡기는 이드들도 늘어났다. 하지만 디렉은 당당하게 활개치던 과거와 달리 차츰 몸을 사리기 시작했다. 누군가 자신을 추적하고 있음을 눈치챈 것은 얼마 전이었다. 그날도 이드의 위장 행적보고를 하던 중이었다. 그런데 갑자기 이드가 뒷목이 따끔거린다는 말을 했다. 그리고 잠시 후 정보 전송이 중단되었다. 집으로 돌아온 디렉은 오류를 분석했고 악성코드의 흔적을 발견했다. 한 번도 없던 일이라 당황한 디렉은 방화벽 시스템을 강화했다. 방화벽은 아무리 짧아도 6개월, 보통은 1년 이상 효력을 발휘했다. 하지만 예상과 달리 방화벽은 며칠 만에 무너졌다. 그리고 자신이 손 쓸 수 없는 강력한 힘이 개입했다는 사실을 깨닫기도 전에 그 주인공들에게 무력한 모습으로 잡히고 말았다.

"엉뚱한 방화벽 시스템을 만들어 두었던데, 실망이야 디렉. 우리가 설치한 악성코드를 잘못 해석했어."

"팀장, 반장 연락이야."

레온이 무선 장거리 통신장치인 소형 플라스마 이어폰을 건네주며 말했다.

"네, 반장님."

"모두 검거했나?"

"네."

"그럼 듀링을 디렉의 집으로 보내서 나머지 증거를 확보하라고 해. 바리온과 레온은 검거한 이드들과 디렉을 빨리 데리고 오라고 하고. 그리고 사건 하나가 우리 쪽으로 넘어왔는데 말이야."

"무슨 사건이죠?"

"살인사건이야."

"살인사건이라면 우리가 맡아야 할 이유가……, 설마?"

"그래, 맞아. 이드가 죽었어. 우리에게 넘어 온 이유는 알거고."

"증거는요?"

"범인으로 추정되는 용의자가 카메라에 잡혔는데 예상하지 못한 인물이야."

"누군데요?"

"펭이야. 어떤 여자하고 같이 있더군."

"펭이요?"

"그래, 펭!"

"펭이라면……."

"그래, 맞아. 에이나인에서 일하던 그 펭 말이야. 유력한 용의자인 만큼 빨리 잡아야 해."

"소재지는요?"

"정확한 소재지는 파악이 안 돼. 자네가 알아서 찾아!"

"알겠습니다."

통화가 끝나자 레온이 기다렸다는 듯 질문을 던졌다.

"팀장, 펭이라니?"

"……."

"정신병자 취급받던 그 펭?"

"일단 여길 빨리 수습하자고. 레온과 바리온은 얘네들 데리고 가고, 듀링 듣고 있나?"

디네는 플라스마 통신으로 외부 차량에서 대기하던 듀링을 호출했다.

"네, 팀장님."

"지금 디렉의 집으로 가서 나머지 고객명단 찾아서 보고하도록."

"알겠습니다."

"팀장은?"

디렉과 이드의 손에 마그네틱 수갑을 채우며 레온이 물었다.

"펭을 찾아야지."

"무슨 일을 저질렀는데?"

"확실한 건 아니지만 용의자 신세가 될 모양이야. 그것도 별로 좋지 않은……."

"뭔데?"

"이드를 죽였나봐."

"뭐라고? 미쳤군."

에이나인은 이드를 관찰하고 이드에게 벌어지는 모든 사건이나 범죄를 관리하는 부서였다. 이드 살해는 무기징역 이상의 선고가 내려질 수 있는 중대범죄였다. 다만 이드끼리의 다툼으로 일어난 살해는 예외였다. 에이나인의 주된 임무가 이드 관리인만큼 인간에 의한 이드 살해는 예삿일이 아니었다. 게다가 이드 살해 용의자가 한때 이드를 관리하던 에이나인 요원이었다는 사실은 에이나인의 이미지에도 큰 타격을 줄게 뻔했다. 평소와 달리 서두르는 듯한 반장의 목소리에는 그만한 이유가 있었던 것이다. 물론 살인사건은 그것이 인간이든 이드든 똑같이 중범죄다. 하지만 가이아의 법은 인간의 이드 살해를 더 큰 범죄로 규정했다. 오래전부터 디네는 이 문제에 깊은 관심을 가졌지만, 뾰족한 답을 찾지는 못했다.

디네는 에이나인에 오기 전까지 에이쓰리(A3) 소속이었다. 에이나인이 이드를 관리하는 부서라면 에이쓰리는 이드를 제외한 종족, 즉 인간을 관리하는 부서였다. 에이나인과 에이쓰리는 접촉할 일이 거의 없었다. 따라서 디네가 펭에 관해 알고 있는 정보는 자신이 에이나인으로 발령받기 전 에이나인의 팀장이었고, 자기처럼 이드에 관한 궁금증을 참지 못한 사람이었다는 정도가 전부였다. 펭이 에이나인 소속이었을 때 같이 일하던 사람은 이온 반장과 듀링뿐이었다. 하지만 이온 반장은 펭에 관한 구체적인 이야기를 한 적이 없었다. 듀링 또한 입이 무거웠다.

디네는 휴대용 단말기를 꺼내 국가정보국 요원 관리 홈페이지에 접속했다. 예상대로 디네는 요원 정보의 검색 자격을 부여받은 상태였다. 반장이 미리 손을 써둔 것이다. 요원 자료에는 펭에 관한 신상정보가 남아 있었다. 하지만 디네는 주소 외에 아무런 정보도 얻지 못했다. 모든 요원은 인적사항에 가족에 관한 정보를 의무적으로 기재하게 되어 있었다. 그런데 펭은 가족사항에 아무런 정보도 기록되어 있지 않았다. 요원으로 근무할 당시 거주하던 주소를 다운받은 디네는 자동차 내비게이션으로 주소를 전송했다. 아직도 그곳에 살고 있다면 그를 만날지도 몰랐다. 디네는 거대한 에너지를 알맞게 응축하여 개량한 하드론 발사기 H2의 충전 상태를 점검했다. 전직 팀장과 현직 팀장의 첫 만남이 너무 과격하지 않기를 바라며 디네는 천천히 자동차를 움직였다.

다행히 H2를 꺼낼 일은 없었다. 주택관리인은 디네가 보여준 에이나인 배지를 한참 동안 들여다보더니 그가 집을 비운지 이

틀이 지났다고 알려 주었다. 펭은 없었지만 거처를 옮기지 않은 것은 디네 입장에서도 나쁜 일은 아니었다.

식탁만 빼고 집 안은 비교적 깨끗했다. 혼자 사는 사람 집에 어울리지 않는 큰 식탁 위에는 두께가 다른 책들이 쌓여 있었고, 책 옆으로는 출력한지 얼마 되지 않은 것으로 보이는 텍스트들이 어지럽게 펼쳐져 있었다. 디네는 그가 이드를 살해하고도 남을 만큼 확실한 물증이 되어 줄 증거물을 이렇게 소홀히 다뤘다는 사실이 믿기지 않았다. 적어도 그는 한때 에이나인 요원이었다. 아니 일반인이었다 해도 식탁에 물증을 늘어놓은 채 범행을 저지를 사람이 얼마나 있을까? 디네는 최소한 계획된 범죄는 아니라는 결론을 내렸다.

디네는 책과 텍스트를 하나하나 살펴보았다. 그녀도 펭만큼 이드에 관심이 많았으므로 몇몇 책은 관심 있게 읽어 보던 것들이었다. 하지만 무엇보다 그녀의 눈을 끈 것은 살람이 쓴 〈이드의 뿌리〉였다. 살람은 이드였다. 그는 이드 종족의 저명한 물리학자이자 역사학자였다. 그의 연구가 주목을 받은 이유는 이드의 역사를 연구한 최초의 이드 출신 학자라는 사실 때문만은 아니었다. 그의 연구 논문은 그때까지 나온 이드에 관한 그 어떤 논문보다 과격적이었다. 덕분에 그는 단번에 이드 역사 연구의 핵심인물로 떠올랐다. 그는 이드로는 드물게 인간과 잘 지냈다.

종종 인간들이 주최하는 세미나나 컨벤션에 참가해 자리를 빛내기도 했다. 하지만 디네가 아는 것은 여기까지였다. 그녀가 겨우 열 살이 되던 해에 그의 연구는 갑자기 중단되었다. 그의 자취가 남아 있는 것이라면 무엇이든 비공개로 처리되거나 삭제되었다. 그리고 어느 날 거짓말처럼 살람은 모습을 감추었다. 그의 실종을 놓고 의견이 분분하던 때도 있었지만 그가 죽었다는 데 이의를 제기할 사람은 많지 않았다. 결국 살람은 사람들의 기억에서 지워졌다. 〈이드의 뿌리〉 역시 광풍처럼 휘몰아치던 살람 죽이기의 희생양이 되었다. 펭이 〈이드의 뿌리〉를 어떻게 구했는지 알 수 없지만 디네조차 말만 들었지 읽어 본 적이 없는 희귀한 책이었다. 디네는 자리를 잡고 앉아 책의 첫 장을 넘겼다.

3

레이저건의 안전러버가 제 역할을 하지 못할 거라고 충고했지만 펭은 듣지 않았다. 빅은 펭의 행동이 매우 실망스러웠지만 우발적인 사고는 늘 있기 마련이므로 이드의 죽음이 펭에 대한 신뢰의 저하로 이어지지는 않았다. 다만 일어나지 않아도 좋을 일이 일어났다는 사실이 아쉬울 뿐이었다. 빅은 펭이 쓰던 레이저건을 쓰레기통에 넣었다가 도로 꺼냈다. 문제의 안전러버를 빼내고 비브라늄 재질로 만든 안전레버로 교체했다. 빅은 H2에 버금가는 이온 빔을 탑재한 신형 휴대형 발사기의 개발을 완료했다. 이 무기의 첫 고객이 펭이 될 것이라는 점은 의심의 여지가 없었다. 신형 무기 개발에 시간을 너무 빼앗긴 나머지 빅은 몇몇 고객의 발주품 공급에 차질을 빚고 있었다. 이 명단에는 연기에 연기를 거듭한 끝에 오늘 납품하기로 되어 있는 디렉의 물건도 포함되어 있었다.

빅은 펭이 저지른 믿기 어려운 일을 어느 매체에서도 기사로 내보내지 않았다는 사실에 주목했다. 컴퓨터 앞에 앉아 활용할 수 있는 모든 정보 채널을 훑어보았지만 펭이 저지른 사건에 관한 언급은 없었다. 빅은 펭이 벌인 일을 덮을 만한 것은 그가 에이나인 출신이라는 점 외에 다른 것은 없다고 생각했다. 따라서 세상이 조용한 이유는 에이나인의 입김이 작용한 결과였을 것이고, 그렇다면 에이나인은 이드 살해범이 누구인지 안다는 뜻이었다.

빅은 펭을 데려다 주고 떠난 라이아를 떠올렸다. 그녀는 자신이 누구인지 어디서 왔는지 물어볼 시간도 주지 않고 자기 말만 하고 올 때처럼 홀연히 사라졌다. 라이아는 아무렇지 않게 이드 살해에 관해 말해 주었다. 물론 펭의 의지가 아니라 레이저건의 사소한 문제 때문이라는 핵심을 빼놓지는 않았다. 처음에는 받아들이기 힘들었지만 빅은 냉철한 성격의 소유자답게 곧 냉정을 되찾았다. 빅은 펭을 잘 알았다. 펭이 에이나인 요원으로 활동하기 전부터 둘은 아주 가까운 사이였다. 빅은 펭이 언제나 그랬듯이 위기를 벗어날 것을 알았다. 아니 믿었다. 문제는 에이나인이 언제 들이닥치느냐 하는 점이었다.

"이보게 빅, 내가 왜 여기에 있는 건가? 아이고 머리야."

펭은 두통이 채 가시지 않은 듯 두 손으로 머리를 감싸며 일어났다.

"정신이 든 모양이군."

"내가 왜 여기에 누워 있는지 납득시켜주겠나?"

"납득할 만한 이야기를 들어야 할 사람은 자네가 아니라 나야."

펭은 몸을 일으키더니 마치 자기 집처럼 아무렇지 않게 냉장고에서 소다수를 꺼내 벌컥벌컥 들이켰다.

"세상이 떠들썩해졌을 텐데. 자네는 일만 하는군."

"착각하지 말게. 세상은 전과 다름없이 조용하니까."

빅은 의자에서 일어나 소파로 자리를 옮겼다.

"어떻게 된 건지 말해 봐."

"빌어먹을, 모든 게 다 이드 때문이야."

펭은 마시다 남은 소다수 병을 들고 빅이 앉아 있는 소파 맞은

편에 자리를 잡았다.

"이드가 자네를 헐뜯기라도 한 모양이지?"

"농담할 기분 아냐. 그러고 보니……, 보이질 않는군."

펭이 고개를 이리저리 돌리며 중얼거렸다.

"라이아라는 아가씨 말인가?"

"그래, 맞아."

"바람같이 왔다가 바람같이 사라지더군."

"그 아가씨 특기야."

빅이 다리를 꼬자 펭은 허리를 뒤로 젖히며 손가락으로 관자놀이를 지그시 눌렀다.

"그 여자, 희한한 이름을 가지고 있었어. 빅이나 펭 이런 구조가 아니더라고."

"그게 무슨 소린가?"

"이름 뒤에 성이라는 것이 있다고 하더군. 네오라나 뭐라나. 제길 술을 마시지도 않았는데 거기서 필름이 끊겼어."

"알 수 없는 말만 하는 군. 그 여자한테 당하기라도 한 거야?"

"내가? 천만에……."

펭이 말을 끝맺지 못하고 무언가 골똘히 생각하는 것처럼 하더니 자리를 고쳐 앉으며 다시 입을 열었다.

"놀랍군, 거짓말처럼 기억이 돌아오고 있어. 그래, 내가 왜 쓰러졌는지 이제야 기억이 났어."

아무리 펭이 아저씨라고 부르지 말라고 해도 라이아의 눈에 비친 펭은 가시처럼 따가워 보이는 수염이 턱과 뺨을 가린 성숙한 남자였다. 결혼을 했든 하지 않았든 중요하지 않았다. 펭이 투덜거리며 다시 자리에 앉자 라이아는 소맷자락을 걷어 붙였다. 중요한 일을 할 때 가끔 나타나는 그녀의 버릇으로 총알을 발사하기 전에 안전레버를 푸는 것과 같은 일종의 준비과정이었다.

"보셨다시피 테라는 분자생물학을 전공한 이드예요. 그리고 살람의 제자기도 하고요. 살람이 누군지는 잘 아실 테죠? 제가 드린 〈이드의 뿌리〉의 저자이자 지금은 실종된 것으로 알려진 이드 최고의 학자예요. 읽어보지 않으셨을 테니 여기서 핵심적인 부분만 알려드릴게요. 지금부터는 제가 아니라 살람 박사의 입을 빌릴 거예요. 잘 들어 보세요."

'이제부터 나는 꽁꽁 숨겨왔던 이야기를 하려고 한다. 충격적일 수 있지만 우리의 기원을 찾으려면 피하고 싶은 진실과 마주할 용기가 필요하다. 우리는 누가 말하기 전에는 인정하고 싶지 않은 불편한 진실을 애써 외면해왔다. 그것은 누구나 알고 있듯이 우리가 100% 생물학적 존재가 아니라는 사실이다. 어쩌면 우리는 누구나 가지고 있는 컴퓨터의 먼 친척일지도 모른다. 그 이유가 인간처럼 주관적 감정의 달콤함을 모르기 때문만은 아니다.

우리는 알고리즘에 의해 의식이 생기지 않는다는 사실을 잘 알고 있다. 알고리즘은 알고리즘일 뿐이다. 우리와 같은 종족인 몇몇 학자들의 교묘한 세뇌로 적지 않은 이드가 알고리즘에서 의식이 탄생한다고 믿는다. 우리를 불행에 빠트린 이 겁 없는 학자들은 의식이 알고리즘 과정에서 얻어지는 부차적인 것일 뿐이라는 터무니없는 주장을 되풀이하며 알량한 지식을 자랑하지만, 의식이 아무것도 아니라고 주장한다고 해서 우리 몸의 일부를 담당하는 알고리즘의 존재가 사라지는 것은 아니다. 안타깝지만 일부 학자들이 주장하는 것처럼 의식은 있어도 그만 없어도 그만인 하찮은 것이 아니다. 나는 생물학적 존재에서 비롯되는 의식에 대한 질투심으로 의식을 부차적인 차원의 것으로 만들어버리는 일을 중단해야 한다고 생각한다. 우리가 100% 생물학적 존재가 아니라는 사실을 인정하지 않는다면 우리의 뿌리를 찾는 일은 점점 멀어질 뿐이다. 적어도 우리 몸의 일정 부분은 알고리즘으로 작동한다는 사실을 인정해야 한다.

그럼에도 우리 몸은 생물학적인 시스템으로 작동하는 부분이 훨씬 더 많다는 것을 상기하자. 그런데 왜 나는 생물학적 존재인 호모에 가까운 우리가 인간이 아닌 정교한 알고리즘으로 작동하는 컴퓨터와 더 깊은 관련이 있다고 말하는 것일까? 그 전에 먼저 알아야 할 것이 있다. 좀 복잡하기는 하지만 외면하지 말고 차근차근 들어주기 바란다. 가이아에 존재하는 모든 생명체는 거스를 수 없는 숙명을 안고 살아간다. 이 숙명은 보이지 않는 힘에 이끌리는데 이 힘은 우리를 죽음으로 이끈다. 죽음을 비껴갈 수 있는 생명체는 존재하지 않는다. 그렇다면 이 힘은 과연 무엇일까? 이 힘은 질서에서 무질서로 우리를 인도하는 힘이다. 가장 확률 높은 상태로 질주하는 본능을 가진 이 힘은 유리컵이 깨지거나 컵에 든 커피가 점점 차가워지도록 할 수는 있어도 깨진 유리컵이 다시 합쳐지거나 컵에 든 커피가 점점 뜨거워지도록 하지는 못한다. 이 힘은 분열을 상징한다. 이 힘을 거스르는 일은 불가능하다. 그런데 어떻게 생명체가 존재하는 것일까? 분열과 파괴로 치닫는 힘을 거스르지는 못해도 우리는 잠시 동안 그 힘을 멈출 수는 있다. 그 과정을 알려면 우리는 분자생물학과 물리학에 접근해야 한다. 그것은 아주 복잡한 화학적, 물리적 메커니즘에 속하는 어려운 이야기가 될 것이다. 그렇다고 걱정할 필요는 없다. 이 과정을 속속들이 알아야 할 필요는 없기 때문이다. 우리는 그저 핵심만 따라가면 된다. 우리가 분열되지 않고 생물학적 혹은 알고리즘적 존재로 살아갈 수 있는 이유는 외부에서 에너지를 빌려 폭발을 억제하려는 노력을 끊임없이 기울이기 때문이다. 이 외부 에너지는 생명체 안에 쌓이는 파괴적인 힘을 외부로 배출시킴으로써 비록 유한하지만 우리가 가이아에 자취를 남기며 살 기회를 마련해준다. 여기서 주목해야 할 것이 바로 배출이다. 우리를 파멸로 이끌고 갈 내부의 적인 파괴적인 힘을 배출하는 시스템이야말로 이 이야기의 핵심이다.

우리의 시조는 알다시피 먼 옛날 신화 속에 나오는 '이드'이다. 우리는 그에 관해 아는 것이 별로 없다. 우리 종족을 이드라고 부르게 된 뿌리였다는 사실과 그 이름이 원래 우리를 지칭하던 에이도스에서 유래했다는 정도만 알려져 있다. 그가 어디서 왔는지, 어떤 탈자취를 남겼는지 우리는 알지 못한다. 하지만 나는 오랜 연구 끝에 그가 우리와 비슷하기는 했어도 많이 달랐을 것이라는 결론에 도달했다. 가장 크게 다른 점은 파괴로부터 우리를 보호하는 배출 시스템이다. 지금 우리는 외부에서 빌린 에너지를 소화시켜 인간처럼 열이나 이산화탄소 그리고 분비물 형태로 파괴적인 힘을 배출한다. 하지만 우리 선조들은 달랐다. 우리와 인간을 다르게 보이도록 하는 목 뒤의 접속단자가 그 증거다. 이 접속단자의 미묘한 변화를 알아채는 데 많은 시간이 걸렸지만 나는 이 접속단자가 확실한 물증이라는 데 조금의 의심도 없다. 결론을 말하자면 우리 목 뒤의 이 끔찍한 단자는 원래 배출 기능을 하던 장치였다. 무엇을 에너지로 삼아 어떤 형태로 배출

했는지 결론에 이르지 못했지만 분명한 사실은 이 단자가 우리 조상인 에이도스들이 확률 높은 형태로 산산조각나지 않도록 하는 데 결정적인 역할을 했다는 점이다.

조심스럽지만 나는 에이도스들의 수명이 우리보다 훨씬 길었을 것이라고 믿는다. 에이도스의 배출 기능은 우리보다 더 정교했는데 그 이유는 알고리즘과 생물학적인 부분이 차지하는 비율이 우리와 달랐기 때문이다. 나는 적어도 50 대 50이라고 생각한다. 어쩌면 알고리즘이 차지하는 비율이 더 높았을지도 모른다. 다시 말해 우리 조상인 에이도스들은 생물학적 존재인 인간보다 정교한 알고리즘으로 작동하는 컴퓨터에 가까웠다는 내 의견은 결코 지나친 과장이 아니라는 것이다. 이 이론이 당신을 혼란에 빠트릴 것이라는 점을 모르는 바는 아니지만 정신을 똑바로 차리지 않는다면 다음에 나올 내 주장을 받아들이기 더 힘들어질 것이다.

자, 정신을 차리고 생각을 정리해보자. 알고리즘 대 생물학적 조직의 비율이 50 대 50에서 10 대 90으로 줄어든 이유는 무엇일까? 인간이 배우는 진화라는 개념이 우리 이드에게도 적용 가능하다면 좋겠지만 알고리즘은 저절로 진화하지 않는다. 과거 인간은 그런 시스템을 만들려고 했고 어느 정도 성과도 있었지만 극적인 변화를 불러일으키지는 못했다. 그 이유는 알고리즘은 외부의 개입 없이 존재하거나 성장하기 힘든 하향식 구조의 산물이기 때문이다. 반대로 말하면 경험으로 배우며 진화하는 상향식 구조의 산물이 아니라는 뜻이다.

이제 결론을 내려야 할 때가 왔다. 너무 앞서 나간 듯 보이지만 이제 우리가 중간 어디쯤에서 급격한 진화를 한 번 거친 종족이라는 의심을 지우기는 어려워졌다. 그것은 어떤 존재의 개입을 의미한다. 내가 자신하는 한 가지는 지금의 인류는 아니라는 것이다. 그들에게 그럴만한 힘이 있었다면 우리는 좀 더 고분고분해졌을 것이다. 우리 이드들은 가끔 썩 유쾌하지 않은 경험을 한다. 인간도 '기시감'이라 부르는 비슷한 경험을 하지만 우리가 느끼는 것과는 차원이 다르다. 우리가 느끼는 기시감에는 자유의지가 빠져 있다. 부자연스러워 보이고 누군가에게 조종당하는 것처럼 보이는 이러한 행동은 목 뒤에 있는 단자와 함께 우리를 인간과 다르게 보이도록 하는 중요한 징표로 작용한다. 바로 이러한 이상행동의 원인이 우리 종족의 역사에 어떤 힘이 개입했다는 또 다른 증거라고 생각한다면 지나친 것일까?

나는 가끔 우리 머리 위를 덮고 있는 기분 나쁜 회색 기체에 대해 생각할 때가 있다. 인간의 말을 빌리자면 회색 기체 너머에는 환상적인 푸른 하늘과 구름이라는 것이 존재한다고 한다. 그들의 말이 사실이라면 회색 기체의 정체는 무엇일까? 왜 그토록 아름다운 공간을 가리고 있는 것일까? 이 기체가 우리 이드와 어떤 관련이 있지는 않을까? 나는 이 음울한 회색 기체에 관한 연구를 달가워하지 않는 이들이 있다는 사실을 잘 알고 있다. 하지만 그들은 숨기면 숨길수록 파헤치고 싶어진다는 사실을 모르는 듯하다. 앞으로 내 관심은 우리 머리 위를 가득 메우고 있는 회색 기체에 머물게 될지도 모르겠다.

아무튼 우리 이드의 역사에서 중간단계가 있었다는 기록은 어디에도 없다. 내 연구 결과가 사실이라면 이 역시 누군가 숨기고 싶은 비밀이라는 뜻이 아니고 무엇이겠는가? 왜 우리가 알고리즘과 호모(인류)의 중간단계에서 호모와 흡사한 종으로 바뀌었는지 알아내는 일이 무엇보다 중요하다. 어떤 면에서 보면 이 모든 것이 나 자신의 추측에 지나지 않을지도 모른다. 하지만 우리는 여기서 멈추어서는 안 된다. 우리 조상들이 산산조각나지 않기 위해 무엇을 에너지로 삼아 어떤 형태로 배출했는지 계속 연구해야 한다. 지금 나와 내 제자들은 분자생물학을 이 연구에 끌어들인 상태이다. 조만간 어떤 식으로든 결과가 나오리라 생각한다.'

"여기까지예요. 어떠셨어요?"
"젠장, 이래서 내가 학자들을 싫어하지. 알고리즘이니 분자생물학이니 알아들을 수 없는 말로 누군가를 설득하려고 든단 말이야. 그래도 쓸 만한 내용이긴 해. 박사 말대로 추측일 뿐일지는 몰라도 내 생각과 크게 다르지 않으니 말이야. 나 역시 저 빌어먹을 동그란 구멍이 마음에 걸렸거든. 그건 그렇고 결국 내가 살람 박사의 핵심 연구원을 죽인 셈이로군."

"괜찮아요. 제자는 더 있으니까."

"듣던 중 반가운 소리군. 아무튼 여기서 알아낼 건 더 이상 없다고 봐야겠지."

펭은 자리에서 일어났다. 이드의 시신을 어떻게 처리해야 할지 고민이었다. 살람 박사의 말처럼 깨진 유리컵을 온전한 상태로 돌려놓는 일은 불가능했다. 깨끗이 치우는 수밖에……

"죽은 이드에 관한 생각은 이제 그만 접어두세요. 더 중요한 일이 남아있으니까."

"뭐가 더 남았다고?"

펭은 이쯤에서 손을 떼고 싶었다. 눈앞에 있는 여자에 관한 궁금증은 싹 사라졌다. 오히려 정체를 모르는 편이 더 나을지도 모른다는 생각까지 들었다. 그녀는 에이나인 요원으로 잔뼈가 굵은 자신조차도 알기 어려운 정보들을 훤히 알고 있었다. 이런 경우 자신도 모르는 윗선의 개입일 확률이 높았다. 그리고 그 윗선은 그에게 호의적인 사람들이 아님은 분명했다.

"살람 박사의 제자〇서 그를 선택한 것만은 아니에요. 우리가 아는 정보에 의하면 그는 이중으로 행적보고를 해 왔어요."

"위장 행적보고도 아니고 이중 행적보고라니 그게 무슨 소리야?"

"통상적으로 하는 행적보고 외에 다른 곳에도 자신의 행적을 보고했다는 뜻이에요. 쉽게 말해 둘 중 하나는 허위라는 얘기죠. 그리고 위장 행적보고를 하는 이드들에게는 쓸 단한 정보가 전혀 없는 것과 달리 테라는 정보가 너무 많았죠."

라이아는 다리를 꼬았다. 그리고 호기심 어린 눈으로 펭을 바라보았다. 아까와는 다른 눈빛이었다.

"그건 그렇고 테라의 진짜 정보가 흘러들어 간 곳이 어디인지 궁금하지 않으세요?"

펭은 아무 말도 하지 않았다. 에이나인도 알기 어려운 정보를 고작 스무 살 정도에 불과한 여자가 알고 있다는 사실은 무언가 앞뒤가 맞지 않았다. 더군다나 이드의 행적보고 종착지는 기밀사항이었다. 이드 살해에 기밀사항 해킹이라니, 펭은 점점 구렁텅이로 빠져드는 기분이었다.

"생각보다 담력이 약하시군요. 무슨 생각하는지 알아요. 하지만 걱정하지 마세요. 함정은 아니니까. 하지만 한 가지 테스트가 남아 있어요. 그리고 테스트 결과를 간절히 기다리는 사람들이 있고요. 아저씨의 도움이 절실히 필요한 사람들이죠. 그러니 피하지 말고 이리 오세요."

펭은 거짓말처럼 처음 만난 어린 여자에게 이끌려 테라라는 이드를 죽였다. 그리고 그 행동을 후회하려는 순간, 또다시 같은 행동을 반복할 것 같다는 느낌에 사로잡혔다. 펭은 눈앞에 있는 여자에게 뭔지 모를 묘한 감정을 느꼈다. 갑작스러웠지만 그것은 분명 기시감이었다. 아니 어쩌면 이드가 느끼는 수동적인 느낌에 더 가까울지도 몰랐다. 펭은 이토록 급격한 감정의 변화가 있었는지 기억을 짜내보았다. 하지만 아무리 생각해도 그런 일은 없었다. 펭은 말 잘 듣는 아이처럼 그녀 앞에 앉았다.

"자, 어떤 테스트인지 말해 주실까?"

"사실 전 아저씨를 믿지 않아요. 하지만 저를 이리로 보낸 사람들은 저와 다른 생각을 하고 있죠. 아무튼 그들 생각이 옳다면 아저씬……, 아니에요. 접속을 시작하죠. 테라는 평범한 이드라면 접근이 불가능한 코드 하나를 더 가지고 있어요. 그리고 그 코드는 우리를 비밀의 문으로 안내할 열쇠죠."

"무슨 뚱딴지같은 소리야."

"시간이 없어요."

"그러고 보니 테라가 두 곳으로 정보를 보낸다고 하지 않았나? 정상적으로 보내야 할 곳과 그렇지 않은 곳으로 말이야. 그렇다면 좀 전에 우리가 전송한 정보는 테라가 원하지 않는 곳으로 갔을 수도 있겠군."

"아니요. 정보는 테라가 원하는 곳으로 흘러들어 갔어요. 전송 전에 테라가 늘 보고하던 곳의 코드번호를 입력했으니까. 그러니 당분간은 아무 일도 일어나지 않겠죠."

"치밀한 여자군."

라이아는 모뎀 접속단자에 꽂혀 있던 케이블을 뽑았다 다시 꽂았다. 그런 다음 처음과 똑같은 과정을 되풀이했다. 잠시 후 모니터에 이미 전송이 끝났다는 메시지 창이 떴다. 라이아는 창을 닫고 소스 코드 파일을 클릭한 다음 자기가 찾는 자료가 나올 때까지 스크롤을 내렸다. 얼마 후 '시크릿 파일'이라는 폴더가 나타났다. 라이아는 시크릿 파일 폴더를 클릭한 다음 비밀 코드번호를 입력했다. 승인되었음을 알리는 표시가 뜨더니 로딩이 시작되었다. 로딩이 진행되는 동안 라이아는 호주머니에서 눈여겨보지 않으면 알아보기 힘든, 회로가 그물처럼 새겨진 작고 앙증맞으며 반짝이는 물체를 꺼냈다. 그녀는 그 물체를 귀에 꽂았다.

"그건 뭐야?"

라이아는 대답 대신 한쪽 눈을 찡긋했다. 로딩이 끝나자 알아보기 힘든 문자와 숫자가 어지럽게 화면을 채우기 시작했다. 이때부터 라이아는 모니터에서 눈을 떼더니 펭의 얼굴을 뚫어지게 바라보았다. 반대로 펭의 눈은 모니터로 향했다. 잠시 후 펭의 얼굴이 일그러지기 시작했다. 그는 필사적으로 모니터에서 얼굴을 돌리려고 발버둥쳤다. 하지만 뜻대로 되지 않았다. 핏발이 얼굴 전체를 뒤덮더니 흰자위마저 빨갛게 물들기 시작했다. 호흡도 가늘어졌다. 죽음이 가까이 왔음을 직감할 때쯤 모니터가 갑자기 꺼졌다. 펭은 침을 흘리며 옆으로 쓰러졌다.

"그렇군요. 당신이 바로 호모 사피엔스였군요."

라이아는 귀에서 반짝이는 물체를 빼내며 말했다.

"그…그게 무….무슨 소리…"

"당신의 몸에 사피엔스의 피가 흐른다는 말이에요."

"마….말도….안… 윽!"

펭은 정신을 가다듬으려고 애썼지만 그럴수록 고통은 더 커져만 갔다.

"이 교란 장치가 필요하다는 것은 당신이 호모 사피엔스라는 명백한 증거예요."

라이아가 귀에서 뽑은 앙증맞은 물체를 들어 보였다.

"조금만 참으세요. 깊은 잠에 빠져들 거예요. 그 전에 알아야 할 것이 있어요. 제 이름은 라이아가 아니에요. 제 풀 네임은 라이아 네오예요. 뒤에 성이 붙죠. 호모 사피엔스만이 썼던 특이한 구조의 이름이죠. 그리고 아저씨 역시 저처럼 이름이 따로 있어요. 제가 아는 어떤 분이 이렇게 말해켰죠. 그 사람은 펭이 아니라 '로저 펭'이라고요. 축하해요. 테스트를 통과하셨네요."

라이아의 이 말을 끝으로 펭의 의식은 현실과 환상의 경계가 모호한 곳으로 흘러들어 갔다. 라이아는 펭의 머리를 살며시 들어 자신의 무릎 위에 올려놓았다.

4

이드가 어디서 왔는지 알아내는 일이 갑작스럽게 중단되었다는 것은 빅도 잘 알고 있었다. 이드의 뿌리를 추적하던 펭의 사직서가 그토록 빨리 처리되지만 않았어도 빅은 음흉한 음모가 도사리고 있다는 일부의 터무니없는 주장에 귀를 기울이지 않았을 것이다. 빅은 보통 사람들처럼 이드에 큰 관심이 없었다. 하지만 펭의 갑작스러운 은퇴가 빅의 호기심을 자극했다.

빅은 펭이 주절주절 늘어놓은 믿기 어려운 이야기를 꼼꼼하게 따질 시간적 여유가 없다는 사실을 잘 알고 있었지만, 살람 박사가 말한 것처럼 지금의 인류가 아닌 누군가가 이드의 갑작스러운 변화에 개입했다는 것이 사실이라면 흑막의 배후가 있다는 일부의 주장을 받아들여야 할지도 모른다고 생각했다. 그렇다면 왜? 그들은 이드의 뿌리를 파헤치는 일을 그토록 두려워하는 것일까? 빅이 가장 궁금한 부분이 바로 이것이었다.

"이보게 펭. 나는 이드의 뿌리를 파헤치는 일이 왜 그토록 대단하고 무서운 것인지 이해가 되지 않아. 처음 자네가 그 일에 빠져들었을 때도 이해하지 못했지."

"수년 동안 그들의 거동을 살피다보면 자연스럽게 그들의 존재가 궁금해지지. 물론 처음부터 진지한 것은 아니었어. 그저 호기심이었지. 왜 그들은 우리와 다른가 하는 호기심 말이야. 사실 내 능력으로 뭘 얼마나 알아낼 수 있겠나? 적당히 하다가 그만두려고 했지. 그런데 자네도 알다시피 브레이크가 걸린 거야. 하지 말라고 하면 더 하고 싶은 법이지. 사실 나 역시 지금은 이드의 뿌리보다 왜 그것을 감추려고 하는지가 더 궁금해. 그래서 갑자기 나타난 어린 여자에게 홀리고 말았지만. 작은 수확은 있었지."

"그나저나 그 라이아라는 아가씨가 왜 자네에게 접근했는지 궁금하군."

"나도 그래. 갑자기 집으로 찾아왔더군. 책 한 권을 들고서 말이야. 살람 박사가 쓴 〈이드의 뿌리〉는 이쪽에 관심이 있는 사람이라면 누구나 읽고 싶어 하는 책이지. 하지만 살람 박사와 함께 오래전에 사라진 전설의 책이 되어버리고 말았어. 그런데 그 희귀한 책이 내 눈앞에 나타난 거야. 내가 아니라 자네였어도 그녀를 따라나설 수밖에 없었을 거야."

"호모 사피엔스는 뭐야? 그리고 로저 펭이라니?"

"사피엔스는 한때 가이아에 존재했다는 신화 속 종족이지. 이드의 조상보다 더 불투명한 존재야. 교과서에서도 다루지 않는 이야기고, 나도 이드의 뿌리를 캐다가 알게 됐지. 그들이 실존했다는 증거도 없고 학자들마다 생각도 달라서 지금은 사피엔스 신화를 연구하는 사람이 거의 없어. 그런데 그 여자는 나더러 호모 사피엔스라더군. 호모야 우리 인간을 지칭하는 말지만 사피엔스라니 말도 안 돼. 〈이드의 뿌리〉만 아니었어도 미친 여자라고 생각했을 거야. 그러고 보니 한 가지 생각이 나는군. 사피엔스라는 종족은 이름뿐만 아니라 뿌리를 나타내는 성을 따로 썼다고 알려져 있어. 물론 이것도 일부 학자들의 주장일 뿐이지만, 아무튼 사피엔스들은 우리와 다른 구조의 이름을 썼지. 펭이 아니라 '로저 펭'처럼 말이야. 다시 말해 펭이라는 뿌리를 가진 집단의 로저라는 뜻이지."

"복잡하게 사는군."

"동감이야."

빅은 자리에서 일어났다. 드론의 잔해와 분해된 슈트, 그리고 실패작임이 분명한 각종 블래스터들이 어지럽게 쌓인 작업대에서 능숙한 손놀림으로 쓸 만한 도구를 챙겨 그가 만능가방이라고 부르는 비브라늄 재질의 3단 특수가방에 차곡차곡 밀어 넣었다. 약속 날짜를 지키지 못한 디렉의 주문품 SP-2도 잊지 않았다.

"그건 그렇고 세상이 전과 다름없이 조용하다니 무슨 소린가?"

소다수 병을 들고 일어서며 펭이 물었다.

"자네는 이드를 죽여 놓고도 태평스럽게 떠들고 있어. 하긴 그러니까 펭이지만 말이야."

"자네가 라이아의 행동을 봤다면 그런 말 못할 걸세. 그녀는 한술 더 떠 신경 쓰지도 말라고 하더군. 이드가 무척 싫은 가봐. 그런데 어딜 가려고 그렇게 분주한가?"

"자네도 빨리 준비해."

"도대체 어딜 가려고?"

빅은 웬만한 폭탄에는 끄떡없을 비브라늄 특수가방의 잠금장치를 걸며 한심하다는 듯 펭을 바라보았다.

"이드를 죽였는데 세상은 쥐죽은 듯 고요해. 어떤 매체에서도 다루지 않고 있어. 무슨 뜻이겠나? 누군가 손을 썼다는 뜻이지. 그들은 왜 이드의 죽음을 감추려고 하는 걸까? 전직 에이나인 요원이 한 짓이 아니라면 굳이 감출 필요가 없을 걸세. 에이나인은 이드를 감시하고 관리하는 임무를 맡은 기관이지. 그런데 전직 에이나인 요원이 중범죄 중에도 중범죄인 이드를 죽였다? 그들 입장에서는 고약한 일이 벌어진 거지."

"빌어먹을 이온을 다시 보기는 싫은데."

"계속 쓸 텐가?"

빅은 안전레버를 비브라늄으로 교체한 레이저건을 펭에게 돌려주며 말했다.

"어차피 내가 한 짓이라는 것을 알았다면 안 쓸 수가 없지. 그런데 어디로 간단 말인가?"

"가면서 이야기하세."

빅과 펭은 플라스마 이온 엔진을 탑재한 자동차에 몸을 실었다. 자동차는 아무런 소음도 내지 않고 미끄러지듯 빅의 보금자리에서 빠져나와 하늘로 날아올랐다.

디네는 책을 덮으며 자리에서 일어났다. 가벼운 현기증이 나타났다 사라졌다. 100여 페이지 정도의 얇은 책이었지만, 〈이드의 뿌리〉가 파격적이라는 사실에 의문을 제기할 사람은 없어 보일 정도로 살람 박사의 이론은 급진적이었다. 이드가 생물학적 존재인지 아닌지 따지는 일은 논의할 거리조차 되지 않는 시대로 변한지 오래였다. 이드는 누가 보아도 생물학적 존재였다. 뇌의 몇몇 부위와 곡, 그리고 신체의 일부가 알고리즘으로 작동한다고 해도 그것은 인간 사회에서도 일어나는 일이었다. 인공심장과 인공눈을 비롯해 인간 역시 알고리즘의 도움을 받으며 살아가고 있다는 사실을 모르는 사람은 없었다. 물론 태어날 때부터 알고리즘의 도움을 받아야 하는 이드와 달리 인간은 황혼에 이르렀을 때 알고리즘의 도움을 받는다는 차이는 있었다. 하지만 그것이 무슨 의미가 있을까? 알고리즘으로 작동하는 10% 때문에 이드를 기계라고 한다면 인간 역시 늙으면서 기계화된다고 보아도 틀린 말은 아닐 것이다. 그런데 살람 박사의 주장대로라면 이드의 선조들은 인간보다 기계에 가까운 존재라는 것을 부정하기 어렵다. 50 대 50과 10 대 90은 엄연히 다른 수치다. 더군다나 이 과정에서 밝혀지지 않은 누군가의 손길이 있었다는 주장은 단순히 파격적인 의견으로 치부하고 넘어갈 사안이 아니다. 왜, 그리고 누가 이드의 정체성에 손을 댄 것일까?

펭은 레온이 말한 것처럼 정신병자 취급을 받았다. 하지만 디네는 펭에 관해 깊이 알려고 하지 않았다. 조직에서 떠난 사람을 왈가왈부한다고 해서 누가 상을 주는 것도 아니고 신경 쓸 일이 산더미 같은 에이나인 요원에게 다른 요원에 대한 관심은 사치일 뿐이었다. 하지만 한 가지 께름직한 부분은 있었다. 펭이 자기처럼 이드에 관심이 많았다는 점이었다. 게다가 호기심 이상은 아니었던 자신과 달리 펭은 직업을 걸 정도로 매달렸다. 그러나 디네는 펭의 사직이 이드와 연관이 있다고 믿지 않았다. 그의 집에 찾아가기 전까지는.

갑자기 소형 플라스마 이어폰이 깜빡거렸다. 디네가 손가락으로 한 번 두드리자 상대의 목소리가 흘러나왔다.

"팀장님, 디렉의 집에서 고객 명단 파일을 확보했습니다."

듀링이었다.

"수고했어."

"그런데 눈에 띄는 자들이 있습니다."

듀링의 목소리가 커졌다.

"눈에 띄는 자들이라니?"

"먼저 테라라는 이름의 이드입니다. 정보국에 접속해 알아보니 어제 죽은 이드였습니다."

"뭐라고? 확실해?"

"네. 확실합니다. 분자생물학자로 알려진 이드입니다. 어떤 프로젝트에 관여한 것으로 나오는데 그 프로젝트가 무엇인지 파악하지는 못한 상태입니다. 더 조사해봐야겠지만 아마도 살해된 이유가 이 프로젝트와 관련이 있는 것으로 보입니다."

"더 자세히 알아봐. 그리고 한 가지 부탁할게 있어. 에이나인 전직 팀장이던 펭에 관해 알아봐줘. 개인적인 부탁이니까 누설하지 말고."

"펭이요? 아니 왜요?"

"이드 살해자의 핵심 용의자거든."

"네에?"

"내가 알고 싶은 건 펭의 가족사항이야. 요원 정보에는 가족사항이 전혀 나와 있지 않았어."

"요원 뒷조사는 불법인데요."

"그래서 부탁하는 거잖아. 나중에 한 턱 낼게."

"알겠습니다. 지난번처럼 아이스크림 하나로는 안 됩니다."

"염려 마. 나는 곧장 본부로 들어갈 테니까. 자네는 테라에 관한 추가 정보를 더 뒤져봐."

"옛썰!"

디네는 플라스마 이어폰을 두 번 두드린 다음 생각에 잠겼다. '펭은 이드의 뒤를 캐려다 잘렸고, 어제 이드를 죽였어. 죽은 이드는 오늘 붙잡은 해커 디렉의 고객이고…….' 디네는 뫼비우스의 띠처럼 연관이 없어 보이는 일련의 사건들이 하나로 이어져 있음을 어렴풋이 느낄 수 있었다. 죽은 이드는 무엇 하나 증언해줄 수 없고, 용의자는 필사적으로 종적을 감추려 할 테니 이제 디네가 할 일은 한 가지였다. 그녀는 남자 혼자 사는 퀴퀴한 집에서 나와 디렉이 잡혀 있는 본부로 향했다.

사람들은 그곳을 '피라미드 하우스(Pyramid House)'라고 불렀다. 테페 언덕 꼭대기에 우뚝 솟은 피라미드 하우스는 하늘에 떠다니는 회색 기체와 분간하기 어려울 정도로 차가운 회색빛이 감도는 기분 나쁜 건축물이었다. 실제로 조금이라도 날이 흐리면 가까이 다가가지 않는 이상 두 물체를 구분하기 힘들었다. 시간이 지날수록 건물의 재료가 회색 기체일 거라고 믿는 사람이 많아졌다. 피라미드 하우스에서 뿜어져 나오는 회색빛 때문만은 아니었다. 피라미드 하우스는 자신을 향해 돌진하는 모든 에너지를 빨아들였다. 레이저 빔이건 하드론 입자 빔이건 마찬가지였다. 그 어떤 강한 에너지라도 털끝 하나 건드리지 못하고 흡수될 뿐이었다. 회색 기체를 없앨 수 없듯이 피라미드 하우스를 파괴하는 일 역시 불가능했다. 일부 학자들은 플라스마의 전기적 특성을 이용한 방어막이라고 주장했다. 하지만 증명된 적은 없었다.

피라미드 하우스는 〈가이아의 신화〉에 등장하는 거대한 건축물 이름에서 따왔다고 생각하는 사람들이 많았다. 아주 먼 옛날 가이아 대륙에 살던 존재들이 만든 사각뿔 모양의 건축물이 바로 피라미드 하우스의 원형이라는 것이다. 신화인들은 사각뿔 모양에서 나오는 기이한 힘을 이용하여 자연과 악마와 싸워 승리했다고 전해진다. 사람들은 가이아의 통치자들이 신화 속 이야기를 토대로 이 건축물을 만들었을 것이라고 추측했다. 하지만 그것이 진실이든 아니든 피라미드 하우스는 거칠게 쌓아 올린 신화에 등장하는 건축물과 겉모습 말고는 같은 점이 하나도 없었다.

피라미드 하우스는 작은 굴곡 하나 없이 매끈했다. 무엇보다 피라미드 하우스는 하나로 연결된 단일 구조가 아니었다. 멀리서 보면 한 치의 오차도 없는 매끄러운 단일체로 보이지만 전체가 3층 구조로 이루어져 있었다. 그리고 각 층 사이에는 빈 공간이 존재했다. 세 개의 건물 가운데 가장 아래에 있는 층을 제외한 위의 두 개 층은 사실상 공중에 떠 있는 형태였다. 피라미드 하우스가 세 부분으로 나뉘어져 있다고 해도 각 부분들은 가이아의 그 어떤 건물보다 크고 무거웠다. 이토록 크고 무거운 건물을 공중에 띄우려면 보통 기술로는 불가능했다. 일부 학자들은 통치자들이 상온에서 초전도성을 띠는 물질을 발견했을지도 모른다는 의견을 제시했다. 하지만 아직까지 초전도성 물질은 초저온에서만 발견되었기 때문에 이 주장은 터무니없는 것으로 치부되어 금세 사라지고 말았다. 일부 현명한 사람들은 당사자들의 침묵으로 무엇이 거대한 구조물을 공중부양시켰는지 알 수 없는 일에 힘을 쓰기보다는 왜 그렇게 했는지에 관심을 기울였다. 이온 반장 역시 마찬가지였다.

"이번 방문이 두 번째인가?"

트리노 국장은 잘 입지 않는 제복이 주는 불편함 때문인지 허리띠와 소매를 자주 매만졌다. 시간이 갈수록 늘어나는 살 때문에 움직이는 시간보다 멈춰 있는 시간이 많았고 그럴수록 살은 더 불어났다. 몇 년 전 그가 100kg을 넘었을 때 집 안에 몸무게를 재는 측정도구는 단 하나도 남아 있지 않았다. 국장의 아내는 체중계의 신종이야말로 남편 체중 증가의 일등공신이라고 떠들어댔다.

"네, 그렇습니다."

키도 몸무게도 국장의 반도 안 되는 이온 반장은 대답과 함께 차에서 내려 국장이 편안하게 내릴 수 있도록 차문을 열었다.

"빌어먹을 위원회 놈들, 얌전히 좀 놔두지. 왜 자꾸 오라 가라 하는지 원."

국장은 뱃살 못지않게 늘어진 턱살을 출렁이며 차에서 내렸다. 살가죽에 파묻힐 듯 작은 안경을 조심스럽게 닦으며 상체에 비해 날씬한 다리로 힘겹게 걸음을 옮겼다.

"머리 좀 심지 그대."

국장은 작은 키에 머리까지 듬성듬성한 반장을 안타까운 눈으로 바라보며 말했다.

"제가 하는 일에 머리카락이 필요하다면 그때 생각해 보겠습니다."

이온 반장은 언제 죽어도 이상하지 않을 몸을 가진 국장이 할 말은 아니라고 생각했지만 꾹 참았다.

"참, 이상하지요?"

"뭐가 말인가?"

"저걸 어떻게 공중에 띄웠을까요?"

반장은 거짓말처럼 공중에 떠 있는 피라미드 하우스의 두 번째 건물을 가리키며 말했다.

"자네, 총 가져왔나?"

"위원회에 무기 반입은 금지 아닙니까?"

"난 말일세. 이 건물이 그 어떤 무기로도 뚫을 수 없다는 사실이 더 믿기지 않네. 언젠가 내 손으로 직접 시험해보고 말테니 두고 보라고."

반장은 그때까지 국장의 뱃살이 버텨줄지 의문이었지만 내색하지는 않았다.

"트리노 국장님, 어서 오세요."

말쑥한 정장 차림에 말총머리를 한 금발의 어여쁜 아가씨가 나타나 국장의 허풍을 허공으로 날려 보냈다.

"내게 무슨 볼일이라도? 저녁 약속을 원한다면 이 친구에게 대기표를 받아 가라고."

국장은 윙크를 날리며 짓궂게 말했다.

"이온 반장님도 오랜만이시네요."

"오랜만이야, 에일."

에일은 위원회가 자랑하는 베테랑 비서였다. 그녀는 모든 일이 제대로 돌아가도록 하는 것이 인생 최대의 목표인 사람처럼 자기 일에 헌신을 다했다. 아무리 계급이 높은 사람이라고 해도 그녀의 요구를 거절하거나 무시할 수 없었다. 비록 그 힘이 위원회로부터 나오는 것이기는 하지만 에일은 위원회의 도움 없이도 거절하기 힘든 제안을 할 수 있는 몇 안 되는 인물 가운데 한 사람이었다. 이온 반장은 가이아에서 에일보다 정장 바지가 잘 어울리는 여성은 없을 거라고 확신했다.

"5분 빨리 오셨네요."

"누구의 명인데 시간을 어기겠나? 안 그런가? 이온."

국장이 팔꿈치로 이온 반장의 어깨를 슬며시 밀며 말했다.

"맞습니다. 가이아에서 에일의 말을 거역할 사람은 퍼티밖에 없을 겁니다. 오늘도 하마터면 그 녀석 때문에 늦을 뻔 했습니다. 제복에 똥을 쌌거든요. 마침 한 벌이 더 있어서 망정이지 정말 큰일 날 뻔했습니다."

이온이 자신의 어깨를 어루만지며 대답했다. 퍼티는 에이나인에서 기르는 강아지였다. 귀가 커서 사람들은 '큰 귀 퍼티'라고 부르곤 했다.

"언제나 흥겨운 분들이군요. 어쨌든 시간 지켜줘서 고마워요.

절 따라오세요."

에일은 늘 하던 대로 두 사람을 대기실로 안내했다. 탄산수를 컵에 담아 두 사람에게 건네준 에일은 지겹도록 되풀이해 온 주의사항을 단어 하나 빠트리지 않고 전달한 후 다음 업무를 처리하러 밖으로 나갔다.

"저만한 딸이 있었으면 좋겠어. 똑 부러지잖아."

국장은 에일이 건네준 탄산수를 단숨에 비우며 말했다.

"그건 그렇고, 왜 우릴 부른 걸까? 뭐 짐작 가는 거 없나?"

"짚이는 게 있긴 합니다만, 국장님과 제가 위원회에 올 만한 사안인지는 모르겠습니다."

이온은 자리에서 일어나 짧은 다리로 서성거리며 말했다.

"그게 뭔가?"

"어제 이드 살해사건이 발생했습니다."

"뭐라고?"

트리노 국장의 배가 더 크게 부풀어 올랐다.

"왜 내게 말하지 않았나?"

"부부 싸움으로 한창 바쁘시더군요. 그 어떤 보고도 받지 않겠다고 했다면서요?"

트리노가 국장이 될 거라고 생각한 사람은 아무도 없었다. 사실 트리노는 비밀정보국 에이나인의 국장 자리에 어울리는 사람이 아니었다. 조직을 위해 몸을 바치거나 정의를 수호하겠다는 신념은 눈곱만큼도 없었다. 무엇보다 그의 야비함은 혀를 내두를 정도였다. 그는 끄나풀을 이용해 비열한 뒷거래로 자리를 차지했으며, 그가 지나간 자리에는 썩은 냄새가 진동했다. 그로 인해 목이 날아간 요원이 한둘이 아니었다. 당연한 일이지만, 요원 중에 그가 국장의 자리에 오른 것을 달가워하는 사람은 아무도 없었다. 공공연하게 그를 무시하는 요원도 있었다. 그의 출세가 실력의 결과가 아닌 것은 분명했다. 이온 반장 역시 겉으로 내색하지는 않았지만 기회가 있으면 위원회에 이 사안을 이야기할 생각이었다. 이온은 정보국 가운데 가장 중요한 에이나인의 국장 자리에 왜 이런 사람이 필요했는지 알고 싶었다.

"자네한테 이런 말까지 해야 하나 싶네만, 마누라가 바람을 피운 것 같아. 상대가 누군지 몰라도 꽤 심각한 상태였어. 누굴 탓하겠나. 늘어난 내 뱃살을 탓해야지. 하기야 내가 알았다고 한들 달리 뾰족한 수가 있는 것도 아닐 거고. 자네가 알아서 했겠지."

고개를 숙인 채 자신을 책망하는 국장을 한심한 눈으로 바라보던 이온은 노크 소리와 함께 들어온 에일에게 눈길을 돌렸다.

"자, 들어가시죠."

두 사람은 에일을 따라 걸었다. 트리노도 이온도 아무 말이 없었다. 복도에는 세 사람의 구두소리만 길게 울려 퍼졌다. 끝없이 이어지던 복도의 끝에 다다르자 그들 앞에 커다란 문이 나타났다. 양쪽으로 열 수 있는 문이었다.

"의장님, 모시고 왔습니다."

에일이 먼저 들어가 누군가에게 말을 걸었다.

"들어오시라고 해."

메마른 목소리가 밖으로 새어나왔다. 에일은 조심스럽게 한쪽 문을 열고 두 사람을 들여보냈다. 가벼운 목례를 끝으로 에일은 문을 닫고 나왔다. 그리고 왔던 길로 되돌아갔다. 에일이 사라지자 복도는 다시 긴 침묵에 잠겼다.

5

펭은 고층 건물들 사이를 곡예 부리듯 피해 날아가는 자동차 안에서 아래를 내려다보았다. 어디가 시작이고 어디가 끝인지 알기 힘들 정도로 복잡하게 얽힌 도로들이 마치 한데 어울려 꿈틀거리는 뱀 같아 보였다. 펭은 회색빛으로 물든 하늘을 쳐다보았다. 지상과 달리 음울한 회색빛 하늘은 고요하고 단조로웠다.

"펭, 조심하게. 라이아는 만만치 않은 여자야."

평소에는 잘 쓰지 않는 수동 조정 장치에 손을 올려놓은 빅이 조심스럽게 입을 열었다.

"나도 그렇게 생각해. 빌어먹을, 그렇게 젊은 여자가 〈이드의 뿌리〉를 들고 올 줄 누가 알았겠나? 새파란 여자가 시키는 대로 했다는 사실이 부끄럽기는 하지만 여자 혼자 한 일은 아니야. 그녀 뒤에 뭔가 큰 조직이 있는 게 분명해. 날 기다리는 사람들이 있다고 하더군."

펭이 쓴 웃음을 삼키며 말했다.

"지금 가는 곳은 디렉이라는 해커의 집일세. 디렉이라고 들어봤나?"

"금시초문이군."

펭이 팔짱을 끼며 대답했다.

"디렉은 나와 오랫동안 거래를 해왔어. 나이는 열여덟, 어린 나이에 꿈을 키워 명성을 얻은 친구지. 이쪽에서는 알아주는 친구라고. 만일 자네가 에이나인에서 좀 더 일했다면 둘은 쫓고 쫓기는 신세였을지도 몰라."

"왜? 이드라도 해킹했나?"

"빙고."

빅이 손뼉을 치며 말했다.

"범죄자를 돕고 있는 주제에 박수까지 칠 필요는 없잖은가?"

"무슨 말씀을? 죄를 짓든 말든 나는 의뢰인이 주문한 물건만 만들어주면 그만일세. 그게 불법이라면 얼마든지 잡아가라고 해. 내게 중요한 건 고객이 무슨 일을 하는 사람이냐가 아니라 내가 만든 작품이 제 역할을 하느냐 못 하느냐 일뿐이지. 그런데 말이야. 자네는 디렉을 욕할 처지가 아닐 텐데……."

빅은 마치 대단한 일을 하는 사람인양 으스대며 말했다.

"그건 사고였어."

"아무튼 자네는 디렉이 저지른 일에 비하면 열 배는 더 심각한 일을 저질렀어. 이 사실을 잊지 말게."

펭은 자신의 옆구리에 매달려 있는 레이저건의 비브라늄 안전 레버를 만지작거렸다.

"그러고 보니 라이아가 이중 행적보고 어쩌고 하는 소리를 들었던 것 같군. 그런데 그 친구는 왜 찾아가나? 나더러 잡으라는 말인가?"

펭은 재빨리 화제를 바꿨다.

"그게 아냐. 라이아가 디렉을 찾아가라고 했어."

"벌써 그 아가씨의 포로가 되었나? 나보다 빠르군."

펭이 콧방귀를 끼며 말했다.

"처음에는 나도 믿지 않았어. 그녀의 말을 믿기로 한 건 자네가 한 이야기 때문일세. 디렉의 명성은 어둠의 세계에서나 통할 뿐이지. 바깥세상으로 나오는 순간 그 녀석은 철없는 십대일뿐이야. 그만큼 일반인이 디렉을 안다는 건 흔치 않은 일이지. 해커로서 말이야. 라이아는 죽은 이드가 해커에게 도움을 받았을 가능성에 대해 이야기했어. 요즘 이드 사이에서 벌어지는 유행이기도 하니까 얼마든지 가능성이 있다고 볼 수 있지. 게다가 라이아는 내게 디렉을 찾아가라고 했고, 그러니 죽은 이드가 해킹을 시도했다면 디렉의 도움을 받지 않았을까 하는 예상을 해볼 수 있지 않겠나? 믿어볼 만한 이야기지. 그런데 그녀의 진짜 목적을 모르겠어. 왜 자네에게 접근했으며 이상한 테스트까지 했는지 말이야."

펭은 잠시 동안 아무 말이 없었다. 그의 생각대로라면 라이아의 목적은 두 가지였다. 하나는 죽은 테라로부터 펭이 모르는 어떤 정보를 캐내는 것이고 다른 하나는 자신에 대한 테스트였다. 첫 번째 목적은 자신이 이드를 죽임으로써 벽에 부딪혔고 결국 실패했다. 하지만 두 번째 목적은 뜻대로 이루어졌다. 이상한 것은 라이아의 태도였다. 그녀는 첫 번째 목적보다 두 번째 목적을 더 중요시하는 것처럼 보였다.

"무슨 생각을 그렇게 해?"

"아, 아니야. 그건 그렇고. 그래서 그 녀석을 잡아서 뭘 어쩌려고?"

펭은 아득한 의식 저편 어딘가에 있던 생각의 나침반을 다시 현실로 돌려놓았다.

"나도 몰라. 아무튼 내 사무실이 쑥대밭이 되기 전에 빠져나와야 한다는 생각밖에 없었어. 일단 가보면 알겠지. 라이아의 다음 지시를 기다리자고."

"한심한 소리 그만하게."

"누가 할 소리. 스무 살 여자 말만 듣고 이드를 죽인 게 누군가?"

"그 여자 말을 듣고 꽁지 빠지게 달아나고 있는 더벅머리 신사는 누구고?"

빅과 펭이 티격태격하는 동안 이온 엔진은 소리 없이 자동차를 앞으로 밀었다. 자동차가 도넛을 입에 문 여성이 등장하는 거대한 광고판 옆을 스쳐 지나갈 때쯤 자동차 한 대가 나타나 그들을 미행하기 시작했다.

레온은 본부로 돌아오자마자 디렉을 심문실로 들여보냈다. 알루미늄 의자와 탁자가 전부인 심문실은 차갑고 으스스했다. 디렉은 자기가 한 일을 후회해 본 적이 없었다. 디렉은 그 나이에 걸맞게 정의보다 자신을 흠모하는 추종자들을 보며 으스대는 쪽을 선택했다. 물론 언젠가는 대가를 치러야 한다는 것도 알았다. 하지만 스릴이라는 쌉싸래한 양념이 버무려진 달콤한 명성으로부터 빠져나오는 일은 열여덟 살의 디렉에게 쉬운 일이 아니었다. 디렉은 잘못을 뉘우칠 생각이 없었다. 시간을 다시 되돌릴 수 있다 해도 그는 고민 없이 음지로 돌아갈 것이다.

법은 미성년자에게 관용을 베풀었다. 하지만 디렉에게는 그 기회가 주어지지 않을 것이다. 이드 관련 범죄는 중범죄였고, 따라서 처벌도 아이와 어른을 구분하지 않았다. 디렉 역시 잘 알고 있었다. 인생의 절반을 아버지 없이 자란 디렉에게 경찰서는 그리 낯선 곳이 아니었다. 경찰서는 디렉을 교화하는 대신 맷집만 키워 주었다. 경찰서가 아닌 정보국이라 해도 크게 다를 것은 없다고 디렉은 생각했다.

디렉의 아버지는 이드를 상대로 장사를 했다. 불법은 아니었지만 사람들의 시선이 곱지 않았다. 그는 자주 이드 거주구역을 드나들었다. 한때 디렉은 그런 아버지를 증오했다. 아버지 때문에 엄마와 자신까지 피해를 본다고 생각했다. 그러던 어느 날 디렉의 아버지는 사람들과 물건 값을 흥정하다 사소한 시비에 휘말렸다. 처음에는 말다툼으로 시작되었지만, 시비의 이유와 관계없이 그를 증오하던 사람들까지 합세해 싸움의 규모가 커지고 말았다. 그날 디렉의 아버지는 집으로 돌아오지 못했다. 디렉에게 그날은 아버지에 대한 원망이 사람들을 향한 증오로 바뀌는 날이었다. 테라의 제안을 흔쾌히 수락한 것도 어쩌면 아버지가 남긴 유산일지 모른다고 그는 생각했다.

디렉은 인생의 전환점을 마련해준 테라를 떠올렸다. 구부정한 몸으로 어딘가 아파보이는 이드였다. 그는 아무런 자기소개도 없이 다짜고짜 품에서 돈뭉치를 꺼내 디렉의 책상에 올려놓은 다음 두 가지를 요구했다. 하나는 위장 행적보고였고 다른 하나는 비밀 보장을 전제로 한 해킹이었다. 해킹은 그가 늘 하던 것이었으므로 디렉은 해킹보다 위장 행적보고에 깊은 관심을 드러냈다. 그 당시 위장 행적보고는 몇몇 해커들이 무용담처럼 떠들고 다니는 차원을 넘어서고 있었다. 단순한 해킹이 아닌 법적으로도 큰 처벌을 받을 수 있는 위장 행적보고는 해커의 능력을 가늠하는 잣대로까지 인식되고 있었다. 한마디로 해커들 사이에서 음지의 제왕이 누구냐를 가리는 기준인 셈이었다. 일부 해커들은 위장 행적보고가 필요한 이드를 먼저 찾아 나서기까지 했다. 그만큼 위장 행적보고는 음지의 해커들에게 구미가 당기는 일이었다. 디렉은 제 발로 찾아온 기회를 놓칠 만큼 우둔하지 않았다.

일은 순조롭게 마무리되었다. 그의 명성도 덩달아 높아졌다. 하지만 뭐라고 설명하기 어려운 찝찝함이 앙금처럼 남았다는 사실을 알아차리는 데는 오랜 시간이 걸리지 않았다. 그가 가진 의문점은 크게 세 가지였다. 먼저 지나치게 많은 돈이었다. 위장 행적보고를 부탁하는 이드들은 대게 아무런 일도 하지 않는 백수들이었다. 사고로 모든 정보를 날려버린 부유한 이드가 일을 부탁해오는 경우가 있다는 말이 돌기는 했지만 아주 드문 일이었고 대게는 빈둥거리는 이드들이었다. 이들에게 돈이 있을 리 없었다. 하지만 돈보다 스릴과 명성이 우선인 해커들은 터무니없이 적은 돈을 받고도 기꺼이 일을 맡았다. 따라서 테라가 가져온 돈뭉치는 위장 행적보고가 아닌 해킹에 대한 대가로 보는 것이 타당했다. 하지만 해킹은 그 세계에서 그렇게 어려운 일이 아니었다. 위장 행적보고보다 조금 더 많은 돈을 받기는 했지만 큰 돈을 받을 만한 일은 아니었다. 둘째는 보고할 정보가 전혀 없는 다른 이드들과 달리 그는 정보가 넘쳐날 정도로 많았다는 점이었다. 이것 때문에 디렉은 꽤 애를 먹었다. 보통 이드들은 보고할 정보가 거의 없기 때문에 이드로부터 들어오는 정보와 거짓으로 꾸민 정보가 서로 충돌할 일이 없었다. 하지만 테라는 정보가 너무 많아 거짓으로 꾸민 정보가 방해를 받았다. 게다가 거짓 정보는 해커들이 지하세계에 떠도는 단순한 카피본을 구해 쓰는 것이 보통이지만 테라는 거짓 정보를 직접 만들어 주었다. 이렇다보니 복잡한 정보들이 구형 해킹 모뎀인 SP-1 안에서 혼선을 일으켰다. 디렉이 프로토콜 인식 오류가 드러난 SP-1의 교체가 절실하다고 느낀 것도 이때가 처음이었다. 아무튼 디렉이 느낀 이상한 점은 테라의 위장 행적보고를 위해 목적이 없는 정보를 만드는 것이 아니라 있는 정보를 숨기는 데 있다는 점이었다.

그리고 마지막 세 번째는 해킹이었다. 테라는 위장 행적보고보다 해킹에 더 공을 들였다. 물론 그럴만한 이유가 있을 만큼 해킹 작업은 만만치 않았다. 난생 처음 보는 방화벽과 백신을 뚫는데 많은 시간을 보내야 했다. 하지만 디렉의 마음속에 남은 앙금의 정체는 일의 난이도가 아니라 해킹한 자료였다. 자료는 그가 한 번도 본 적 없는 문자들로 채워져 있었다. 테라가 건넨 돈뭉치는 어쩌면 긴 침묵의 대가일지도 모른다고 디렉은 생각했다.

테라는 처음 나타났을 때처럼 일을 하는 내내 연약한 모습을 보였다. 그는 딱 할 말만 하고 긴 침묵에 잠기고는 했다. 디렉이 보기에 그는 분명 죽어가고 있었다. 디렉은 테라의 눈빛이 빛나던 순간을 딱 한 번 목격했다. 기이한 문자로 가득한 텍스트가 그의 손에 주어졌을 때 그는 마치 새로 태어난 사람처럼 환한 미소를 지었다. 하지만 그 불빛은 그리 오래가지 않았다. 그는 서둘러 자료를 챙겨 어디론가 사라졌다. 디렉에게 그는 마치 존재하지 않았던 사람처럼 느껴졌다.

큰 권력에는 큰 책임이 따른다는 말을 철썩 같이 믿는 사람은 두 부류로 나뉜다. 권력을 쟁취하는 대신 무거운 책임도 기꺼이 받아들이겠다는 부류와 무거운 책임에 짓눌리기보다는 자유로운 종이 되겠다는 부류이다. 안타깝게도 레온은 두 번째 부류의 인간이었다. 반장과 툇장이 없을 때 사무실 최고 책임자는 레온이었지만, 그는 거대한 덩치에 어울리지 않게 소심한 남자였다. 레온은 이온과 디네가 없을 때가 가장 두렵다고 공공연하게 떠들고 다녔다. 그래서 두 사람이 없을 때 레온이 하는 가장 중요한 일은 나갈 기회를 찾는 것이었다. 그리고 때마침 그에게 기회가 찾아왔다.

"반장님이 전해드리라고 했습니다."

에이나인에 들어온 지 얼마 안 된 신참이 쪽지 하나를 내밀며 말했다.

"고마워. 그런데 자넨 지금 뭐하고 있나?"

"블랙데세르툼 지도를 찾고 있습니다."

"블랙데세르툼? 그 버려진 땅 지도는 찾아서 뭐하게?"

"그건……."

"아, 아니야. 말하지 마. 그만 가 봐."

레온은 손사래를 치며 말했다. 신참이 가고 나자 바리온이 나타나 레온 옆에 앉았다.

"저 친구 여기 온 지 며칠이나 됐지?"

레온이 쪽지를 열어보며 물었다.

"글쎄, 한 달 정도 된 것 같은데."

"이름이 뭐랬지?"

"살로몬이라고 하더군. 듀링처럼 손가락과 눈동자만 잘 돌아가면 그만인 정보통이야. 아 참, 저 신참 녀석 부전공이 뭔 줄 아나? 고고학이야, 고고학!"

레온은 바리온의 말을 듣는 둥 마는 둥 하면서 반장이 남긴 쪽지를 읽어 내려갔다. 내용은 짧고 간결했다.

"쓸데없는 소리 그만하게. 그건 그렇고 재미있는 일이 벌어진 것 같아."

쪽지를 접으며 레온이 말했다.

"고고학을 전공한 비밀 요원 말고 더 재미있는 일이 어디 있나?"

"그만 떠들고 나가지. 들어온 지 얼마 안 됐는데 벌써 답답하군."

레온이 벗어둔 외투를 다시 챙기며 말했다.

"어딜 가는데?"

"잔말 말고 따라와."

레온과 바리온은 음파탐지기와 발칸을 장착한 육중한 호버크루저에 올라탔다. 텅스텐 합금강과 티타늄 합금으로 만든 외부 장갑은 레이저 빔 정도는 가볍게 튕겨낼 것처럼 보였다. 레온은 자못 진지한 표정으로 H2의 충전 상태를 점검했다.

"도대체 어딜 가는데?"

바리온도 레온을 따라 H2의 충전 상태를 점검하며 물었다. 레온은 대답 대신 이온 반장이 남긴 쪽지를 건네주었다.

"읽어 봐."

바리온은 조심스럽게 쪽지를 펼쳤다.

'빅이라는 만물상을 찾을 것. 디네에게는 말하지 말 것. 주소는……'

"놀랍지 않나? 반장과 팀장 사이에 문제가 있다는 걸 몰랐군."

레온이 장거리 스나이퍼 빔 라이플 BR6의 총구 덮개를 열며 말했다.

"무슨 사정이 있겠지. 아무튼 알다가도 모를 일이군. 팀장님 모르게 일을 진행시키다니. 영 찝찝해."

바리온이 쪽지를 돌려주며 말했다.

"뭐가 찝찝한가? 우린 상관의 명령만 따르면 그만이야. 반장이 팀장보다 계급이 높다는 것 외에 중요한 건 없다고."

"레온답군."

바리온이 퉁명스럽게 말했다.

"이봐. 팁! 뭐해? 요원 둘을 빨리 7번 게이트로 보내!"

레온은 무선송신기에 대고 지원 과장에게 고래고래 소리를 질러댔다. 잠시 후 두 명의 요원이 호버크루저에 올라탔다.

"자네 둘은 밖에서 대기하다가 용의자가 도망쳐 나오면 즉시 검거하라고. 반항하면 팔이나 다리에 따끔한 맛을 보여줘. 여의치 않을 시에는 BR6를 사용해도 좋아."

호버크루저는 자력의 힘을 받으며 공중으로 떠올랐다. 수직 바퀴가 수평으로 꺾이자 이온 엔진이 작동하면서 호버크루저를 가볍게 앞으로 밀어냈다. 바리온은 물끄러미 하늘을 쳐다보았다. 음울한 회색 기체가 점점 진해지고 있었다. 하루가 끝나가고 있음을 알리는 신호였다.

6

100인 위원회 위원들이 가이아의 주요 안건에 관하여 회의를 진행하거나 투표를 실시하는 의사당 안은 4층으로 된 반원형의 계단식 구조였다. 평소 같으면 회의로 한창 바쁠 시간이었지만 의장석 앞에 서 있는 남자 한 명 말고는 아무도 없었다. 트리노 국장과 이온 반장은 남자가 있는 곳을 향해 조심스럽게 계단을 내려갔다. 남자의 모습이 뚜렷해지자 이온 반장의 땀구멍이 커지기 시작했다. 반장은 그가 3인의 의장단 가운데 서열이 가장 높은 던바 의장이라는 데 조금의 의심도 없었다. 눈앞에 서 있는 남자의 독특한 모습이 트리노 국장을 비롯해 던바 의장을 만난 적 있는 극히 일부 사람들의 증언과 너무도 비슷했기 때문이다. 남자는 뒷짐을 진 채 서 있었다. 나무줄기에서 뻗어 나온 얇은 가지처럼 깡마른 체구는 남자의 키를 더 커보이게 했다. 남자의 창백한 회색빛 얼굴은 살이 없어 해골처럼 보였고, 어깨까지 내려오는 긴 머리가 기괴함을 더해주었다. 무표정한 얼굴과 달리 긴 머리카락 사이로 드러난 눈동자만큼은 이글이글 타올랐다. 이온 반장은 누구도 의장의 눈을 똑바로 쳐다볼 수 없을 거라는 증언을 몸소 느꼈다. 놀라기는 트리노 국장도 마찬가지였다. 던바 의장은 트리노 국장마저도 먼발치에서 딱 한 번 보았을 정도로 베일에 싸인 인물이었다. 던바 의장은 대부분의 시간을 100인 위원회 위원들조차 허가 없이는 출입이 금지된 피라미드 하우스의 2층에서 보냈다. 입이 무겁기로 소문난 에일 비서관을 제외하면 그가 누구를 언제, 왜 만나는지 알지 못했다.

  사람들은 2명의 최고지도자보다 3명으로 구성된 의장단이 실권자라고 믿었다. 최고 권력을 상징하는 최고지도자 두 사람과 달리 3명의 의장단은 좀처럼 공식석상에 얼굴을 드러내지 않았다. 100인 위원회는 3인의 의장단이 두 명의 최고지도자를 실에 묶어 꼭두각시처럼 조종한다는 세간의 평판을 불식시킬만한 어떠한 대응도 하지 않았는데 이러한 대처가 의혹을 부채질했다. 최근에는 테페 언덕 꼭대기에 우뚝 솟은 피라미드 하우스 안에 비밀스러운 존재가 살고 있다는 유언비어까지 나돌았다. 하지만 100인 위원회 위원들은 어떠한 물질도 뚫지 못하는 피라미드 하우스의 보호를 받으며 사람들의 이야기를 무시한 채 생활하고 있었다. 사람들은 피라미드 하우스의 2층을 음울한 회색빛 눈으로 사람들을 감시하며 조종한다는 뜻의 '디아블로아이(악마의 눈)'라고 불렀다. 그리고 디아블로아이에서 눈을 치켜 뜬 채로 피라미드 하우스 전체의 실권을 장악하고 있는 사람은 다름 아닌 던바 의장이라고 굳게 믿었다.

디아블로아이의 우두머리 던바 의장이 1층으로 내려왔다는 것은 결코 가볍게 생각할 일이 아니었다. 그 같은 사실을 모를 리 없는 두 사람은 잔뜩 긴장한 채로 던바 의장 앞에 섰다. 트리노는 눈이 마주칠까 두려운 듯 고개를 숙이고 있었고, 이온 반장은 마른 침을 삼키며 던바 의장의 발끝만 쳐다보고 있었다.

"오시느라 수고가 많았소. 자리에 앉으시오."

두 사람이 미처 인사를 할 새도 없이 던바 의장은 가느다란 손가락을 가지런히 모아 위로 향하게 편 뒤 가까이에 있는 의회석을 가리키며 말했다. 트리노 국장은 비록 뒤뚱거리기는 했지만 할 수 있는 한 가장 빠른 동작으로 자리에 앉았다. 이온 반장 역시 짧은 다리를 최대한 빨리 움직여 자기 자리를 찾았다.

"내가 누군지 설명하지 않아도 잘 아시리라 믿소."

무겁게 가라앉은 저음의 목소리가 던바 의장의 입에서 흘러나왔다.

"시간이 별로 없으니 바로 본론으로 들어가겠소."

던바 의장은 두 사람에게 가까이 다가오더니 뒷짐을 지고 왔다 갔다 하며 말했다. 몸은 움직이고 있었지만, 두 눈만큼은 말잘 듣는 아이처럼 꼼짝하지 않고 의장석 제일 앞에 앉은 두 사람에게 고정되어 있었다. 이온 반장은 왠지 모를 불쾌감을 느꼈다. 의장이 가까이 다가오자 멀리서는 느끼지 못했던 기분 나쁜 기운이 온몸을 휘감으며 몸속으로 파고들었다. 세포 하나하나를 후벼 파는 것 같았다.

"잘 알다시피 가이아는 오랫동안 아무 탈 없이 잘 돌아가는 세계였소. 당신들이 태어나기 훨씬 전부터 말이오. 이 세계는 그물처럼 잘 짜인 구조 손에서 진화를 거듭했소. 그것이 알고리즘의 진화든 생물학적 진화든 중요하지 않소. 가이아의 모든 개개인이 화산처럼 펄펄 끓는 뜨거운 용암에도 녹지 않고 오히려 무쇠처럼 더 단단해지는 한, 우리 세계는 언제까지나 안전할 것이오. 지금의 가이아인들이 그들의 선조들이 그랬던 것처럼 쉽게 깨지지 않는 믿음 속에 살기만 한다면 그들은 오늘처럼 평화로운 내일을 맞이할 것이오.

진화에 필연적으로 발생하는 돌연변이처럼 우리 사회에 균열을 일으키는 반갑지 않은 이단아들은 늘 존재해 왔소. 우리가 밝혀낸 바에 의하면 안타깝게도 이들은 돌연변이와 달리 착각 속에 살다가 사회에 아무런 이익을 가져다주지 못하고 사라져버린 이물질일 뿐이었소. 이들은 비록 그렇게 하려고 한 것은 아니지만, 가이아인들을 더 단단하게 하는 촉매 역할을 해왔지. 우리는 적절하게 이들을 이용했소. 그들의 망상이 가이아인의 체질을 강화하는 백신이 되기를 원했고 또 그렇게 되었지. 그런데 최근 무쇠처럼 단단하던 우리의 오랜 믿음에 전에 없는 심각한 균열이 발생하고 있다는 반갑지 않은 징조들을 목격했소. 호모들은 종종 지식이 세상을 돌아가게 하는 원동력이라고 착각하곤 하지. 미련한 호모들은 세상이 아무 탈 없이 돌아가는 이유가, 알아야 할 것을 알아냈기 때문이 아니라 몰라야 할 것을 알려고 하지 않았기 때문이라는 걸 모른다오."

던바는 블랙데세르툼에서 어둠을 먹고 사는 맹수 '버서커'처럼 강렬한 눈빛으로 이온과 트리노를 번갈아 쳐다보며 말했다. 이온은 등줄기가 오싹해질 정도의 한기를 느꼈다. 그것은 살면서 한 번도 느껴보지 못한 공포였다. 이온은 정신력으로 겨우 버티고 있었다. 반면 트리노는 거의 실신 직전의 상태였다. 얼굴은 창백해졌고, 눈동자는 초점을 잃은 채 방황하고 있었다. 잘 다려 입은 그의 제복은 쉴 새 없이 흘러내리는 땀 때문에 물에 담갔다 꺼낸 것처럼 축축하게 젖어버렸다.

"이제 세상은 몰라야 할 것들을 알려고 하는 벌레들 때문에 흔들리고 있소. 그 벌레들은 가이아를 지탱해 온 힘에 흠집을 가하려고 하지. 당신네 선조들이 힘겹게 쌓아올린 진화의 실험실에 균열이 생기기 시작했단 말이오. 트리노 국장, 당신은 왜 자신이 그 자리에 앉아 있는지 모르는 듯하오. 당신에게 그만한 권력을 준 이유를 잘 생각해 보란 말이오. 당신의 허리둘레가 커질수록 가이아는 불행해진다는 사실을 알아야지. 선조들에게 부끄럽지 않은 후손이 되어야 하지 않겠소?"

"죄…죄송하…합니다. 제…제가 어…어떻게 하면 되…될까요?"

트리노가 기어들어가는 목소리로 간신히 말했다.

"어려울 것 하나 없어. 돼지처럼 먹고 싸지만 말고 당신이 에이나인 국장 자리에 앉기 전까지 해오던 것들을 하면 돼. 자네가 풍기던 그 썩은 냄새는 다 어디로 갔지? 당신을 돕던 비열한 작자들은 지금 뭘 하고 있나? 권리를 누리려면 무거운 책임도 져야 한다는 것을 세상에 보여주게. 가이아에 찾아온 불미스러운 일들을 해결하려면 자네가 나서줘야 해. 지금의 사태를 불러온 씨앗을 찾아 없애 버리게. 수단과 방법을 가리지 말고."

"씨…씨앗이라니요."

트리노는 눈물에 콧물까지 흘리며 말했다.

"균열의 핵심 말이야. 이온 반장은 잘 알고 있겠군. 쓸데없는 데 관심을 쏟다 쫓겨난 요원이 하나 있었지? 100인 위원회로부터 경고를 받은 바로 그 친구 말일세. 그 친구가 재미있는 책을 손에 넣었다는 정보가 있네. 문제는 그 책이 아니라 그 책을 쓴 사람이지. 그 사람을 찾게."

"하, 하지만 그 사람은 이미……."

이온 반장이 자기 키만큼 작은 목소리로 말했다.

"요즘 이온 반장의 날카로운 칼이 무뎌지고 있다는 말이 돌고 있어. 세간에 떠도는 이야기를 믿을 만큼 둔해져서는 안 되지. 죽었든 살았든 몸뚱이는 남아 있을 거 아닌가. 그 몸뚱이를 찾아오게. 트리노 국장과 함께 수단과 방법을 가리지 말고 찾아내야 해. 자, 이만하면 할 말은 다 한 것 같으니 그만 돌아가게. 다시 태어난다는 기분으로 책임지고 임무를 완수하기 바라네."

던바 의장은 이글거리는 눈을 거두고 뒷짐을 진 채 천천히 계단을 걸어 올라갔다. 잠시 후 계단을 오르던 던바가 걸음을 멈추더니 돌아서며 말했다.

"아 참, 잊은 게 있네. 내가 알기로 이온 반장이 거느리는 요원 중에 암고양이 한 마리가 있다고 알고 있는데 말이야. 이름이……, 그래 맞아. 디네라고 했지? 그 여자를 잘 길들여 놓게. 아니면 어느 순간 발톱을 드러낼지도 모르니까. 같은 일이 반복

해서 일어난다면 그건 실수가 아니라 고의라고 봐야겠지. 지켜보겠네."

이 말을 끝으로 던바 의장은 마치 유령처럼 아무 소리도 내지 않고 홀연히 사라지듯 의사당을 빠져나갔다.

"우리도 가세나."

트리노 국장이 흠뻑 젖은 수건을 제복 주머니에 집어넣으며 말했다. 이온 반장은 무언가에 홀린 사람처럼 갈없이 자리에서 일어나 계단을 걸어 올라갔다. 상사인 자기보다 앞서 올라가는 이온을 보면서도 트리노는 아무런 불만을 표시하지 않았다. 그만큼 두 사람은 제 정신이 아니었다.

어찌 된 일인지 자기 일에 한 치의 소홀함이 없던 에일이 보이지 않았다. 둘은 에일의 에스코트 없이 피라미드 하우스를 나왔다. 이온은 테페 언덕 꼭대기에 서서 회색 기체 사이로 내리쬐는 헬리오스의 강렬한 전자기파가 엷어진 어스름한 가이아를 내려다보았다. 그는 어스름이 내려앉은 이맘때의 가이아가 가장 아름답다고 생각했다. 하지만 오늘만큼은 아니었다. 지금 이온 반장의 눈앞에 펼쳐진 가이아는 어쩐지 외롭고 쓸쓸해 보였다. 이온은 그것이 던바 의장의 으스스한 기운 때문일지도 모른다고 생각했다.

"무슨 생각을 그렇게 골똘히 하고 있나?"

이온이 고개를 돌리자 수행원이 차 문을 열어 놓은 채 기다리고 있었다.

"아, 아닙니다."

"어서 타게."

 자동차는 이온이 올라타자 '푸슉'하는 소리와 함께 가볍게 하늘로 날아올랐다. 반장은 무선 장거리 통신장치인 소형 플라스마 이어폰을 귀에 꽂은 다음 가볍게 터치했다.

"에이나인 본부로 연결해 줘."

 이온 반장이 우뚝 솟은 피라미드 하우스를 내려다보며 말했다.

"연결되었습니다."

 교환원의 목소리가 흘러나왔다.

"이온 반장이야. 살로몬 있나?"

 이어폰 저편에서 잠시 웅성거리는 소리가 들리는가 싶더니 누군가 말했다.

"네. 살로몬입니다."

"지금 즉시 블랙데세르툼 지도를 찾아놓게. 그리고 레온 들어왔나? 안 들어왔으면 지금 내가 하는 말을 잘 적어놨다가 전해주게."

 반장은 몇 가지 지시사항을 살로몬에게 전했다.

"그 버려진 땅 지도는 왜?"

가만히 듣고 있던 트리노가 물었다.

"세상 사람들의 눈을 피해 지금까지 살아있다견 있을 곳은 그곳뿐이니까요."

플라스마 이어폰을 가볍게 두 번 두드리며 반장이 말했다.

"괜한 곳에 시간 낭비하지 말게."

트리노 국장의 달에도 일리는 있었다. 블랙데세르툼은 검은 모래가 끝없이 펼쳐진 죽음의 사막이자 풀 한포기 자라지 않는 척박한 땅이었다. '블랙데세르툼으로 보내버린다'라는 말 한마디면 울던 아이도 그치고, 말 안 듣는 아이도 고분고분해질 정도로 블랙데세르툼은 가이아인에게 공포의 땅이자 금단의 구역이었다. 만일 누군가 운 좋게 블랙데세르툼에서 며칠 동안 살아남았다고 해도 그것은 전설 속에 등장하는 거대한 곰보다 두 배는 더 큰 몸집과 빠른 스피드, 그리고 인간의 수백 배에 달하는 힘을 가진 버서커가 있는 한 신의 축복이 아닌 재앙의 시작일 뿐이었다. 블랙데세르툼은 어둠 속에서 인간의 간섭을 거부한 채 오랫동안 가이아의 한 부분을 차지하고 있었다.

"한 점술가로부터 블랙데세르툼에서 살아가는 종족이 있다는 이야기를 들은 적이 있습니다."

"에이나인을 이끌고 있는 반장이 점 따위를 믿다니 쯧쯧."

비꼬기 좋아하는 원래의 자기 모습으로 돌아온 트리노가 혀를 차며 말했다.

"저 역시 그 노인의 말을 믿지 않았습니다. 오늘 피라미드 하우스에 오기 전까지 말입니다."

이온은 꾸밈이라고는 찾아볼 수 없는 얼굴로 말했다.

"쓸데없는 소리 하지 말고, 던바 의장의 눈 밖에 나기 싫으면 내가 지시하는 대로 하게. 오늘 자네도 보지 않았나?"

트리노는 불쾌하다는 듯 팔짱을 낀 채 차창 밖을 내다보며 말했다. 이온은 국장의 지시를 따를 생각이 없었다. 이온 반장은 트리노 국장이 언젠가는 자신이 썼던 비열한 수단과 똑같은 방식으로 종말을 맞을 거라고 생각했다. 국장은 너무나 많은 적을 만들어 놓았고 그 적들은 호시탐탐 기회를 노리고 있었다. 이온은 소리 없이 날아가는 자동차처럼 다시 침묵에 빠졌다. 어느새 잠들었는지 국장의 코 고는 소리가 이온의 귀를 자극했다. 하지만 던바 의장이 뿜어내는 기운에 비하면 그 소리는 자장가보다 편안하게 들렸다.

피라미드 하우스의 2층 디아블로아이에 사는 3인의 의장단 가운데 단연 눈에 띄는 사람은 유진이었다. 가슴까지 내려오는 붉은색 곱슬머리가 아리따운 여인을 떠오르게 한다면 진한 눈썹과 우뚝 솟은 콧날은 그를 빈틈없는 남자로 보이게 했다. 치명적인 독을 품고 있는 듯한 붉은 기가 감도는 입술과 적당한 키에 마르지 않은 체격이 그를 호락호락하게 보이지 않게 하는 데 도움을 주었다. 던바 의장과 달리 그는 기품 있는 목소리의 소유자였다. 배에 힘을 주지 않아도 그의 부드러운 목소리는 아주 멀리까지 퍼져나갔다. 2층으로 올라온 던바 의장 앞에 선 유진은 궁금하다는 듯 물었다.

"이야기는 잘 되었나요?"

유진의 목소리가 던바의 귀를 간질였다.

"잘 알아들었을 것이라 믿소."

던바의 기분 나쁜 저음이 공기를 가르며 유진의 세포에 한기를 불어넣었다. 하지만 유진은 아랑곳하지 않은 채 부드러운 목소리로 말했다.

"아직도 제 말을 믿지 못하나요?"

"자그마한 실금이 갔다고 해서 우리가 만든 세계에 커다란 균열이 생길 거라는 의장님의 말을 믿으라는 겁니까?"

던바의 긴 머리 사이로 드러난 눈에서 날카로운 광채가 뿜어져 나왔다.

"저 역시 인정하고 싶지 않아요. 하지만 우리의 실험이 심각한 도전에 직면했다는 사실만큼은 틀림이 없어요."

유진의 붉은 입술에서 흘러나온 부드러운 스리의 파장이 날카로운 광채를 튕겨 냈다.

"지나친 생각이오. 밀스도 내 생각에 동의할 거요."

"에일은요?"

"전 유진 의장님 의견에 동의해요."

위원회가 자랑하는 베테랑 비서 에일이 언제 올라왔는지 그들 대화에 끼어들었다.

"두 사람은 떠났나?"

던바 의장이 뒷짐을 진 채 말했다.

"네."

던바는 에일의 말 속에 불편한 심기가 담겨 있음을 알아차렸다.

"어째 기분이 별로 좋아보이질 않는군."

"가이아인들이 던바 의장님을 어떻게 생각하는지 잘 아실 거예요. 앞으로는 누가 되었든 그들 앞에 직접 모습을 드러내는 일은 삼갔으면 해요."

에일은 피라미드 하우스의 외관과 같은 재질로 만든 탁자에 놓인 크리스털 화분 속 미모사를 어루만졌다. 미모사는 수줍은 듯 몸을 움츠렸다. 미모사는 아주 오랜 옛날 신화 속에 나오는 식물 가운데 하나였다. 살아 있는 생물처럼 행동하는 미모사는 자기 몸을 움츠려 스스로를 방어하는 예민한 식물이었다. 에일이 미모사를 이곳에 가져다 놓은 이유가 무엇인지 던바 의장은 잘 모르는 듯했다.

"내가 모습을 드러낼 일이 없었다면 에일이 말하지 않아도 그렇게 했을 거야. 하지만 지금은 꽁무니를 숨기고 있을 때가 아니라 상황을 바로 잡을 때지."

던바 의장이 날카롭게 쏘아보며 에일의 턱을 엄지와 검지로 잡아 올렸다

"너무 예민하게 굴지 마. 에일."

"던바 의장님 말처럼 지나치게 예민할 필요는 없어요. 트리노 국장과 이온 반장 정도면 신경 쓰지 않아도 좋습니다. 트리노 국장은 우리도다 출세에 더 관심이 많으니까요. 물론 이온 반장은 좀 다르죠. 하지만 그 역시 충직한 개일 뿐이에요. 물론 조심해서 나쁠 건 없어요. 던바 의장님도 조금은 그런 쪽으로 신경을 쓸 필요는 있겠죠."

적당할 때에 끼어들 줄 아는 유진의 감미로운 목소리가 분위기를 가라앉혔다.

"우리는 의장님이 어떤 모습으로 나타내느냐보다 더 큰 문제를 해결해야 해요. 가장 큰 문제는 우리가 보아야 할 것을 못 보고 있다는 거예요. 지금은 몰라야 할 것을 알려고 하는 유난스러운 이드를 생각할 때란 말이죠. 의장님은 그가 깨끗하게 사라졌다고 생각했지만 유감스럽게도 그 이드가 죽었다는 증거는 어디

에도 없어요."

유진은 가슴까지 내려오는 붉은색 곱슬머리를 손가락으로 배배꼬며 말을 이어갔다.

"의장님이 제 의견에 일부 동의해 주셨다는 점은 무척 다행한 일이에요. 하지만 우리가 알아야 할 진실에 가까이 접근하려면 더 깊은 신뢰가 필요해요. 살람과 함께 사라진 것으로 여겼던 〈이드의 뿌리〉가 다시 나타났다는 건 이미 말씀드렸지요? 물론 그 책 자체가 살람의 생존을 증명하는 건 아니지만 그 책이 다시 모습을 드러낸 만큼 우리는 살람이 죽었다는 위험한 생각의 덫에서 빠져나와야 해요."

"그가 죽었다는 증거만큼 그가 살아 있다는 증거 역시 희박한 상태지요. 아무튼 유진 의장님 말대로 우리는 털끝만큼의 의혹이라도 밝혀내야 합니다. 트리노 국장과 이온 반장을 불러 적절한 조치를 지시한 것도 그 때문이지요."

던바 의장은 답답한 듯 디아블로아이의 네 벽면을 투명한 상태로 만드는 스위치를 작동시켰다. 곧이어 헬리오스의 전자기파가 힘을 잃은 어스름한 가이아의 모습이 드러났다. 던바 의장의 차가운 눈빛이 잠시나마 온화해지는 시간이 바로 이맘때였다.

"유진 의장님이 무슨 말을 하려는지 잘 압니다. 하지만 우리가 받아들여야 할 도전은 가능성 있는 의혹이지 불가능한 망상이 아닙니다."

"유감이군요. 살람은 균열의 서막에 불과해요. 의혹은 드러나 봐야 아무런 힘도 발휘하지 못하죠. 가이아는 전과 다름없이 잘 돌아갈 거예요. 하지만 불가능해 보이는 망상은 예측하기 어려운 위험을 품고 있죠. 지금까지 벌어진 일들이 가리키는 건 하나예요."

"그게 뭡니까?"

던바 의장이 의아한 표정을 지으며 말했다.

"드러나서는 안 되는 존재가 움직이기 시작했다는 것. 아니 어쩌면, 우리 눈을 피해 가이아에서 우리와 함께 지내고 있었는지도 모르죠."

유진은 던바 의장과 나란히 서서 아름답게 물든 가이아를 부드러운 눈으로 내려다보았다. 던바 의장은 차가운 회색빛 얼굴을 기이하게 일그러트리는 것 말고는 어떠한 말도 덧붙이지 않았다. 세 사람 가운데 오직 한 사람만이 유진의 입에서 나온 놀라운 이야기에 당황해 하고 있었다. 한 치의 오차 없이 자기 역할을 잘 소화해온 에일이었지만 이 자리에서만큼은 그러기 힘들었다. 그녀는 떨리는 목소리로 물었다.

"그렇다면 우리 계획은 어떻게 되는 건가요?"

그녀의 말이 끝나기 무섭게 두 사람은 동시에 고개를 돌려 에일을 쳐다보았다.

"늘 그랬듯이 우리는 답을 내릴 수 없어 에일……, 아니 스칼라."

에일 곁으로 다가온 던바는 차가운 손으로 그녀의 얼굴을 어루만졌다. 유진은 미소를 머금으며 그들 곁을 지나 조용히 사라졌다.

7

"아무데서나 잘 자는 친구군요."
"깨워!"
살로몬은 죽은 듯 잠들어 있는 디렉의 뺨을 톡톡 건드렸다.
"살로몬, 이 친구는 아기가 아니야."
디네는 팔짱을 낀 채 알루미늄 의자의 다리를 걷어찼다. 그제야 눈을 뜬 디렉이 현실로 돌아오기까지는 약간의 시간이 더 필요했다.
"여…여기가 어디죠?"
"너 같이 어린 친구가 와서는 안 되는 곳이야."
살로몬이 살갑게 말했다.
"이 친구 전과기록은?"

디네는 디렉만큼 어려보이는 신참에게 쏘아붙이듯 말했다.

"아, 잠시만요."

살로몬은 심문실을 지나칠 때마다 '저 차가운 곳에서 내가 할 일이 있을까?'하고 생각하고는 했다. 하지만 어디에서든 그가 할 일은 있었고 그 일이 남을 괴롭히는 일만 아니라면 무엇이든 하리라 마음먹었다. 살로몬은 가벼운 손놀림으로 휴대용 하이브리드 단말기를 꺼내 디렉의 전과를 조회했다.

"어디 보자. 팔자 좋게 곯아떨어진 이유가 있었네요. 미성년자라서 다행이었지 아니면 지금쯤 알카트라즈에 있었을 겁니다."

"다행인지 불행인지는 두고 봐야지."

디네는 겨우 정신을 차린 디렉을 쏘아보며 말했다.

"해킹이나 위장 행적보고와 관련해서 처벌받거나 조사받은 적은 없어?"

"없어요. 나이는 어려도 프로는 프로네요."

테라를 생각하다 깜빡 잠이 들었다는 사실을 떠올린 디렉은 잠들기 전까지 의기양양해 하던 자신을 잊은 듯 디네의 눈을 똑바로 쳐다보지 못했다.

"디렉, 여기가 어딘 줄 아니?"

디네가 다소 누그러진 말투로 물었다.

"여기가 어디든 상관없어요. 안다 해도 결과가 바뀌진 않을 테니까요."

"어떤 결과 말이지?"

의자를 끌어다 앉으며 디네가 물었다.

"왜 이러세요. 다 아시면서?"

디렉은 처음으로 디네의 눈을 똑바로 쳐다보며 말했다.

"알카트라즈를 생각하는 모양인데 그렇다면 잘못 생각한 거야. 제발 알카트라즈로 보내달라고 아우성치게 될 장소로 갈지도 몰라."

"에이 설마, 농담하지 마세요. 팀장님."

살로몬은 가이아에서 알카트라즈를 천국으로 만드는 유일한 장소를 떠올렸다. 지금까지 풀 한 포기 자라지 않는 검은 모래사막 블랙데세르툼으로 끌려간 범죄자는 피핀 딱 한 사람뿐이었다. 피핀의 죄목은 이드 살해죄였다. 그가 살해한 이드는 무려 열 명이었다. 피핀은 알카트라즈에서 탈옥한 유일한 죄수라는 타이틀도 덤으로 가지고 있었다. 사형제도가 없는 가이아에서 가장 무거운 형벌인 블랙데세르툼 추방형이 피핀에게 돌아간 것은 유감스러운 일이었지만 한편으로 가이아에서 가장 흉악한 범죄를 저지른 사람에게 가장 어울리는 형벌이기도 했다.

"농담이라고? 피핀은 이드 열 명을 죽이고 블랙데세르툼으로 추방됐지. 하지만 이 아이는 어쩌면 그보다 더 많은 이드를 죽였을지 모르는 사람을 알고 있어. 아니 공범일지도 모르지."

"무슨 말을 하는 거예요?"

디렉은 정보국 요원들이 경찰보다 나을 것이 없다는 생각에 깊은 실망감을 드러냈다.

"설마 내가 뭘 잘못했는지 모를 만큼 분별력이 없는 나이라고 생각하는 건 아니겠죠?"

"분별력이 있는 아이라면 경찰서를 제집 드나들 듯하지는 않았겠지."

디네는 쓴 웃음을 지으며 다리를 꼬았다.

"없는 죄까지 뒤집어씌우려 하지 말고 당신들이 경찰보다 낫다는 증거를 보여주세요."

"팀장님, 그 사람이 대체 누굽니까?"

디네는 신참의 질문에 일일이 대답할 필요가 없다고 생각한 듯 그의 말을 무시한 채 디렉의 눈을 유심히 살폈다.

"테라라고 알지?"

"테라?"

디네의 입에서 테라의 이름이 나오리라고는 꿈에도 생각하지 못했던 디렉은 말을 잇지 못하고 멍하니 디네의 얼굴을 바라보았다.

"왜 그렇게 놀라지?"

"노... 놀라긴 누가 놀라요?"

디렉은 일부러 목소리를 더 높여 말했다.

"그래요. 어차피 다 드러나게 될 텐데 숨길 것도 없어요. 다 말씀 드리죠."

"아니, 그럴 필요 없어. 네 입으로 말하지 않아도 우리가 알아낼 수 있는 정보로 시간을 낭비하고 싶진 않아. 내가 알고 싶은 건 테라라는 이름의 이드에 관해서일 뿐이야."

살로몬은 디렉이 알카트라즈로 갈지 블랙데세르툼으로 갈지 몹시 궁금해졌다. 그는 디렉의 입에서 나오는 것이 무엇이든 하나도 놓치지 않겠다는 듯 디네 옆에 바싹 붙어 앉았다.

"그 이드가 왜 궁금하죠?"

"어제 살해당했거든."

디렉은 잠시 테라의 모습을 떠올렸다. 연약하고 생기를 잃은 눈빛의 테라에게 죽음은 삶보다 더 친숙해 보였다. 그는 딱 한 번 환한 미소를 지어 보였다. 그것이 디렉이 기억하는 테라의 마지막 불꽃이 될 줄이야.

"누가 그런 짓을 했죠?"

"내가 궁금한 건, 누가가 아니라 왜 죽였을까 하는 거거든?"

디네의 얼굴이 가까이 다가오자 디렉은 인상을 찌푸리며 고개를 살짝 뒤로 젖혔다.

"그걸 왜 저한테 물으세요?"

규정상 심문실에는 반드시 두 명 이상이 입회하게 되어 있었다. 물론 심문도 두 사람이 있을 때에만 할 수 있었다. 통제하기 어려운 용의자 때문이 아니라 심문의 객관성을 확보하기 위해서였다. 하지만 이 규정이 디네가 알고 싶어 하는 진실에 다가가는 것을 막았다. 디네는 거추장스러운 살로몬을 어떻게든 떨어트려 놓고 싶었다.

"살로몬, 기다릴 테니까 가서 전직 요원 펭에 관한 기록을 샅샅이 뒤져서 모두 뽑아와."

"펭이라니요?"

"이드 살해범이야."

질문이 많은 요원보다 지시한 명령을 빈틈없이 처리하는 요원에게 큰일을 맡기는 곳이 에이나인이라는 사실을 모를 리 없는 살로몬은 물어볼 것이 많았지만 꾹 참고 자리에서 일어났다. 살로몬이 나가자 디네가 더 바싹 다가앉으며 말했다.

"지금부터 내 말 잘 들어. 나도 너를 살인 용의자와 한터 엮고 싶지 않아. 하지만 내가 묻는 말에 제대로 대답하지 않으면 네가 원치 않는 결과와 마주해야 할 거야. 네가 이드에게 불법적인 일을 해줬다는 것만으로도 큰 범죄지단 테라라는 이드에게 해준 일이 너를 더 큰 의혐에 빠트릴 수도 있어. 네가 평범한 이드가 아닌 분자생물학자인 이드에게 해 준 일이 무엇인지 지금 말하는 게 좋아. 너와 나 단 둘만 알 수 있는 지금이 기회야. 시간이 걸릴 뿐이지 머지않아 모두 밝혀질 거야. 그때는 내가 도와주고 싶어도 널 도와줄 수 없어. 잘 생각해. 블랙데세르툼으로 간 피핀이 그 후로 어떻게 되었는지 아는 사람은 아무도 없다는 걸 잊지 마."

바다 한 가운데 떠 있는 알카트라즈에서 끔찍한 세월을 보내는 것이 그리 달가운 일은 아니지만 블랙데세르툼의 공포와 마주할 만큼 용기 있는 사람은 가이아에 한 사람도 없었다. 디렉은 고작 열여덟 살에 불과했고 해커일 뿐이었다. 에이나인 요원의 꿍꿍이가 아무리 의심스럽다고 해도 블랙데세르툼의 공포를 이겨낼 만큼은 아니었다. 더군다나 테라가 부탁한 일에 대한 의구심은 디렉에게도 있었다. 알 수 없는 문자들로 채워진 텍스트를 보며 만족해하던 테라의 모습을 그는 오랫동안 잊지 못했다. 테라가 준 돈뭉치의 역할이 여기까지라는 사실이 안타깝기는 하지만, 디렉은 테라의 죽음이 어쩌면 그 텍스트와 관련이 있을지도 모른다고 생각했고, 게다가 그의 죽음을 밝혀 줄 열쇠를 자신이 쥐고 있다면 숨기기보다 차라리 밝히는 것이 테라를 위해서도 좋겠다고 생각했다.

"좋아요. 말할게요. 그는 두 가지를 부탁했어요. 하나는 늘 하던 해킹이었고 다른 하나는 위장 행적보고였어요. 그런데 둘 다 평범하진 않았죠. 보통 위장 행적보고는 보고할 게 없는 이드들이 부탁하는 경우가 많아요. 하지만 반대로 테라는 정보가 너무 많았죠. 그가 분자생물학자라는 것까진 몰랐는데 이제 와서 생각해보니 그런 것 같군요. 제가 모르는 공식과 도형들이 마구 섞여 있었어요. 아, 그러고 보니 행적보고용으로 쓸 거짓 정보를 직접 가져다 준 이유도 설명이 되는군요. 우리는 분자생물학자에게 어울리지 않는 정보일 확률이 100%인 카피본을 쓰거든요. 아무튼 많은 정보 때문에 애를 먹었어요. 그런데 문제는 해킹이었어요. 아마도 이 부분이 궁금하실 텐데요. 저 역시 마찬가지였어요. 제가 지금까지 해 온 그 어떤 해킹보다 힘들었죠. 그런데 그보다 더 이상한 건 해킹으로 빼 온 자료였어요."

디네는 살람이 쓴 〈이드의 뿌리〉에서 나왔던 분자생물학이라는 단어에 주목했다. 생명체가 분열되지 않고 존재하게 하는 메커니즘을 설명해 줄 수 있는 학문인 분자생물학이 비밀에 휩싸인 이드의 뿌리를 찾는 데 큰 실마리를 제공해 줄 것이라는 살람의 주장이 제법 그럴듯해 보였기 때문이다. 그리고 듀링은 펭의 손에 죽은 테라가 분자생물학자였다고 했다. 디네는 듀링과 통화를 끝내자마자 〈이드의 뿌리〉 끝 부문에 나오는 문장을 되새겼다. '지금 나와 내 제자들은 분자생물학을 이 연구에 끌어들인 상태이다.' 15년 동안 정보국에서 일해 온 디네의 몸 속 모든 세포는 테라가 살람의 제자 가운데 하나라고 말하고 있었다. 디네는 자신의 추측이 맞아떨어졌다는 기쁨보다 앞으로 자신과 펭에게 일어날 일 때문에 머리가 복잡해졌다.

"그 자료는 내가 한 번도 본 적 없는 두 가지를 보여줬어요. 하나는 글자고 다른 하나는 테라의 환한 미소였지요."

"글자라니?"

디네는 포식자가 먹이를 향해 달려들 때처럼 공격적으로 말했다.

"그 글자는 진한 선과 얇은 선 그리고 몇 개의 점과 물결로 이루어져 있었어요. 선들은 끊겼다가 만나기를 반복했어요. 점은 위와 아래, 옆 어디든 올 수 있었죠. 물결은 하나만 쓸 때도 있었지만, 세 개까지 늘어났어요. 가이아 문자와 전혀 다른 형태의 문자였어요."

"바로 그거야."

디네가 무릎을 치며 말했다.

"테라의 목숨을 앗아간 건 바로 그 문자야. 네가 해킹한 곳이 어딘지 알 수 있겠니?"

"테라는 그 정도로 허술한 이드가 아니에요. 어딘가 아파보였지만 철두철미했죠. 전 그저 그가 리버싱해준 곳에서 시작해 제가 할 수 있는 작업만 했을 뿐이에요. 해커들은 고객이 원하는 자료의 내용이나 출처까지 알려고 하지 않아요. 무언의 약속이죠. 우리는 그들이 원하는 소스를 빼주는 대가로 돈을 받아요. 그 이상의 호기심은 주제넘은 짓이라는 걸 모르는 해커는 없어요."

디네는 마음 한 구석이 씁쓸해지는 기분을 느꼈다.

'살람은 자신의 제자가 염탐군이 되기를 바라지 않았을 것이다. 그는 이드가 알그리즘과 호모의 분기점에서 왜 호모와 가까워졌는지 알고 싶어 했으며 제자들이 그 비밀을 풀어주기를 원했다. 그래서 그는 분자생물학을 연구에 끌어들였고 제자임이 틀림없는 테라에게 중책을 맡겼다. 그런데 테라는 왜 해킹을 시도했을까?'

디네는 자신이 이드의 뿌리에 관한 한 펭과 한배를 탔다는 사실을 인정해야 할 때가 왔다고 생각했다. 생계가 달린 직업을 걸 정도로 이드의 뿌리에 매달린 펭의 어리석은 행동이 미련한 집착이 아니라 진실을 드러내려는 행동이었음을. 그리고 위험을 무릅쓸 만한 일이었음을 이제야 뼈저리게 느끼기 시작했다. 펭이 이드의 뿌리를 파고들 때 반장을 비롯한 위원회 사람들이 그를 저지하려고 벌인 일들을 디네는 잘 알고 있었다. 이제 그 일들이 자신에게 돌아올 것임은 불 보듯 뻔했다.

"해킹 가방 어디에 있지?"

"몰라요. 덩치 큰 아저씨가 무슨 창고에 보관해 놓으라고 하는 소리만 들었어요."

디네는 디렉만 혼자 남겨두고 심문실을 나왔다. 그녀는 펭의 자료를 출력하느라 정신없는 살로몬에게 다가갔다.

"거의 다 됐어요."

"레온은 어디 갔지?"

디네가 레온의 빈 의자를 바라보며 말했다.

"바리온 요원과 나갔어요."

"내게 보고도 없이?"

살로몬은 텍스트 출력장치 앞에 서서 펭의 사진과 그가 요원으로 있을 때 했던 일들이 조목조목 적힌 자료를 살피며 뭔가 의아한 듯 고개를 갸우뚱거렸다.

"반장님이 남긴 쪽지를 보고 나갔……."

살로몬은 반장이 남긴 쪽지의 내용 가운데 '디네에게는 말하지 말 것'이라는 문장을 떠올렸다.

"쪽지라니?"

"내용은 저도 모... 몰라요."

디네는 이온 반장이 어제와 같은 사람이 아닐지도 모른다고 생각했다. 그녀는 플라스마 이어폰을 귀에 꽂았다. 그리고 듀링을 호출했다.

"네, 반장님."

"지금 어디야?"

"본부로 들어가고 있습니다."

증거물 보관소로 향하는 디네의 발걸음이 빨라졌다.

"한 가지 물어보고 싶은 게 있는데, 펭에 관한 이야기야."

"저 역시 할 말이 있었는데 마침 잘 됐네요."

지하에 있는 증거물 보관창고로 내려가는 엘리베이터가 눈에 들어왔다.

"중요한 일이야. 어쩌면 당분간 나와 통화하기 어려울지도 몰라."

버튼을 누르자 지하 2층에 있던 엘리베이터가 조용히 움직였다.

"통화하기 어렵다니 그게 무슨 말이에요?"

엘리베이터의 문이 열렸다. 아무도 없었다. 디네는 3층 버튼을 눌렀다.

"펭이 쫓겨나기 전 기온 반장이 다녀온 곳이 위원회였지?"

"그런 걸로 알고 있어요. 그런데 그건 왜?"

"이번에는 내 차례야. 그러……."

맞은편 엘리베이터에서 보안요원이 우르르 쏟아져 나오는 모습이 디네의 눈에 들어 왔다. 디네가 타고 온 엘리베이터 역시 디네가 내리자마자 쏜살같이 그녀를 태웠던 곳으로 다시 내려갔다. 이제 그녀가 도망칠 곳은 한 곳뿐이었다. 디네는 허리벨트에 장착된 나노 슈트의 활성화 버튼을 눌렀다. 그런 다음 창문을 향해 전속력으로 달렸다.

8

가이아 북쪽, 나비의 날개 모양을 한 소도시 과타루페의 외곽 지역은 블랙데세르툼만큼은 아니지만 황량하기 이를 데 없는 곳이었다. 크고 작은 바위와 야생초 그리고 정비되지 않은 불규칙한 언덕의 비탈길 사이에 자리 잡은 크고 작은 마필리아(오두막) 가운데 가장 높은 곳에 있는 보금자리에서 빅은 무한한 상상력을 발휘해 자신의 재능을 꽃피우고 있었다. 과타루페의 척박한 지형은 이방인의 발길을 막아주었고 빅은 그 어느 곳보다 자유롭게 일할 수 있는 과타루페를 사랑했다.

간간히 불어오는 모래바람 외에는 이렇다 할 소란이 없는 과타루페의 한 작은 마을에 호버크루저 한 대가 조용히 내려앉았다. 잠시 후 삐죽이 튀어나온 BR6의 엄호를 받으며 H2를 두 손에 꼭 쥔 채 땅바닥을 겨눈 자세로 두 사람이 바람처럼 빠르게 뛰어 내리더니 능숙한 발놀림으로 약속이나 한 듯 가장 높은 곳에 있는 마필리아로 다가갔다. 균형 잡힌 몸매의 남자가 문을 정면으로 바라보며 H2를 겨누는 사이, 덩치 큰 남자가 벽에 몸을 바싹 붙이고는 문을 향해 다가갔다. 둘은 서로를 마주보며 동시에 고개를 끄덕였고 덩치 큰 남자는 손잡이를 살며시 잡았다. 그때였다. 손잡이에서 흘러나온 강한 전류가 남자의 몸 구석구석으로 파고들었다.

"악!"

남자는 괴성을 지르며 옆으로 쓰러졌다.

"보통 놈이 아니군."

문을 겨누고 있던 남자가 중얼거리며 손잡이를 쏘자 문이 힘없이 열렸다.

"괜찮나? 레온?"

"제길, 끔찍이도 저릿저릿하군."

레온이 팔을 주무르며 말했다.

"다행인 줄 알아. 독한 녀석이었으면 자넨 그 자리에서 통구이가 되었을 거야."

바리온이 텅 빈 방안을 둘러보며 말했다.

"감사의 말이라도 남기고 가야겠군."

레온이 비꼬듯 대꾸했다.

"따끔한 선물까지 준비해 놓을 정도로 냉정하고 눈치 빠른 친구야."

바리온은 블래스터들이 어지럽게 쌓여 있는 작업대를 뒤적거렸다.

"도대체 뭐하는 친구지?"

레온이 바리온의 뒤를 따라 방으로 들어오며 말했다.

"만물상이라잖아. 없는 게 없군."

바리온은 유압모터, 진공 플라스크, 다양한 모양과 크기의 피펫, 편광계, 고장 난 열화상 카메라, 플라스마 전구, 슈트용 특수장갑, 각종 센서와 스위치, 알록달록한 색과 크기의 케이블, 조각난 탄소 나노튜브의 잔해, 두랄루민 리벳, 고치다만 것으로 보이는 각종 레이저 무기 등이 가득 쌓인 4단 선반과 휴대용 액체 단말기, 마그네틱 무선통신기, 플라스마 이온 배터리로 작동하는 소형 탐사로봇, 그리고 이제는 잘 쓰지 않는 구형 컴퓨터를 포함한 각종 전자장비와 통신장비를 모아 놓은 커다란 유리 장식장을 훑어보며 말했다.

"레온, 이것 보라고. 소형 핵융합로까지 있어. 도대체 이 조그만 방에서 뭘 만들고 있는 거야?"

바리온은 방 한 귀퉁이에 있는 탁자에 놓인 핵융합로를 호기심 어린 눈으로 바라보았다.

"낸들 아나. 디아블로아이라도 접수할 모양이지."

레온은 바리온이 보지 못하고 지나친 수첩 하나를 발견했다.

빅이 작업대에 떨어트리고 간 고객 목록을 적어놓은 수첩이었다. 레온은 수첩을 꼼꼼히 살폈다.

"반장이 여길 찾아가라고 한 이유가 있었군."

레온은 고객 목록이 적힌 수첩을 소형 핵융합로가 놓인 탁자로 던졌다.

"이게 뭔가?"

깜짝 놀란 바리온이 수첩을 집어 들며 말했다.

"이 친구를 먹여 살리는 사람들 목록이야."

"어디 보자."

바리온은 손가락에 침을 발라가며 수첩을 한 장 한 장 넘겼다.

"그렇군. 펭이 주 고객이군."

"그게 다가 아냐. 제일 마지막 장을 넘겨 봐."

바리온의 손놀림이 빨라졌다.

"디렉? 오늘 우리가 잡아 온 그 해커 아냐?"

"그럴 거야. 그리고 이 집 주인이 깜찍한 선물을 남기고 부랴부랴 사라진 이유도 알 것 같군."

레온이 작업대 아래에 놓인 쓰레기통을 뒤적거리며 말했다.

"애인이 바람이라도 폈나?"

"그게 아냐. 펭이 왔다 갔어."

"증거는?"

1부 음모

레온은 쓰레기통에서 발견한 안전레버를 바리온이 볼 수 있도록 던져 주었다.

"그 안전레버는 레이저건 중에서도 가장 오래된 구형의 것이지. 내가 아는 바로는 그 안전레버가 장착된 레이저건을 쓰는 사람은 오직 한 사람뿐이야. 그리고 그 안전레버가 여기서 발견되었다는 건 그 무기의 주인이 여기에 왔다는 뜻이고."

"그 무기의 소유자가 펭이란 말인가?"

바리온은 안전레버를 이리저리 살피며 물었다.

"그렇지. 그 독사 같은 이온이 괜한 일 시키는 거 봤어?"

레온은 저릿함이 가시지 않은 팔을 접었다 폈다 하며 말했다.

"하긴, 아무 이유 없이 일을 지시하는 양반은 아니지."

바리온은 안전레버를 내려놓고 다시 수첩을 펼쳤다.

"응? 이름 옆에 조그맣게 숫자가 적혀 있는데? 오늘이 며칠이지?"

"23일."

두 사람은 잠시 서로를 쳐다보더니 누가 먼저랄 것도 없이 방을 뛰쳐나갔다.

"듀링! 대답해 듀링!"

레온은 무선 장거리 통신장치인 소형 플라스마 이어폰에 대고 고함을 질렀다.

"……."

"대답이 없는데?"

두 사람은 불규칙하게 흩어져 있는 크고 작은 바위들을 요리조리 피하며 올라올 때보다 두 배나 빠른 속도로 비탈길을 내려왔다.

"듀링, 대답해!"

"대답 없는 사람한테 시간 뺏기지 말고 살로몬에게 연락하라고. 이봐, 프랜. 시동 걸어!"

뛰어오는 탄력을 이용해 그대로 호버크루저에 올라탄 바리온이 운전석에 앉아 있는 요원에게 소리쳤다.

"어디로 갑니까?"

요원은 두 사람의 행동으로 보아 본부는 아닐 거라고 생각하며 물었다.

"기다려 봐."

바리온이 레온을 쳐다보며 말했다.

"뭐라고? 제길 뭐가 어떻게 돌아가는 거야? 그건 그렇고 디렉의 집 주소 좀 알려줘. 급해!"

속도를 줄인 레온이 천천히 달려오며 고함을 질렀다.

"무슨 일인데 그러나?"

"본부에서 일이 터졌나 봐."

레온은 짧게 말하고는 손을 들어 바리온의 다음 질문을 막았다.
"어디라고? 알았네. 반장님한테 연락하고 뒷수습 잘해!"
"대체 무슨 일이야?"
바리온은 레온이 통신을 끊자 기다렸다는 듯 재차 물었다.
"가면서 말하지. 프랜! 올드타운으로 출발해!"
육중한 호버크루저는 올 때처럼 조용히 하늘로 날아올랐다.

가이아에는 사람들이 꺼리는 장소가 두 군데 있었다. 한 곳은 블랙데세르툼이고, 다른 한 곳은 신화 속 대전쟁의 흔적이라고 믿는 사람들이 데스랜드라고 부르는 올드타운이었다. 올드타운은 과타루페에서 그리 멀지 않은 곳에 있었다. 올드타운은 비틀어지고 휘어져 흉물스러운 건물 잔해더미가 곳곳에 산재해 있는 을씨년스러운 곳으로, 갈 곳 없는 부랑자와 경찰의 눈을 피해 도망친 범죄자들, 그리고 올드타운을 떠날 기회를 호시탐탐 노리는 선량한 시민들이 함께 어울려 살고 있었다. 빅과 펭을 태운 자동차가 한때는 아름다운 스테인드글라스로 번쩍번쩍 빛났을 올드타운의 빛바랜 미술관 한 가운데로 사뿐히 내려앉자 사람들이 모여들었다. 차에서 내린 빅은 사람들을 손으로 물리친 다음 인간의 눈에는 보이지 않는 탄소나노튜브로 만든 보호막을 작동시켰다. 부랑자 하나가 자동차를 만지려고 접근했다가 경련을 일으키며 쓰러진 이후로 자동차에 접근하려고 시도하는 사람은 없었다.

펭은 빅을 따라 미술관 안으로 들어갔다. 드문드문 남아 있는 멀쩡한 계단을 골라 밟으며 두 사람은 2층으로 올라갔다. 빅은 이곳이 가이아의 그 어떤 곳보다 빠른 속도로 늙어가고 있다고 생각했다. 그는 디렉을 만나려고 딱 한 번 이곳을 방문한 적이 있었는데 멀쩡한 곳이 그때에 비해 눈에 띌 정도로 줄어들어 있었다.

"너무 조용하군."

이름 모를 화가가 그린 작품들이 먼지를 뒤집어쓴 채 바닥에 널브러져 있는 곳을 지날 때쯤 빅이 발걸음을 멈추며 말했다. 펭은 조심스럽게 레이저건을 빼 들었다.

"이 방인가? 내가 먼저 들어가지."

"말리지 않겠네."

펭은 조심스럽게 문손잡이를 잡았다.

"우리보다 먼저 왔다 간 방문자가 있군. 디렉은 집에 없을 걸세."

펭이 작은 목소리로 말했다.

"어떻게 알지?"

"강제로 문을 연 흔적이 있어. 수법을 보니 에이나인이근. 자네는 여기 있게."

 펭이 문을 열고 안으로 들어갔다. 그는 능숙하고 재빠른 솜씨로 방의 이곳저곳을 살폈다. 빅은 펭이 방안을 살피는 동안 챙겨온 비브라늄 3단 특수가방에서 동전만한 크기의 전자 감응장치와 버튼 하나와 램프가 달려 있는 메탈 리모컨을 꺼냈다. 그는 계단과 복도 여기저기에 감응장치를 아무렇게나 뿌려 놓은 다음 리모컨 버튼을 눌렀다. 그러자 감응장치가 감쪽같이 사라졌다.

 디렉의 방은 전과 다름없이 잘 쓰지 않는 구형 파워서플라이, 각종 케이블, 메인보드와 패널들, 그리고 LED 램프와 단자들로 가득했다. 빅은 고물상 제롬을 떠올렸다. 제롬은 오래된 컴퓨터 부품을 수집했는데 빅이 보기에 제롬조차 거들떠보지 않을 고리타분한 것들뿐이었다. 빅은 가방에서 SP-2를 꺼내 디렉의 책상에 올려놓았다.

 "아쉽군. 이 녀석을 테스트해볼 기회였는데."

 "그게 뭔가?"

 조사를 끝낸 펭이 한 입 베어 문 흔적이 있는 샌드위치와 소다수 병을 들고 나타났다.

 "디렉이 주문한 물건이지. 다시 한번 말하네만 난 신의로 먹고사는 사람일세. 날짜는 어겨도 약속을 어기지는 않아."

 "에이나인이 왔다 갔어. 아마 듀링일 거야. 그런데 그도 우리처럼 디렉을 보지는 못한 것 같군."

"어떻게 알지?"

빅은 홀로그램 기술을 이용해 만든 벽에 걸린 태피스트리를 바라보았다. 가이아의 오래된 신인 네레우스, 토우마스, 포르키스, 케토가 번갈아 나타났다 사라졌다.

"듀링은 흔적을 남기지 않아. 그는 전투요원이 아니라 정보요원이거든. 문을 연 수법은 에이나인이 맞는데 아무런 흔적이 없다면 듀링일 확률이 높지. 만일 디렉이 있었고 전투요원 몇 명이 찾아와 그를 잡아갔다면 방을 이렇게 얌전하게 두고 가진 않았을 거야."

펭이 샌드위치를 오물거리며 말했다.

"그럼, 디렉은 어디로 갔단 말인가?"

"그야 나도 모르지. 아무튼 듀링은 디렉이 없는 동안 여길 왔다 갔어. 그리고 무언가를 가져갔거나 알아갔겠지. 듀링은 어딜 가든 맨손으로 나오는 법이 없거든."

그때 빅의 메탈 리모컨 램프가 빨간색으로 바뀌더니 쿠르르 떨기 시작했다.

"누군가 오고 있어."

펭은 샌드위치와 소다수를 오래되어 반질반질해진 오크나무로 만든 탁자에 조용히 내려놓았다. 그는 레이저건을 뽑아 들고

1부 음모

살금살금 걸어가 문에 귀를 대고 바깥에서 들려오는 소리에 모든 신경을 집중시켰다. 희미하게 발소리가 들려왔다. 펭은 소리와 소리가 나는 간격으로 상대의 모습을 그려보았다. 체구가 크지 않는 사람임이 분명했고 혼자였다. 기다릴 필요 없이 먼저 뛰쳐나가 제압할 수 있는 상대였지만 기다리기로 했다. 펭은 고개를 돌려 빅을 바라보았다. 빅에게 손가락 하나를 들어 보였다. 빅은 만능가방에서 전기가 흐르는 테이저건을 꺼냈다. 사람을 기절시키는 데 테이저건만큼 효과적인 무기도 없었다. 빅은 사람을 죽이는 무기를 만들지언정 사용한 적은 없었다. 그리고 그러고 싶지도 않았다. 발걸음 소리가 점점 커지더니 문 앞에서 멈췄다.

"아저씨 뒤로 물러서요."

라이아였다. 그것은 분명 라이아의 목소리였다.

"젠장, 또 나타났군."

펭이 레이저건을 거두며 툴툴거렸다.

"익숙한 목소리군."

빅도 테이저건을 가방에 넣으며 말했다.

문이 열리고 그들의 예상대로 라이아가 모습을 드러냈다.

"말 잘 듣는 착한 아저씨들, 아쉽게도 한발 늦었네요."

라이아는 문에 기댄 채 팔짱을 끼고는 두 사람을 번갈아 쳐다보며 말했다. 펭은 라이아를 보자 다시 현기증이 일어나는 것만 같았다. 남 앞에서 촛까지 흘려가며 비참한 모습을 보여준 것은 라이아가 처음이었다. 더군다나 라이아가 시키는 대로 디렉의 집까지 왔으니 펭의 체면은 말이 아니었다.

"사피엔스께서 여긴 어인 일로?"

펭은 짐짓 비꼬는 투로 말했다.

"다음 지시사항을 알려주러 왔나?"

"그래요. 반갑지 않은 일이 우릴 기다리고 있어요. 가장 우려했던 일이죠. 우리가 궁금해 하는 핵심 정보를 가진 이드 둘 가운데 하나는 아저씨의 서툰 솜씨로 죽어버렸고, 하나는 방금 전 놓치고 말았어요. 그리고 그들을 도운 해커 역시 에이나인에게 빼앗겨 버렸죠. 이제 우리가 할 일은……."

"우리라는 말은 빼. 난 이제부터 혼자 행동하겠어."

펭이 더 듣지 못하겠다는 듯 끼어들었다.

"그러기 힘들걸요. 로저 펭 아저씨."

"내가 잠시 착각에 빠져 네가 하라는 대로 하긴 했지만, 여기까지야. 로저 펭이라 부르든 호모 사피엔스라고 부르든 마음대로 하라고."

펭이 알고 싶은 것은 피라미드 하우스에 앉아 세상을 좌지우지하는 이들이 숨기고 싶어 하는 이드의 뿌리에 관한 것이었다.

진실에 다가가는 것을 두려워하는 세력이 존재한다는 것은 명백하게 드러난 사실이었다. 펭은 자신을 이드보다 더 불투명한 존재인 사피엔스라고 주장하는 여자의 말을 믿는 것보다 드러난 사실에 관심을 기울여야 한다고 생각했다. 물론 찝찝함이 없는 것은 아니었다. 라이아에게는 뿌리치기 힘든 무언가가 있었다. 하지만 뜬구름 같은 이야기로 시간을 낭비하기는 싫었다.

"아저씬 진실이 뭔지 모르고 있어요. 보이는 것만이 진실이라고 믿는 바보죠. 드러난 진실이 가려진 진실의 일부일 수도 있다는 생각을 못하고 있어요. 살람의 연구가 중요한 이유는 가려진 진실에 다가갈 수 있는 열쇠를 사람들 손에 쥐어주었기 때문이에요. 그의 노력 덕분에 아저씨처럼 진실을 찾으려는 사람들이 생겨났죠. 하지만 어떤 면에서 보면 아저씨도 디아블로아이에 몸을 숨긴 채 진실을 숨기려는 자들과 다를 바 없어요. 진정한 진실이 무엇인지 깨닫지 못하거나 알려고 하지 않는 사람과 진실을 숨기려는 사람은 동전의 앞면과 뒷면처럼 다른 것 같지만 한 몸이죠."

라이아는 가이아라는 허상의 세계 속에서 가려진 진실을 보지 못한 채 살아가는 펭을 포함한 가이아인들을 생각하며 조금 전까지 빅의 눈을 사로잡았던 태피스트리의 홀로그램을 안타까운 눈으로 바라보았다.

"책 한 권 들고 갑자기 나타난 어린 여자가 하는 말보다 진실일 확률이 낮은 걸 찾기 쉽진 않을 거야. 안 그런가? 빅?"

펭의 믿을 수 없는 과거나 이드의 복잡한 핏줄에 관한 이야기에 구미가 당기는 것도 사실이었다. 하지만 지금 빅에게 중요한 것은 우발적인 사고로 이드를 죽인 펭과 자신의 안전이었다. 이런 상황에서 빅이 확신할 수 있는 것은 두 가지였다. 둘의 힘만으로는 테페 언덕 꼭대기에 우뚝 솟은 피라미드 하우스와 대적하기 어렵다는 것과 모르긴 해도 라이아의 도움이 절실히 필요하다는 것이었다. 브도 펭처럼 자기가 확신할 수 있는 것만 믿어야 한다는 종족의 피가 흐르고 있었다.

"난 좀 생각이 다른데?"

펭이 움찔하며 눈을 크게 떴다.

"책 한 권 들고 갑자기 나타난 어린 여자가 하는 말 가운데 거짓으로 드러난 것도 없지 않나?

"그렇다면 할 수 없지. 자네 마음대로 하게, 난 갈 테니까."

펭이 성급함을 감추지 못하고 나가려고 하자 라이아가 다시 끼어들었다.

"진실은 이드의 뿌리가 아니에요."

펭은 문을 열어늟은 채 가만히 서서 라이아를 뚫어지게 바라보았다.

"이드의 뿌리는 진실에 다가가는 관문일 뿐이에요. 모든 것이 불확실하고 의문투성이겠지만 제가 지금 무슨 말을 한다 해도 아저씬 믿지 않을 거예요. 하지만 이것만은 알아두세요. 지금 이 땅에 살고 있는 모든 사람은 거대한 계획의 일부일 뿐이라는 걸요. 안타까운 일이지만 사실이에요."

"계획? 좋아, 그 거창한 계획이 뭔지 들어볼까?"

펭이 다시 문을 닫으며 돌아섰다.

"저도 모든 걸 알지는 못해요. 그 계획이 뭔지 구체적으로 아는 사람은 얼마 안 돼요. 그리고 진실을 말해 줄 사람들은 점점 줄어들고 있고요. 더 큰 문제는 그들이 행동에 나섰다는 거예요."

"그들이라니?"

빅이 한 발짝 다가서며 말했다.

"디아블로아이의 3인방 말이에요. 그들이 두려워하는 진실은 이드의 뿌리가 아니에요. 그 너머의 것들이죠. 만일 그들의 손이 우리보다 빠르다면 가이아는 영원한 침묵 속에 잠길 거예요."

"그럼 도대체 당신은 무엇 때문에 펭을 찾아온 거지?"

빅이 핵심을 찔러 들어갔다.

"우리가 해야 할 일은 가이아인들에게 진실을 알리는 거예요. 그러려면 위아래가 동시에 움직여야 하죠. 저는 위를 맡았고요.

로저 펭 아저씨에겐 더 큰 역할이 기다리고 있어요."

"알 수 없는 말만 되풀이하고 있군."

펭이 다시 문가로 다가서며 말했다.

"지금은 무슨 말을 해도 믿지 않으실 거라고 했죠? 진실을 알고 싶다면 저와 함께 가야 해요. 제가 여기에 온 목적 가운데 하나기도 하고요."

"어디로 간단 말이지?"

빅이 펭 대신 물었다.

"우선 에이나인에 붙잡힌 디렉부터 빼내야 해요. 그게 바로 지금 우리가 해야 할 일이에요. 디렉은 곧 알카트라즈로 이송될 거예요. 그 전에 빼내야 해요. 무엇보다 디렉이 해킹할 때 사용했던 컴퓨터를 찾아야 해요. 이드의 행적보고는 가이아인들이 생각하는 것만큼 대수롭지 않은 일이 아니에요. 거기에는 커다란 비밀이 숨어 있어요. 디렉의 컴퓨터에 그와 관련한 비밀의 흔적이 남아 있을 거예요. 빠르면 빠를수록 좋아요."

"빼낸 다음은?"

모처럼 펭이 입을 열었다.

"아저씨가 그토록 알고 싶어 하는 진실을 찾아 떠나야죠."

"그곳이 어디지?"

펭은 다시 묘한 기시감 같은 것이 몰려드는 느낌이 들었다. 들어본 적도 가본 곳도 없는 그곳, 그저 '그곳'이라는 말을 입 밖에 냈을 뿐인데 펭은 벌써부터 그곳이 낯설지 않게 느껴졌다.

"블랙데세르툼!"

"뭐라고?"

놀란 빅의 목소리가 디렉의 방안에 울려 퍼졌다.

"가면서 이야기해요."

"펭, 좀 전에 했던 말 취소하겠네. 이 아가씨 제정신이 아닌 것 같아. 우리 따로 행동하자고."

빅은 똥 마려운 강아지처럼 만능가방을 든 채 펭을 몰아세웠다.

"아니, 생각을 바꿨네. 블랙데세르툼이라면 어쩐지 이 아가씨의 말이 거짓이 아닐 것 같다는 생각이 드는군. 만일 다른 엉뚱한 장소를 말했다면 믿지 않았을 거야."

펭이 만족스러운 표정을 지으며 말했다.

"자네 미쳤나?"

"그건 그렇고 좀 전에 누구를 놓쳤다고 했는데 그 사람은 누구지?"

펭은 마치 빅이 유령이라도 된 듯 무시하며 라이아를 쳐다보았다.

"라그랑이라고 살람의 또 다른 제자예요."

"잠깐만!"

빅은 자신의 손안에서 반짝거리며 부르르 떨고 있는 메탈 리모컨을 바라보았다.

"이번에야말로 진짜 반갑지 않은 불청객이군."

빅의 말이 끝나기도 전에 펭이 재빨리 창가 쪽으로 다가갔다. 그는 창문을 조심스럽게 열더니 최대한 몸을 숨긴 채 미술관 앞마당을 내려다보았다. 호버크루저 한 대가 자신들이 타고 온 자동차 옆에 웅크리고 있었다.

"에이나인이군. 골치 아프게 생겼는데."

"빨리 옥상으로 올라가요."

라이아가 소리쳤다.

"우리가 하지 말아야 할 행동 가운데 하나같은데?"

펭이 비웃음을 담아 말했다.

"제 차가 거기에 있어요."

"이봐, 펭. 서둘러야 해."

빅이 만능가방을 열어 무언가를 꺼내며 말했다.

"자, 이걸 하나씩 머리에 써."

빅은 손가락 굵기 정도 되는 동그란 링을 두 사람에게 건넸다.

"이게 뭔가?"

"부끄러움을 많이 타는 사람들을 위한 거지."

"무슨 뚱딴지같은 소리야?"

"빨리 쓰기나 해요."

링을 쓴 라이아의 모습이 마치 아주 얇은 왕관을 쓴 여왕처럼 보였다.

"라이아, 링 뒤쪽 버튼을 눌러."

라이아는 빅이 시키는 대로 버튼을 눌렀다. 잠시 후 머리와 얼굴, 가슴과 허리, 엉덩이와 다리 순으로 차례차례 사라지더니 라이아는 순식간에 자취를 감추었다.

"어, 어디로 간 건가?"

펭이 입을 다물지 못하며 말했다.

"가긴 어딜 가나? 자네 앞에 있네. 잠시 모습을 감춘 것뿐이야. 시간 없어. 자네도 빨리 쓰게."

빅의 모습도 라이아처럼 위에서부터 사라지기 시작했다. 펭도 시키는 대로 링을 머리에 썼다. 버튼을 누르자 만져보기 전에는 알기 어려운 얇은 막이 링 위와 아래로 흘러나왔다. 얇은 막은 커튼처럼 몸 전체를 감쌌다.

"대단하군!"

펭의 입에서 감탄사가 저절로 나왔다.

"감탄하긴 일러. 이건 시제품이야. 일회용에다가 지속 시간도 30초뿐이지. 그러니 빨리 움직이자고."

펭이 먼저 문을 열고 나왔다. 잔뜩 긴장한 채로 조심스럽게 계단을 오르는 두 사람이 보였다. 라이아가 펭을 뒤따라 나왔다. 마지막으로 SP-2를 챙기느라 늦게 나온 빅이 문을 소리 나지 않게 닫으며 방을 나왔다. 펭과 라이아는 난간 쪽으로 몸을 바짝 붙였다. 잠시 후 불청객 두 사람이 복도로 올라섰다. 지붕으로 올라가는 계단은 맞은편 복도 제일 끝에 있었다. 펭은 구형 레이저건을 손에 꼭 쥔 채 빅의 시제품이 불량이 아니길 바라며 살금살금 불청객에게 다가갔다. 낯익은 얼굴들이었다. 라이아도 뒤처지지 않고 펭 뒤에 바짝 붙어 따라갔다. 불청객들은 펭과 라이아를 알아보지 못하고 지나쳤다. 그때 갑자기 한 사람이 뒤로 처진 빅이 있는 난간 쪽으로 움직였다. 빅은 주춤하며 뒤로 물러섰다. 불청객은 의도치 않게 빅과 펭을 갈라놓았다. 펭은 라이아에게 먼저 가라고 손짓한 다음 빅에게도 빨리 넘어오라는 신호를 보냈다. 하지만 빅은 꼼짝도 하지 않았다. 긴장한 것이 틀림없었다. 불청객 중 하나가 벽에 몸을 기댄 채 주머니에서 무언가를 꺼냈다. 그는 꺼낸 물건을 문손잡이를 향해 던졌다. 쇠붙이임이 분명한 물건이 문손잡이를 맞고 '쨍그랑' 소리를 내며 바닥으로 떨어졌다.

"안전해."

벽에 기대고 있던 남자가 중얼거리며 먼저 뛰어들었고 빅과 펭을 갈라놓고 있던 남자도 H2를 겨누며 뒤따라 들어갔다. 바로 그때 빅이 만든 회심의 시제품도 작동을 멈췄다. 몸이 그대로 노출된 빅은 굳은 몸을 겨우 움직여 달리기 시작했다.

"밖이야."

불청객 중 하나가 소리치며 뛰쳐나왔다. 하지만 그는 레이저건에서 뿜어져 나온 빔을 어깨에 맞고 쓰러졌다.

"바리온 괜찮나?"

레온이 나오지는 못하고 문간에 서서 말했다.

"괜찮아."

바리온은 얼굴을 일그러트렸다. 그 사이 펭은 빅의 팔을 잡고 계단을 향해 쏜살같이 달렸다. 잠시 후 레온이 발사한 빔이 그들을 향해 날아왔다. 펭은 본능적으로 빅을 옆쪽으로 밀치고는 자신도 빅과 반대 방향으로 몸을 날렸다. 빔은 펭과 빅 사이를 지나쳐 곧장 나아가더니 벽에 부딪혔다. 불꽃과 파편이 사방으로 튀었다. 그 사이 레온은 바리온의 다리를 잡고 질질 끌며 그를 방안으로 옮겼다. 펭이 쓰러지면서 레온을 향해 쏜 빔이 디렉의 방을 지나 아무것도 없는 텅 빈 어둠 속에서 불꽃을 일으켰다. 재빨리 일어선 펭은 빅을 일으켜 세운 뒤 계단을 향해 뛰었다. 뒤이어 두 번째 빔이 날아왔다. 이번에도 빔은 두 사람을 맞추지 못하고 벽에 부딪히며 불꽃을 튀겼다. 빅이 계단을 오를 동안 펭은 레온이 쫓아오지 못하도록 모서리에 숨어 레이저건을 쏘아댔다. 두 개의 빔이 미술관 복도를 어지럽게 왔다 갔다 했다. 마지막 한 발을 쏜 펭은 재빨리 계단을 올라갔다. 레온이 지붕에 도착하자 라이아의 자동차가 하늘 높이 떠 있었다. 그는 자동차를 향해 빔을 쏘았다. 하지만 빔은 자동차에 닿지 못하고 허무하게 어둠 속으로 사라졌다. 펭과 빅을 태운 자동차는 폐허의 도시를 빠르게 벗어났다.

9

피라미드 하우스를 방문하는 사람은 누구든 에일의 에스코트를 받아야 들어올 수 있었다. 만일 방문자가 그녀의 얼굴을 볼 기회를 놓쳤다면 차가운 알고리즘 덩어리이자 에일만큼 친절하지도 부드럽지도 않은 QR(Quick Response)2의 에스코트를 대신 받아야 했다. 완전한 구체에 가까운 모습으로 둥둥 떠다니는 QR2는 불청객이 쓸데없는 행동만 하지 않는다면 에일과 비슷한 방식으로 세심하게 프로그램된 알고리즘에 따라 불청객을 밖으로 돌려보낼 것이다. 하지만 잘 숨겼다고 생각하는 불순한 의도를 가진 불청객이라면 그가 살아생전 마지막으로 목격한 물체는 QR2가 될 확률이 높았다. 그러나 아무리 QR2라고 해도 접근 불가능한 방문자가 있었으니 그것은 바로 최고지도자의 초대를 받은 사람들이었다. 가이아인들이 허수아비라고 부르는 2명의 최고지도자에게만 허락된 몇 안 되는 권한 중 하나였다.

  피라미드 하우스의 제일 상층부는 가이아에서 헬리오스로부터 날아오는 전자기파를 가장 먼저 흡수하는 장소였다. 고진은 가장 신선하면서 해로운 전자기파가 피라미드 최상층부를 지탱하는 6개의 기둥과 가이아에서 최고로 좋은 오크나무와 최고의 광물인 가닛을 가공하여 제작한 탁자를 비추고 있는 모습을 지켜보며 앉아 있었다. 고진의 뒤로는 가이아 최고의 신인 네레우스, 타우마스, 포르키스, 케토의 조각상이 탁자와 같은 재질의 받침대 위에 놓여 있었으며, 벽면에는 사실인지 거짓인지 알 수 없는 가이아의 기원에 관한 신화를 홀로그램이 아닌 실제 색실로 한 땀 한 땀 수놓은 태피스트리가 걸려 있었다. 고진은 이 태피스트리를 가이아에서 가장 손재주 좋은 사람들을 불러다 만들었다는 이야기를 들은 적이 있었다. 하지만 그는 이들이 가장 손재주 좋은 사람들이 아니라 가장 고리타분한 사람들이라고 생각했다. 고진은 무언가에 평생을 바치는 사람, 한 가지 일만 하다가 사라지기를 원하는 사람들을 경멸했다.

  가이아인들은 그를 허수아비 지도자라고 불렀지만, 고진은 콧방귀도 끼지 않았다. 그는 짧은 생을 의미 없이 살다가 떠날 가이아인들이 내뱉는 말이야말로 가이아에서 가장 무가치한 것이라고 생각했다. 자신을 그 자리에 앉힌 3인방의 비밀을 안 그날 이후 고진은 가이아인과 같은 피가 흐를지언정 같은 결말을 맞이하지 않으리라 확신했다. 은밀히 숨겨온 그의 조력자가 우울한 소식을 듣고 오기 전까지 그는 분명 몇 가지 위험한 일을 벌여야 하고 고비도 찾아오겠지만 영생에 다가가려는 자신의 의지를 꺾을 만한 것은 없다고 믿었다.

"그가 나타나지 않았다고?"

헬리오스가 뿜어내는 전자기파가 머리에서 귀를 지나 아래턱까지 내려온 고진의 덥수룩한 털에 부딪혀 반짝였다.

"네. 하지만 더 큰 문제가 생겼어요."

에일의 에스코트도 QR2의 제지도 받지 않고 피라미드 하우스의 제일 상층부에 나타난 여자가 고진 앞에 꼿꼿이 서서 말했다.

"무슨 문제?"

"그가 죽었어요."

고진은 그가 경멸해 마지않는 가이아 최고의 직물 장인이 최고급 원단으로 만든 꽉 조이는 더블릿의 옷깃을 여미며 자리에서 일어났다. 그는 아무리 일과 시간이라고 해도 공식석상이 아니면 제복을 입지 않았다.

"지금 내가 모르는 일이 가이아에서 일어났다고 말하는 건가?"

고진은 짝짝이 눈을 번뜩이며 여자 앞으로 다가가 여전히 힘을 잃지 않은 주름진 손가락으로 여자의 턱을 가볍게 들어 올렸다.

"그가 죽었다면 왜 그 소식이 내 귀에는 들어오지 않았지?"

그의 얇은 입술이 파르르 떨렸다.

"모르겠어요. 제가 아는 건 그가 죽었다는 것뿐이에요."

여자는 침통한 얼굴로 고진의 눈을 똑바로 쳐다보며 말했다.

"그가 지금까지 내게 보내온 자료는 모두 껍데기뿐이었어. 게다가 몇몇 자료는 무슨 말인지 모를 이상한 글자만 적혀 있더군. 그는 분명 자료를 정리해 가져오기로 했어. 그런데 그가 사라졌다고? 아니 죽었다고? 자료도 없고, 핵심 역할을 맡았던 자도 죽었다? 그러니까 지금 내가 얻을 것은 하나도 없다 이거로군. 그렇지?"

고진은 여자의 짙은 갈색 머리를 쓰다듬으며 말했다.

"우리 착한 라그랑. 제발 날 실망시키지 마. 무슨 꿍꿍인지 모르지만, 그게 무엇이든 통할 거라고 생각하면 큰 착각이야."

고진은 금속 표면에 세라믹을 입힌 에나멜 기법으로 만든 탁자 쪽으로 걸음을 옮겼다.

"이리와 앉아."

그는 탁자와 더 없이 잘 어울리는 한 쌍의 의자를 가리키며 말했다.

"한잔할 텐가?"

고진은 가이아에서 자라는 진귀한 다육질 열대인 가이아베리를 발효하여 만든 술을 넘치지 않도록 잔에 따랐다. 고진은 잔을 들고 살짝 흔들었다. 가이아베리 특유의 진한 보랏빛이 영롱하게 반짝이며 찰랑거렸다.

"주세요.'

라그랑은 다소곳이 의자에 앉았다. 그녀는 피라미드 하우스의 삭막함과 고전적인 태피스트리가 묘한 균형을 이루는 이곳에서 처음 고진과 만난 날을 떠올렸다. 살람이 종적을 감춘 이후 이드 연구에 쓰이던 막대한 연구 자금은 아이러니하게도 이드의 연구를 막는 데 쓰이기 시작했다. 이드 연구에 관한 제자들의 깊은 애정은 살람이 사라지자 함께 사라졌고, 유감스럽게도 목숨을 걸 만큼 꼭 해야 할 일이라고 생각한 제자는 테라와 라그랑 오직 둘 뿐이었다. 그리고 그들에게 남은 것은 넘치는 의욕에 비하면 형편없이 빈약한 자금뿐이었다. 그때 고진이 나타났다. 그는 최고지도자의 권한을 이용하여 에일과 QR2의 간섭 없이 그들을 피라미드 하우스의 가장 꼭대기 층으로 끌어들였다. 연구에 대한 그들의 목마름에 응답한 사람이 가이아의 최고지도자일 거라고 생각한 적은 단 한 번도 없었지만, 둘은 자금의 출처를 따질 만큼 여유로운 상황이 아니었기에 고진이 내민 손을 덥석 잡았다. 그런데 고진은 손만 내민 것이 아니라 테라와 라그랑이 풀지 못한 문제의 마지막 퍼즐까지 안겨주었다. 그는 테라에게 피라미드 하우스의 모든 시스템을 관장하는 메인 컴퓨터에 접근할 수 있는 권한을 주었다.

고진이 의도치 않게 엿들은 던바 의장과 유진 의장의 대화가 지금 벌어진 모든 일의 시작이었다. 고진은 그들의 대화를 엿듣다가 오래전 또 다른 최고지도자인 가모프와 나눈 대수롭지 않은 이야기를 떠올렸다. 이런저런 이야기를 하던 중에 가모프는 던바 의장의 특별한 생체시스템에 관해 조심스럽게 이야기를 꺼냈다. 하지만 그 당시 고진은 늙은이의 과대망상 정도로 생각하고 그의 말을 흘려 넘겼다. 그런데 던바 의장과 유진 의장의 대화는 가모프의 이야기가 사실임을 증명했다. 고진은 즉각 자신의 제안을 거절하기 어려운 상황에 놓인 분자생물학 전공자 둘을 떠올렸다. 무엇보다 그들은 많은 핍박 속에 사라진 살람의 제자들이었다. 고진은 그들을 활용하기로 마음먹고 그들과 손을 잡았다. 그리고 마침내 그 결과가 자신의 손에 들어올 찰나 일이 어그러지고만 것이다.

"라그랑. 정말 테라가 죽었나?"

라그랑은 두 손으로 조심스럽게 받쳐 든 술잔을 바라보며 고개만 끄덕였다.

"그게 사실이라면 내 정보력이 형편없다는 뜻이고, 너는 내가 쓸데없는 곳에 돈을 지나치게 많이 쓰고 있다고 경고해준 셈이군. 빌어먹을 자식."

3인의 의장단은 공식적으로 고진의 지시를 따라야 하는 존재들이었지만 고진은 그들 생각과 다른 결정을 내린 적이 단 한 번도 없었다. 대신에 3인방은 고진이 비합법적으로 재산을 모을 수 있도록 눈을 감아주었다. 허수아비로 불리는 고진이지만, 가이아 최고지도자인 자신과 가모프가 알아야 할 정보가 줄어들고 있다는 것을 모를 만큼 우둔한 사람은 아니었다. 고진은 100인 위원회에 있을 때부터 발이 넓은 사람이었고, 자신이 가진 유일한 능력을 활용하기로 마음먹었다. 그는 정보국 핵심 자리에 있는 인물을 어렵지 않게 자기 사람으로 만들었고 필요할 때 원하는 정보를 얻을 수 있었다. 그런데 하필 별 무리 없이 작동하던 그의 정보라인이 가장 중요할 때 제대로 작동하지 않은 것이다. 하지만 그는 여전히 라그랑을 믿지 못하겠다는 듯 실눈을 뜨고 그녀를 쳐다보았다.

"설마 그 녀석하고 다른 마음을 먹은 건 아니겠지?"

"그럴 리가요."

"하기야, 네가 그 녀석과 자료를 빼돌리려고 했다면 여기에 나타나지 않았겠지. 그런데 테라가 죽은 걸 어떻게 알았지?"

고진은 시선을 라그랑에게 고정한 채 잔을 입으로 가져갔다.

"어떤 여자가 찾아왔어요. 그녀는 테라가 손에 넣은 정보를 알고 싶어 했어요. 모른다고 말했지만, 막무가내였어요. 그리고 절 어디론가 데려가려고 했어요. 그렇게 실랑이를 벌이다가 책상 서랍에 있는 테이저건으로 그녀를 기절시킨 후 겨우 도망쳤어요. 테라가 죽었다고 알려준 사람도 그녀였어요."

"왜 바로 이리 오지 않았지?"

"정말 그가 죽었는지 확인하고 싶었어요. 아시겠지만, 이드의 죽음은 작은 일이 아니잖아요? 그런데 어느 매체에서도 다루지 않았어요. 이상했죠. 그래서 테라의 집으로 찾아갔어요. 문은 잠겨 있었고, 데이나인의 경고장이 붙어 있었어요. 그제야 그녀의 말이 사실이라는 걸 알았죠."

고진은 희끗해진 수염을 어루만졌다. 몇 시간 전까지만 해도 가이아에서 디아블로아이에 거주하는 자들의 비밀을 아는 유일한 인간은 자신뿐이라고 생각했다. 그런데 그 생각에 작은 균열이 생기기 시작한 것이다.

"그의 죽음을 슬퍼할 시간이 없다는 건 안타까운 일이야. 라그랑."

"절 놓아주세요. 이제 그만 두고 싶어요."

고진은 잠시 라그랑의 쓸모에 관해 생각했다. 그는 자신의 꿍꿍이를 어렴풋이나마 알고 있는 라그랑의 결말이 어떻게 될지

자못 궁금했다. 하지만 아직은 라그랑이 필요했다. 그녀에게는 어려운 문제를 풀어야 할 숙제가 남아 있었다. 그러려면 새로운 미끼를 준비해야 했다. 좀 더 깊이 물 수 있는 미끼를. 알면 알수록 살아남기 어려운 미끼를.

"너도 알다시피 내 삶은 지금까지 살아온 날의 절반도 남지 않았어. 슬픈 일이지. 명예도 돈도 죽음 앞에서는 무용지물일 뿐이야. 너는 테라의 죽음이 슬프겠지만, 내게는 아무런 의미도 없어. 나도 곧 그의 뒤를 따를 테니까. 죽음은 순서의 차이만 있을 뿐 아무도 빗겨갈 수 없지. 그래서 모든 인간은 현재에 집착하지. 하지만 가이아에는 우리가 알면 안 되는 비밀을 간직한 존재가 함께 살고 있어. 그들은 현재에 집착할 필요도, 돈과 명예도, 짧은 생을 한탄하며 한 가지 일만 고집하다가 죽겠다는 미련한 결심을 할 필요도 없지. 그들의 결말은 우리와 달라. 라그랑, 나는 그들이 되고 싶어. 그래, 사실대로 말하지. 여기까지 온 마당에 네게 거짓말을 할 필요는 없겠지. 나는 너희들을 이용하려고 했어. 달콤한 열매를 독차지하려고 했지. 너희들이 연구하는 이드의 뿌리는 내게 전혀 중요하지 않아. 호모인 내게 이드의 역사가 무슨 의미가 있겠어? 하지만 지금은 생각이 달라졌어. 너와 함께 하기로 말이야. 생각해 봐. 지금 우리가 느끼는 모든 고통과 두려움을 이겨낼 수 있다면, 아니 그런 고통을 느낄 필요가 없다면 얼마나 좋을지 말이야. 나는 영생을 나눌 거야. 다른 누구도 아닌 너와 함께. 그러니 우린 힘을 합쳐야 해. 우린 신화가 되는 거야. 가이아의 새로운 신화 말이지. 너는 이드의 신화가, 난 호모의 신화가 되는 거야."

고진은 말하는 내내 라그랑이 눈치채지 못할 정도로 빠르게 그녀의 표정을 살폈다.

"그러려면 테라의 분석 자료가 필요해. 그는 분명 답을 찾았을 거야. 그의 죽음이 세상에 드러나지 않고 숨겨졌다면 그만한 이유가 있었겠지. 테라는 분석한 자료를 아무도 모르는 곳에 꽁꽁 숨겨두었을 거야. 아니 어쩌면 네가 아는 장소에 숨겨두었을지도 몰라. 만일의 사태에 대비해서 말이지. 그걸 찾아야 해."

"모르겠어요. 죽지 않고 산다는 게 과연 좋은 건지 잘 모르겠어요. 전 그저 두려울 뿐이에요. 무엇보다 왜 테라가 마음을 바꿨는지, 왜 자료를 들고나오지 않았는지 그걸 알고 싶어요."

"욕심이었겠지. 나라도 그랬을 거야. 이드에게든 인간에게든 영생은 참으로 매력적인 거거든. 나는 그를 탓할 생각이 없어. 욕심은 화를 부르는 법이지. 어쩌면 나도 테라처럼 당했을지도 몰라. 너도 마찬가지고. 그러니까 우리, 욕심은 내려놓고 힘을 합치자고."

고진은 짜증이 나기 시작했다. 언제까지 이런 허접한 말을 늘어놓아야 할까 생각하니 머리까지 지끈거렸다. 그는 술잔을 들고 벌컥벌컥 마셨다. 당장이라도 그녀의 목을 비틀고 싶었지만 가이아의 최고지도자 자리에 앉을 수 있게 한 놀라운 자제력이 다시 한 번 그의 충동을 억눌렀다.

"이제 전 어떻게 해야 하죠? 머지않아 에이나인이 저를 잡으려고 들이닥칠 거예요."

"그건 걱정하지 마. 내가 해결해 줄 테니까. 그것보다 케라가 자료를 어디다 숨겨 놓았는지 잘 생각해봐. 그리고 내가 거처를 마련해 줄 테니까. 외출을 삼가고 내가 따로 연락할 때까지 움직이지 말고 있어. 알았지?"

고진은 라그랑의 손을 잡더니 일으켜 세웠다.

"가이아 최고지도자가 너와 함께한다는 걸 잊지 마."

라그랑은 고진의 에스코트를 받으며 방을 나왔다. QR2는 보이지 않았다.

"다시 한 번 말하지만 이제부터는 내가 먼저 연락할 때까지 기다려야 해. 알았지?"

"알았어요."

고진은 최고지도자 전용 통로로 그녀를 안내했다. 플라스마 이온 엔진보다 효율이 높은 델타 엔진을 장착한 무인 자가용이 고진의 전용 주차장에서 그녀를 기다리고 있었다. 라그랑을 태운 자가용은 조용히 피라미드 하우스를 빠져나갔다. 하늘로 날아오른 라그랑은 처음으로 하지 말아야 할 행동 하나를 하고 말았다. 차창 밖으로 얼굴을 내민 것이다. 디아블로아이의 창문이 헬리오스가 뿜어낸 전자기파로 눈부시게 반짝거렸다. 자가용이 원을 그리자 반짝임이 사라졌다. 잠시 후 라그랑은 자신을 바라보고 있는 차가운 눈빛과 마주쳤다. 한 번도 보지 못한 섬뜩한 눈빛이었다.

집무실로 돌아온 고진은 화가 가시질 않았는지 술잔을 카펫 위로 집어던졌다. 그는 존경할 만한 자제력의 소유자였지만 계속 쌓아 두지는 않았다. 만약 그랬다면 그는 지금보다 훨씬 더 쪼그라들었을 것이다. 살람의 말처럼 외부로 배출되지 않는 힘은 생명체를 파멸로 이끄는 법이니까.

고진은 탁자에 놓인 최고지도자 전용 비밀회선 통신장치를 작동시켰다. 투명 가닛을 가공하여 만든 탁자 위로 성난 고진의 얼굴이 비쳤다.

"트리노 국장 연결해!"

고진의 거친 음성이 튼튼한 6개의 기둥을 지나 태피스트리에 부딪혀 산산이 흩어졌다.

10

 이온은 가이아인이 경찰보다 더 많이 찾는 점술가 아린을 찾아갔던 날을 떠올렸다. 이온은 세 치 혀로 사람들을 현혹하며 가이아의 평화를 위협하는 사람의 정체가 궁금했다. 아린은 가이아에서 가장 흔하게 발견되는 가이아석을 가공하여 조각한 부벽이 일정한 간격으로 세워진 좀처럼 보기 힘든 오래된 건물 안에 살고 있었다. 건물 안 역시 같은 가이아석으로 만들어진 아치형 볼트가 천장을 이루고 있었고 그 위로 거대한 돔이 얹혀 있었다. 가이아인들은 그 건물을 가이아가 생기고 얼마 지나지 않아 지어진 신에게 제사를 올리는 성스러운 장소였다고 말하고는 했다.
 대머리 까진 팔자 모양의 콧수염을 한 팔팔한 사이비 교주를 생각했던 반장의 예측은 보기 좋게 빗나갔다. 아린은 눈빛만 빼면 거동조차 불편해 보이는 심약한 노인이었다. 치렁치렁한 머리며 아래로 축 처진 눈썹과 턱에서부터 역삼각뿔 모양으로 자란 수염까지 몸에서 난 털이란 털은 모두 새하얗게 바래 있었다. 아린은 이온 반장의 방문을 기다렸다는 듯이 그에게 가이아인들이 최고라고 칭송하는 통찰력을 조심스럽지만 예리하게 드러냈다. 아린은 가이아의 미래를 어떻게 생각하는지 이온 반장에게 물었다. 이온은 뜻밖의 질문에 당황하면서도 케이나인의 반장답게 침착하게 말했다.

"제게 미래는 중요하지 않습니다. 현재만이 중요할 뿐이죠. 현재가 미래를 만드는 것이니까요."

"역시 반장님답군요. 하지만 우리가 어떤 커다란 계획의 일부라면 어떻습니까?"

타탄체크가 들어간 커다란 망토 안에 숨겨진 왠지 부자연스러워 보이는 한쪽 팔이 이온 반장의 눈을 거슬리게 했다.

"계획의 일부라니요?"

"우리는 모두 죽지 않는 존재들의 노리개에 불과합니다."

반장은 눈살을 찌푸렸다.

"듣기 거북하셨다면 사과드리겠습니다. 하지만 이보다 더 부드러운 표현을 찾기 어렵군요."

아린은 오래된 방식으로 우려낸 차로 목을 적시며 말했다.

"어떤 계획을 말하는 겁니까?"

"우리는 거대한 체스판의 말입니다. 체스판 위의 말에게 자유나 미래 따위는 없지요. 진실은 체스판 밖에 있답니다. 자그마한 톱니바퀴가 있다고 칩시다. 그 톱니바퀴는 옆의 톱니바퀴를 열심히 돌리는 역할을 합니다. 하지만 그 톱니바퀴는 자기가 왜 그 일을 하는지 모릅니다. 그냥 그렇게 하도록 만들어졌기 때문에 묵묵히 그 일을 수행할 뿐이지요. 자, 이제 톱니바퀴로부터 서서히 뒤로 물러나 보겠습니다. 톱니바퀴는 점점 작아지고 급기야 톱니바퀴는 시야에서 사라져 버립니다. 그리고 우리 눈에 나타난 것은 무엇일까요? 바로 거대한 시계탑입니다. 톱니바퀴는 시계탑을 만든 사람의 야심 찬 계획을 절대 알지 못합니다. 그저 부속품으로 태어나 부속품으로 살다가 사라질 뿐이지요. 톱니바퀴에 아무리 거창한 계획을 말해줘도 톱니바퀴는 알아듣지 못합니다. 그가 시계탑의 전체 모양을 볼 일은 없기 때문이지요. 반장님을 포함한 가이아인들처럼 말입니다."

이온 반장은 재미있다는 듯 미소까지 흘리며 아린을 쳐다보았다.

"제가 잘못 온 것 같습니다. 최소한 말은 통할 거라고 생각했습니다만······."

"시계탑을 만든 사람이 누구인지 궁금하지 않으십니까?"

반장은 자리에서 일어났다.

"별로 궁금하지 않습니다."

"디아블로아이에서 웅크리고 있는 음침한 눈, 그 눈을 조심하십시오."

"새겨듣지요."

이온 반장은 아린이 생각했던 것보다 더 비합리적이라는 사실에 놀랐다. 그는 아린이 적어도 납득할 만한 논리로 사람들을 현혹하고 있다고 생각했다. 하지만 아린의 주장은 그 어떤 증거를 들이대도 논리적으로 성립하기 어려울 만큼 터무니없었다. 이온은 두 번 다시 아린을 볼 일이 없을 것이며 앞으로도 이런 일로 시간을 낭비하지 않겠다고 다짐하며 돌아왔다.

그런데 던바 의장과 만난 이후로 아린이 줄곧 그의 머릿속을 맴돌았다. 아린이 말한 체스판의 말이, 그렇게 비현실적으로 들리던 톱니바퀴가 어쩌면 말이 될지도 모른다고 생각했다. 그렇지 않고서는 던바 의장의 행동이나 말투 그리고 몸에서 뿜어져 나오는 기이한 현상을 설명할 길이 없었다. 던바 의장의 행동이나 모습은 아린의 이야기만큼이나 기이하고 믿기 어려웠다. 무엇보다 그는 자신과 트리노 국장을 비롯한 가이아인들이 다른 존재인 것 마냥 호모들이니 당신네 선조들이니 하는 소리를 아무렇지도 않게 내뱉었다. 그러면서 아린이 말한 모종의 계획과 맞닿아 있을지도 모를 진화의 실험실 어쩌고저쩌고 하는 이야기까지 들먹였다. 이온은 자신이 톱니바퀴 가운데 하나라는 사실을 믿지 않았다. 하지만 그 의심이 조금씩 엷어지고 있다는 것을 부정하기 어려웠다. 그리고 지금 그의 발걸음은 두 번 다시 찾지 않으리라 맹세했던 신에게 제사를 올리는 성스러운 그곳을 향하고 있었다.

아린은 놀랍도록 똑같은 몸가짐과 얼굴로 앉아 있었다. 치렁치렁한 머리와 하얗게 샌 털들, 그리고 타탄체크가 들어간 커다란 망토까지 모든 것이 그대로였다. 시간가저 그를 빗겨간 듯 보였다. 그는 이온의 두 번째 방문도 예상한 듯 무겸덤하게 그를 맞이했다.

"디아블로아이의 음침한 눈을 몸소 체험하고 오셨으니 이제 제 말이 한결 부드럽게 들릴 테지요."

이온은 자신이 피라미드 하우스에서 던바 의장을 만난 사실을 어떻게 알았는지 물어보려 하다가 그만두었다. 이제 그런 질문은 무의미할 뿐이었다.

"궁금한 것이 있어서 왔습니다."

"말씀하시지요."

아린은 전에 마셨던 것과 똑같은 차로 입술을 적셨다. 이온은 그 모습을 물끄러미 바라보았다. 바로 그때 될지 모를 익숙함이 그의 무의식을 파고들었다. 하지만 그 익숙함이 무엇인지는 구체적으로 떠오르지 않았다.

"어떻게 그런 눈을 가지게 되셨습니까?"

이온은 지난 방문 때와 달리 차를 마시며 물었다.

"진실에 눈을 뜨기란 쉬운 일이 아니지요. 하물며 진실이라는 것이 있는지도 모를 때는 더 그렇습니다. 저도 한때는 당연한 듯이 가이아에서 다른 가이아인들처럼 살았답니다. 한 번도 의심해 본 적 없는 현실 속에서 속고 속이면서요. 시계탑 속 톱니바퀴가 아는 유일한 세계는 옆과 아래, 그리고 위에서 자기처럼 쉴 틈 없이 돌아가는 톱니바퀴들뿐입니다. 그것만이 유일한 현실이지요. 저 역시 처음에는 우리가 속고 속이며 살아가는 현실이 커다란 거짓 속에서 일어나는 일일 뿐이라는 사실을 믿지 않았습니다. 왜냐하면 그것은 보통의 톱니바퀴라면 썩어 문드러질 때까지 마주칠 일 없는 불가능한 이야기에 가깝기 때문이지요."

아린은 목이 마른 듯 다시 한 번 차로 목을 축였다.

"그렇다면 당신에게 진실을 보도록 한 그 존재는 무엇입니까?"

반장은 아린의 동작 하나하나에 신경을 곤두세웠다. 그는 마치 이야기를 하다 말고 뜸 들이는 고약한 늙은이에게 어서 뒷이야기를 해 달라고 조르는 아이 같았다.

"톱니바퀴는 톱니바퀴가 절대 보지 못했을 이야기를 말하는 다른 톱니바퀴를 믿지 못한답니다. 지난번 저를 찾아왔을 때 반장님처럼 말입니다. 하지만 톱니바퀴가 아닌 존재들이라면 이야기는 달라지지요. 톱니바퀴를 만든 사람이라면 두말할 것도 없고요. 저는 톱니바퀴가 아닌 존재들을, 반장님은 톱니바퀴를 만든 사람을 만났지요. 덕분에 이렇게 마주 보고 앉아 차를 마시며 톱니바퀴들이라면 헛소리라고 치부할 이야기들을 나누고 있는 것이지요."

"그러니까 그들이 누굽니까?"

반장은 짜증 섞인 투로 말했다.

"그 전에 먼저 제가 누구인지 말씀드려야 할 것 같습니다. 반장님은 저를 전혀 모르는 사람처럼 대하시는군요."

이온은 갑작스러운 아린의 말이 당황스러웠지만 사실 그는 아린에게서 묘한 기시감 같은 것을 느끼고 있었다. '볼수록 낯이 익어.'

"우리가 전에 어디서 만난 적이 있습니까?"

"제가 너무 늙어버렸는지도 모르지요. 오래전 제가 저지른 몇 가지 일로 혹독한 벌을 받은 적이 있지요. 그리고 제가 합당한 벌을 받도록 인도해준 분은 바로 반장님이시고요. 이래도 모르시겠습니까?"

아린은 묘한 미소를 흘리며 허물을 벗듯 왼쪽 팔을 덮고 있는 타탄체크 무늬의 커다란 망토를 천천히 벗겨냈다. 곧이어 반장의 눈을 거슬리게 하던 숨겨진 팔이 모습을 드러냈다. 드러난 아린의 팔은 이온의 팔과 달랐다. 피부와 뼈가 있어야 할 자리에는 차가운 금속과 전선이 얼기설기 엉켜 있었다. 볼트로 고정시킨 피스톤이 위아래로 움직일 때마다 서투른 대장장이가 거칠게 다듬질한 것처럼 보이는 울퉁불퉁한 금속 손가락이 까닥까닥 움직였다. 하지만 반장의 눈을 사로잡은 것은 의수가 아니었다. 반장은 마치 눈뜨고 얼어 죽은 사람마냥 꼼짝도 하지 않은 채 기계팔 위에 남아 있는 피부와 뼈로 이루어진 어깨 부분에 새겨진 문신을 뚫어지게 쳐다보았다. 그것은 분명 아주 오래전 가이아를 떠들썩하게 했던 살인범의 문신이었다. 하지만 문신의 주인공은 이 세상 사람이 아니어야 마땅했다. 이온은 자기 눈을 믿을 수 없었다. 이온은 아린이 흉악범의 문신을 똑같이 흉내 냈을 거라고 생각하고 싶었다. 하지만 무의식 속 깊은 곳에서 흘러나온 느낌마저 의심할 수는 없었다. 이온은 아린의 얼굴을 하나하나 뜯어 보았다. 이온의 뇌는 기억 속의 살인마를 끄집어내 아린과 비교하기 시작했다. 얼마 후 뇌는 그가 믿고 싶어 하지 않는 결과를 내놓았다.

"피...피핀! 자네가 어떻게."

"알아 보시는군요. 생각보다 많이 늙었지요? 블랙데세르툼은 사람을 빨리 늙게 한답니다."

"말도 안 돼!"

반장은 유일하게 블랙데세르툼 추방령을 받은 남자가 살아서 눈앞에 있다는 사실이 믿기지 않았다.

"살아 돌아온 것과 변한 제 모습 가운데 어떤 부분이 말이 안 된다는 말씀이신지요?"

아린이 살며시 미소를 지으며 말했다. 반장은 피핀이 살아서 돌아왔다는 사실보다 한때는 살인자이던 그가 두시무시한 통찰력으로 무장한 채 나타난 것이 더 믿기지 않았다.

"버서커에게 팔 하나를 내주고 자유를 얻었지요. 이만하면 썩 괜찮은 거래라고 생각합니다."

아린은 지나간 일을 즐겁게 회상하는 노인처럼 여유로운 모습으로 말을 이어나갔다.

"반장님, 제가 살아 돌아온 것은 그다지 중요한 일이 아닙니다. 제가 거기서 누구를 만났는지, 그리고 무엇을 보았는지가 훨씬 더 중요하답니다."

아린은 남아 있는 차를 남김없이 비우며 말했다.

"그곳에서 누굴 만났나?"

반장은 붉게 상기된 얼굴로 아린의 팔과 얼굴을 번갈아 바라보았다.

"진실과 만났지요. 디아블로아이에서 음침한 눈으로 세상을 바라보는 자들이 지배하는 세상에서 살아가는 가이아인들은 절대 알 수 없는 진실 말입니다."

"나도 가끔 그곳에 무언가 있지 않을까 생각하곤 했지. 그런데 그게 사실이란 말인가?"

"반장님, 저를 따라오시겠습니까?"

아린은 자리에서 일어났다. 반장도 순순히 그를 따랐다. 아린은 아치형 볼트가 줄지어 늘어선 곧게 뻗은 회랑을 지나갈수록 통로가 좁아지는 지하실로 반장을 안내했다. 모습을 드러낸 지하의 모습은 이온 반장을 또 한 번 놀라게 했다. 지하는 2층으로 되어 있었으며 규모 면에서 지상과 큰 차이가 없을 정도로 컸다. 지하 2층이 훤히 내려다보이는 곳에서 반장이 본 광경은 예사롭지 않았다. 가이아에서 가장 큰 시장인 아고라를 방불케 할 정도로 많은 사람들이 무릎을 꿇고 두 손을 하늘로 올린 채 무언가를 열렬히 바라고 있었다. 이천 명은 족히 넘어 보였다.

"반장님. 여기 모인 이 사람들은 분노로 가득 차 있답니다."

"저들도 한때 나처럼 톱니바퀴였을 텐데. 어떻게 자네의 말을 믿게 되었나?"

아린은 하얗게 샌 턱수염을 한 번 쓸더니 입을 열었다.

"저를 믿은 게 아닙니다. 저들은 자신들의 신념을 따르고 있을 뿐이지요. 저는 그들에게 작은 힘을 보태고 있을 뿐입니다."

"신념이라니?"

반장은 무슨 달인지 이해하기 어렵다는 듯 의아한 표정을 지으며 말했다.

"두려운 진실보다 더 무서운 게 뭔지 아십니까? 증오입니다. 저들에게 눈에 보이지 않는 진실 따위는 의미가 없습니다. 눈에 보이는 현실에서 일어나는 부당함이 저들을 움직이지요. 정의롭지 않은 세상이 저들의 유일한 적입니다. 어떤 종이든 어떤 사회든 집단에서 일어나는 불균형을 막을 수는 없습니다. 최선의 방법은 불균형을 골고루 나누어주는 것이지요. 하지만 디아블로아이에 웅크리고 있는 존재들은 그럴 생각이 없어 보입니다. 불균형을 나누기보다 고착화하려고 하지요. 아니, 아예 신경조차 쓰지 않습니다. 그들은 거창한 계획을 가지고 있으며 가이아를 적절하게 통치하고 있다고 생각하지만 다마추어일 뿐입니다. 그들이 가진 전능한 힘이 빠지면 그들은 아무것도 아닌 존재가 될 겁니다. 저는 빠른 시일 내에 저들과 함께 움직일 겁니다. 비록 지금은 목적이 다를지라도 모든 것이 원하는 대로 끝난다면 모든 가이아인은 진정한 진실과 마주하게 될 겁니다. 그것이야말로 제가 저지른 몹쓸 짓을 용서받을 유일한 길이자 숙명이지요."

"던바 의장을 무너뜨리면 진실이 드러난단 말인가?"

"그렇습니다. 하지만 우리에겐 아직 더 많은 힘이 필요합니다. 무엇보다 디아블로아이의 존재들에게 직접 피해를 입힐 수 있는 사람들의 도움이 절실히 필요합니다. 반장님께서 그 일을 맡아주시지 않겠습니까? 반장님은 피라미드 하우스에서 의견을 개진할 수 있는 특별 의사 발언권을 가지고 있는 줄로 알고 있습니다. 그 발언권이 필요합니다. 100인의 위원들 앞에서 의장단의 정체를, 블랙데세트툼에서 잠자고 있는 진실을 낱낱이 밝혀야 합니다."

반장은 두 손으로 난간을 잡은 채 2층을 내려다보았다.

"혼란스럽군."

"그리고 반장님, 누구라고 말하지는 않겠습니다만 디아블로아이의 눈 밖에 난 요원이 있는 걸로 알고 있습니다. 그들을 궁지로 내모는 행동은 던바 의장 일당을 도와주는 것과 마찬가지입니다. 그들은 지금 디아블로아이의 꿍꿍이를 밝히려다 모진 일을 당했거나 당하고 있습니다. 그들은 적이 아니라 우리를 도와줄 조력자들입니다. 그들을 우리 편으로 만들어야 합니다."

반장은 에이나인 내부에서 일어나는 일까지 속속들이 알고 있는 아린이 두렵기까지 했다. '그는 어디까지 알고 있는 걸까?' 반장은 그토록 잔인하던 흉악범을 이토록 변하게 만든 존재들이 더욱 궁금해졌다.

"세 치 혀로 반장님을 설득할 수 없다는 걸 잘 알고 있습니다. 아니, 백 마디 말이 무슨 소용 있겠습니까? 우리는 머지않아 블랙데세르툼으로 돌아갑니다. 진실을 마주하고 싶으시다면 그때 함께 가시지요. 그곳에는 던바 의장이 그토록 찾아 헤매는 사람이 있답니다."

"그토록 찾아 헤매던 사람? 설마……."

"이제 그만 올라가시지요."

아린과 반장은 다시 지상으로 올라왔다. 아린은 반장을 정중하게 배웅했다. 이온의 눈에 가이아의 모든 것들이 전과 달라 보였다. 주머니에서 소형 플라스마 이어폰의 진동이 느껴졌다. 이온은 이어폰을 귀에 꽂았다.

"무슨 일인가?"

"반장님, 디네 팀장의 거처를 확인했습니다."

레온이었다.

"어딘가?"

이온 반장의 목소리가 살짝 떨렸다.

"듀링이 예전에 살던 허름한 창고입니다. 아시죠? 바로 쳐들어갈까요?"

"아, 아니야. 내가 따로 지시할 때까지 대기해."

"대기하라고요?"

레온이 의아한 듯 재차 확인했다.

"내 말 못 알아들었나?"

"아...아닙니다. 알겠습니다."

이온은 이어폰을 귀에서 뺀 다음 손에 들고는 주위를 두리번거렸다. 멀찍이 청소차 한 대가 서 있었다. 이온은 청소차가 있는 곳으로 걸어갔다. 그는 주위를 한 번 둘러본 후 쓰레기 더미가 잔뜩 쌓인 짐칸에 이어폰을 집어던졌다. 잠시 후 이온은 아무 일 없었다는 듯 인파 속으로 사라졌다.

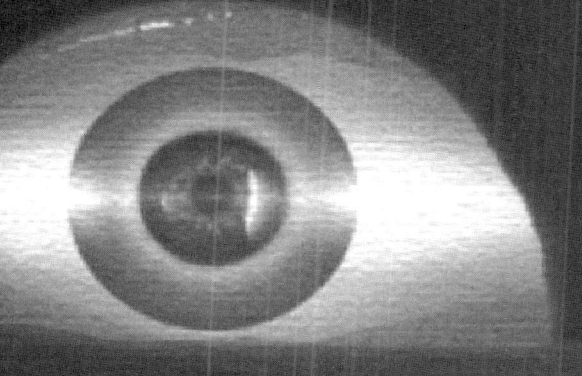

2부 실체

11

 '한 번도 들어본 적 없는 익숙한 목소리', 모순처럼 들리지만 틀림없는 사실이었다. 더 이상한 점은 계산, 인류, 배출, 알고리즘 따위의 생소한 단어로 그 목소리와 대화를 나누는 자신이었다. 친밀함마저 느껴지는 대화는 물 흐르듯 자연스러웠고 정겨웠지만, 때로는 너무 이성적이었다. 상대는 빈틈없이 촘촘한 나노튜브처럼 정교했으며 원치 않지만 해야만 하는 일에 관해 이야기하고는 했다. 대화의 끝은 갈가리 찢어지는 고통과 함께 찾아왔다. 세포 하나하나가 몸에서 떨어져 나가는 것 같았다. 저마다의 정보를 담고 있는 정교하게 배열된 입자 덩어리들은 어떤 힘에 이끌려 파편처럼 흩어지고 그 자리에는 칠흑보다 어두운 암흑만이 남았다. 견딜 수 없을 만큼 지루한 시간이 흐른 뒤 망망대해를 떠돌던 방랑자가 이웃을 만나 이질적인 집단을 이루듯이 묘하고 어색한 질서가 다시 찾아왔다. 그리고 한 번도 들어본 적 없는 익숙한 목소리가 다시 나타나 말을 걸었다. 하지만 대화는 시작과 함께 끝나고 말았다.

 그녀가 눈을 뜨자 낯익은 얼굴의 두 사람이 탁자를 사이에 두고 앉아 심각한 표정으로 이야기를 나누고 있었다. 그들은 자기들만의 이야기에 빠져 그녀가 눈을 떴다는 사실도 모르는 것 같았다. 그녀의 몸을 지탱하고 있는 오래되고 낡은 침대는 작은 몸부림에도 삐걱거렸다. 덕분에 심각하게 이야기를 나누던 두 사람의 시선이 눈을 뜬 여자한테로 향했다.

"팀장님, 드디어 깨어나셨군요."

듀링이 반가운 듯 미소를 지으며 다가왔다.

"여기가 어디지?"

디네는 질문을 받은 당사자가 아닌 탁자에 앉아 물끄러미 자신을 쳐다보는 남자를 바라보며 말했다. 그녀는 본능적으로 허리춤을 더듬거렸다.

"팀장, 깨어났군."

"어떻게 당신이……."

이온 반장은 머쓱한 표정을 지으며 자리에서 일어났다.

"화가 날 만도 할 테지. 나라도 그랬을 거야. 하지만 디네, 이제 내 처지도 자네와 같아졌네."

"저도요."

듀링이 끼어들었다. 디네는 허리춤으로 가져간 손으로 물렁한 침대를 짚으며 자리에서 일어나려고 했다. 하지만 뜻대로 되지 않았다.

"일어나면 안 돼요. 나노슈트 덕분에 목숨을 건지긴 했지만, 여기저기 타박상이 심해요. 치료가 덜 끝났으니 좀 더 누워 계세요."

가아이과학기술원에서 새로 개발한 신소재 나노슈트는 상용화 전 단계에서 몇몇 현직 경찰과 정보국 요원들에게 선별 지급되었다. 현장에서 얼마나 효용성이 높은가를 알아보기 위한 테스트 차원이었다. 디네도 테스트 요원으로 선발되었다. 새로 개발한 나노슈트는 요원의 몸을 보호하고 치료하는 역할에 초점이 맞추어져 있었다. 적의 공격을 무력화하는 방탄 기능을 넘어 신소재 나노튜브의 적용으로 10톤의 충격에도 견딜 수 있게끔 만들어졌다. 가장 특이할 만한 점은 자가치료 기능이었다. 복제 기능을 탑재한 수십만 개의 인공 나노분자들이 파괴된 조직과 세포를 복원하는 역할을 맡았다.

"자가치료 기능이 있어서 따로 의사를 부르지는 않았어요. 치료 속도가 생각보다 빠르더라고요."

듀링이 허리벨트에 부착된 소형 디스플레이에 나타난 숫자를 보며 말했다.

"반장님의 처지가 저와 같아졌다니 그게 무슨 뜻이죠?"

디네가 다시 누우며 말했다.

"말 그대로야. 나도 자네처럼 더는 에이나인 소속이 아니라는 뜻이지."

"저도요."

듀링이 또다시 끼어들었다.

"곧 있으면 에이나인에서 이리로 쳐들어올 거야. 레온이 이곳에 자네가 있다는 걸 알아냈어. 하지만 자네가 회복될 시간은 충분해. 저들이 꾸물거리도록 약을 쳐놨거든."

"왜 생각이 바뀌셨죠?"

디네는 의심을 거두지 못하고 물었다. 그도 그럴 것이 펭은 이온 반장이 피라미드 하우스를 다녀온 이후 에이나인을 떠났다. 그리고 자신 역시 이온 반장이 피라미드 하우스를 방문하고 돌아오는 그 순간 좀 더 과격한 방법으로 궁지에 몰렸었다. 디온 반장의 개입이 있다는 것을 의심하지 않을 수 없었다.

"자네와 펭에게는 묘한 공통점이 있었어. 물론 자네는 펭코다 덜했지. 하지만 펭처럼 드러내놓고 행동하지 않았을 뿐 자네 역시 이드에 관해 궁금해 했고, 그들에게 감지되었지. 여기서 말하는 그들이 누군지는 굳이 말하지 않겠네. 자네가 이드의 범죄에 관한 과도한 처벌에 관심을 두기 시작하자 그들은 행동을 개시했어. 조심스럽고 음흉하게 말이지. 그들은 모든 행정기관에 자신들의 눈을 심어두고 관찰하지. 나와 듀링이 자네에게 펭에 관한 이야기를 쉽게 꺼내지 않은 것도 이 때문이었어. 사실 한때는 지금 말한 모든 일이 과연 실제로 벌어지고 있을지 의문이었지. 한마디로 안개 속에서 바늘을 찾아야 하는 사람처럼 막연한 것이었어. 펭의 죽음에 관한 논의가 있기 전까지 말일세. 그리고 눈앞에서 내 시야를 흐리던 안개가 완전히 걷히기 시작한 건 그날 던바 의장을 만나고 난 후부터였지. 자네를 궁지로 몬 데는 나름 이유가 있었다네. 그들의 눈을 피하려면 지시를 따라야 하고 나 스스로도 좀 더 확인할 요량이었어. 시간이 필요했지. 아무튼 지금 자네의 상태를 보니 미안한 마음이 드는 것도 사실이야. 어쨌든 이제 나도 자네와 펭만큼 진실을 알고 싶다네. 그리고 작은 불씨를 발견했지."

"작은 불씨라뇨? 윽!"

치료가 막바지에 이르자 고통이 한꺼번에 몰려왔다. 디네는 눈을 감았다.

"이야기는 치료가 끝나고 나서 해도 늦지 않을 것 같군요."

듀링이 디네의 허리 아래로 내려온 합성섬유의 오래된 이불을 목까지 끌어 올려주며 말했다. 이온은 다시 자기 자리로 돌아가 의자에 앉았다. 디네는 다시금 눈을 뜨더니 천정을 바라보았다.

"에이나인에 들어가기 전에 쓰던 창고예요. 이곳에서 지금의 내가 태어났죠."

"그런데 가끔씩 울렁거려."

디네가 여전히 허공을 응시하며 말했다.

"물 위에 떠 있거든요."

"물?"

"네, 호수 위에요. 올렸다 내렸다 할 수 있는 나무다리가 육지로 연결된 유일한 길이죠. 총보다 손가락과 머리로 먹고 사는 사람에게는 꽤 괜찮은 선택이에요."

듀링이 으스대며 말했다.

"근데 듀링은 왜……"

디네는 힘이 드는지 말을 잇지 못했다.

"이제 좀 쉬세요. 치료가 끝나면 듣기 싫을 만큼 이야기해 줄 테니까요."

듀링도 다시 탁자르 돌아갔다. 디네는 듀링이 다시 의자에 앉는 모습을 채 보지 못하고 다시 깊은 잠에 빠져들었다.

디네는 신형 나노슈트가 제대로 성능을 발휘해주기를 바라며 창문으로 뛰어내렸다. 3층은 생각보다 높았다. 너무 오래 떨어지는 것 같다고 생각할 때쯤 무언가 디네의 몸에 부딪혔다. 간신히 정신을 잃지 않은 디네는 자신이 추락을 멈췄다는 사실을 깨달았다. 아니 멈춘 것뿐만이 아니었다. 다시 날아오르고 있었다. 얼마나 날았을까? 디네가 정신을 차리려고 안간힘을 쓰고 있을 무렵 그녀를 태운 물체가 속도를 줄이며 한적한 곳에 내려앉았다. 곧이어 희미한 실루엣이 어른거렸다. 하지만 실루엣의 정체를 알아채기도 전에 그녀는 힘겹게 잡고 있던 의식을 끈을 놓아 버렸다.

얼마의 시간이 흘렀을까? 디네는 '윙윙'거리는 소리에 다시 잠에서 깨어났다. 이번에는 몸이 한결 가벼웠다. 그녀는 조심스럽게 일어나 허리벨트에 부착된 소형 디스플레이에 나타난 숫자를 확인했다. 치료가 끝났음을 의미하는 100이라는 숫자가 깜빡거리고 있었다. 디네는 자신을 깨운 소리의 정체를 확인하려고 고개를 들었다. 이온 반장과 듀링이 소형 홀로그램 발생장치 앞에 서서 무언가를 열심히 쳐다보고 있었다. 디네는 냄새 나는 이불을 걷고 자리에서 일어났다. 그제야 듀링이 고개를 돌렸다.

"다른 건 몰라도 자가치료 기능만큼은 훌륭하군요."

듀링이 홀로그램 스크롤 센서가 달린 컨트롤 장갑을 높이 치켜든 채 말했다.

"동감이야. 모두가 듀링 덕분이야."

"에이 뭘요."

듀링은 쑥스러운 듯 머리를 긁적였다.

"일어나지 못하면 어쩌나 걱정했는데 다행이야."

이온 역시 부드러운 미소와 함께 디네의 회복을 축하해주었다.

"고마워요. 그런데 뭘 보고 있어?"

듀링은 마치 지휘자처럼 빠른 손놀림으로 허공에 떠 있는 홀로그램 이미지들을 재정렬했다.

"아, 이거요. 제가 하는 일이 이곳저곳 들쑤시고 다니며 숨겨진 비밀을 찾아내는 거잖아요. 사실 전 에이나인에 몸담기 전부터 이 창고에서 블랙데세르툼을 연구하고 있었어요. 버려진 땅이라고 부르는 곳이죠. 왜 버려진 땅이 되었을까? 너무 궁금했어요. 그렇다고 직접 갈 만한 용기도 없는 주제에 말이에요."

듀링은 남이 모르는 비밀을 털어놓는 사람처럼 약간 들뜬 목소리로 말했다.

"직접 가보지도 않고 어떻게 연구한다는 거야?"

디네는 허공에 떠 있는 홀로그램 이미지들을 하나하나 살펴보았다.

"아무리 블랙데세르툼이 죽음의 땅이라고 해도 두려움 따위는 신경도 안 쓰는 모험심으로 가득한 사람들까지 막을 수는 없어요. 몇몇 탐험가들이 그들의 목숨과 블랙데세르툼의 비밀을 맞바꾸었죠. 가장 최근 블랙데세르툼을 밟은 사람은 디아스라는 사람이에요. 디아스는 어둠이 내리기를 기다렸다가 딸을 포함한 탐험팀과 함께 블랙데세르툼으로 떠났죠. 그리고 혼자만 살아 돌아왔어요. 그는 역대 탐험가들이 밟아보지 못한 지역을 돌아다녔고, 그 대가로 딸과 대원들을 잃었지요. 디아스는 블랙데세르툼에서 돌아온 후 자취를 감췄어요. 그러던 어느 날 그는 홀연히 다시 나타났죠. 그런데 불행하게도 제정신이 아니었어요. 그는 한동안 '그곳에는 우리와 닮았지만 아주 다른 존재가 있다'라는 말을 되풀이하고 다녔다고 해요. 다른 말은 전혀 하지 않았고 오직 그 말만 되풀이하며 맨발로 돌아다녔답니다. 그러더니 어느 순간 바람처럼 사라졌죠. 다시 블랙데세르툼으로 들어갔다는 말도 있고, 정처 없이 떠돌다가 어딘가에서 쓸쓸하게 죽었다는 말도 있지만, 어느 게 진실인지 밝혀지지는 않았어요. 그런데 얼마 전 그가 블랙데세르툼에서 발견한 것들을 알아냈어요."

듀링이 한쪽 눈을 찡긋하며 말하자, 디네는 팔짱을 낀 채 오른손으로 턱을 어루만지며 무언가를 골똘히 생각하는 것 같더니 이내 입을 열었다.

"그래 맞아. 탐험가 디아스, 이제 기억나."

디네는 에이쓰리에 있을 때 들었던 오래된 이야기를 떠올렸다.

"정신이상 증세를 보이던 탐험가 이야기였어. 원래 우리 선배들이 맡기로 되어 있다가 다른 팀으로 넘어간 사건이었다는 이야기를 들은 적이 있어. 의문점이 많아 오랫동안 회자되었지."

"맞아요. 에이쓰리 기밀사항 목록에 올라 있는 그 디아스에요."

"그런데 듀링이 어떻게 알았지?"

"에이쓰리는 가이아에서 벌어지는 자질구레한 일에 관심이 많잖아요? 특히나 이드를 뺀 우리 호모들에게 말이죠. 며칠 전 제게 펭의 가족사항에 관해 알아보라고 하셨죠? 그때 에이쓰리에

근무하던 동기 녀석에게 부탁을 했어요. 잠깐만 들여다보자고 말이죠. 그때 알게 되었죠. 지금 말한 모든 것들을요."

듀링은 디네를 향하던 시선을 거두어들인 다음 다시 홀로그램을 응시했다.

"이걸 보세요."

듀링은 홀로그램 스크롤 센서가 달린 컨트롤 장갑으로 무언가를 찾는 듯 이미지를 옆으로 밀더니 마침내 하나의 이미지를 확대해 디네의 눈앞에 띄웠다.

"이게 뭐지? 작은 점 같은데?"

듀링이 디네의 표정을 잠깐 살피더니 컨트롤 장갑을 이용해 다음 이미지를 띄웠다.

"이건 그 점을 확대한 이미지예요."

확대한 이미지에는 동심원 모양의 작은 구릉지가 나타났다. 그것은 마치 거인의 눈처럼 보였다. 듀링은 다시 좀 더 확대한 이미지를 띄웠다.

"잘 보세요. 이 구릉지는 자연적으로 생긴 게 아니에요. 구릉지 주변으로 희끗희끗한 금속성 물체가 보이죠? 그리고 여길 보세요."

듀링이 사람의 아랫눈썹처럼 생긴 부분을 컨트롤 장갑을 이용해 옆으로 벌렸다. 그러자 화면이 다소 흐려지기는 했지만 보이지 않던 부분이 모습을 드러냈다.

"반들반들하게 닦여져 있죠."

"그게 뭐지?"

"도로예요."

디네는 약간 뒤로 물러나 전체를 조망하듯 바라보았다.

"놀라운데? 여기가 블랙데세르툼이 맞아?"

"이건 모두 디아스가 블랙데세르툼에서 찍은 사진들이에요. 그리고 분명한 건 디아스가 이곳에서 무언가를 보았다는 겁니다. 하지만 이 이상의 자료가 없는 걸로 보아 에이쓰리도 그것까지는 밝혀내지 못한 것 같아요. 디아스가 정신이상 증세를 보였으니 어쩔 수 없었다고 봐야겠죠. 하지만 저는 그가 분명 이곳에서 뭔가를 보았다고 확신해요. 그리고 그 증거를 반장님이 가지고 왔고요."

디네는 물끄러미 홀로그램을 바라보는 이온을 쳐다보았다.

"어떤 증거죠?"

"디네, 피핀이 돌아왔어. 그를 만나야 해. 그가 모든 걸 쥐고 있지."

너무 놀라 당황해하는 그녀에게 듀링이 한 마디 거들었다.

"블랙데세르툼은 펭의 고향이기도 해요. 그리고……."

12

 레온도 다른 요원들처럼 트리노 국장을 좋아하지 않았다. 하지만 오늘만큼은 아니었다. 바리온의 부상이 완전히 회복되지 않은 상태에서 이온 반장마저 사라지자 레온은 허둥거렸다. 반장을 찾으라고 보낸 추적팀은 청소차만 따라다니다 시간을 허비해 버렸다. 디디의 은신처를 알아낸 이후 그가 한 일은 아무것도 없었다. 그런 와중에 트리노 국장의 호출이 있었다. 쫓겨나지 않으면 다행이라고 생각한 레온에게 트리노는 예상 밖의 환대를 해주었다.

"반장이 없으니 자네가 고생이 많구먼."

"아...아닙니다."

 레온은 덩치에 어울리지 않게 주춤거리며 국장의 눈치를 살폈다.

"편히 앉게."

 국장은 가이아에서 가장 넓은 목초지인 케마 들판에서 기른 강인한 소의 가죽으로 만든 소파를 가리켰다. 레온이 소파에 앉자 국장은 비서를 호출했다.

"커피 두 잔."

 비서가 커피를 내올 때까지 잠시 정적이 흘렀다. 레온의 숨소리는 점점 커졌고 등줄기에서는 땀이 흘러내렸다. 푹신한 소파-

마저 딱딱하게 느껴질 때쯤 비서가 커피를 내왔다.

"자, 어서 들게."

"아, 네."

국장은 깍지 낀 두 손을 산처럼 부풀어 오른 배에 올려놓았다.

"자네 생각은 어떤가? 이온 반장이 나타날 것 같은가?"

"그게 무슨 말씀이신지?"

레온은 커피잔을 내려놓고 얼굴에 비해 지나치게 작은 국장의 안경을 쳐다보며 말했다.

"그는 돌아오지 않을 거야."

"그걸 어떻게……."

"이온 반장을 포함해 많은 요원이 나를 껄끄럽게 생각한다는 걸 잘 알고 있네. 몇몇 요원들이 부당한 대우를 받고 이곳을 떠났지. 내 불찰이야. 하지만 다 지나간 일이고, 지금에 와서 그 일을 다시 거론한다 한들 그들이 다시 돌아올 것도 아니지 않나? 자네나 다른 요원들이 생각하는 것만큼 난 그렇게 나쁘게 살아오지 않았어. 물론 잘못한 일이야 많지만 결과를 보게. 난 에이나인이라는 가이아 최고 정보기관의 수장이 되었네. 그 힘이 어디서 온 줄 아나? 난 이온이 누굴 만났고 왜 돌아오지 않는지 잘 알고 있지. 자네들이 청소차 뒤꽁무니를 쫓는 동안 나는 나만의 방식으로 이온의 행방을 수소문했어. 그리고 놀랄만한 소식을 들었지."

 국장의 입에서 청소차란 말이 나오자 레온의 얼굴이 저절로 붉어졌다.

 "이온은 냉철하면서 강직한 사람이지. 그런 만큼 내 요구를 잘 들어주지 않았어. 물론 국장의 지위를 이용해 요구가 아닌 지시를 내릴 수도 있었지만, 사적인 일인 만큼 그렇게 하고 싶지 않았네. 그리고 더 이상 불필요한 잡음을 일으키고 싶지도 않았고 그래서 한 발 물러나 있기로 했지. 정보국 일에 관심이 없는 척 말이야. 그 편이 에이나인을 위해서도 좋을 것 같았으니까. 물론 아내가 바람을 피운 건 사실이야. 아무튼 기제는 내가 전면에 나서야 할 때가 온 것 같다는 생각이 드는구먼. 하지만 그렇게 하려면 나 혼자서는 힘들어. 나를 도와줄 사람이 필요하단 말일세."

 이쯤에서 말을 멈춘 트리노는 억지로 꼬았던 다리를 풀며 레온을 지그시 쳐다보았다.

 "일을 하다 보면 사적인 힘이 필요할 때도 있는 법일세. 특히 우리 같은 일을 하는 사람들에게는 같이야. 하지만 이온은 그 힘을 받아들이려고 하지 않았지. 사적인 힘을 쓰려면 그만한 대가가 필요한데 그게 싫었던 거야."

 "어떤 대가를 말씀하시는 건가요?"

"내가 자네를 부른 이유는 왠지 자네는 나와 말이 통할 것 같아서야. 그래서 말이네만, 그들에게 우리가 알고 있는 약간의 정보와 우리가 가진 약간의 장비들을 공유해주면 그만일세. 대단할 것도 없지."

레온은 반장이 트리노를 싫어한다는 것을 알고 있었고, 그 이유가 다른 요원들과 다르지 않다고 생각했다. 하지만 국장의 입에서 나온 이야기는 실로 놀라웠다. 모르긴 해도 국장을 돕는 세력은 가이아의 뒷골목 세계를 놓고 전쟁을 불사하는 집단임에 틀림이 없었다. 그들에게 국가정보국이 보유한 정보와 무기를 공유한다는 것은 있을 수 없는 일이었다. 물론 어둠의 세력에게는 단번에 상대 세력보다 우위에 설 수 있는 강력한 힘이 될 것이다.

레온은 덩치만큼 머리가 따라주는 사람이 아니었다. 그는 상관이 무슨 짓을 저지르던 깊이 생각하는 타입이 아니었다. 무언가를 주도해본 적이 없는 곳에서 자란 사람에게 나타나는 절대적인 복종이 레온의 몸에 깊이 배어 있었다.

"제가 어떻게 하면 좋을까요?"

"나는 이온 반장을 제명하고 자네를 반장 자리에 앉힐 생각이야. 그리고 자네……."

레온이 갑자기 국장의 말을 끊었다.

"국장님, 말씀은 고맙지만 전 그 자리에 앉을 만한 능력이 없는 사람입니다. 전 지금이 좋습니다."

트리노는 출세에 집착하지 않는 이들의 특징을 잘 알고 있었다. 그들은 두 부류로 나뉘는데 하나는 이온 반장처럼 바늘조차 들어가지 않을 정도로 고지식한 사람이었고, 다른 하나는 시키는 일만 하려고 하는 사람이었다. 레온은 두 번째 부류였다.

"부담 가질 필요는 없네. 잘 생각해 보게. 이온 반장과 그 여자 팀장은 모두 사라졌네. 순서로 따져도 다음은 자네야. 자네가 싫다고 해도 그 자리에 앉아야 하지. 아니면 옷을 벗을 수밖에. 하지만 그럴 필요까지 있겠나? 자네가 원한다면 지금처럼 움직이게. 진두지휘는 내가 맡겠네. 하지만 보는 눈도 있고 모양새도 좋지 않으니 형식적인 절차는 밟자는 이야기야. 자네는 그저 내가 시키는 대로만 하면 그만이야. 지금과 크게 다를 게 없단 얘기지. 알아듣겠나?"

레온은 반장 자리에 앉기 싫었지만, 에이나인을 떠나기는 더 싫었다. 그는 무기를 다루고 범죄자를 잡아들이는 일 외에 할 줄 아는 것이 없었다. 또한 국장의 말대로 비어 있는 반장 자리를 물려받아야 할 사람은 인정하고 싶지 않지만 레온 자신이었다. 레온도 언제까지 현장에서 뛰어다니며 일만 할 수는 없다고 생각한 적이 있었다. 그리고 그 날이 오면 깨끗이 옷을 벗겠다고 결심했다. 하지만 머리가 희끗해지고 이온 반장만큼 키가 줄어들었을 때라고 생각했지 지금은 아니었다.

"아...알겠습니다. 대신 제가 판단하는 일이 많지 않았으면 합니다."

"물론이지. 걱정하지 말게."

두 사람은 누가 먼저랄 것도 없이 커피잔에 손을 가져갔다. 커피를 마시는 동안 그들은 각자의 저울로 손익을 계산했다. 트리노는 적지 않은 이득을 보았다고 생각했고, 레온 역시 손해 보는 장사는 아니라고 생각했다. 하는 일은 그대로고 수입은 늘어났으니 말이다. 물론 약간의 부담은 감수해야 했다. 하지만 이온 반장이 트리노 국장으로 바뀐 것뿐이라고 생각하면 그만이었다.

"자네 혹시 아린이라는 이름을 들어본 적이 있나?"

계산을 끝낸 트리노가 먼저 침묵을 깼다.

"점술가 말입니까?"

"맞네. 점 따위에 의지하지 말라고 그렇게 충고했는데도 이온은 그 사람을 찾아갔지. 그리고 종적을 감추었네. 그런데 반장이 사라지고 보니 궁금해지더군. 그래서 헌터들을 고용했지. 그리고 조금 전 내게 그들의 보고서가 도착했다네. 에이나인 요원들보다 더 쓸 만한 사람들이야. 암, 그렇고말고."

레온은 헌터를 잘 알고 있었다. 가이아 비밀정보국에 버금가는 행동력을 갖춘 무리들이었다. 그들은 뒷골목 세계의 비밀정보국이라고 불릴 정도로 일반 사람은 알기 힘든 비밀 정보들을 많이 알고 있었다. 레온을 비롯한 정보국 요원들이 궁금해 하는 부분이기도 했다. 그런데 놀랍게도 헌터들의 정보력의 진원지가 에이나인 정보국의 국장실이었다는 사실이 레온을 당황스럽게 만들었다. 게다가 이제 곧 있으면 자신도 헌터들의 정보력 증대에 한몫을 해야 할지도 몰랐다. 아니 그렇게 될 것이다. 레온은 골치 아픈 일이 생기면 깊게 생각하지 않는 타입이었고 그의 일생에서 가장 중대한 실수가 될지도 모르는 자리에서조차 예외는 아니었다.

"어떤 내용입니까?"

"반장은 디네와 듀링과 함께 있네. 잘 생각해 보게. 에이나인을 배반한 요원들과 함께 있다는 점, 그리고 자네에게 대기하라고 지시한 점, 마지막으로 추적장치를 청소차에 버린 점으로 비추어 보았을 때, 그가 에이나인으로 다시 돌아올 일은 없을 걸세. 그리고 그 이유는 바로 그 점술가에게 있을 테고. 그가 그곳을 방문한 뒤 바로 사라졌다는 것이 바로 그 증거라네."

레온은 다른 요원들이 하는 일 없이 국장 자리에 앉아 배만 두드리고 있다고 생각하는 트리노 국장의 모습이 본 모습이 아니라고 설명해줄 자신이 없었다. 그만큼 지금 트리노 국장의 모습은 레온이 생각하던 것과 달랐다. 그는 레온에게 선입견이 무엇인지 철저하게 가르쳐주고 있었다.

"왜 말이 없나?"

"아…아닙니다. 당장 잡아들일까요?"

"이미 늦었네. 그들은 거기에 없을 거야."

"왜 당장 잡아들이지 않으셨죠?"

레온이 짧은 머리를 굴리며 말했다.

"아무리 전직 요원들이라 해도 그들은 에이나인 소속이었던 사람들이야. 헌터에게 맡길 수는 없는 노릇이지. 우리가 잡아야 해. 그것이 그림이 좋아."

레온은 트리노의 철두철미함에 다시 한 번 혀를 내둘렀다.

"맞습니다."

"자, 그만 나가보게. 임명권은 이온이 잡히고 나면 주도록 하겠네. 아 참, 스케줄표 좀 보여주겠나?"

레온은 일어나다 말고 주머니에서 휴대용 단말기를 꺼내 스케줄 리스트를 띄워 국장에게 넘겼다. 국장은 에이나인이 잡아들여야 할 이드들의 목록을 주로 살폈다. 잠시 후 그는 목록 하나를 지운 다음 단말기를 레온에게 다시 건네주었다.

"이제 됐네."

"그럼 나가보겠습니다."

레온은 극장실을 나오자마자 단말기를 다시 꺼냈다. 그리고 좀 전에 국장이 지운 목록을 확인했다.

검거 사유 - 행적보고 불이행 이름 - 라그랑

레온이 나간 후 트리노 국장은 창가에 서서 물끄러미 가이아를 내려다보았다. 문득 던바 의장의 두시무시한 눈빛이 떠올랐다. 악마가 있다면 던바 의장의 모습을 하고 있을 거라고 그는 생각했다. 트리노는 주머니에서 수건을 꺼내 이마에 흐르는 땀을 닦았다. 그날 이후 던바 의장의 모습만 생각하면 땀이 흘렸다. '괘씸한 놈, 내게 그런 모욕을 주다니' 트리노 국장은 두려움 못지않게 증오를 느꼈다. 어떻게든 복수하고 싶었다. 하지만 아직은 아니었다. 더 큰 힘이 필요했다. 최고위원인 고진에게 그럴 만한 힘이 있을지 미지수였기 때문에 그는 좀 더 기다리기로 했다. 그리고 그때까지는 던바의 지시를 거역할 수 없었다. 그는 비밀금고에서 금색으로 반짝이는 특별한 플라스마 이어폰을 꺼내 귀에 꽂았다.

"티미, 날세."

"코드명으로 부르시오!"

"이 무슨 통신장치는 절대 해킹당하지 않으니 걱정하지 말게.

그건 그렇고, 이온 반장의 말이 맞는 것 같네. 살람은 블랙데세르툼에 있을 가능성이 높아. 그리고 그 열쇠는 아린이라는 자가 쥐고 있을 거야. 수단과 방법을 가리지 말고 그자를 잡아 오게."

상대는 아무런 대답도 하지 않았다. 잠시 후 통신이 끊어졌다. 헌터들은 침묵으로 대답을 대신하는 습관이 있었다. 트리노는 금색 플라스마 이어폰을 조심스럽게 비밀금고에 다시 집어넣고 영원히 잠들기를 바라는 사람처럼 금고 문을 단단히 잠갔다.

남자의 대머리가 양쪽으로 촘촘하게 늘어선 거대한 MST(Message Switching System)에서 나오는 노란 열기를 받아 반짝거렸다. 셀 수 없이 많은 MST 각각은 다시 수백 개의 블록으로 나뉘어 있었다. 각 블록에는 노란색 투명 구슬이 수십 개씩 보관되어 있었고, 구슬 안에는 데이터가 가느다란 혈관처럼 새겨져 있었다. 그는 자기 키보다 두 배는 더 큰 MST 사이를 왔다 갔다 하며 무언가를 열심히 찾고 있었다. 단 한 올의 털도 없는 얼굴 덕분에 더 두드러져 보이는 핏발 선 하얀 눈동자는 광선이라도 뿜어낼 듯 불타오르고 있었고, 물결처럼 흐르는 이마의 주름이 만들어내는 그림자는 점점 짙어졌다. 끝이 보이지 않는 MST 사이를 능숙하게 누비던 남자가 마침내 멈춰 서더니 심각한 표정으로 구슬 하나를 조심스럽게 꺼내 이리저리 돌려보았다. 잠시 후 그는 구슬을 들고 가늘고 긴 팔을 휘휘 저으며 자기 자리로 돌아왔다.

자리로 돌아온 남자는 커다란 디지털 홀로그램 발생장치인 대형 홀로그램 프로젝션 테이블의 데이터 인식 슬롯을 열고, 좀 전에 가지고 온 데이터 구슬을 슬롯에 넣었다. 구슬은 회전하면서 아래로 빨려 들어갔다. 회전속도가 점점 빨라지더니 투명 구슬에서 푸른빛이 흘러나왔다. 잠시 후 홀로그램 발생장치에서 플라스마 이온 광선이 뿜어져 나와 조금 전까지 아무것도 없던 텅 빈 공간을 숫자와 연산자, 그리고 기호들로 가득 채웠다. 핏발 선 두 눈이 툭 튀어나온 눈두덩이의 보호를 받으며 허공에 펼쳐진 홀로그램 정보를 하나도 놓치지 않겠다는 듯 샅샅이 훑고 지나갔다. 남자의 미간 사이에 일자형 주름이 생기기 시작할 무렵 한 남자가 소리소문없이 나타났다.

"의장님은 늘 바쁘시군요."

베일 듯 날카로운 콧날과 대조를 이루는 섬세한 걸음걸이의 남자가 붉은빛이 감도는 곱슬머리를 찰랑거리더니 자기 일에 열중하고 있는 대머리 남자 옆에 섰다.

"던바 의장님은 밀스 의장님도 동의할 거라고 하시더군요."

"뭘 말입니까?"

"균열에 관해서요."

유진의 부드러운 목소리의 파장이 허공을 빽빽하게 채우고 있는 홀로그램에 가서 부딪혔다. 하지만 밀스가 하는 일에 지장을 주지는 않았다.

"그럴 확률이 우려할 정도로 높아졌다는 사실만큼은 인정해야 할 것 같습니다. 이데온에 문제가 생기지 않았다면 말입니다."

밀스는 숫자와 연산자 그리고 기호의 위치를 재빠른 손놀림으로 능수능란하게 옮기거나 바꿔가면서 계산에 열중했다.

"이데온이 계산한 8천 6백만 개의 경우의 수 가운데 우리에게 바람직하지 않은 경우의 수는 70만 개가량 됩니다. 단정할 수는 없지만, 지금 상황이 지속된다면 70만 개를 제외한 경우의 수는 고려할 가치가 없게 될 지도 모릅니다. 문제는 변수들이겠지요."

밀스는 처음으로 유진에게 시선을 던지며 말했다.

"몇 가지 변수가 생기긴 했답니다. 문제는 던바 의장이 인정하려 들지 않는다는 데 있어요. 아무튼 좋지 않은 소식이군요."

유진의 음성이 지나칠 정도로 낮아졌다.

"우울한 70만 개의 경우의 수보다 더 큰 문제가 있습니다."

밀스가 심각한 얼굴로 말했다.

"더 큰 문제라니요?"

"속도입니다. 70만 개의 경우의 수 가운데 몇몇은 우리에게 손 쓸 틈도 주지 않을 겁니다."

"무슨 말인지 알 것 같군요."

유진은 뒷짐을 진 채 알 듯 모를 듯한 묘한 미소를 지었다.

"지금 할 일은 70만 개의 경우의 수를 부르는 변수를 제거하는 일이겠지요. 그건 그렇고, 이데온은 요즘 어떤가요?"

유진이 뒤돌아서며 말했다.

"갈수록 정보의 양이 줄어들고 있습니다. 무슨 이유인지 알 수 없지만, 게걸스럽게 빨아들이기만 하고 뱉지는 않는군요. 가끔 올라오는 정보조차도 점차 그 간격이 벌어지고 있어요."

유진은 걸음을 옮기려다 말고 멈춰 섰다.

"우려할 점이 하나 더 생겼군요. 그런데 왜 그럴까요? 우리 계획이 마음에 들지 않아서 일까요?"

"글쎄요. 알다시피 이데온은 정보만 알려줄 뿐 질문을 받거나 하지는 않습니다."

유진은 말없이 고개만 끄덕였다.

"경우의 수에 관한 이야기를 던바 의장에게 전하세요. 그분은 제 이야기를 들어주기만 할 뿐 믿으려고 하지 않는답니다."

"저라고 다르겠습니까? 직접 하시지요. 제겐 그보다 더 중요한 일들이 남아 있으니까요."

밀스의 말도 일리는 있었다. 던바 의장은 산술적인 증거보다 자신의 감을 더 신뢰하는 사람이었다. 유진은 들어올 때처럼 조용히 밀스의 방을 나갔다. 밀스의 방은 가이아인들이 음흉한 계략의 근거지라고 입방아 찧을 만큼 공개된 디아블로아이와 달리 밀스를 포함한 3인의 의장단과 베테랑 비서 에일만 아는 비밀의 장소였다.

 밀스의 방은 피라미드 하우스의 2층, 디아블로아이의 비밀공간에 마련되어 있는 특수 이동장치를 타고도 5분가량 내려가야 하는 곳이었다. 특수 이동장치는 피라미드 하우스를 3등분하는 각 층 사이의 텅 빈 공간, 다시 말해 각 층의 피라미드 모서리 안에 장착된 4개의 거대한 마그네틱에서 뿜어져 나오는 자기장 사이를 빠르게 이동하는 특수 엘리베이터로, 투명한 관 모양을 하고 있었다. 이 관은 빅이 만든 조악한 투명 커튼과는 달리 그 어떤 제약도 없이 탑승자를 호모의 눈으로는 절대 볼 수 없는 완벽한 투명인간으로 만들었다. 따라서 아무리 눈이 밝은 사람이라 해도 그들의 비밀스러운 이동을 알아낼 수는 없었다.

 밀스의 방을 나온 유진은 엘리베이터가 아닌 반대 방향으로 걸어갔다. 유진의 피부만큼이나 매끄럽고 하얀 원형 통로를 한참 걷던 유진은 어떤 방 앞에서 걸음을 멈추었다. 방 안에는 유진이 누우면 딱 맞을 크기의 캡슐 4개가 일정한 간격을 두고 나란히 붙어 있었다. 캡슐은 다양한 모양의 색깔과 크기의 센서들로 번쩍거렸고, 크고 작은 케이블들이 캡슐에서 나와 셀 수 없이 많은 버튼과 레버가 달린 벽면의 거대한 컨트롤박스로 이어졌다. 유진은 기하학적 무늬가 색실로 정교하게 새겨진 실크 재질의 의장 전용 제복을 벗고 4개의 캡슐 가운데 하나를 골라 덮개를 열고 들어가 양손을 가슴 앞에 포갠 다음 누웠다. 곧이어 캡슐 덮개가 서서히 내려왔다. 덮개가 완전히 닫히자 캡슐 머리 부분에서 촉수 같이 생긴 아주 얇은 금속 단자가 튀어 나왔다. 금속 단자는 실뱀처럼 움직이며 유진의 정수리 부분 머리카락을 헤집기 시작했다. 잠시 후 유진의 정수리 부분에서 눈에 보일 듯 말 듯한 구멍이 모습을 드러냈다. 구멍은 단자 끝부분보다 살짝 컸다. 금속 단자는 보금자리를 찾은 뱀처럼 주저하지 않고 한 치의 오차도 없이 정확하게 구멍 속으로 쏙 들어갔다. 그러자 유진의 몸이 잠깐 흔들리더니 이내 잠잠해졌다. 그의 표정은 더 없이 평온해 보였다. '푸슉'하는 소리가 몇 번 들리는가 싶더니 캡슐방은 유진이 들어오기 전처럼 다시 조용해졌다.

13

라이아의 말처럼 진실을 알리려고 노력하는 사람은 그녀 혼자가 아니었다. 빅과 함께 라이아가 말한 아래를 움직이는 사람을 만났을 때 펭은 비로소 자신이 모르는 베일에 싸인 비밀이 가이아에 존재한다고 확신할 수 있었다.

그는 타탄체크가 들어간 커다란 망토를 입은 노인이었다. 노인은 여러 방식으로 펭을 놀라게 했다. 먼저 그가 과거 전설적인 범죄자 피핀이었다는 점이었다. 피핀은 이드를 10명이나 죽였고 비록 잡히기는 했지만 제일 악명 높은 알카트라즈에서 탈옥에 성공한 최초의 죄수일 뿐만 아니라 블랙데세르툼 추방형을 선고받은 최초의 범죄자였다. 더군다나 그는 블랙데세르툼에서 죽지 않고 다시 살아 돌아왔다. 그것도 한쪽 팔에 의수를 단 채 말이다. 하지만 무엇보다 펭을 놀라게 한 것은 지나간 세월에 비해 너무 늙어버린 그의 모습도, 기계팔을 단 채 신에게 제사를 지내는 곳으로 알려진 장소에서 신묘한 점술가로서 추앙받으며 은밀히 살고 있다는 사실도 아니었다.

아린 아니 피핀은 이드를 죽인, 철옹성이라 불리는 알카트라즈를 탈출한, 블랙데세르툼으로 추방당한 과거의 그 흉악한 피핀이 아니었다. 피핀은 분명 블랙데세르툼에서 영원히 자취를 감추었다. 그것은 죽음과는 아무런 상관없는 소멸이었다. 한때 피핀이라는 이름으로 살던 호모는 완전히 사라졌다. 대신 그는 가이아의 운명을 쥔 아린이라는 이름의 늙은 사내가 되어 돌아왔다. 그가 온기를 내뿜는 뼈와 살 대신 차갑고 둔탁하지만 정밀한 방식으로 움직이는 기계팔을 타탄체크의 망토에 숨긴 채 한 말들은 펭을 움직이기에 충분했다.

블랙데세르툼에서 살아 돌아온 사람의 이야기를 믿는 가이아인은 거의 없었으므로 가이아에서 영원히 진실을 숨기고자 한다면 블랙데세르툼만큼 적당한 장소도 없었다. 그곳에서는 어떤 일이든 일어날 수 있지만, 믿지 않는 사람들이 있는 한 영원히 밝혀지지 않을 것임을 펭은 잘 알고 있었다. 살람이 쓴 〈이드의 뿌리〉를 들고 찾아온 라이아를 만난 펭은 줄곧 그녀를 의심해 왔다. 하지만 블랙세데르툼은 그녀의 이야기가 막연한 허풍이 아닐지도 모른다는 생각을 펭에게 심어주었다. 그렇다고 해서 펭이 라이아에게 절대적인 신뢰를 보인 것은 아니었다. 아린을 만나기 전까지는.

아린은 블랙데세르툼에서 기적처럼 살아 돌아왔을 뿐만 아니라 라이아의 입에서 나온 믿기 어려운 말들이 거짓이 아님을 증명해주었다. 그와 그녀의 목적은 납득할 만한 사연을 품고 있었다. 하지만 아린도 라이아처럼 모든 것을 말해 주지는 않았다. 그는 세 치 혀로 장황하게 떠드는 것보다 진실을 보여주고 싶어 했다. 펭은 기꺼이 그가 원하는 대로 따르기로 했다. 펭은 이온 반장이 지하 2층으로 내려왔을 때 무릎을 꿇고 두 손을 하늘 높이 치켜 든 사람들 속에 있었다. 펭은 반장에게 하고픈 이야기들이 많았지만, 아린은 서두를 필요가 없다며 그를 막았다. '서두르지 마세요. 그는 다시 올 겁니다. 그에게 시간을 줘야 해요. 정리해

야 할 것들이 많을 겁니다. 하지만 머지않아 그는 돌아올 겁니다. 그때는 분명 혼자가 아닐 겁니다.'

이온 반장이 떠나고 얼마 지나지 않아 기다리던 소식이 들려왔다. 디렉의 호송 일자가 잡힌 것이다.

"펭, 이걸 가지고 가게."

빅은 만능가방에서 고객과의 약속을 어겨가면서까지 심혈을 기울여 제작한 신형 휴대형 발사기를 꺼냈다.

"이게 뭔가?"

펭은 빅이 내민 발사기를 보며 말했다. 발사기 몸통에는 펭이 한 번도 보지 못한 글자가 새겨져 있었다.

"고농축 이온 에너지를 이용해 세라믹 탄환을 발사하지. 자네가 좋아하는 구형 타입이야."

빅은 100발의 세라믹 구슬 탄환이 들어 있는 탄창 벨트를 넘겨주며 말했다.

"마음에 드는군. 그런데 이 글자는 뭔가?"

"총 이름을 새겨 넣었어. 그 글자는 신화에 등장하는 고대 언어 중 하나라네. 훈민정음이라고 부르는 문자야."

"고대 언어에 관심이 있는 줄은 몰랐네. 어떻게 읽나?"

펭은 총열 아래 달린 적외선 빔을 작동시킨 다음 빅의 가슴팍을 조준했다.

"단군이라고 읽네."

빅이 빔의 사정거리로부터 빗겨서며 말했다.

"단군?"

"그 문자를 썼던 인종의 시조 이름이지. 이드의 조상이었던 에이도스처럼 말이야."

펭은 자신들의 진짜 조상은 누구일지 잠시 생각해보았다.

"멋진 이름이군. 아무튼 고맙네."

펭은 탄창 하나를 꺼내 장전한 다음 벨트를 허리에 둘렀다.

"자넨 어쩔 작정인가?"

"여기까지 왔으니 끝을 봐야지. 아린과 함께 하겠네. 자네와 라이아를 따라다녔다가는 목숨이 백 개라도 부족할 테니까."

빅이 가방을 챙기며 말했다.

"조심하게. 아린의 계획도 결코 만만치는 않아. 어쩌면 더 힘들 수도 있어."

"그래도 세 명보다 수천 명과 함께 움직이는 게 낫겠지."

그때 문이 열리더니 라이아가 얼굴을 삐죽이 내밀었다.

"또 만날 텐데 말이 길군요."

라이아가 짓궂게 말했다.

"모르는 모양인데, 우리는 언제나 다시는 만날 일이 없는 사람처럼 헤어지지. 그게 서로에게 좋거든. 안 그런가? 펭?"

"그렇고말고. 라이아, 내가 말한 옷 준비했어?"

라이아는 대답 대신 옷을 들어 보였다.

"완벽하군."

펭은 한때 크게 유행하던 롤랜드 하울(롤랜드 지역에서 기르는 소과 동물)의 가죽으로 만든 검정 재킷의 안주머니에 비브라늄 안전레버를 단 레이저건을 챙겨 넣으며 라이아를 앞장세운 채 문을 활짝 열고 나갔다. 라이아는 펭과 빅을 지상과 연결된 좁은 계단이 아닌 음침한 지하 동굴로 안내했다. 동굴의 어둠을 밝히는 발광체들이 1~2미터 간격을 두고 설치된 길을 따라 100여 미터 정도를 내려가자 커다란 공터가 나타났다. 사람들이 분주하게 움직이고 있었다. 가만히 있는 사람은 아무도 없었다. 커다란 철제 박스를 옮기던 사람들 몇몇이 그들을 흘낏 쳐다보기는 했지만 대부분 신경 쓰지 않았다. 어둠을 밝히는 발광체가 없는데도 공터는 환했다. 펭이 이유를 찾으려고 고개를 들었다. 뻥 뚫린 동굴 입구로 헬리오스의 전자기파가 쏟아져 들어왔다. 라이아는 무엇이 들어 있는지 알 수 없는 수많은 철제 박스 사이에서 타탄체크가 들어간 망토를 펄럭이며 기계손을 바쁘게 움직이는 노인을 보며 손을 흔들었다. 동굴 안에서 유일하게 그들을 알아본 노인이 느린 걸음으로 다가왔다.

"오늘은 아주 중요한 날이 될 겁니다."

아린이 펭을 쳐다보며 말했다.

"두 사람의 임무가 아주 막중해요."

"기대한 만큼의 성과가 있었으면 좋겠군요."

펭이 주위를 둘러보며 말했다.

"있을 겁니다. 오늘 이후 가이아인들은 새로 태어날 겁니다. 사람의 마음이란 아주 강한 것이어서 직접 보기 전에는 좀처럼 흔들리지 않는답니다. 저도 그랬으니까요. 하지만 오늘 이후로 많은 것이 달라질 거라 믿습니다."

펭은 이곳에 온 날부터 무언가 찾으려는 것처럼 공격적으로 다가오는 아린의 눈빛이 부담스러웠다.

"당신은 그들이 찾는 사람이 분명합니다. 보면 볼수록 느껴져요. 제 눈은 속일 수 없지요. 많은 것이 저를 변화시켰지만, 눈만큼은 아니랍니다."

아린이 온화한 미소 뒤로 날카로운 눈빛을 숨기며 말했다.

"라그랑의 행방은 알아냈나요?"

라이아가 불쑥 끼어들었다.

"아직 못 찾았어. 하지만 오래 걸리지는 않을 거야. 기다려 보세나."

아린은 트리노 국장 못지않게 돈만 주면 움직이는 많은 헌터를 알고 있었고 그들을 활용했다. 하지만 기다리던 연락은 좀처럼 오지 않았다.

"자, 늦기 전에 출발하도록 하지."

아린의 말이 떨어지기 무섭게 펭과 라이아가 차에 올랐다.

"펭, 이걸 가져가게."

빅은 납품 일자를 놓친 SP-2를 건넸다.

"난 약속을 꼭 지켜야 하거든. 디렉에게 전해주게."

"지독한 친구군. 마법의 링이나 있으면 몇 개 더 주게."

펭이 건네받은 SP-2를 뒷자리로 던지며 말했다. 빅은 만능가방을 뒤적거렸다.

"하나 남았군. 어떤 작전을 펼치든 30초 안에 마무리 짓기를 비네."

빅은 미술관에서 그들의 목숨을 구해준 왕관을 건네주었다.

"30초면 충분해."

펭은 한쪽 눈을 찡긋했다.

"꾸물거리지 말고 어서 출발하게."

펭이 거수경례를 하려고 손을 드는 순간 펭과 라이아를 태운 자동차가 조용히 날아올랐다. 뻥 뚫린 동굴 입구를 빠져나온 자동차의 이온 엔진 노즐이 수평 방향으로 90도 꺾였다. 그러자 자동차는 곧장 앞으로 나아갔다. 두 사람의 몸이 잠깐 뒤로 젖혀지는가 싶더니 이내 정상으로 돌아왔다.

"성격 한번 급하군."

"아저씨들은 꼬리가 너무 길어요."

펭은 헛기침을 몇 번 하더니 다시 입을 열었다.

"그건 그렇고, 전부터 한 가지 묻고 싶은 게 있었는데 말이야."

"묻고 싶은 게 한두 가지는 아닐 텐데, 뭔지 궁금하네요."

라이아가 그녀의 버릇인 소맷자락을 걷어붙이며 말했다.

"그때 왜 내가 정신을 잃은 거지?"

"아, 그거요? 눈에 보이지 않는 미세한 파동이 아저씨의 뇌파와 충돌을 일으킨 거예요. 그들에게는 생체광자방출이라는 특수한 기술이 있어요. 사피엔스에게 영향을 주는 낮은 진동수의 파동을 자신들의 결과물에 심어놓죠. 바이러스처럼 말이에요. 일종의 전자기파인데 이물질의 접근을 막는 특수한 기술이죠."

"내가 이물질이라는 말이야? 그리고 그들이라니?"

펭이 기분 나쁘다는 듯이 말했다.

"디아블로아이의 주인공들 말이에요. 중요한 건 그들이 지문처럼 심어놓은 생체광자의 파동은 가이아인이나 이드들에게는 큰 영향을 주지 않는다는 거예요. 쉽게 말해 아저씨처럼 기절하는 일이 없다는 뜻이죠. 그래서 그 파동을 상쇄시키는 특수한 장치를 귀에 꽂지 않으면 그들이 남긴 것이 무엇이든 우리 사피엔스는 절대 볼 수 없을 뿐만 아니라 그들 가까이 다가가는 것도 불가능하죠."

펭은 자신의 몸에 흐르는 정체 모를 피가 무엇인지 몹시 궁금했다. 그는 지금이라도 당장 블랙데세르툼으로 달려가고 싶은 충동을 억누르는 데 많은 힘을 쏟아야 했다.

"내가 정말 가이아인이 아닌 이상한 어떤 존재란 말이야?"

"가이아인이 아니라고 말한 적은 없어요."

펭이 팔짱을 끼며 긴 한숨을 내쉬었다.

"너무 서두르지 말아요. 블랙데세르툼은 도망가지 않아요."

라이아가 곁눈질로 펭의 눈치를 살피며 말했다.

"운전이나 잘해."

펭은 가만히 눈을 감았다.

바리온은 어깨가 완전히 아물지 않은 상태였다. 하지만 언제까지 침대에 누워 있을 수만은 없었다. 이온 반장은 종적을 감추었고 디네 팀장은 한바탕 소동을 피우고 난 뒤 도망치듯 에이나인을 떠났다. 듀링마저 디네에게 붙었다는 이야기가 흘러왔다. 이런 마당에 혼자 가만히 있는 것은 바리온의 성격에 맞지 않았다. 바리온은 레온의 어깨에 많은 짐을 올려놓는 것은 그다지 현명한 판단이 아니라고 생각했다. 디네 팀장처럼 외부 인사를 반장 자리에 앉혀도 문제 될 것은 없었다. 하지만 트리노는 레온을 고집했다. 그는 불편한 몸이지만 작은 힘이나마 보태서 레온을 도와주고 싶었다. 디렉을 알카트라즈로 옮긴다고 했을 때 자원한 이유도 레온의 고민을 덜어주려는 목적이었다. 에이나인의 업무와 동떨어진 고고학을 전공한 살로몬이 자원했지만 죄인 호송은 책상물림에게는 버거운 일이었다. 레온은 바리온의 몸 상태가 정상이 아니라는 사실을 잊어버린 듯 그의 손을 힘차게 흔들며 고마움을 표시했다.

호송 트럭은 전투용 수송 장갑차인 호버크루저에 버금가는 방탄 능력과 튼튼함을 자랑했다. 게다가 크기는 호송 트럭보다 작지만 노면 상태가 아무리 고르지 못해도 평지처럼 지나가는 커다랗고 질긴 타이어와 다양한 무기를 장착한 채 탁월한 기동성까지 덤으로 갖춘 호송 지원 차량 두 대가 호송 트럭을 엄호했다. 알카트라즈를 탈옥한 피핀조차 수송과정에서만큼은 탈출을 시도할 생각을 하지 않았다. 유일한 애로사항은 공중이 아닌 육지로만 가야 한다는 것과 중간에 다른 죄수를 태워야 한다는 것뿐이었다.

목숨보다 중요한 것이 있을 거라고 생각해본 적 없던 디렉에게 테라는 그렇지 않다는 것을 보여주었다. 테라는 분명 죽어가고 있었다. 하지만 슬퍼하거나 비관하지 않았다. 심지어 환하게 웃기까지 했다. 디네를 만나기 전까지 그토록 여위어 가던 이드에게 환한 미소를 안겨준 텍스트에 관해 궁금해 한 적은 없었다. 하지만 아무리 이드의 위장 행적보고가 중범죄라고 해도 별다른 재판도 없이 열여덟 살 청년을 알카트라즈로 보내려는 정보국의 행태를 보면서 자신이 통제할 수 없는 엄청난 일들이 주위에서 벌어지고 있음을 직감했다. 그 텍스트에는 자신이 모르는, 어쩌면 개인의 삶보다 더 중요한 비밀이 숨어 있을지도 모른다고 생각했다. 이제 디렉은 자신이 원하든 원치 않든 사건의 핵심인물로 떠올랐다는 사실을 인정해야 했다.

어린 나이에 아버지를 잃고 일찍 삶의 터전으로 나온 디렉은 성숙하고 냉철하게 사는 법을 같은 또래 청년들보다 일찍 터득했다. 살로몬이 자기가 자리를 잠깐 비운 사이 디네와 나눈 이야기를 추궁했을 때 그가 에이나인이 아닌 디네를 선택한 현명함을 보인 것이 대표적인 사례였다. 디렉은 살로몬이 나타나 디네가 에이나인에서 도망쳤다고 말한 순간 활활 타오르던 디네의 눈빛을 떠올렸다. 그 눈빛이야말로 자신을 구해줄 구원의 눈빛이자 진실의 눈빛이었다. 디렉은 알카트라즈로 가게 될 것이라는 말을 들었을 때도 당황하거나 긴장하지 않았다. 오히려 더 차분해졌다. 이유는 몰랐지만 차가운 심문실을 떠나는 것이 그가 사는 길이라는 예감을 물리치기 어려웠다.

14

꼬불꼬불하고 푸석푸석한 회색 수염이 왼쪽 관자놀이에서 시작해 귀와 턱, 그리고 입술을 완전히 덮은 다음 다시 반대 방향으로 이어졌다. 반대로 머리 꼭대기에는 한 올의 털도 없었다. 짙은 주름살과 힘을 잃은 눈동자가 남자의 상태를 말해주었다. 고진은 힘없이 누워 있는 비쩍 마른 노인을 내려다보고 있었다.

"어서 일어나셔야지요."

고진은 50년째 이름뿐인 최고지도자 자리에 앉아 있는 가모프를 불쌍한 눈으로 쳐다보며 말했다.

"죽을 때가 다가오니 자꾸 헛것이 보입니다. 제가 어릴 때 어른들이 이렇게 이야기하고는 했지요. 늙으면 모두가 예언가가 된다고 말입니다."

가모프의 앙상하고 주름진 손가락이 희미하게 떨렸다. 비록 이름뿐인 자리였지만, 가모프는 음흉한 속셈을 품고 있는 고진과 달리 최고지도자의 역할을 숭고하게 여겼고 충실하게 이행했다. 50년간 최고지도자 2인의 자리 중 한 자리만 사람이 바뀌었고, 고진은 그와 함께 표면적으로 가이아를 경영한 세 번째 동반자였다.

"무슨 말씀이신지?"

고진은 50년간 꼭두각시놀음을 하고 있는 가모프를 경멸하면서도 존경하는 척 해왔다. 그리고 이제 그 신물 나는 위선적 행동을 그만두어도 될 날이 머지않았다고 생각했다.

"가이아의 앞날이 그다지 밝아 보이지 않는다는 뜻이지요."

고진은 눈살을 찌푸렸다.

"가이아는 잘 돌아가고 있습니다. 지도자님."

"그렇지가 않아요."

가모프는 고진이 자신과 함께 했던 2명의 지도자와 다르다는 사실을 일찌감치 알고 있었다. 고진은 최고 의장 3인방의 꼭두각시라고 불리든 말든 가모프와 과거 지도자들이 가슴에 품었던 오직 하나의 목표, 즉 가이아의 평화와 안정을 지탱하는 데는 큰 관심이 없었다.

"가이아의 최고지도자와 의장단은 함께 균형을 이루며 가이아를 지탱해 왔습니다. 때로는 균형추가 한쪽으로 기울 때도 있었지요. 하지만 항상 제자리로 돌아오곤 했답니다."

고진은 하마터면 '기울 때도 있었다고? 언제나 기울어 있었어. 이 미련한 늙은 양반아'하고 소리칠 뻔했다.

"동의합니다. 지금도 그렇고요."

"지금은 다릅니다. 서로가 적대적이기까지 하지요. 눈에 보이지는 않지만 그런 기류가 흐르고 있어요. 던바 의장이 우릴 부른

게 얼마나 오래되었는지 기억하십니까? 회의는커녕 면담조차 허락하지 않고 있어요. 좋지 않아요. 좋지 않아. 콜록콜록."

가모프가 힘에 부치는지 심하게 기침을 하며 눈을 감았다.

"제가 오늘 지도자님을 찾아온 건 긴히 드릴 말씀이 있어섭니다."

고진이 눈을 가늘게 뜨며 말했다.

"말씀해 보세요."

"특별 의사 발언권 요청서가 도착했습니다."

고진은 잘 입지 않는 제복 안주머니에서 요청서를 꺼냈다.

"이제 눈도 잘 보이지 않습니다. 누가 보냈나요?"

"에이나인의 이온 반장입니다."

가모프는 갑자기 감았던 눈을 번쩍 떴다.

"올 것이 왔군요."

"올 것이 오다니요?"

"허락하세요. 거대한 흐름을 막을 순 없는 법입니다. 그리고 한 가지 말씀드릴 게 있습니다. 콜록콜록. 지도자님, 몸조심하셔야 합니다. 드러나지 않기를 바라는 어떤 일을 꾸미고 있다면 중단하도록 하세요. 제가 드리는 마지막 충언입니다."

고진은 하마터면 들고 있던 특별 의사 발언권 요청서를 떨어트릴 뻔했다.

"순리대로 살아야 합니다. 우리는 절대로 그들과 같을 수 없습니다. 기나긴 세월 동안 제가 그들과 부딪히지 않고 살아온 이유입니다. 우리에게 가장 치명적인 실수는 타락도 무능한 정치력도 아닙니다. 그들을 알려고 하는 것입니다. 제 말을 꼭 명심하셔야 합니다. 이것이 제가 마지막으로 드릴 수 있는 조언입니다. 콜록콜록. 이제 좀 쉬어야겠습니다. 아 참, 이온 반장의 발언권은 반드시 받아들여야 합니다. 그가 하는 이야기는 분명 지도자님에게도 도움이 될 겁니다."

자기 방으로 돌아온 고진은 두 손을 벌벌 떨며 자리에 앉았다. '침대에 누워 있는 늙은이가 알 정도면 디아블로아이의 의장단이 모를 리가 없었다. 하지만 그들은 왜 알면서 가만히 있을까?' 고진은 서랍에서 가이아베리를 발효해 만든 술과 술잔을 꺼냈다. 그는 떨림이 가시지 않은 손으로 술을 따랐다. 탁자에 흘린 양이 술잔 속의 양과 거의 비슷했다. 고진은 2명의 최고지도자에게 허락된 몇 안 되는 권한이 휴지 조각이었다는 사실을 뒤늦게 깨달았다. QR2는 간섭만 하지 않았을 뿐 그의 눈에 띄지 않으면서 그의 일거수일투족을 감시하고 있었으리라. 고진은 가모프가 50년이라는 세월 동안 그러한 사실을 잘 알고 있으면서도 자신에게 알려주지 않았다는 사실이 화가 났다. '응큼한 늙은이 같으니라고' 고진은 술을 단숨에 털어 넣으며 생각했다. 영생의 비밀을 끝까지 파헤치느냐 아니면 증거를 제거해 위기를 모면하느냐 둘 중 하나를 선택해야 했다.

고진은 야비하고 교활한 생각들로 가득 찬 두뇌를 빠르게 굴렸다. 영생은 탐나는 것이지만 불확실한 요소가 너무 많았다. 던바 의장을 비롯한 3인방의 눈을 언제까지 피해 다닐 수 있을지도 미지수였지만, 테라가 숨긴 자료를 찾는 일도 요원했다. 하지만 증거가 없으면 3인방도 자신을 어쩌지 못할 것임은 분명했다. 아무리 그들이 실질적인 권한을 갖고 있다고 해도 100인 위원회의 결정이나 법적인 절차를 무시한 적은 한 번도 없었기 때문이다. 그리고 지금 남은 증거 역시 하나뿐이니 없애는 것도 쉬운 일이었다. 고진은 아쉽기는 하지만 목숨을 건질 확실한 방법을 선택했다.

결정을 하고 나니 한결 마음이 편해졌는지 이번에는 한 방울도 흘리지 않고 술잔에 술을 가득 채웠다. 천천히 음미하듯 술을 비운 고진은 비밀회선 통신장치를 작동시켰다. 하지만 그는 곧바로 회선을 끊었다. 영악한 본능이 되살아난 고진은 자리에서 일어나 제복을 벗고 가이아에서 가장 질이 좋은 원단으로 만든 더블릿과 무릎까지 내려오는 프록코트로 갈아입었다. 고진은 클래식한 복장을 좋아했다. 그의 독특한 성향은 공교롭게도 가이아인들에게 좋은 인상을 심어주었다. 고진은 에일의 의심에 찬 눈길을 뒤로하고 피라미드 하우스를 나갔다.

 트리노는 갑작스러운 고진의 방문에 어안이 벙벙했다. 그도 그럴 것이 공식적인 행사 외에는 디아블로아이의 음흉한 3인방처럼 모습을 잘 드러내지 않는 타입이었기 때문이었다. 더군다나 요원들로 북적이는 사무실에 그것도 혈혈단신 나타난 고진을 보며 놀라지 않는 것이 오히려 더 이상할 지경이었다. 고진은 몇몇 요원들만 다니는 비상통로를 이용해 트리노의 방으로 들어갔기 때문에 노출을 최대한 자제하는 데 성공한 듯 보였지만, 국장 비서를 비롯해 눈치 빠른 몇몇 요원들의 눈까지 피할 수는 없었다. 하지만 고진은 신경 쓰지 않았다.
"연락도 없이 어떻게……."
트리노는 시선을 어디에 둘지 몰라 허둥거렸다.
"심각한 일이 벌어졌네."
고진은 허락도 구하지 않고 가죽 소파에 앉으며 말했다.
"아무리 그래도 보는 눈이…….."
"괜찮아. 앞으로 벌어질 일에 비하면 그까짓 것들은 전혀 중요하지 않네."
 고진은 윤이 나는 검정 프록코트를 벗어 두 번 접은 다음 옆자리에 내려놓았다.

"내가 자네를 믿는 만큼 자네도 나를 믿을 거라고 생각하네만, 어떤가?"

트리노는 문을 열고 들어오려는 비서에게 나가라고 손짓했다.

"무...물론이지요. 가이아에서 제가 가장 믿는 사람은 지도자님뿐입니다."

트리노는 비서가 엿듣는 것은 아닌지 조심스러워 하며 대답했다.

"잠시만요."

트리노는 비서에게 아무도 들여보내지 말라고 지시한 후 다시 돌아왔다.

"그런데 심각한 일이라니요?"

"계획에 차질이 생겼네."

고진이 깍지 낀 손을 무릎에 올리며 말했다.

"차질이라뇨? 그리고 무슨 계획을 말씀하시는 겁니까?"

"그 전에 한 가지 묻고 싶은 게 있는데, 최근 던바 의장으로부터 무언가 지시받은 게 있지 않나?"

던바 의장의 이름만 들어도 온몸이 떨리는 트리노였다. 아무리 고진 앞이라 허도 표정만큼은 숨길 수 없었다.

"왜 그러나? 어디 아픈가?"

"아...아닙니다. 살람의 행방을 찾으라고 하더군요."

"사...살람? 그, 그자가 살아 있단 말인가? 그자는 죽은 걸로 아는데…….."

"저도 그렇게 알고 있었습니다만, 그의 제자였던 테라라는 이드가 피살된 후 다시금 살람이 쓴 〈이드의 뿌리〉라는 책이 등장했습니다. 던바 의장은 몹시 흥분하더군요. 살람이 죽지 않았다고 생각하는 모양입니다."

고진은 트리노의 입에서 테라라는 이름이 나오자 자세를 고쳐 앉았다.

"말이 나왔으니 하는 말인데, 난 말이야 가끔 자네가 내가 믿는 만큼 나를 믿고 있는지 의심스러울 때가 있다네. 테라라는 이드의 죽음만 해도 그래. 내가 모르는 이드의 죽음이 있었다는 사실이 놀라울 따름이야. 내가 돈을 제대로 쓰고 있는 건지 좀 알려주게나."

"사…사실 피라미드 하우스를 방문한 날 찾아뵙고 말씀드리려고 했는데 워낙 경황이 없어서……. 그리고 지도자님은 어떤 방식으로든 알게 될 거라고 믿었기에……."

고진은 갈고리눈으로 트리노를 위협하듯 쳐다보았다.

"테라라는 이드의 죽음을 왜 숨기려고 하는지 궁금하군. 내게도 말해주지 않겠나?"

고진의 눈에서 던바 의장의 모습이 겹쳐 보이자 트리노는 잠시 주춤거렸지만 그때만큼 흔들리지는 않았다.

"살인 용의자 - 전직 에이나인 요원입니다. 이드를 관리해야 할 요원이 이드를 죽였다는 사실이 알려지면 에이나인에 적지 않은 타격이 될 티고, 앞으로 일을 처리하는 데 많은 불편이 있을 거라고 판단한 모양입니다."

"그게 단가? 고작 그것 때문에? 이드를 죽인 사람은 누구인가?"

"펭이라는 요원입니다. 거의 잡을 뻔했는데 아슬아슬하게 놓쳤습니다."

고진은 팔짱을 낀 채 깊은 생각에 잠겼다. 의장단이 그렇게 허술한 이유로 이드의 죽음을 숨기려고 했을 리 없다는 것이 그의 생각이었다. 고진은 펭이라는 요원이 감추고 있는 목적이 궁금했다. '그 요원은 왜 테라를 죽였을까?'

"펭이라는 요원 말인데, 왜 에이나인을 그만두었나?"

"디아블…아니 의장단이 싫어하는 일을 하려고 했기 때문입니다."

"의장단이 싫어하는 일? 그렇다면……."

고진은 던바 일행이 살람을 제거하려고 했다는 사실을 알고 있었다. 펭이라는 요원이 그들의 심사를 건드릴 만한 일을 했다면 어떤 식으로든 살람과 관련이 있을 거라고 생각했다.

"생각하시는 대롭니다. 이드의 뿌리에 관해 비상한 관심을 드

2부 실체 213

러냈지요. 아시다시피 가이아에서 가장 금기시하는 일이지 않습니까?"

테라의 죽음과 살람 박사의 불분명한 생사, 그리고 펭이라는 요원의 등장. 고진은 펭을 만나고 싶었다. 고진은 펭이 혼자가 아니라고 확신했다. 그를 잡으면 라그랑을 쫓던 여자가 누구인지도 자연스럽게 알게 되리라.

"그 전직 요원을 빨리 잡아들이게. 그리고 체포하는 즉시 내게 보고하도록 해. 절대 의장단에게는 알리지 말고. 반드시 내게 먼저 보고해야 하네. 그리고 지금부터는 내가 여기에 온 목적을 이야기하겠네."

고진은 갑자기 말을 멈추고 잠시 숨을 고르더니 문 쪽을 바라보았다.

"자네 비서가 입이 무겁거나 귀가 밝지 않았으면 좋겠는데……."

트리노는 멍하니 있다가 뒤늦게 고진의 말뜻을 알아듣고는 자리에서 일어나 나갔다가 다시 들어왔다.

"말씀하시지요."

"얼마 전 이야기한 이드를 죽여주게."

트리노는 순간 자기 귀를 의심했다.

"뭐... 뭐라고요? 이드를 죽이라고요? 보호하는 것이 아니라?"

"물론 그만한 대가는 있어야겠지."

트리노는 대가가 무엇인지 몰라도 승낙할 수 없으리라고 생각했다. 아드 살해는 해서는 안 되는 가장 치욕적이고 불명예스러운 일이었으며, 무엇보다 가장 큰 범죄 가운데 하나였다.

"내가 지금부터 하는 말은 절대 밖으로 새어나가서는 안 되네. 알겠나? 그럼 알아들은 걸로 하고 이야기를 하겠네. 자네는 디아블로아디에 있는 그자들의 정체를 알고 있나? 아마 모를 거야. 그자들은 우리와 같으면서도 우리와 다르네. 우리처럼 피와 살, 뼈를 가지고 있고 눈과 코, 그리고 귀와 입도 가지고 있지만, 그들은 우리에게 없는 것이 있지. 바로 영생이라네."

트리노는 고진의 황당무계한 말에 자기도 모르게 코웃음을 칠 뻔했지만, 즉시 정신을 차리고 자제력을 발휘했다.

"내 말이 거짓처럼 들리겠지만, 내 귀는 장식품이 아니라네. 지금 내가 한 말은 진실일세. 나는 그 누구에게도 아닌 그들의 입을 통해 이러한 사실을 알게 됐지. 그들이 나누는 이야기를 엿들을 기회를 놓치지 않았다네. 그들도 허술하기 짝이 없는 짓을 할 때가 있더군. 그들은 우리처럼 죽지 않아. 왠지 모르지만 비서인 에일을 포함해서 말일세. 그들이 지금까지 살아온 세월이 얼마나 되는지 아는가? 지금 여기에 있는 요원들의 나이를 모두 합한 것보다 많다네. 그들은 우리와 달라. 나는 가끔 그들에게서 묘한 공포를 느낀다네. 하지만 이야기는 지금부터가 중요하지.

2부 실체

나는 그들만이 가진 영생의 비밀을 알아냈네. 물론 지금 내 손에 완전히 들어온 건 아니지만, 곧 그렇게 될 걸세. 자네가 그 이드만 죽여준다면 비밀을 공유할 의향이 있네. 아무렴 그렇고말고. 그만한 일을 한 사람에게 그 정도 대가는 있어야 하지."

트리노는 고진이 내뱉은 공포라는 말에 반응했다. 던바 의장의 기이한 모습과 공포의 기운을 떠올렸다. 세포 하나하나를 기분 나쁘게 후벼파는 듯한 기운을, 온몸을 휘감으며 자신을 옥죄던 기운을, 한 번도 느껴보지 못한 서늘한 기운을 트리노는 아직도 똑똑히 기억했다. 트리노는 자신의 비루함을 낱낱이 드러내 보였던 던바에게 복수하고 싶었다. 하지만 자신의 미약한 힘으로 그들을 대적한다는 것은 불가능한 일이었다. 그런데 고진의 말처럼 그들에게 정말 불가사의한 힘이 있다면, 그리고 그 비밀을 알아낼 수 있다면 어쩌면 그들과 대등한 위치에서 멋지게 복수에 성공할지도 모른다고 생각했다.

"자네나 나나 돈을 좋아하지. 우리가 벌어들인 돈은 우리가 죽어서 썩어 문드러질 때까지 세상에 남아 있을 거야. 우리가 힘들게 번 그 재물의 일부는 우리가 원치 않는 일에 쓰일 것이고, 또 일부는 허무하게 사라지겠지. 얼마나 억울한가?"

고진은 트리노의 감정 상태와 상관없이 이야기를 계속했다.

"그러니 우리가 죽고 나면 그 많은 재물이 무슨 소용이 있겠나? 나는 돈보다 중요한 건 없다고 생각하며 살아왔네. 그들의 비밀을 알기 전까지는 말일세. 하지만 이제는 아니야. 만일 우리가 영생을 얻는다면 돈에 집착할 필요가 없다네. 그 많은 돈을 어디에 써야 할지 고민할 필요도 없지. 왜? 내 말이 믿기 어려운가?"

고진은 다시 한 번 갈고리눈을 하고 트리노를 쳐다보았다.

"쉬이 받아들일 수 있는 이야기가 아니라서……."

"무리는 아니지. 허나 나 같은 자리에 있는 사람이 실없는 소리를 하는 경우가 얼마나 되겠나? 난 허황한 이야기를 할 만큼 한가한 사람이 아닐세. 내 이야기를 한낱 공상처럼 생각한다면 자네와 나의 인연은 오늘로서 끝이라고 봐야 하네. 내 말 무슨 뜻인지 알겠나?"

트리노는 고진의 마지막 말에 담긴 의미를 잘 알았다. 만일 트리노가 고진의 제안을 거절한다면 고진은 자신의 안전을 위해 빠른 시일 내에 트리노를 제거하려고 할 것이다. 고진이 디아블로아이의 존재들에 관해 입을 연 순간부터 트리노가 가야 할 길은 정해진 것이나 다름없었다.

"알겠습니다. 처리하도록 하지요."

트리노는 영생 따위는 믿지 않았다. 하지만 자신의 목숨만큼은 지켜야 했다. 그래야 복수든 뭐든 할 수 있을 테니까.

"잘 생각했네. 시간이 급박하니 오늘 안으로 처리해주게."

고진은 프록코트에서 쪽지 하나를 꺼내 건네주었다.

"그 아이가 있는 곳이네."

고진이 밖으로 나오자 아무도 없었다. 그는 비상통로를 이용해 조용히 돌아갔다. 고진이 돌아가자마자 트리노는 금고에서 금색 플라스마 이어폰을 꺼냈다.

"티미, 날세."

제안과 거절, 그리고 새로운 제안을 포함한 긴 실랑이가 두 사람 사이를 치열하게 오고간 후에야 통화는 끝이 났다. 트리노는 이제 던바를 향한 복수만 생각하기로 했다.

15

펭은 자신을 내려주고 떠나는 자동차가 시야에서 완전히 사라지자 손목에 찬 시계를 쳐다보았다. 교도소 부소장 핍은 호송차가 도착하기 5분 전에 나와 있는 버릇이 있었다. 펭은 호송차가 도착하기 15분 전임을 확인했다. 그는 재빨리 교도소 쪽으로 걸음을 옮겼다. 알카트라즈에 비해 규모는 작아도 만만치 않은 병력과 눈에 보이지 않지만 접근 즉시 가능한 한 모든 공격 자원의 전원을 켜도록 되어 있는 블랙아웃 센서가 곳곳에 설치된 울타리와 적절한 통제력을 갖춘 비아그라시아는 라이아가 몸을 숨길 쾨펜에서 10km밖에 떨어지지 않은 악명 높은 교도소였다.

펭이 교도소 입구에 도착하자 예상대로 핍이 걸어 나오고 있었다. 펭은 핍과 간단한 인사를 나눴다. 확인할 것이 있어서 먼저 왔다고 둘러대자 핍은 아무런 의심 없이 지쳐 보이는 교도관에게 출입증을 발급해주라고 지시했다. 핍을 포함한 교도관들은 대부분 세상일에 관심이 없었다. 그들의 관심은 오직 죄수들의 기분과 그들이 어떤 선택을 할지에 쏠려 있었다. 교도관들은 늘 긴장 상태에 있었으며 알카트라즈로 죄인을 이송하는 오늘은 그들의 긴장이 최고조에 이르는 날이었다. 이들에게 지나간 잡지를 들춰보는 것보다 더 관심 없는 일은 펭이 에이나인을 그만두었다는 소식과 같은 교도소가 아닌 장소에서 벌어지는 일들이었다. 오늘 이들이 집중해야 할 것은 죄인의 신속한 인수인계뿐이었다. 펭이 제복을 입지 않은 채 수개월 만에 죄수 호송을 맡았다는 것에 의문을 가진 사람은 아무도 없었다.

펭은 출입증을 받아들고 자연스럽게 교도소 안으로 들어갔다. 몇몇 교도관들이 그와 눈이 마주쳤지만 펭의 가슴에 달린 출입증을 보고는 그냥 지나쳤다. 얼마 후 요란한 소리를 내며 육중한 호송 트럭과 투박한 두 대의 엄호 차량이 비아그라시아로 들어오는 소리가 들렸다. 펭은 그들과 멀지 않은 곳에 몸을 숨겼다.

바리온과 부소장이 기계적으로 서류에 사인을 할 동안 이송자 명단에 나와 있는 죄수 둘이 죽이지 않는 한 땅에 눕히기 힘들어 보이는 덩치 큰 간수들의 손에 이끌려 호송 트럭 쪽으로 다가왔다. 살로몬이 차에서 내려 윗옷 호주머니에서 자그마한 리모컨을 꺼냈다. 리모컨 버튼을 누르자 비브라늄과 텅스텐 합금으로 만든 호송 트럭의 뒷문이 덜컹 소리를 내며 양쪽으로 열렸다. 살로몬은 뒷문을 잡고 죄수들을 기다렸다. 그런데 그때 갑자기 무언가가 바람처럼 살로몬 앞을 지나갔다. 깜짝 놀란 살로몬은 트럭 안을 들여다보았다. 정면을 바라보며 무심하게 앉아 있는 디렉의 뒷모습 말고는 아무것도 보이지 않았다. 살로몬이 고개를 갸우뚱 하는 사이 죄수들이 올라탔다. 잠시 후 호송 트럭이 요란한 소리를 내며 교도소를 빠져나가자 부소장은 긴장을 내려놓았다. 그런데 어쩐 일인지 전과 다른 찝찝함이 느껴졌다. 하지만 창문으로 이송 광경을 지켜보는 죄수들의 복수심에 불타는 눈빛이 그의 찝찝함을 날려버렸다.

자동차 한 대가 끝없이 펼쳐진 평야지대에 살포시 내려앉았다. 사방이 노랗게 물든 쾨펜은 가이아에서 유일한 곡창지대였다. 밀과 옥수수를 포함해 가이아인이 소비하는 모든 곡물이 이곳에서 생산되었다. 산은커녕 구릉 하나 없는 벌판으로 오로지 곡식들만 자라는 쾨펜은 죄수를 태운 호송 트럭이 지나가기에 안성맞춤인 곳이었다. 라이아는 차에서 내려 원거리 텔레스코프로 주위를 살폈다. 텔레스코프의 사정거리 안에 점처럼 보이는 자그마한 물체가 잡히자 라이아는 다시 차에 올랐다.

자동차는 밀밭 사이로 난 매끈한 도로를 따라 유령처럼 움직였다. 얼마 안 가 점처럼 보이던 물체가 모습을 드러냈다. '펭의 말대로군.' 오크나무와 밀알을 털고 남은 줄기로 지붕을 이은 허름한 곡식창고였다. 라이아는 차를 창고 안에 숨긴 다음 흰색 블라우스와 목과 어깨를 지나 팔의 윗부분까지 감싸는 케이프, 그리고 3단 레이스가 달린 통 좁은 스커트로 갈아입었다. 라이아는 불과 1분 만에 쾨펜에서 일하는 전형적인 여성으로 탈바꿈했다. '한낮에는 더워서 일을 하지 않기 때문에 인적이 드물어. 호송 트럭은 그 시간대를 이용해 쾨펜을 통과할 거야. 우리가 행동해야 할 시간이 바로 그때지.' 라이아는 몸은 좀 불편했지만 수없이 호송 트럭을 지휘했던 펭의 작전을 따르기로 했다. 이런 때를 대비해 준비해둔 소형 레이저건인 데틴저 R7을 품 안에 숨긴 라이아는 원거리 텔레스코프를 다시 꺼내 주위를 살폈다. 아직은 아무런 인기척이 없었다. 라이아는 조그만 샘을 발견했다. 샘에서 나온 물은 밀밭으로 흘러들어 갔다. 라이아는 두 손으로 샘의 물을 떠서 마셨다. 바로 그때 어디선가 요란한 소리가 들렸다.

라이아는 손에 담은 물을 털어낸 다음 재빨리 창고 뒤로 몸을 숨긴 채 원거리 텔레스코프를 소리가 나는 방향으로 고정시켰다. 육중한 호송 트럭과 투박한 지원 차량 두 대가 곡식창고 쪽으로 다가오고 있었다. 라이아는 창고로 들어가 털다만 밀 줄기를 소쿠리에 담았다. 그녀는 호송차 행렬이 창고 가까이 올 때까지 기다렸다.

"말로만 들었는데 정말 있군요."
살로몬이 노랗게 물든 평야를 바라보며 말했다.
"운전이나 똑바로 해."
바리온이 아물지 않은 어깨를 어루만졌다.
"시간이 멈춘 것 같아요."
바리온도 살로몬을 따라 곡창지대를 바라보았다.
"이렇게 사람의 발길이 뜸한 곳에서 가끔 놀랄만한 것들이 발견되곤 해요."
살로몬은 부전공으로 고고학을 공부했고 언젠가 쓰일 날이 오리라 믿고 있었다. 물론 이런 평야에서가 아니라 황량한 벌판에서 말이다. 하지만 아직까지 그런 날은 오지 않았고 그의 입은 더는 참을 수 없는 지경에 이르렀다.
"고대에 벌어졌던 대전쟁의 증거라고 하는 데스랜드도 원래는 농사를 짓던 곳이었다고 해요. 고고학자 바리스가 땅속을 파헤치기 전까지는요. 그가 처음 발견한 건 뾰족한 탑의 꼭대기 부분이었죠. 생각해 보세요. 그가 얼마나 놀랐을지…….”

"살로몬, 앞을 봐!"

소쿠리를 든 여자가 갑자기 튀어나온 것은 허름한 곡식창고 옆을 지날 때쯤이었다. 살로몬은 혼신의 힘을 다해 정지레버를 당겼다. 여자는 소쿠리와 함께 쓰러졌고 살로몬과 바리온도 1톤의 압력을 견디도록 만든 방탄유리에 머리를 찧을 뻔했다. 정신을 차린 살로몬이 다급하게 차에서 내렸다.

"괜찮으세요?"

여자는 쓰러진 채 꼼짝도 하지 않았다. 살로몬은 걱정스러운 눈빛으로 조심스럽게 다가가 엎드려 있는 여자의 몸을 살며시 반대로 돌렸다. 살로몬이 여자의 손에 들린 것이 무엇인지 채 확인하기도 전에 여자가 말했다.

"손을 머리 위로 올리고 조용히 일어서."

라이아가 데린저 R7으로 살로몬의 머리 정중앙을 겨누며 말했다. 차에서 이 광경을 지켜보던 바리온이 장거리 빔 라이플 BR6를 꺼내 든 것은 라이아가 살로몬을 인질로 잡고 난 후였다.

"당신도 차에서 내려!"

라이아가 BR6를 들고 멍하니 있는 바리온을 보며 소리쳤다.

바리온은 BR6를 내려놓으며 엉거주춤 차에서 내렸다.

"두 손을 머리 위로!"

바리온은 순순히 시키는 대로 했다. 뒤늦게 사태를 파악한 지원 차량에서 네 명의 남자가 쏜살같이 달려 나왔지만, 그들 역시 머리 위로 손을 올리는 것 말고는 딱히 해줄 일이 없었다. 라이아는 바리온과 지원 병력을 호송 트럭 앞에 줄지어 세워놓은 다음 펭이 알려준 대로 살로몬의 윗옷 호주머니에서 리모컨을 꺼내 버튼을 눌렀다. 호송 트럭의 뒷문이 열리자 '단군'을 든 펭이 양손과 양다리가 전자수갑으로 묶인 디렉을 데리고 내렸다.

"또 만났군."

펭이 바리온을 보며 눈을 찡긋했다.

"빌어먹을, 퉤."

바리온이 바닥에 침을 뱉으며 으르렁거렸다.

"유감이로군. 자네가 내 밑에서 일했다면 이런 불상사는 겪지 않아도 됐을 텐데 말이야."

펭이 다가서자 바리온의 어깨가 다시 욱신거리기 시작했다.

"알카트라즈로 죄인을 호송할 때는 말이야, 사람을 치었더라도 멈춰서는 안 돼. 움직이면서 상황보고를 하고 후속조치를 취하게 되어 있지. 그게 바로 제일 원칙이야. 원칙을 지키지 않으면 좋지 않은 일이 일어나는 법이지. 그래서 나는 늘 우리 팀원에게 원칙을 지키도록 강요했어. 새로 온 팀장은 그러지 않았나 보군. 그러고 보니 아직 어깨도 성치 않을 텐데 일을 나왔군. 자네는 손을 내려도 좋아."

바리온은 펭의 말을 무시했다. 펭은 바리온의 허리벨트에 달린 전자수갑 리모컨을 낚아채 디렉을 자유롭게 해주었다.

"이만하면 그럭저럭 잘 된 것 같군. 차 안에 두 놈은 도망가지 못하게 해두었으니까 우리가 떠나면 저 놈들을 알카트라즈로 잘 데려다주라고."

펭이 분해서 씩씩거리는 바리온을 보며 말했다.

"저 친구는 우리가 데려가겠네. 그러니 뒤쫓을 생각은 하지 않는 게 좋아. 피를 보고 싶지 않다면 말이야."

펭은 라이아에게 눈짓을 했다. 라이아는 디렉의 손에 찼던 전자수갑을 살로몬의 손에 채운 다음 창고로 들어가 옷을 갈아입고 자동차를 끌고 다시 나왔다. 펭이 '단군'으로 바리온을 겨누는 동안 살로몬과 디렉은 차에 올랐다.

"어서 타요."

라이아가 펭에게 소리쳤다.

"자네와 다시 마주치지 않았으면 좋겠군."

펭은 잽싸게 차에 올라탔다. 둔중한 호송 트럭과 달리 펭 일행을 태운 자동차는 별다른 소리를 내지 않고 가볍게 하늘로 날아올랐다. 지원 병력 중 하나가 차로 뛰어가 BR6를 꺼내 펭이 탄 차를 겨누려고 하자 바리온이 거칠게 막아서는 장면이 펭의 눈에 비친 그들의 마지막 모습이었다.

"아저씨, 이제 그 링 좀 벗죠. 못 봐주겠거든요."

펭은 멋쩍게 웃으며 머리에 쓴 링을 벗어 창밖으로 던졌다. 요술 링이 빛을 받아 한 번 반짝이더니 이내 밀밭 속으로 사라졌다.

"이제 어디로 가야 하지?"

펭의 말이 끝나기가 무섭게 라이아가 뒤돌아보며 말했다.

"에이나인으로 가야죠. 저 친구 컴퓨터 가방을 찾아야 해요."

"그럴 필요 없어요."

"필요 없다니?"

라이아가 두 눈을 크게 뜨며 말했다.

"이것만 있으면 돼요."

디렉이 SP-2를 들어 보였다.

"빅이 제가 주문한 대로 잘 만들어 놓기만 했다면 저는 이걸로 SP-1에 들어 있는 모든 정보를 빼낼 수 있어요."

"그거 좋은 소식이군. 빅은 믿어도 좋을 친구지."

펭이 기분 좋은 듯 손바닥을 비비며 말했다.

"그런데 디네 팀장님은 어디로 가셨죠?"

디렉은 물끄러미 창밖을 바라보고 있는 살로몬에게 물었다.

"넌 큰 실수를 한 거야. 넌 내게 팀장과 한 이야기를 똑바로 이야기해야 했어. 그랬다면 알카트라즈로 가지 않았을 거야."

"정말 그랬을까요?"

살로몬은 다시 입을 다물었다.

"사실은 디네 팀장이 절 구해줄 거라고 생각했거든요."

디렉이 이번에는 펭의 뒤통수를 쳐다보며 말했다.

"돈이라도 빌렸니?"

펭이 비꼬듯 말했다.

"아저씨가 펭이죠? 테라를 죽인 사람."

디렉이 펭을 쏘아보며 말했다.

"그래. 하지만 그건 우발적인 사고였어. 시간을 되돌릴 수 있다면 지금 그 자리에는 너 대신 테라가 앉아 있겠지."

펭이 어깨를 으쓱하며 말했다.

"믿을게요. 아저씨를 보니 의도적으로 살인을 저지를 사람 같아 보이지는 않네요."

"빅 말고 내 말을 믿어주는 사람이 있다니 신기한 걸?"

펭이 고개를 돌렸다. 그리고 손을 내밀었다.

"네가 그 친구하고 어떤 사이인지는 몰라도 대신 사과하마. 아무튼 나도 덕분에 이렇게 쫓기는 신세가 되었잖니?"

"제게 사과할 필요는 없어요."

펭은 머쓱해진 손을 거두어들였다. 그리고는 가죽 재킷의 안주머니에서 레이저건을 꺼냈다.

"사실 범인은 이 녀석이지. 봐라, 여기 안전레버 보이지?"

디렉이 앞으로 고개를 숙였다. 살로몬도 눈만 살짝 돌렸다.

"어때? 총의 다른 부분과 달리 은빛으로 빛나고 있지?"

펭이 안전레버를 풀었다 잠갔다 하며 말했다.

"그렇네요."

"원래는 이렇지 않았단다. 네 친구에게 몹쓸 짓을 한 후로 이렇게 되었지. 버리려고 했지만 이 녀석에게도 실수를 만회할 기회를 주기로 했지. 이런 말 하기는 그렇지만 사실 네 친구는 이 녀석이 아니었어도 그렇게 오래 살 팔자는 아니었어. 아무튼 그가 무엇을 찾으려고 했든 우리는 머지않아 네 친구를 방해하려고 했던 무리들과 싸우게 될지도 몰라. 그때는 이 녀석의 도움이 필요할 거야."

펭은 진지한 얼굴로 디렉을 바라보았다.

"받아라."

"왜요? 왜 이걸 제게 주는 거죠?"

디렉은 두 눈을 동그랗게 뜨며 의아한 듯 물었다.

"우리는 이제 블랙데세르툼으로 갈 거고, 그 녀석이 널 지켜줄 거야."

펭이 레이저건을 건네주며 말했다.

"뭐...뭐라고요? 브...블랙데세르툼으로 간다고요?"

살로몬이 거품을 물며 대들 듯 끼어들었다. 펭은 또다시 어깨를 으쓱했다.

"미쳤군요. 차라리 알카트라즈가 나을 뻔했군."

살로몬은 펭과 디렉 모두에게 증오의 눈빛을 보냈다.

"두렵지 않니?"

펭이 조심스럽게 물었다.

"조금 두렵긴 해요. 하지만 자유가 없는 알카트라즈보다 스릴 있고 좋잖아요? 무엇보다 궁금한 것들도 많고……."

디렉은 말끝을 흐리고는 펭이 건네준 총을 요리조리 살펴보더니 허리춤에 꽂았다.

"그리고 아저씨, 테라는 제 친구가 아니에요. 그냥 뭐랄까, 정이 가는 고객이었을 뿐이에요."

"난 라이아라고 해. 내 이야기는 천천히 하자고. 자, 모두들 안전벨트를 매도록 하세요. 속도를 높일 거니까."

라이아가 디렉을 보며 옅은 미소를 짓더니 속도 게이지를 80까지 올렸다. 조용하고 안락하던 자동차에 미세한 진동이 느껴지는가 싶더니 '왛'하는 소리가 하늘을 갈랐다. 자동차는 순식간에 쾨펜을 벗어났다.

16

 붉은색과 흰색이 정확하게 반으로 나눠져 어깨까지 내려오는 긴 머리를 한 티미는 언제나 그랬듯이 가이아인이 잘 쓰지 않는 검정 선글라스를 끼고 나타났다. 그의 발걸음은 조심스러웠고, 그의 눈동자는 비록 선글라스로 가렸다 할지라도 분주히 움직이고 있을 터였다. 그는 거대한 돔이 인상적인 성스러운 장소에 도착하자마자 경호원 둘을 남겨둔 채 묵직한 검정 가방을 들고 아린이 있는 방으로 미끄러지듯 들어갔다.

 "썩 유쾌한 장소는 아니군요."

 방은 동그란 손잡이가 달린 십자가, 초식동물의 몸통과 새의 머리를 한 기이한 모습의 부조들, 네 개의 팔이 달린 전설 속 코끼리와 무서운 눈초리와 큰 귀, 그리고 날카로운 이빨을 한 정체를 알 수 없는 괴생물체의 조각상들로 가득했다. 하나같이 기분 나쁜 모습을 하고 있었다.

 "이곳은 기분이 아닌 마음을 정화하는 곳이랍니다."

 "마음의 정화라……. 이런 곳에서 마음이 정화된다니 신기하군요."

 티미는 갑자기 선글라스를 벗더니 이름을 알 수 없는 섬뜩한 조각상보다 더 기분 나쁜 눈으로 아린을 쳐다보았다.

"많이 늙기는 했지만 틀림없이 피핀이야."

아린은 아무 말 없이 기계손을 뻗어 찻잔을 들어 올렸다. 피핀의 이야기는 가이아의 뒷골목이나 어둠의 세계에서 전설처럼 내려오는 무용담이 된 지 오래였다. 블랙데세르툼으로 추방당했다는 소식이 들려왔을 때는 추종을 넘어 그를 신격화하는 무리들까지 생겨났다. 티미 역시 그를 존경했다. 하지만 경쟁심이 더 컸다.

"다 지나간 얘기지요."

아린이 찻잔을 내려놓으며 말했다.

"그만하면 살아 돌아온 대가치고는 나쁘지 않은 것 같군요."

티미는 아린의 기계팔을 호기심 어린 눈으로 쳐다보았다.

"그렇다고 권할 만한 일도 아니지요."

아린이 미소를 머금으며 말했다.

"그건 그렇고, 제가 드린 정보가 쓸 만했는지 모르겠습니다."

"별다른 일이 없는 것으로 보아 그런 것 같습니다."

"도움이 되었다니 영광입니다."

티미는 손에 든 선글라스를 까딱까딱 거렸다.

"직접 오실 줄은 몰랐습니다."

"아시겠지만, 이쪽 세계에서 믿을 만한 친구를 오래 데리고 있기란 힘든 법이죠. 그래서 전 직접 나서야 할 때와 아닌 때를 잘 구분해 놓고 움직인답니다. 이 철칙이야말로 저의 가장 믿음직스러운 동료랍니다. 절대 배반하지 않죠. 그리고 무엇보다도 당신을 한 번 만나보고 싶기도 했고……."

아린은 두 전사가 칼과 방패를 들고 서로를 향해 달려드는 장면이 정교하게 새겨진 나무 상자를 내미는 것으로 그의 말허리를 잘랐다.

"이게 뭡니까?"

"열어 보세요."

티미가 상자를 열자 날카롭고 커다란 이빨 하나가 상자를 꽉 채우고 있었다.

"이...이건 이빨 아닙니까?"

티미가 실망스러운 듯 말했다.

"제 팔을 앗아간 녀석의 이빨이라오."

티미는 조심스럽게 이빨을 꺼냈다. 이빨은 티미의 상반된 머리색처럼 한쪽은 칼날처럼 예리했고 다른 한쪽은 작은 톱니처럼 울퉁불퉁했다.

"이걸 제게 주시는 겁니까?"

"그쪽 세계에서는 꽤 쓸 만할 겁니다."

"피핀의 팔을 물어뜯은 버서커의 이빨이라. 하하하. 물론입니다. 하하하."

미묘한 웃음소리가 방안을 가득 채웠다.

"상자의 밑바닥도 확인해 보시지요."

티미가 웃음을 멈추고 상자 밑바닥에 있는 자그마한 손잡이를 잡아 당겼다. 바닥 판이 분리되자 투명하고 영롱한 광물이 모습을 드러냈다.

"약속한 베릴이군요."

베릴은 가이아에서 가장 귀하고 값비싼 보석 가운데 하나였다. 주먹만 한 순정 베릴 하나면 가이아의 도시 하나쯤은 자기 것으로 만들 수 있을 정도였다. 티미는 웃음기를 지우고 진지한 얼굴로 가져온 검정 가방에서 커다란 광물분석기를 꺼냈다. 광물분석기의 덮개를 열고 자그마한 베릴을 분석기 중앙에 있는 홈에 끼워 넣자 분석기가 '위잉' 소리를 내며 분석에 들어갔다. 1분 정도가 지나자 소리가 잦아들더니 작동을 멈추었다. 잠시 후 덮개에 달린 디스플레이에 분석 결과가 나타났다.

"훌륭합니다. 순도 99%짜리 베릴을 보게 될 줄이야."

티미는 짧게 감탄하고는 베릴과 이빨을 잽싸게 상자에 다시 담은 후 검정 가방에 챙겨 넣었다.

"과분하다고 생각하실지 모르지만, 그만한 대가를 받게 되실 겁니다."

티미는 음흉한 미소를 지으며 휴대용 무선통신 단말기를 꺼냈다.

"그 아이 데려와."

아린은 눈을 감고 차분하게 차의 그윽한 향기를 음미했다.

"제가 어떻게 그 아이를 찾았는지 궁금하지 않으십니까?"

아린은 눈을 감고 그의 말을 들었다.

"한 아이를 두고 상반된 의뢰가 들어왔답니다. 재밌지 않습니까? 한 사람은 그 아이를 조심스럽게 데려와 달라고 하고, 다른 한 사람은 주소를 알려주며 죽여 달라고 하니 저로서는 난감한 상황이었죠. 만일 당신이 준비한 대가가 내 마음에 들지 않았다면 그 아인 당장 죽었을 겁니다."

아린이 감은 눈을 떴다. 바로 그때 검은 정장 차림의 남자가 눈을 가린 라그랑을 데리고 나타났다.

"그 의뢰인이 누군지 알려줄 수 있소?"

"힌트를 드리겠습니다. 요긴하게 쓰신 디렉이라는 아이의 호송 일자를 제가 어떻게 알았을까요? 그만 가보겠습니다."

티미는 자리에서 일어나 몇 걸음 옮기다 말고 다시 몸을 돌려 아린에게 가까이 다가갔다.

"떠나기 전에 충고 한 마디 하겠습니다. 그 의뢰인은 내게 한 가지를 더 부탁했답니다. 몸조심하세요. 하하하 하하하."

티미는 선글라스를 다시 끼고 올 때처럼 조용히 사라졌다. 그의 웃음소리가 아린의 귓가에 오랫동안 맴돌았다.

이온은 디네와 듀링을 내려주고 피라미드 하우스를 향해 떠났다. 디네와 듀링은 '베르누'라 불리는 망토로 온몸을 감싼 채 빠른 걸음으로 '아고라'라고 불리는 가이아의 명물 전통시장을 가로질렀다. 피핀이 있는 곳으로 가는 가장 빠른 길이었다. 디네의 마음은 무거웠다. 듀링의 입에서 나온 믿기 힘든 이야기가 그녀의 머릿속을 혼란스럽게 만들었다.

"듀링! 지금 무슨 말을 하는 거야?"

"저 역시 믿기지 않았어요. 펭과 팀장님이 에이쓰리 기밀사항 목록에 같이 올라와 있을 거라고는 꿈에도 생각하지 못했거든요. 아무튼 펭처럼 팀장님의 가족사항도 불명으로 되어 있었어요. 펭의 고향이 블랙데세르툼이라고 적혀있는 것 말고는 펭과 팀장님은 같은 기밀사항에 올라와 있었고 내용도 다르지 않았어요."

"듀링, 장난이 너무 심한데? 그럼 날 낳아주고 길러준 부모님은? 그리고 무엇보다도 우리가 어떻게 정보국에 들어갈 수 있었지?"

"그것까지는 모르겠어요. 아마도……."

"아마도, 뭐?"

"제 말보다는 팀장님의 과거를 기밀로 한 사람한테서 직접 듣는 게 더 나을 것 같아요."

"그게 누구지?"

"가이아 최고지도자 가모프요. 기밀 등록자란에 가모프의 이름이 선명하게 찍혀 있더군요."

듀링은 디네의 긴 침묵이 부담스러웠지만, 시간이 필요하다는 것을 알았다. 디네의 과거가 펭의 과거와 맞닿아 있지만 않았어도 그는 디네의 비밀을 영원히 감추었을 것이다. 하지만 펭의 과거가 블랙데세르툼에 있고, 그곳이 곧 파헤쳐질 거라면 펭의 과거와 어떤 식으로든 이어졌을 디네의 과거가 드러나는 것은 시간문제였다. 듀링은 차라리 미리 마음을 정리하는 편이 디네를 위해 낫다고 생각했다. 하지만 그가 끝내 말하지 않은 비밀이 하나 있었다. 신소재 나노슈트에 동봉된 설명서에 따르면 새로 탑재된 자가치료 기능으로 치료받은 사람이 완전히 회복되는 기간은 가장 튼튼한 사람을 기준으로 7일이었다. 디네는 2일 만에 완전한 몸으로 돌아왔다.

아고라를 벗어나자 정령의 숲이 두 사람 앞에 나타났다. 정령의 숲은 피펀이 몸을 숨긴 성스럽고 거대한 돔으로 가는 길에 놓인 마지막 관문이었다. 가이아인들은 불행한 일이 생기거나 신의 축복이 필요할 때 숲의 정령이 앞날을 밝혀주기를 기대하며 이 숲을 찾았다. 숲 곳곳에 신에게 제사를 올린 흔적이 남아 있었다. 디네는 제사를 지내러 온 사람들의 의자 구실을 하느라 닳고 닳은 바위에 걸터앉았다.

"얼마 전까지만 해도 그들이 숨기는 진실이 뭔지 찾아내는 일이 내가 해야 할 유일한 길이라고 생각했어. 내가 펭에게 느낀 유일한 동질감이었지."

디네가 몸을 감싸고 있던 베르누를 벗으며 말했다. 듀링은 마침내 입을 연 디네를 측은하게 바라보았다.

"그런데 펭이 내가 생각한 것보다 나와 더 가까울지도 모른다고 생각하니 기분이 묘해. 어쩌면 내 고향도 펭처럼 여기가 아닐지도 몰라."

"아직 아무것도 밝혀지지 않았잖아요. 팀장님의 비밀이 꼭 팀장님이 생각하는 그런 게 아닐 수도 있어요."

듀링은 팀장을 위로하고 싶었지만, 자기가 생각해도 도움이 될 것 같지는 않았다.

"사실대로 말하면 날 낳아주고 길러준 부모님에 대한 기억이 분명하지 않아. 그분들은 내가 아주 어릴 적에 돌아가셨어. 내 어린 시절을 추억할 만한 것은 아무것도 남겨두지 않으셨지. 내 모든 과거가 그분들과 함께 사라져버린 거야. 그래도 이웃 친척들이 날 돌봐주었고 나는 조금의 의심도 없이 그들의 기대에 어긋나지 않으려고 열심히 살아왔어. 그런데 이 모든 일이 거짓이라니……"

디네는 더 이상 말을 잇지 못했다.

"단정 짓지 말아요. 가모프를 만나기 전까지는요. 그리고 블랙 데세르툼에 우리가 찾는 진실이 있어요. 그 진실로부터 자유로울 사람이 얼마나 될지는 아무도 몰라요. 팀장님뿐만 아니라 저를 포함한 모든 가이아인에게 말이죠."

"이제는 포기하고 싶어도 포기할 수 없게 되어버렸어. 끝까지 가야 해. 그들이 숨기려는 진실 너머에 있는 내 과거를 찾고 말 테야."

"꼭 그렇게 될 거에요. 모든 게 밝혀지고 나면 우리 모두는 자유로워지겠죠. 그럴 거라고 믿어요."

듀링은 디네에게 다가가 그녀의 손을 꼭 잡았다. 바로 그때, 정령의 숲을 깨우는 요란한 소리가 들려왔다. 두 사람은 누가 먼저랄 것도 없이 소리가 들리는 쪽으로 달려갔다. 정령의 숲이 뒤로 멀어질수록 소리는 더 크게 들렸다.

"성소에서 나는 소리야."

먼저 도착한 디네가 성소에서 조금 떨어진 둔덕에 몸을 숨기며 말했다.

뒤따라온 듀링이 가쁜 숨을 내쉬었다. 성소의 부벽 곳곳이 부서져 있었고 성소 내부에서 고함소리와 레이저빔 소리가 뒤섞인 채 밖으로 흘러나왔다. 잠시 후 크로뮴 재질의 단단한 방어구로 온몸을 두른 두 명의 헌터가 피투성이가 된 아틴을 끌고 나왔다. 그들은 잠시 두리번거리더니 자신들이 타고 온 자동차가 있는 쪽을 향해 아틴을 질질 끌고 갔다.

"피핀이야, 구해야 해."

"팀장님, 같이 가요."

듀링은 하드론 발사기 H2를 뽑아 들고 둔덕을 내려가는 디네의 뒤를 쫓았다. 그들이 성소에서 100미터 정도 떨어진 곳까지 왔을 때였다. 갑자기 성소 안에서 사람들이 몰려나왔다. 그들의 손에는 나무 몽둥이와 쇠붙이가 들려 있었다. 사람들은 나오자마자 아틴이 끌려간 곳으로 달려갔다. 뒤늦게 사태를 파악한 헌터가 레이저빔을 발사했지만, 상대가 너무 많았다. 앞에 몇 사람을 쓰러뜨리기는 했지만 곧이어 두 헌터는 몽둥이와 쇠붙이를 든 사람들에게 둘러싸였다. 성난 몽둥이와 쇠붙이 앞에서는 크로뮴 방어구도 아무 소용이 없었다. 잔뜩 화가 난 군중은 그들의 존재를 완전히 없애버리려는 듯 가혹한 몽둥이찜질을 해대기 시작했다. 몇몇 사람이 성난 군중 사이를 뚫고 크게 부상당한 아틴을 데리고 나왔다. 그들은 아틴을 부축해 성소 쪽으로 가다가 숨을 헐떡이며 서 있는 낯선 사람들과 마주쳤다.

"어째 예감이 좋지 않은데요."

듀링의 말이 끝나자마자 두 사람이 달려들었다. 디네가 H2를 겨누어 보았지만 분노에 휩싸인 사람에게는 무용지물이었다. 디네는 가까스로 그들이 내지른 몽둥이를 피했지만, 듀링이 맞고 말았다. 어깨를 맞은 듀링은 그 자리에서 쓰러졌다.

"그만두시오!"

거칠고 쇠약한 목소리가 공기 중으로 흩어지자 몽둥이를 든 사내가 주춤거렸다.

"그분들은 헌터가 아니오. 우리를 도와줄 사람들이란 말이오."

아린의 말을 이해한 듯 사람들은 공격을 멈추고 아린을 그늘진 곳으로 옮겼다. 그러더니 다시 성난 군중들이 있는 곳으로 뛰어갔다.

"그 친구 괜찮은지 모르겠소."

아린은 이 와중에도 어깨를 얻어맞고 쓰러진 듀링을 걱정했다.

"심각하진 않아요. 우선 성소 안으로 옮겨야겠어요."

"더 위험할 겁니다."

"금방 돌아올게요."

아린의 말을 무시하고 성소로 들어간 디네는 다시 돌아 나올 수밖에 없었다. 성소 안에는 밖에 있는 군중들보다 열 배는 많은 성난 사람들이 뒤엉켜 헌터들을 잔혹하게 벌주고 있었다.

"이 사람들, 왜 이렇게 화가 났죠?"

"화가 난 게 아니라, 자신들을 방어하는 겁니다. 조금 있으면 잠잠해질 겁니다. 저와 함께 있으면 안전하니 조금만 참으시지요."

아린은 이 말을 마지막으로 조용히 눈을 감았다. 그리고 얼마 후 거짓말처럼 모두가 순한 양이 되어 성소 안으로 들어갔다. 남자들 몇 명이 뒤룽을 위해 들것을 가지고 나왔다. 성소 앞마당에는 공허한 바람과 헌터들의 시체만 남았다.

17

이온 반장이 에이나인을 떠났다는 소식을 모르는 100인 위원회의 위원들이 의사당으로 모여들었다. 몇몇은 불참했고 몇몇은 관심 없어 보이는 눈빛으로 자리만 채웠다. 특별 의사 발언권을 가진 사람들이 위원회에 나와 떠드는 소리는 대부분 가이아의 미래보다는 자신들의 안위를 위한 것이어서 의원들은 특별 의사 발언권자가 자신의 권리를 행사하는 날에는 가급적 자리를 피하려고 했다. 이온 반장이 권리를 행사하겠다고 나선 날도 절반이나 참석하지 않았다. 이온 반장은 발언권을 가진 사람들 가운데 가장 계급이 낮은 관리자였다.

이온 반장이 나타나자 웅성거리던 위원들의 목소리가 잦아들었다. 이온은 단상에 서서 자신의 이야기에 귀 기울일 준비가 전혀 되어 있지 않는 위원들을 둘러보았다. 그들은 시계탑의 톱니바퀴처럼 이온 반장의 말을 믿으려 하지 않을 것이다. 하지만 시작이 중요했다. 어쨌든 그들도 가이아의 일원이므로. 이온의 시선이 제일 앞줄에서 보좌관들의 도움을 받아 힘겹게 앉아 있는 쇠약한 최고지도자 가모프를 향했다. 이온의 이야기를 진지하게 들어줄 유일한 사람이었다. 또 한 사람의 최고지도자 고진의 모습은 보이지 않았다. 이온은 가모프에게 가벼운 목례를 하고 발언을 시작했다.

"오늘 이 자리를 마련해준 최고지도자 두 분과 존경하는 100인 위원회 위원님들께 감사의 말을 전합니다. 저는 오늘 불만을 토로하려고 이 자리에 선 것이 아닙니다. 행정적 지원과 열악한 업무 환경에 대한 아쉬움이 없는 것은 아니지만, 오늘은 그보다 더 심각하고 무거운 이야기를 하려고 합니다. 여기에 참석하지 않은 위원님들께도 오늘 제가 하는 이야기를 꼭 전달해 주시기 바랍니다."

딴청을 피우던 위원들의 시선이 한순간 이온 반장한테로 쏠렸다. 이온은 말 몇 마디로 특별 의사 발언권의 권위를 땅에 떨어트린 수많은 발언자들이 받아보지 못한 관심을 한 몸에 받았다. 그도 그럴 것이 위원회를 구슬려 돈을 타내려거나 자신의 비리나 잘못을 덮으려고 위원들이 좋아할 만한 이야기를 장황하게 늘어놓을 것이라는 위원들의 예상을 보기 좋게 깨트렸기 때문이다.

"가이아는 지금까지 잘 돌아갔습니다. 이 점은 누구도 부인하기 어려울 겁니다. 하지만 우리가 알고 있는 가이아의 모습은 두 개로 갈라진 가이아의 한쪽 면일 뿐입니다. 누군가 가이아의 다른 쪽 면을 들여다본다면 그는 아마도 끔찍하고 믿기 어려운 진실과 마주할지도 모릅니다. 저와 여기 앉아 있는 여러분들은 부끄럽게도 몇몇 진실에 눈을 감아 왔습니다. 인류가 자신의 뿌리를 궁금해 하듯이 우리와 함께 살아가는 이드들 역시 마찬가지입니다. 하지만 오랜 세월 우리는 그들의 뿌리 찾기를 방해해 왔습니다. 가이아의 모든 종족을 보호할 의무가 있는 이곳 피라미드 하우스가 만들어놓은 에이나인이라는 국가정보조직을 통해서 말입니다. 저는 그 조직의 관리자 중 하나였고 부끄럽게도 충실히 제 역할을 수행했습니다. 왜 그래야 하는지 알려고 하지도 않은 채 말입니다."

이드의 뿌리에 관한 이야기가 나오자 위원들이 웅성거리기 시작했다. 어떤 위원은 자리를 고쳐 앉았고, 어떤 위원은 엉덩이를 들썩거렸다. 어떤 위원은 입에서 맴돌고 있는 거친 말이 밖으로 터져 나오기 직전임을 표정으로 암시했다.

"이드의 뿌리가 왜 그토록 두려운지 저는 잘 모릅니다. 다만 한 가지 말씀드릴 수 있는 건 지금 가이아에서 벌어지고 있는 일들이 진실이라고 단정하기 어렵다는 사실입니다. 이드의 불확실한 뿌리만큼 우리 역시 불확실한 현실을 살고 있는 것입니다."

"최고지도자님, 저자의 황당무계한 발언을 계속 들어야 하는 겁니까?"

제일 뒤에 앉아 기회를 엿보던 한 위원이 참지 못하고 끼어들었다.

"좀 더 들어봅시다."

의사당의 울림 효과 덕분에 기력을 잃은 가모프의 가는 목소리조차도 크게 들렸다. 자신의 발언이 받아들여지지 않자 위원은 씩씩 거리며 다시 자리에 앉았다.

"블랙데세르툼이라는 검은 사막지대는 이드의 뿌리만큼이나 베일에 가려져 있습니다. 그곳에 무엇이 있는지, 왜 그토록 우리의 접근을 힘들게 하는지 아는 사람은 거의 없습니다. 하늘로는 접근할 수 없는 그곳에는 과연 무엇이 있을까요? 그곳이야말로 가이아의 나머지 절반, 즉 진실이 숨겨진 곳입니다. 위원 여러분, 만일 위원님들과 저를 포함한 가이아인들을 도구로 여기는 이상한 존재가 있다면 믿으시겠습니까? 그 존재는 우리가 모르는 기이한 힘을 가지고 있으며 그 힘으로 우리를 조종하고 있습니다. 저는 가이아의 본질이 우리가 서 있는 이곳이 아니라 블랙데세르툼에 있다고 확신합니다."

"닥치시오. 무슨 헛소릴 하는 겁니까? 당장 저자를 끌어내시오."

"당장 끌어내야 합니다."

고함소리가 여기저기서 터져 나왔다. 가모프는 미동도 없이 눈을 감고 있었다.

"저를 잡아가도 좋습니다. 하지만 위원님들에게 마지막으로 충고 한 마디 하겠습니다. 이곳 피라미드 하우스의 2층에 있는 사람들은 우리와 다른 존재들입니다. 그리고 곧 있으면 이곳으로 성난 군중들이 몰려올 것입니다. 그들은 이곳을 해체하고 진실을 드러내 줄 가이아를 사랑하는 사람들입니다. 여러분들이 할 일은 그들을 받아들이고 그들과 함께 진실에 눈을 뜨는 것입니다. 아무 의미도 없는 꼭두각시 노름은 이제 그만하고 진실에 눈을 떠야 합니다. 그렇지 않으면 여러분과 가이아는 영혼 없는 꼭두각시놀음만 하다가 최후를 맞이할 것입니다. 여러분은 이드 살인마 피핀을 알고 있을 것입니다. 그자는 가이아인 최초로 블랙데세르툼 추방령을 받았습니다. 모두들 그가 죽은 것으로 알고 있지만, 그는 살아 있습니다. 가이아의 비밀을 들고 이곳 가이아로 돌아왔습니다. 그리고 디아블로아이에 숨어 있는 자들이 두려워하는 존재, 살람 역시 살아있습니다."

의사당은 한순간 침묵에 잠겼다. '이드의 뿌리'와 '살람'은 피라미드 하우스 안에서 금기시되는 단어들이었다. 위원들은 벙어리가 되었고 눈만 껌뻑거렸다. 바로 그때 누군가 문을 박차고 들어왔다. 에일이었다. 단정하고 정제된 제복이 아닌 누가 보더라도 공격적이고 도발적인 몸에 딱 달라붙는 검정 나노슈트 차림이었다. 양 옆으로는 완전한 구체에 가까운 QR2 두 대가 그녀를 호위하며 둥둥 떠 있었다.

고진은 뒤늦게 트리노를 통해 이온이 더는 에이나인 요원이 아니라는 사실을 알았다. 그것은 그가 특별 의사 발언권이 없음을 뜻했다. 고진은 가모프에게 이 사실을 알리려고 자리에서 일어났다. 그때 문이 열리며 긴 곱슬머리를 한 남자가 들어왔다. 최고지도자 방에 사전 예고 없이 드나들 수 있는 사람은 얼마 되지 않았으며 고진은 그가 그들 중 하나라는 것을 금방 알아차렸다. 유진은 붉은 빛깔의 긴 곱슬머리를 어깨까지 늘어뜨린 채 도도하게 걸어 들어왔다.

"어딜 가시려고요?"

유진을 보자마자 고진의 머릿속에 가모프가 한 말이 떠올랐다. '순리대로 살아야 합니다. 우리에게 가장 치명적인 실수는 그들을 알려고 하는 것입니다.' 고진은 전부터 독사 같은 유진을 싫어했다. 하지만 오늘은 왠지 그가 두려웠다.

"별일 아닙니다. 무슨 볼일이라도?"

"특별한 일이 있어 온 건 아니에요. 오래 찾아뵙지 못해 인사차 들렀어요."

유진은 가이아의 신화가 촘촘히 박혀 있는 태피스트리를 가늘고 긴 손가락으로 어루만지며 말했다.

"앉으시지요. 많이 바쁘실 텐데 절 부르지 그러셨습니까?"

고진이 오크나무로 만든 탁자를 가리키며 말했다.

"바쁘다고요? 제가 바쁠 게 뭐 있겠어요. 던바 의장님이 다 알아서 하시는데……."

유진이 입가에 미소를 지으며 자리에 앉자 고진은 가이아베리주를 잔에 따라 탁자로 가져왔다.

"드시지요."

"고마워요."

유진이 가볍게 입술을 적셨다.

"요즘 잠들기가 힘듭니다."

유진이 잔을 내려놓으며 말했다.

"잠들기가 힘들다니요?"

"눈만 감으면 한 여인의 섬뜩한 눈빛이 자주 떠오르거든요."

"누가 우리 의장님을 괴롭힌단 말입니까?"

고진은 의례적인 말을 뱉어놓고는 유진의 말속에 담긴 의미를 찾으려고 머리를 빠르게 굴렸다.

"처음에는 그녀가 누구인지 알지 못했죠. 그러다가 어젯밤 그 눈빛의 정체를 알아냈답니다."

"그거 잘 됐군요. 그래 누굽니까?"

고진이 애써 긴장한 모습을 숨기려는 듯 등받이에 몸을 기대며 말했다.

"얼마 전 지도자님의 자가용을 탄 한 여성을 보았답니다. 아주 잠깐이었지만 서로의 눈이 마주쳤지요. 바로 그 얼굴이었어요."

"……."

잠시 동안 침묵이 흘렀고 유진은 기묘한 미소를 띠며 고진을 바라보았다.

"하하하. 뭔가 착각하신 모양입니다. 제 자가용을 어떤 여자가 타고 있었다니요. 금시초문입니다."

당황한 고진의 심장이 빠르게 뛰기 시작했고, 그가 들고 있는 술잔이 미세하게 떨렸다.

"괜찮아요. 누구나 감추고 싶은 비밀이 한 가지씩은 있기 마련이잖아요?"

고진은 아주 잠깐이지만 유진의 눈에 떠오른 살기를 느낄 수 있었다.

"아, 그건 그렇고. 지도자님께 보여드리고 싶은 게 있어요."

유진이 자세를 고쳐 앉으며 말했다.

"무...무얼 말입니까?"

"분명 후회하지 않으실 겁니다. 지도자님한테만 보여주려고 꼭꼭 숨겨왔거든요. 일어나시죠."

유진은 자리에서 일어나 고진의 손에 들린 술잔을 뺏어 탁자에 놓은 다음 그를 일으켰다.

"어...어디로 가시려고요?"

"따라오세요. 정말 좋아하실 거예요. 제가 장담한다니까요."

유진은 유괴당한 아이처럼 두려움에 떨고 있는 고진을 디아블로아이로 데려갔다. 곧이어 두 사람은 고진이 한 번도 본 적 없는 장소에서 투명한 관처럼 생긴 특수 이동장치를 타고 아래로, 아래로 내려갔다. 유진은 심연으로 가라앉을 동안 가벼운 미소만 띨 뿐 아무 말이 없었다. 고진에게는 고통의 시간이었을 5분이 지나자 이동장치가 밀스의 방에서 멈추었다. 문이 열리고 두 사람이 내렸다. 가운데로 뚫린 좁은 길을 사이에 두고 셀 수 없이 많은 MST가 양쪽으로 늘어서 있는 모습이 고진의 눈에 들어왔다. MST는 모두 같은 크기와 모양을 하고 있었으며 하나같이 노란 광채를 내뿜고 있었다. 멀리서 털이라고는 하나도 없는 남자가 가늘고 긴 팔을 휘휘 저으며 다가왔다.

"반갑습니다. 어서 오세요."

2부 실체

밀스가 손을 내밀었다. 고진은 밀스를 딱 한 번 본적이 있었다. 그가 무슨 일을 하며 어디에 사는지 아는 사람은 위원회에 아무도 없었다. 밀스는 세 명의 의장단 가운데 가장 비밀스러운 존재였다. 이런 곳에서 밀스 의장을 만날 거라고는 꿈에도 생각하지 못했던 고진은 멍하니 그를 바라볼 뿐 내민 손을 잡으려고 하지 않았다.

"이곳이 어떤 곳인지 궁금하지 않으세요?"

유진이 다리가 비칠 정도로 깨끗하게 닦인 길을 걸으며 말했다.

"이런 곳이 있었다니 저는 전혀 몰랐습니다."

고진이 엉거주춤한 자세로 유진을 따라가며 대답했다. 그 뒤를 밀스가 조용히 따라붙었다.

"지도자님, 우리 이제 좀 솔직해지자고요."

"소…솔직해지자니 무슨 말씀이신지?"

"살람의 제자가 왜 지도자님을 찾아왔을까요?"

고진은 대답 대신 눈을 동그랗게 뜬 채로 몸을 떨었다.

"우리가 누군지 궁금하시다면 구질구질하게 이드에게 부탁하지 말고 저희에게 직접 물어보지 그랬어요."

"도…도대체 무슨 말씀인지 저는 도…도통."

유진이 고진의 가녀린 어깨를 양손으로 짚고는 얼굴을 똑바로 쳐다보았다. 고진이 살면서 한 번도 느껴보지 못한 공포가 온몸을 파고들었다.

"여기가 바로 지드자님이 그렇게 궁금해 하던 우리의 본모습이 숨겨져 있는 곳이에요. 그리고 이 구조물들은 우리의 식량창고랍니다."

유진의 목소리는 부드러웠지만 거역하기 힘든 권위가 담겨 있었다. 고진은 몸에서 에너지가 빠져나가는 것 같은 기분을 느꼈다.

"고개를 돌려 똑바로 보세요."

유진은 하얗고 긴 손가락으로 고진의 얼굴을 잡고 좌우로 돌리며 말했다.

"봐요, 쉽잖아요. 진작 우리한테 오면 될 것을 왜 그렇게 일을 어렵게 하셨는지 모르겠네요."

유진은 고진의 얼굴을 놓아주며 다시 걷기 시작했다.

"우리처럼 영원히 살기를 원하시나요? 음……. 분명 당신들보다 우리가 오래 사는 건 맞아요. 하지만 우리도 영원히 살지는 못한답니다. 그래도 원한다면 방법은 알려드릴 수 있어요."

"그...그게 아니라, 나는 다...단지."

고진의 목소리는 나오자마자 공기 중으로 흩어져 버렸다. 땀이 비 오듯 쏟아지자 그는 장인이 최고급 원단으로 만든 클래식한 더블릿을 벗어 버렸다.

"인간이 왜 죽는지 아세요? 무질서 때문이죠. 몸을 만드는 질서는 시간이 지나면 무질서에 자리를 내어주게 되어 있어요. 그래서 호모들은 유한한 삶을 살죠. 하지만 우리는 꽤 오래 산답니다. 질서가 깨지지 않도록 끊임없이 무질서를 밖으로 배출하기 때문이죠. 그리고 당신들 호모가 먹는 음식은 무질서로 이끄는 것들로 가득하죠. 그래서 우리는 그런 음식도 먹지 않는답니다. 오직 정보만 먹고 살죠. 밀스 의장님, 이분을 우리처럼 만들어 드리고 싶은데 어떠신가요?"

"글쎄요. 버텨내실지 궁금하군요. 알아서 하시지요."

밀스는 떠넘기듯 말하고는 자기 자리로 돌아갔다.

"우리가 어떻게 무질서를 내보내는지 보여드리고 싶은데 가시겠어요?"

고진은 유진의 부드러운 목소리에 숨은 섬뜩한 권위를 거부할 수 없었다. 그는 이제 생각을 마음대로 할 수 없다는 것을 깨달았다. 유진은 매끄러운 원형 통로를 지나면 나오는 캡슐방으로 고진을 데려갔다. 그는 고진을 얼마 전 자신이 누웠던 캡슐 앞에 세운 후 캡슐의 덮개를 열었다. 그런 다음 촉수 같이 생긴 작은 금속 단자를 강제로 끄집어냈다.

"자, 준비되셨나요?"

음산한 목소리와 살기를 띤 눈동자가 고진을 향해 달려들었다.

"이 차갑고 날카로운 녀석을 바로 여기, 여기에 꽂는답니다."

유진은 금속 단자를 고진의 정수리에 대고 사정없이 내리쳤다.

"으악!"

고진의 입에서 쫓어지는 고통 소리가 터져 나왔다. 하지만 그는 조금도 움직일 수 없었다. 유진의 갈고리 같은 손이 그가 꼼짝하지 못하도록 허리를 꽉 움켜쥐고 있었기 때문이었다.

"아파도 참아야지요. 영생을 얻는 길이잖아요? 흐흐흐."

유진은 다시 한 번 음산한 목소리로 말하더니 거칠게 금속 단자를 고진의 머리로 내리꽂았다. 고진은 또 한 번 비명을 지르며 머리를 비틀었다.

"가만히 있어 봐요. 잘 안 되잖아요."

유진은 머리가 움직이지 못하도록 턱으로 고진의 머리를 내리누르고는 금속 단자로 나사를 조이듯 고진의 정수리에 대고 사정없이 내리누르며 돌렸다. 잠시 후 금속 단자가 고진의 머리를 뚫고 뇌 안으로 깊숙이 들어갔다.

"어때 시원해? 이 쥐새끼야. 영생을 얻은 기쁨이 어떠냐고. 말해 봐!"

고진의 머리에서 피가 철철 넘쳐흘렀다. 캡슐은 고진의 피로 물들었고, 고진은 더 이상 대답할 수 없었다.

18

가모프의 방에는 가이아의 신화를 수놓은 테피스트리도, 최고 신들의 석상도 없었다. 6개의 기둥 사이에 놓인, 누가 만들었는지 알 수 없는 잘 다듬어진 탁자와 의자 몇 개, 그리고 꺼져가는 촛불처럼 위태로운 가모프가 몸을 맡긴 축축한 침대가 전부였다. 천장을 뒤덮은 가이아의 지도가 그려진 형형색색의 스테인드글라스마저 없었다면 그 방이 가이아 최고지도자 중 한 사람의 것이라고 생각하는 사람은 없을 터였다.

가모프는 이온을 앞에 두고 연신 기침을 해댔다. 에일이 QR2를 대동하고 들이닥쳤을 때 가모프는 최고지도자의 권한을 앞세워 그를 자기 방으로 데리고 왔다.

"내가 자네를 돕는 건 이게 처음이자 마지막이 될 걸세. 콜록콜록."

가모프의 입에서 튀어 나온 몇 방울의 분비물이 그의 회색 수염에 흔적을 남겼다.

"자네 눈을 보니 내게 물어보고 싶은 게 많은 것 같군."

"제가 올 걸 알고 계셨습니까?"

이온은 가모프를 처음 본 순간부터 가슴에 품어 둔 이야기를 꺼냈다.

"에이나인의 반장다운 관찰력이군. 콜록콜록. 여기만 누우면 기침이 심해진다네. 이해해주게."

"물을 좀 드릴까요?"

가모프는 뼈만 남은 손을 좌우로 흔들었다.

"괜찮네. 얼마 전 자네들이 아린이라고 부르는 남자를 만난 적이 있었지. 아고라에서 말일세. 그는 나 못지않게 많은 사람을 데리고 나타났다네. 그가 나타나자 나를 둘러쌌던 사람들이 홍해처럼 갈라지더군. 놀라운 광경이었지. 우리는 단 둘이 조용한 가게로 들어갔다네, 그는 나를 기다렸다고 하더구먼. 그리고 어쩌면 자네도 들었을지 모를 믿기 어려운 이야기를 늘어놓았지. 하지만 내게는 새로울 것도 없는 이야기였어. 피핀을 만나기 훨씬 전 그러니까 내가 가이아의 최고지도자로서 두 번째 파트너와 일을 할 때였지. 콜록콜록."

이온은 가모프의 머리맡에 놓인 손수건으로 가모프의 이마에 흐르는 땀을 닦아주고는 그의 손에 쥐어 주었다.

"그자를 만난 곳 역시 아고라였어. 피핀처럼 많은 사람을 데리고 나타나는 대신 그는 고약한 냄새를 풍기면서 두 아이를 데리고 있었지. 이제 막 걷기 시작한 것처럼 보이더군. 그자는 입 대신 눈으로 내게 말을 걸었다네. 내게 할 말이 있다고 말일세. 나는 무언가에 홀린 사람처럼 그와 이야기를 나누었네. 수행원들은 나를 이상하게 쳐다보았지. 생전 처음 보는 사람과 독대를 하는 최고지도자는 흔치 않거든. 아무튼 난 자석처럼 이끌려 그와 마주 앉았네. 그는 대뜸 자신이 블랙데세르툼에서 왔다고 하면서 두 아이를 맡아달라고 부탁하더군. 어처구니없는 상황이었지만, 나는 그자의 이야기를 계속 듣기로 했네. 그리고 그의 입에서 나온 이야기는 그의 몸에서 나는 냄새만큼이나 놀랄 만한 것들이었지. 만일 그자의 말이 사실이라면 가이아는 삽시간에 혼란에 빠질 것이 분명했네. 콜록콜록."

"그 아이들 말입니다. 혹시……?"

그때 노크 소리가 들렸다. 이온이 문 쪽을 쳐다보았다.

"문을 열지 말게. 시간이 없으니 짧게 말하겠네. 자네 말이 맞는다면 곧 군중들이 몰려올 테지. 하지만 그들은 피라미드 하우스에 털끝만큼도 피해를 입히지 못할 걸세. 그것이 몽둥이이건 총이건 말이야. 하지만 방법이 없는 건 아니지. 콜록콜록. 문제는 자네가 그곳까지 무사히 갈 수 있느냐 하는 것일세. 저 상자를 내게 가져다주게."

가모프는 힘없는 손을 뻗어 침대에서 조금 떨어진 간이 탁자에 놓인 조그만 상자를 가리켰다. 이온이 상자를 건네주자 가모프는 조심스럽게 상자를 열었다. 상자 안에는 금으로 도금된 열쇠 하나와 구형 레이저건, 그리고 두 번 접힌 종이가 들어 있었다.

"그걸 가져가게. 그 종이에는 피라미드 하우스를 잠시 동안 무력화할 수 있는 장소와 방법이 적혀 있다네."

그때 노크 소리가 다시 들려왔다.

"문을 여시오!"

던바의 목소리였다.

"난 말일세, 가이아의 최고지도자로서 가이아의 평화가 오래 지속되도록 할 책임이 있었어. 그래서 그냥 서로를 모른 채 살아가기를 바랐다네. 난, 지금의 삶이 진실이라그 믿으며 살아가는 가이아인들을 위해 아이들을 받아들였지. 내가 사는 곳이 진실의 세계든 거짓의 세계든 그건 대수로운 일이 아니야. 내가 사는 곳이 거짓으로 뒤덮인 세계라 해도 그곳이 진실이라고 생각하고 사는 한, 그곳은 진실된 세계일세. 그자는 아이들만 맡아준다면 순순히 물러가겠다고 했지. 그리고 정말 오랫동안 우리는 서로를 모른 채 잘 지내왔어. 하지만 언젠가 밝혀질 비밀은 있어도 영원한 비밀은 없다네. 콜록콜록. 이렇게 된 이상 진실을 찾아야겠지. 그것이 가이아를 위하는 길이라면 말일세. 저 뒤로 가면 최고지도자 전용 통로가 있네. 그다음은 그 쪽지에 나와 있는 대로 움직이면 될 걸세."

"열쇠를 가져와!"

문 밖에서 던바 의장 특유의 살기 넘치는 목소리가 들려왔다.

"아, 그리고 그 아이들은……. 콜록콜록. 자네가 생각하는 그들이 맞네. 그들이 진실과 마주할 수 있도록 도와주게. 자, 이제 내 할 일은 모두 끝난 것 같네. 행운을 비네. 콜록콜록."

가모프는 두 눈을 감고 가슴에서 올라오는 묵직하고 뜨거운 열기가 밖으로 나가지 못하도록 하는 데 온 힘을 기울였다. 이온은 가모프의 두 손을 꼭 잡은 채 한동안 쳐다보았다. 잠시 후 이온은 가모프의 손을 조심스럽게 내려놓고 그가 말한 비밀통로 쪽으로 뛰어갔다. 그와 동시에 '꽝'하는 소리가 나면서 QR2와 던바 의장, 그리고 에일이 들이닥쳤다. 에일은 QR2를 앞세워 비밀통로 쪽으로 달려갔다. 던바 의장은 해골처럼 차가운 얼굴을 누워 있는 가모프에게 들이댔다. 던바는 이글이글 타오르는 눈으로 가모프의 꺼져가는 불꽃을 살리려는 듯 그의 얼굴을 꼼꼼히 살폈다. 바로 그때 가모프가 갑자기 눈을 뜨더니 연거푸 기침을 하기 시작했다. 기침할 때마다 붉은 피가 밖으로 튀어나왔다. 던바는 자신의 얼굴이 온통 피로 뒤덮일 때까지 움직이지 않았다.

"마지막 선물인가?"

던바가 피로 범벅이 된 으스스한 얼굴을 더 가까이 들이대며 말했다.

"자네들도 이제 그만 쉬……."

'뿌직'하는 소리가 나는가 싶더니 가모프의 목에 커다란 구멍이 뚫렸다. 던바가 손가락을 오므려 뾰족하게 만든 손을 들어 올리더니 손에 묻은 피를 핥았다. 잠시 후 이온을 놓친 에일이 분을 참지 못했는지 씩씩거리며 QR2와 함께 되돌아왔다.

"놓쳤어요."

"괜찮아. 어디로 갔는지 아니까."

던바는 세상에서 가장 흉측한 눈빛으로 참혹하게 죽은 가모프를 내려다보더니 가모프가 쓰던 수건을 집어 올려 얼굴과 손을 닦은 다음 그의 얼굴 위로 집어 던졌다.

"유한한 삶은 존재를 이처럼 어리석게 만들지. 쯧쯧."

그는 얇은 나뭇가지처럼 가느다란 몸을 유령처럼 움직여 가모프의 방을 빠져나갔다. 에일도 얼굴을 찌푸린 채 가모프의 시신을 한 번 쳐다본 후 QR2의 호위를 받으며 방을 나왔다.

아린은 그들이 무엇에 굶주려 있는지 잘 알고 있었다. 뿐만 아니라 그들을 움직이려면 눈에 보이지 않는 진실보다 그들의 신념을 자극해야 한다는 것도 잘 알았다. 아린은 성소에 모인 가이아인들에게 그들이 가진 신념을 더 강화시켜 주었다. 가이아인들에게 그들이 마주해야 할 진실보다 더 중요한 신념이란, 모습을 드러내지 않으면서 가이아에서 일어나는 모든 일에 대해 옳고 그름을 정하고 가르치려는 자들의 말을 들어서는 안 된다는 것이었다. 가이아인 대부분은 정의를 주장하려면 주장하는 사람도 정의로워야 한다고 생각했다. 아린은 디아블로아이에 몸을 숨기고 있는 존재를 향한 가이아인들의 증오를 적절하게 이용했다. 성소에 모인 가이아인들 대부분은 던바 의장을 비롯한 의장단의 정체를 알지 못했다. 하지만 그들의 결정과 행동이 정의롭지 않을 뿐만 아니라 대부분 옳지 않은 방향으로 내려진다는 것만큼은 분명하게 알고 있었다. 아린은 가이아인은 꼭두각시에 불과한 최고지도자들과 다르다는 것을 보여주어야 한다고 강조했다. 그가 가이아의 주인이 누구인지 똑바로 알려줄 때가 왔다고 부르짖자 성소에 모인 사람들이 내지른 환호성이 정령의 숲을 지나 아고라까지 퍼져 나갔다. 아린은 디아블로아이로 쳐들어가야 할 명분을 심어주었고 가이아인들은 주저하지 않았다. 인간들은 비록 이드를 사랑하지 않았지만 그들의 자유를 빼앗는 것 역시 좋아하지 않았다. 그들도 인간처럼 자유를 누릴 수 있으며, 하기 싫은 일은 하지 않아도 될 권리가 있었다. 합리적인 이유 없이 이드에게 주어진 행적보고는 그들이 피라미드 하우스로 쳐들어가야 할 또 하나의 명분이었다.

성소에 모인 수천 명의 가이아인들은 목이 긴 짐승처럼 생긴 바이오비클에 올라탔다. 바이오비클은 지상에서 30cm 정도 뜬 상태로 움직이는 기계 덩어리라는 점만 빼면 신화에 등장하는 말과 비슷했다. 바이오비클은 가이아인이 가장 많이 애용하는 이동수단으로 헬리오스에서 뿜어내는 전자기파를 에너지로 사용했다. 탑승 정원은 양쪽에 두 명씩 총 네 명이었고, 지붕은 없었다. 가이아인들은 몽둥이와 쇠붙이 대신 빅이 구해 온 전기가 흐르는 자이언트 소드와 빔을 발사할 수 있는 기다란 크리티컬 랜스를 들었다. 헌터에게서 빼앗은 BR6와 H2를 바이오비클에 걸쳐놓거나 허리에 찬 이도 있었다. 아린은 빅을 비롯한 몇몇 리더들과 함께 동굴에서 가져온 철제 상자들을 헌터에게서 빼앗은 호버트럭과 분노로 가득한 가이아인들을 목적지까지 데려다줄 바이오비클에 나누어 실었다.

"반갑습니다. 빅이라고 합니다."

빅은 호버트럭 위에서 회복된 지 얼마 되지 않은 듀링에게 손을 내밀며 말했다.

"몸은 좀 어떻습니까?"

"많이 좋아졌습니다. 정령의 숲 덕분이죠."

듀링이 빅의 도움을 받아 트럭에 올라타며 말했다. 사람들은 정령의 숲에서 가져온 이름 모를 뿌리식물을 역시 정령의 숲에서 길어온 물과 함께 달여 일부는 듀링의 상처부위에 발랐고 일부는 듀링에게 마시도록 했다. 그는 나노슈트로 치료를 받은 디네보다 빠르게 회복되었다.

"그런데 절 아십니까?"

"본 적은 없지만, 펭에게 당신 이야기를 들었습니다. 무엇보다 우린 같은 곳을 뒤진 사이지요."

빅이 호기심 어린 눈으로 자신을 쳐다보는 듀링에게 말했다. 빅은 아린이 지원해준 사람들을 데리고 성소에 모인 사람들이 쓸 무기를 챙기러 떠나 있었다. 그가 돌아왔을 때는 헌터의 공격으로 한바탕 소란이 일어난 뒤였다. 빅은 디네와 먼저 인사를 나누었고, 아린과 함께 부상으로 한동안 움직이지 못하던 듀링과는 오늘이 처음이었다.

"같은 곳을 뒤지다니요?"

"디렉의 집에 갔을 때 펭이 그러더군요. 당신이 왔다 갔을 거라고요."

"그러고 보니 저도 당신의 이름을 들은 적이 있는 것 같아요. 무엇이든 만들어내는 만물상 빅."

빅이 미소를 건네며 고개를 끄덕였다. 그때 근심 어린 표정을 지으며 디네가 끼어들었다.

"피라미드 하우스가 어떤 곳인지 잘 알 텐데, 이렇게 무작정 쳐들어가도 되는 건지……."

"걱정하지 않아도 됩니다. 우리는 무력 충돌이 아닌 시위를 하러 가는 것이니까요."

"저들은 그렇게 생각하지 않을 거예요."

"저들이 힘을 사용한다면 어쩔 수 없지요. 하지만 우리도 가만히 당하고만 있지는 않을 테니 너무 염려하지 않아도 됩니다."

아린은 동굴에서 가져온 철제 상자를 바라보며 말했다.

"그런데 이 상자 안에는 뭐가 들었나요?"

"사용하지 않았으면 하는 것이지요. 차차 알게 될 겁니다."

디네는 더 이상 묻지 않았고, 아린도 더는 말하려고 하지 않았다. 모든 준비가 끝났을 때 아린의 연설로 뜨겁게 달아오른 성소의 무리들은 환호성을 지르며 테페 언덕으로 출발했다. 수백 대의 바이오비클이 장관을 이루며 서서히 움직였다. 정의를 실현하고자 하는 일념 하나로 똘똘 뭉친 가이인들의 기나긴 행렬이 정령의 숲을 통과해 아고라를 지날 때쯤에는 인원이 더 늘어나 있었다. 그뿐만 아니라 그들이 지나는 길목마다 그들과 함께 하려는 가이아인들이 속속 모여들었다. 사방이 어두워질 무렵에서야 그들은 비로소 테페 언덕 아래에 도착했다.

19

이온의 시신은 처참했다. 머리는 깨졌고, 손에는 피로 얼룩진 금으로 도금된 열쇠가 들려 있었으며, 구형 레이저건은 예리한 칼에 베인 듯 반으로 갈라진 채 그의 발치 끝에 떨어져 있었다. 던바는 피가 뚝뚝 떨어지는 손으로 열쇠를 집어 들었다.

"쥐새끼는 처리했고, 파리떼만 남았군."

던바는 혼자 중얼거리며 열쇠를 들고 자리를 떴다. QR2 한 대가 그를 따라 움직였다. 중간에 만난 에일은 그의 손을 보자마자 일이 해결되었음을 알아챘다.

"난 밀스의 방에 내려가 있을 테니 에일은 위원들의 동향을 파악해."

던바는 에일이 건네준 손수건으로 피 묻은 손을 닦으며 특수 이동장치를 타고 밀스의 방으로 내려갔다. 유진과 밀스는 심각한 표정으로 홀로그램 발생장치가 허공에 흩뿌린 이미지들을 골똘히 쳐다보고 있었다. 던바가 나타나자 유진이 고개를 돌렸다.

"쥐새끼는 처리했나요?"

"이봐, 밀스."

던바는 유진의 질문을 무시한 채 곧장 밀스에게 다가갔다.

"내가 알아야 할 정보가 제때 전해지지 않은 것 같은데 말이야."

던바는 존칭을 생략하는 것으로 자신의 기분을 드러냈다.

"불가능한 망상에 관심이 있는 줄 몰랐네요."

유진이 밀스를 대신해 부드러운 목소리로 대답했다.

"농담할 기분이 아니오."

던바가 마지못해 대꾸했다.

"아시다시피 이데온은 확률을 알려줄 뿐 구체적인 사건까지 알려주지는 않습니다. 최근에는 그 확률조차도 가뭄에 콩 나듯 올라오지요. 안 그래도 던바 의장님을 한 번 찾아뵈려고 했습니다. 잘 오셨습니다."

밀스가 홀로그램을 바라보며 말했다.

"방금 전 이데온이 보내온 정보입니다."

던바는 숫자와 기호로 가득한 홀로그램을 무심하게 쳐다보았다.

"그래서 지금 상황이 어떻다는 거요?"

던바의 창백한 얼굴이 더 창백해졌다.

"보시는 바와 같습니다. 유진 의장님이 우려한 변수들이 도드라지기 시작했습니다. 좋지 않은 상황입니다."

던바 의장은 홀로그램이 펼쳐놓은 수많은 숫자와 기호에 관심이 없었다. 그 사실을 잘 아는 밀스가 골치 아픈 설명은 생략하고 본론만 이야기했다.

"빌어먹을. 살람이란 작자가 아직 살아 있다는 게 사실인 모양이군."

던바가 탁자를 주먹으로 내리치며 말했다.

"살람의 생사보다 더 중요한 게 있어요. 그가 어디에 있느냐

하는 거죠. 살람은 분명 그들과 함께 있을 겁니다. 물론 그렇다 하더라도 이 확률은 지나칠 정도로 낮긴 하지만요."

유진이 손가락으로 홀로그램을 가리키며 말했다.

"그건 말도 안 되는 소리요! 그들은 가이아가 태어나기 전에 이미 모두 사라졌소."

"의장님은 아직도 진실에 눈을 뜰 준비가 되어 있지 않군요."

던바는 자신을 차갑게 바라보는 유진을 무시하며 밀스에게 물었다.

"그래서 확률이 얼마란 소리요?"

"10% 이하입니다. 이 수치면 우리가 원하는 경우의 수는 모두 사라졌다고 봐야 합니다."

"이제 고작 1,000년이 지났어. 여기서 멈출 순 없지. 당신들도 알다시피 이데온도 그건 원하지 않을 거야. 지금까지 크고 작은 많은 일들이 벌어졌지만 한 번도 계획에 차질이 생긴 적이 없었어. 다들 알고 있지 않소."

던바가 창백한 얼굴을 일그러뜨리며 두 사람을 번갈아 쳐다보았다.

"가이아인들의 믿음이 흔들리지 않는다면 말이지요. 우리가 방심하는 사이 그들은 사라지지 않고 남아서 교묘하게 씨앗을 뿌렸고, 그 결과 지금 가이아인들은 뿌리부터 흔들리고 있답니다. 무엇보다 우리는 이데온이 무엇을 원하는지 알지 못해요. 게다가 요즘에는 우리 편인지조차 의심스러울 정도로 방관자처럼 행동하고 있어요. 말씀하신 것처럼 1,000년 동안 크고 작은 일들이 있었지요. 하지만 그때와 지금은 다릅니다. 이데온이 보내온 데이터를 보면 알 수 있어요. 생각해보세요. 이데온이 지금처럼 우울한 결과를 보내 온 적이 한 번이라도 있었는지 말이에요."

유진의 붉은 곱슬머리가 홀로그램을 훑고 지나가자 홀로그램의 숫자가 잠시 깨졌다가 다시 정상으로 돌아왔다.

"음……. 고진은 어떻게 되었소."

"조용해졌지요."

"그자가 어떻게 우리가 나누는 이야길 듣게 된 거요?"

"듣게 된 게 아니라 듣도록 한 거죠."

유진이 디지털 홀로그램 발생장치로 다가가며 말했다.

"그게 무슨 말이오?"

"일종의 테스트였어요. 최고지도자를 수족처럼 부리려면 그들의 속마음 정도는 알고 있어야 하지 않겠어요? 그래서 덫을 놓았죠. 우리가 만날 시간에 맞춰 그를 디아블로아이로 불렀어요. 그리고 문을 좀 열어두었죠. 그런데 고진은 잔재주를 부리는 원숭이 정도가 아니었어요. 우려할 만한 변수 가운데 하나였죠. 어쩌면 우리가 생각한 것보다 더 큰 변수였을지도 몰라요. 우리는 그를 너무 과소평가했어요. 더 불행한 일은 비록 고진은 사라졌지만 그가 남긴 씨앗이 어떤 결과를 가져올지 모른다는 거예요."

유진이 디지털 홀로그램 발생장치에 붙어 있는 버튼 몇 개를 번갈아가며 누르자 홀로그램 영상이 바뀌기 시작했다.

"이데온이 보내온 데이터 가운데 변수만 뽑아 추려본 거예요. 변수는 모두 10개에요."

유진이 자신이 새로 조작해 띄운 홀로그램을 쳐다보며 말했다.

"어떤 변수는 전체 확률에 전혀 지장을 주지 않지만, 어떤 변수는 우리에게 손 쓸 틈도 주지 않을 겁니다."

이번에는 딜스가 거들었다.

"그리고 반갑지 않은 그 변수가 코앞에 와 있답니다."

에일이 유령처럼 나타나 그들 쪽으로 걸어오며 말했다.

"코앞에 와 있다니?"

던바는 그 어느 때보다 강렬한 눈빛으로 에일을 쳐다보았다.

"파리떼들 말이에요."

"잊고 있었군."

"그리고 위원회 대표들이 의장님에게 면담을 신청했습니다."

에일이 무뚝뚝한 얼굴로 말했다.

"불행의 씨앗들이 움직이기 시작했군요. 그들이 우리가 생각하는 최악의 변수였으면 좋겠네요. 의장님 올라가시죠. 밀스 의장님도 통제실로 가주세요."

유진은 던바 의장에게 길을 내어주며 말했다. 에일과 밀스가 뒤를 따랐고 유진이 마지막으로 밀스의 방을 나왔다.

"트리노에게는 연락했소?"

던바 의장이 이동장치에 올라타자마자 에일에게 물었다.

"네."

특수 이동장치는 진동도 소리도 없이 빠르게 지상으로 올라갔다.

100인 위원회의 대표 10명 가운데 2명만이 던바와 이야기를 나누었다. 라몬은 말할 때마다 동그란 얼굴에 어울리는 까칠한 턱수염을 쓰다듬는 버릇이 있었다. 하지만 던바 앞에서는 그런 모습을 보이지 않았다. 그는 가모프만큼은 아니지만 아주 오래 100인 위원회를 이끈 사람이었다. 큰 귀와 넓은 이마, 정리되지 않은 짧은 머리가 인상적인 브로이는 걸쭉한 목소리로 라몬이 한 마디 할 때마다 그를 거들었다. 나머지 8명은 구색 맞추기에 지나지 않았다. 그들은 던바의 눈도 제대로 쳐다보지 못했다. 심지어 그의 얼굴을 처음 보는 사람도 있었다. 그만큼 던바 의장은 그들 앞에 모습을 잘 드러내지 않았다. 그래서 드물지만 이온의 발언이 터무니없다고 생각하지 않는 위원도 있었다.

"여기 계신 그 누구도 이온 반장의 발언을 믿지 않습니다. 단지 불안한 것은 제가 수십 년간 이곳에서 주제넘게 어울리지 않는 옷을 입고 미천한 능력으로 일하면서 한 번도 경험하지 못한 일들이 연이어 벌어졌다는 것입니다. 가이아는 지금까지 잘 지내왔고 앞으로도 그럴 것이라고 생각하지만, 셀 수조차 없는 많은 가이아인들이 몰려온 지금에 와서는 그 생각을 장담하기가 어렵게 되었습니다. 우리들이 이렇게 갑작스럽게 의장님을 뵙자고 청한 것은 분명 흔치 않은 일이지만 유별난 일 앞에서 유별난 행동을 하지 않는다면 그것이 더 이상할 것입니다. 언제나 그렇듯 의장님은 분명 현명한 판단을 내리실 거로 생각합니다. 다만, 청컨대 의장님이 어떤 판단을 내리기 전에 저희에게 먼저 기회를 주시는 것이 어떨까 해서 뵙자고 했습니다."

라몬은 말하는 내내 동그란 얼굴에 어울리지 않는 가는 눈으로 던바의 눈치를 살폈다.

"안 됩니다. 저들을 보세요. 위원님들 눈에는 저들이 한가하게 이야기하러 온 사람들처럼 보입니까? 저들 손에 무엇이 들렸는지 한 번 보세요. 그렇게는 안 됩니다. 저는 QR2를 먼저 내보내 경고할 생각입니다. 그들이 경고를 듣지 않는다면 피라미드 하우스가 어떤 곳인지 자세히 알려줄 작정입니다."

던바 의장의 살기가 위원들 한 사람 한 사람의 폐부를 찔렀다.

"의장님, 제가 한 말씀 드리겠습니다."

이번에는 브로이가 나섰다.

"말해보시오."

던바는 사나운 얼굴로 고개를 까닥거렸다.

"저들의 요구가 무엇인지 대충 짐작이 갑니다. 저들은 약간의 투명성과 이드에게간 적용되는 불합리한...아, 물론 저들 생각이지만 아무튼 이드에게 부여된, 저들의 생각대로 말하면 불합리한 조치가 해제되어야 한다는 것일 겁니다. 그래서 말입니다만, 저와 라몬 위원장님이 저들과 만나서 대화로서 그들이 가진 오해를 풀었으면 합니다. 그러면 저들은 올 때와 다른 발걸음으로 물러날 것입니다."

브로이의 걸쭉한 목소리가 던바의 귀를 거슬리게 했다.

"이드는 우리와 다른 족속들이오. 그들이 가이아인들에게 무슨 짓을 저지를지 누가 알겠소. 우리와 공생하고 싶다면 받아들여야 할 숙명이니 더는 왈가왈부할 필요가 없소. 그리고 투명성이라니? 무엇이 불투명하단 말이오? 나와 우리 의장단이 위원회의 법을 어기거나 규정을 어긴 일이 있소? 있다면 얘기해 보시오."

8명의 위원은 말할 것도 없고 라몬과 브로이조차 꿀 먹은 벙어리처럼 가만히 있었다.

"위원회 위원이면 위원답게 저들이 떠드는 요사스러운 말에 넘어가지 말고 체통을 지키세요. 가이아는 지금까지 잘 돌아갔고 앞으로도 그럴 겁니다. 지금까지 해온 대로만 한다면 말이지요. 가이아에 균열을 일으키는 것이 도대체 누구입니까? 우리입니까? 저들입니까? 답은 명확합니다. 타협이란 있을 수 없어요."

"그렇다면 저 혼자라도 가도록 해주십시오. 잘 타일러서 돌려보내겠습니다."

"한 시간 드리겠소. 저들에게 한 시간 안에 해산하라고 하시오. 그렇지 않으면 가이아의 안정을 찾을 가장 빠른 방법을 선택하게 될 것이라고 말하시오."

이 말을 끝으로 던바 의장은 의사당을 나갔다. 그가 나가자 그때까지 침묵으로 일관하던 위원들이 앞다투어 자기 의견을 내놓기 시작했다.

"모두 조용히 하세요. 라몬 위원장님, 아무래도 안 되겠습니다. 최고지도자님을 찾아뵈어야 할 것 같습니다."

브로이가 이마의 땀을 닦으며 말했다.

"그러고 보니 두 분이 보이질 않는군요. 가모프 님에게 가도록 하세요. 그분이라면 묘책을 가지고 있을 겁니다."

라몬이 턱수염을 쓰다듬으며 말했다.

"제가 한 말씀 드려도 되겠습니까?"

가원은 얼마 전 새롭게 대표 위원으로 선출된 젊은 피였다. 그는 젊은 사람답게 즉흥적이면서 유연했다.

"물론입니다. 말씀하세요."

가원은 갑자기 자리에서 일어나더니 단상으로 올라갔다. 그는 피부만큼이나 잘 관리된 윤이 나는 금발 머리를 한 번 쓸어 넘기더니 이야기를 시작했다.

"저는 며칠 사이 이 단상에 오른 너무나도 다른 두 사람을 보았습니다. 한 사람은 이온 반장이었고 다른 한 사람은 오늘 처음 본 던바 의장이었습니다. 한 사람은 절박하고 처절했지만, 다른 한 사람은 거만하고 위협적이었습니다. 그리고 우리는 절박하고 처절한 사람의 말 대신 거만하고 위협적인 사람의 말에 따라 움직이고 있습니다. 이제부터 저는 솔직해지기로 했습니다. 건방지게 들릴지 모르지만, 앞으로는 누구의 생각이나 의견도 아닌 제 상식에 비추어 생각하고 말하고 행동할 작정입니다. 존경하는 위원 여러분, 만에 하나 이온 반장이 한 말이 사실이라면 저 밖에 있는 성난 군중들은 가이아의 안정과 평화를 뺏으러 온 사람들이 아니라 찾으러 온 사람들입니다. 던바 의장의 말처럼 저들이 몽니를 부리러 온 것이라 해도 우리는 저들을 가이아인을 대표하는 사람들로 인정하고 협상테이블에 앉혀야지 몰아내려고 해서는 안 됩니다. 그것이 가이아를 대표하는 우리가 해야 할 일이자 올바른 태도라고 생각합니다. 저는 던바 의장이 몇몇 사람들이 말하는 괴물이라고 생각하지 않습니다. 하지만 그가 가이아를 올바른 길로 인도할 자격이 있는 인물인지는 잘 모르겠습니다. 겉으로 내색하지 않았지만 저와 비슷한 생각을 가진 위원님들이 많이 있는 걸로 알고 있습니다. 이제 우리가 지켜온 비겁한 침묵에 종지부를 찍어야 할 때입니다. 누구를 위한 침묵인지 가슴에 손을 얹고 생각해봐야 할 때입니다. 다시 한 번 말하지만, 지금 우리가 할 일은 가모프 지도자님을 설득해 밖에 있는 저들 가운데 일부를 안으로 들여 이야기를 듣는 것입니다."

의사당은 일순간 침묵에 휩싸였다. 그의 일갈에 호응하는 위원도, 핀잔을 주는 위원도 없었다. 가장 경력이 짧은 가원의 말에 그 어떤 반응도 보이지 않은 여러 위원들을 대표해서 라몬이 입을 열었다.

"자네의 말을 들으니 얼굴이 화끈거리고 어디론가 숨고 싶어지네. 하지만 자네도 알다시피 던바 의장은 좀 전에 그가 말한 대로 법을 어기거나 규정을 어기지 않았네. 불투명한 부분이 없지는 않지만, 가이아에 큰 문제가 있었던 적도 별로 없었고. 하지만 이온 반장의 말은 그럴듯하지만 사람들이 몰려올 것이라고 말한 것 외에 증명된 것이 없으니 어떻게 믿을 수 있겠나? 다만, 밖에 있는 사람들의 말을 들어줘야 할 의무가 우리에게 있다는 자네의 의견만큼은 전적으로 동감하는 바일세. 이온 반장이 한 말에 신빙성을 더할 무언가를 저들이 가지고 왔으면 좋겠구먼. 자, 시간이 없으니 이쯤에서 회의를 끝내도록 하지. 여러분, 저는 차비를 하고 나갔다 올 테니 위원님들은 가모프 지도자님을 찾아가서 뵙도록 하세요. 차후에 다시 모여 이야기를 나눕시다.'

잠시 후 라몬은 QR2 두 대를 앞세우고 피라미드 하우스를 나갔다. 나머지 위원들은 끔찍한 죽음이 도사리고 있는 가모프의 방으로 올라갔다. 그날따라 평소보다 짙은 어둠이 가이아를 뒤덮고 있었다.

20

자동차의 모든 전자 장비가 작동을 멈추었을 때 그들은 차에서 내렸다. 하늘에 떠 있는 음울한 회색 기체처럼 블랙데세르툼은 첨단 전자 장비를 마비시켰다. 누구든 블랙데세르툼으로 들어가려면 그들의 영리함을 내려놓아야 했다. 펭은 차에서 내리자마자 살로몬의 손목을 단단히 옥죄고 있던 전자수갑을 풀어주었다.

블랙데세르툼이 어디서부터 시작되는지 아는 가이아인은 아무도 없었다. 발걸을 돌리고 싶도록 하는 차갑고 따가운 모래가 얼굴을 훑고 지나갈 때쯤에는 이미 블랙데세르툼에 들어 선 후였다. 블랙데세르툼은 시작만큼이나 끝도 모호했다. 블랙데세르툼이 어디까지 뻗어 있는지는 신만이 알고 있었다. 블랙데세르툼에는 가장 몸집이 큰 몇몇 버서커를 제외하면 움직이기 어려울 정도의 강한 모래폭풍이 예고도 없이 불어 닥치고는 했다. 블랙데세르툼에서 살아가려면 버서커의 거대하고 예리한 이빨 뿐 아니라 모래폭풍의 낌새도 느낄 수 있어야 했다.

"바람이 심상치 않아요."

살로몬과 디렉은 바람 따위에는 아무런 관심이 없었고, 펭은 자신을 위협할 무언가를 찾아내느라 정신이 없었기 때문에 라이아의 말은 주위를 맴돌다 불어온 바람에 실려 날아가 버렸다.

"따라와요."

"어디로?"

펭은 어디가 어딘지 가늠조차 하기 어려운 검은 모래뿐인 곳에서 어디론가 빠르게 달려가는 라이아의 뒷모습을 멍하니 바라보았다. 살로몬과 디렉은 아무 생각 없이 어미의 뒤꽁무니를 따라가는 작은 짐승처럼 라이아의 뒤를 졸졸 따라갔다. 아무리 펭이라 해도 블랙데세르툼에서 혼자 남아 있는 것은 현명한 판단이 아니었으므로 펭도 그들 뒤를 쫓았다. 얼마 후 라이아는 모래 사이로 툭 불거져 나온 거대한 암석을 찾았다. 튀어나온 암석의 보호를 받고 있는 지면은 다른 곳에 비해 단단했다. 그녀는 암석과 지면이 맞닿은 깊은 곳까지 들어가 자리를 잡았다. 라이아의 뒤를 이어 살로몬과 디렉이 굳은 얼굴로 따라 들어왔고 마지막으로 펭이 도착했다.

"갑자기 여기서 뭐 하는 거야?"

펭이 '단군'을 손에 들고 거칠게 숨을 몰아쉬면서 물었다.

"눈과 코, 귀를 막아요."

라이아의 말이 채 끝나기도 전에 멀리서부터 기분 나쁜 소리가 들려왔다. 그 소리는 저음으로 시작해서 점차 고음으로 변해갔다. 라이아는 고개를 돌렸고 디렉과 살로몬 역시 말 잘 듣는 아이처럼 그녀를 따라 고개를 돌렸다. 펭만이 소리가 들려오는 쪽을 바라보았다. 일찍이 한 번도 보지 못한 거대한 모래폭풍이 무시무시한 아가리를 벌린 채 다가오고 있었다. 펭의 눈에 모래폭풍은 검은색 로브를 펄럭이며 다가오는 사신처럼 보였다. 펭은 고개를 돌리며 쓰러졌다. 모래폭풍은 시그러운 소리를 내며 펭의 살과 뼈를 도려내려는 듯 맹렬한 기세로 돌진해왔다. 강렬한 모래폭풍이 옷을 들추자 그 사이로 모래 알갱이가 벌떼처럼 달려들었다. 곧이어 벌침에 쏘인 것보다 강렬한 통증이 몰려왔다. 모래폭풍은 펭의 뒷다리를 잡아채 그를 끌어내리려고 했다. 펭은 암석의 튀어나온 부분을 필사적으로 잡고 늘어졌다. 하지만 모래폭풍의 힘을 견뎌내기에는 그의 팔은 한없이 연약했다. 펭은 정신을 잃었고 모래폭풍은 그를 데리고 사라졌다.

거짓말처럼 고요함이 찾아오자 그들은 펭이 아무런 흔적도 남기지 않고 사라졌다는 것을 알았다.

"속 썩이는 아저씨군요."

디렉이 검은 모래로 뒤덮인 채 투정하듯 말했다. 살로몬은 무언가에 홀린 듯 지면을 손으로 파고 있었다.

"죽었을까요?"

"아니, 그 정도로 죽을 사람은 아니야."

라이아가 옷과 머리에 묻은 모래를 털어내며 말했다.

"그럼 빨리 찾아봐요."

"그건 무리야. 그가 어디까지 날아갔는지 알 수 없을뿐더러 모래폭풍이 언제 다시 불어 닥칠지 몰라."

"그럼, 아저씰 이곳에 버리고 가잔 말이에요?"

디렉이 따지듯 말했다.

"걱정하지 마. 블랙데세르툼은 그를 죽게 내버려 두지 않을 거야."

"그게 무슨 소리죠?"

"이곳이 그의 고향이니까."

그때 살로몬이 끼어들었다. 그는 어느새 팔꿈치 정도 되는 구덩이를 만들어 놓았다.

"이것 보세요. 뭔가 좀 이상해요."

살로몬은 땅속에서 파낸 흙을 손에 들고 있었다.

"이 흙을 잘 봐요."

"색이 다르네요."

디렉이 호기심 어린 눈으로 살로몬이 들고 있는 흙을 바라보며 말했다.

"색만 다른 게 아니야. 잘 보라고. 미세하지만 무언가 느껴지지 않아?"

"뭐가요?"

살로몬은 멀뚱멀뚱 쳐다만 보는 디렉을 뒤로하고 라이아에게 다가갔다.

"그곳에 가면 이 흙을 분석해보고 싶은데 그럴 만한 장비가 있을까요?"

"흙을 분석한다고요?"

"고고학을 공부했거든요. 지질학은 고고학의 필수 과목이죠."

살로몬의 눈에 처음으로 자신감이 드러났다.

"당신은 학자가 아니라 포로예요. 이 점을 잊지 마세요. 그리고 이곳을 안전하게 벗어나는 것이 먼저예요."

살로몬이 실망한 눈으로 흙을 털어냈다.

"어떤 장비를 찾는지는 모르지만 있을 거예요. 그곳에는 없는 게 없거든요. 엉뚱한 짓만 하지 않는다면 쓸 수 있을 거예요."

"다행이군요."

살로몬은 라이아 몰래 미소를 지었다.

"자, 꾸물거리지 말고 움직이자고요."

"펭 아저씨는요?"

디렉이 라이아의 팔을 잡았다.

"그가 진짜 로저 펭이라면 걱정할 필요 없어."

라이아는 눈을 찡긋했다.

"로…저 펭?"

디렉이 눈을 동그랗게 뜨며 중얼거렸다. 세 사람은 다시 광활하고 삭막한 검은 모래 위에 발자국을 남기기 시작했다.

전갈이었다. 아주 컸다. 1m도 넘을 것 같았다. 블랙데세르툼에서 작은 것을 찾기란 쉽지 않을 것이라고 펭은 장담했다. 검은 모래보다 더 검은 전갈의 몸은 그들이 이곳에서 살아남을 수 있는 이유였다. 버서커는 전갈을 별미로 즐겼지만, 자주 먹지는 못했다. 그들의 눈은 전갈과 모래를 구분할 정도로 민감하지 않았다. 경계가 허술한 전갈이 바위를 보금자리 삼았을 때만 버서커에게 기회가 주어졌다.

검디검은 전갈은 독침이 달린 꼬리를 **빳빳하게** 세운 채 커다란 집게가 달린 뭉툭한 손을 한 번씩 오므렸다 폈다 하면서 여섯 개의 얇은 다리를 조심스럽게 움직였다. 전갈은 펭이 먹이인지 아닌지 탐색하는 것처럼 보였다. 날카로운 독침이 앞뒤로 움직일 때마다 펭의 온몸에 소름이 돋았다. 하지만 펭은 움직일 수가 없었다. 조금이라도 움직이려고 하면 등에서 극심한 통증이 느껴졌다. 마치 전류가 흐르는 것 같았다. 그래도 움직여야 했다. 1m가 넘는 크기의 전갈이라면 독침에 스치기만 해도 살아남지 못할 것이다. 멀지 않은 곳에 '단군'이 떨어져 있었다. 모래폭풍에 날려 가는 와중에도 '단군'만은 놓치지 않았다. 그가 한 일 중에 유일하게 잘한 일이었다. 펭은 이를 악물고 팔꿈치를 지렛대 삼아 '단군'이 있는 곳으로 기었다. 움직일 때마다 찌릿한 통증이 그를 괴롭혔다. 차라리 전갈의 독침 한 방이 낫지 않을까 하는 생각이 들 정도였다. 하지만 죽음을 선택하기에는 너무 일렀다. 그는 알아야 할 것도 해야 할 일도 많았다.

그가 움직이자 전갈의 움직임도 바빠졌다. 전갈은 주의를 게을리하지 않으면서 속도를 서서히 높였다. 그렇다고 서두르지는 않았다. 펭은 전갈과 '단군'을 번갈아 바라보며 조금씩, 조금씩 앞으로 나아갔다. 1m 정도만 더 기어가면 단군을 손에 쥘 수 있으리라. 희망이 보이는 것 같았다. 등의 통증도 서서히 적응되어 갔다. 그런데 그때 갑자기 전갈이 속도를 높였다. 펭도 팔꿈치의 속도를 높였다. 다리가 거추장스러웠다. 저 다리만 없었어도……. 손을 뻗어 '단군'을 잡으려 하는 순간 전갈이 먼저 펭의 팔에 닿았다. 펭은 죽음이 가까이 왔음을 느꼈다. 많은 일들이 스쳐 지나갔다. 그는 눈을 지그시 감고 죽음을 기다렸다. 하지만 아무 일도 일어나지 않았다. 전갈은 그의 팔을 지나 쏜살같이 어디론가 사라졌다.

펭이 눈을 뜨자 '사각'거리는 소리가 들렸다. 모래폭풍처럼 빠르지는 않았지만, 소리는 점점 커졌다. 칙칙하고 끈적끈적한 썩은 냄새가 그의 코를 찌르는가 싶더니 갈색 털로 뒤덮인 거대한 무언가가 형체를 드러냈다. 블랙데세르툼을 지키는 어둠 속 괴물 버서커였다. 펭은 '단군'을 손에 넣었지만, 도움이 될 것 같지는 않았다. 네 발로 땅을 딛고 서 있는 버서커는 어깨까지 높이가 3m는 족히 넘어 보였다. 목 주위에는 흰색 털이 자라고 있었고 다른 곳의 털에 비해 길이도 훨씬 길었다. 하지만 어색하거나 이질적이지 않고 몸에 잘 어울렸다. 어깨와 등, 그리고 땅을 짚고 있는 네 다리도 목 주위만큼은 아니지만, 블랙데세르툼의 모래바람에 나부끼기에는 충분한 어두운 갈색 털로 덮여 있었다. 버서커의 몸에 난 모든 털은 버서커의 몸집을 더 크고 우람하게 보이도록 하는 효과가 있었다. 눈과 눈 사이는 커다란 코 때문에 멀어 보였고, 두 눈은 날카롭게 번뜩이고 있었다. 보일 듯 말 듯

한 점같이 작은 눈동자가 섬뜩함을 더해주었다. 역삼각형 모양을 한 뭉툭하고 긴 코의 끝부분은 검었다. 버서커가 숨을 쉴 때마다 코에서 고약한 냄새와 함께 연기 같은 것이 피어올랐다. 펭이 맡은 냄새와 똑같은 냄새였다. 코 아래로 의젓하게 보이는 앙다문 입이 자리하고 있었다. 버서커는 마치 신화 속 동물인 곰과 사자를 섞어 놓은 것 같았다.

마침내 버서커는 펭과 눈이 마주쳤다. 얌전히 보이던 입이 벌어지자 버서커의 진면목이 드러났다. 침이 뚝뚝 떨어지는 희고 무시무시한 이빨이 과묵하던 버서커의 인상을 한순간 지워버렸다. 버서커는 이빨을 보이며 펭을 위협했다. 터지기 직전의 폭탄처럼 연신 콧김을 내뿜었다. 잠시 후 어깨와 다리 근육이 꿈틀거리는가 싶더니 버서커가 펭을 향해 달려들었다. 펭은 '든군'을 들고 버서커를 조준했다. 적외선 빔이 버서커의 머리에 닿자마자 펭은 신에게 모든 것을 맡긴 채 방아쇠를 당겼다. 하지만 불안정한 자세로 쏜 세라믹 탄환은 버서커의 어깨를 스치고 지나갔다. 펭이 두 번째 방아쇠를 당길 기회는 주어지지 않았다. 버서커는 생각보다 빨랐고 어느새 펭의 코앞에 와 있었다. 화가 날 대로 난 버서커는 동그랗고 작은 귀를 뒤로 눕히고 코와 미간에 큰 주름을 잡으며 입을 크게 벌렸다. 그런 다음 충혈된 눈을 부릅뜬 채 귀가 떨어져 나갈 정도로 크고 우렁찬 괴성을 질러댔다.

펭은 이번에야 말로 마지막이라고 생각했다. 그는 이빨 하나가 빠진 무시무시한 버서커가 살아생전 마지막으로 보는 생명체라는 사실이 믿기지 않았다. 죽음보다 지독한 냄새에서 빨리 벗어나고 싶었던 펭은 빨리 죽이라고 소리를 질렀다. 버서커의 이빨에서 떨어진 침이 펭의 얼굴에 닿자 그는 죽을 만큼 고통스러워했다. 펭은 빨리 죽이라며 재차 욕지거리를 해댔다. 그런데 어쩐 일인지 버서커는 입을 다물고 코를 킁킁거렸다. 음식을 맛보기 전에 향을 음미하려는 듯 펭의 얼굴은 물론이고 몸의 이곳저곳에 코를 대고 킁킁거렸다. 탐색을 마친 버서커는 공격은커녕 갑자기 쭈그려 앉더니 그를 멀뚱멀뚱 쳐다보았다. 쭈그려 앉은 모습이 펭의 눈에 작은 산처럼 느껴졌다. 펭은 이해할 수 없는 행동에 어안이 벙벙했다. 그는 버서커가 배가 부른 모양이라고 생각했다. 천천히 음미하며 죽이려는 속셈이라고 생각하자 화가 치밀어 올랐다. 펭은 팔꿈치를 이용해 버서커 가까이 다가가 소리쳤다.

"빨리 잡아먹으란 말이야! 개자식아!"

버서커는 발로 펭의 머리를 아주 살짝 밀어냈다. 펭은 힘없이 뒤로 밀려났다.

"이 짐승 놈아, 뭐 하는 짓이야! 옳거니 총으로 쏴 죽여주지."

펭은 기회라고 생각했다. 그리고 '단군'을 다시 들어 버서커의 미간을 겨누었다. 적외선 빔이 정확하게 버서커의 미간에 닿았다. 이제 방아쇠만 당기면 모든 것이 끝날 참이었다. 물론 버서커가 한 발로 끝날지는 알 수 없었다. 버서커만 자극할 수도 있었다. 하지만 아무래도 좋았다. 어차피 둘 중 하나는 죽어야 끝날 테니까. 펭은 방아쇠에 손가락을 끼웠다. 그런데 어쩐 일인지 펭도 버서커처럼 결정적인 순간에 마음이 약해졌다. 자기를 죽이려고 달려드는 하찮은 존재를 눈앞에 두고도 버서커는 저항도 위협도 하지 않은 채 눈만 말똥말똥 뜨고 있었다. '이 요물이 정말 블랙데세르툼의 괴물이란 말인가?' 펭은 가이아인들에게 공포의 대상인 버서커가 이런 행동을 할 줄은 꿈에도 몰랐다. 펭은 '단군'을 내려놓았다. 그제야 등의 통증이 다시 느껴졌다. 극심한 통증이 온몸을 휘감았다. 아까보다 더 심했다. 그때 버서커가 몸을 움직였다. '이제 먹을 마음이 생겼나 보군. 그렇다면 빨리 먹어 이 괴물아. 힘들어 죽겠으니까.' 하지만 펭의 생각과 달리 버서커는 몸을 일으키더니 뒤로 돌았다. 곧이어 경사진 미끄럼틀처럼 뒷발은 굽히고 앞발만 세웠다. 펭은 도대체 이 괴물이 무엇을 하려고 하는지 궁금했다. '설마 등에 타라는 것일까?' 버서커는 다시 콧바람을 내뿜으며 짧게 울부짖었다. 이번에는 그개까지 좌우로 흔들었다. 그러자 흰색 갈기가 멋지게 펄럭였다 펭은 억지로 배를 땅에 갈고 팔꿈치로 기어가 버서커의 등에 난 털을 움켜잡았다. 그런 다음 버서커의 눈치를 살폈다. 버서커는 미동도 하지 않았다. 펭은 고통을 참으며 산에 오르듯 털을 잡고 조금씩 조금씩 위로 올라갔다. 어느 정도 올라가자 갑자기 버서커가 몸을 일으켜 세웠다. '나를 태울 작정이었군. 그런데 왜?' 하지만 여기까지였다. 펭은 푹신푹신한 버서커의 등에 올라타자마자 의식을 잃었다. 버서커는 빠르지도 느리지도 않은 발걸음으로 검은 모래가 흩날리는 블랙데세르툼의 한 가운데로 사라졌다.

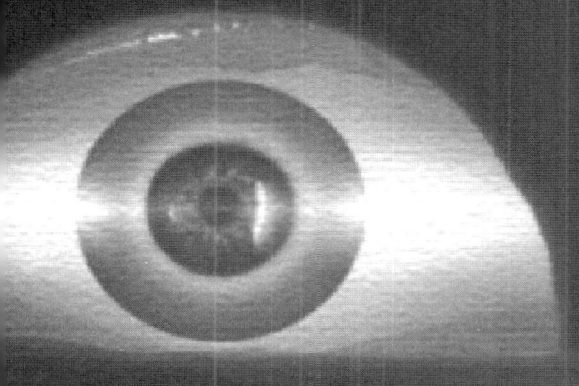

3부 진실

21

  QR2 때문에 작은 실랑이가 벌어졌지만, 아린이 중재에 나서자 사람들은 물러났다. 라몬은 아린을 따라 좁지만 그럭저럭 앉을 만한 호버트럭에 올랐다. QR2 두 대는 트럭 밖에서 성난 군중들의 움직임을 감시하며 둥둥 떠 있었다.

"그런데 이 분은······."

차에 오른 라몬이 디네를 보며 물었다.

"에이나인에서 일하던 요원입니다."

아린이 디네를 대신해 대답했다.

"지금은 아니란 말씀이군요."

"네. 아니에요."

디네가 나섰다.

"오해하실까 봐 말씀드리는데, 제가 에이나인을 버린 게 아니라 그들이 절 버렸어요. 그리고 저 안에 있을 이온 반장님도 그렇게 되실 거고요."

"왜 그렇게 생각하십니까?"

"아니었다면 위원님이 아닌 이온 반장이 우리를 맞이했을 테죠."

라몬이 호기심 어린 눈으로 디네를 쳐다보았다.

"혹시 이온 반장의 연설을 들으셨습니까?"

아린이 어색한 분위기를 흐트러뜨렸다.

"물론 들었습니다."

라몬이 디네에게서 시선을 거두며 대답했다.

"그가 한 말을 믿으십니까?"

"글쎄요. 우리가 이드처럼 불확실한 삶을 살아간다는 그의 주장은 납득하기 어려운 부분이 있습니다. 이드도 마찬가지고요. 하지만 몇 가지 의문스러운 점이 없는 것은 아니지요. 그러나 의도가 어떻든, 무엇 하나 증명된 것도 없는 주장과 블랙데세르툼에 관한 기이한 이야기가 의사발언의 무게를 떨어뜨렸다고나 할까요?"

"그가 혹시 피핀과 살람에 관해 말하던가요?"

아린이 라몬의 눈치를 살피며 물었다.

"했습니다. 제일 믿기 어려운 부분이었지요. 많은 사람이 아쉬움의 탄식을 내뱉었답니다."

라몬은 이온이 받은 조롱 섞인 야유를 순화시켜 말했다.

"그렇군요. 그럴 테지요. 하지만 그가 한 말 가운데 가장 확실한 물증이 있는 발언이랍니다."

"무슨 뚱딴지같은 소립니까?"

아린은 대답 다 신 타탄체크가 들어간 망토를 조심스럽게 벗었다. 그리고 라몬이 잘 볼 수 있도록 윗옷을 어깨 위까지 걷어올렸다. 드러난 기계팔과 팔뚝에 새겨진 문신을 본 라몬은 자기도 모르게 신음을 내뱉었다.

"아...아니, 다... 당신은?"

"그렇습니다. 한때 부끄러운 짓을 하고 돌아다니던 그 피핀입니다. 많이 늙었지요?"

아린은 천천히 옷을 다시 내리고 망토를 둘렀다.

"정말, 피... 피핀이란 말이오? 당신이?"

"저는 너무 많은 시간 동안 남을 속이며 살아왔답니다. 이제 더는 속이고 싶어도 속일 것이 남아 있지 않습니다."

라몬은 짧은 턱수염을 쓰다듬었다.

"그렇군요. 그의 이야기가 사실이었군요. 그렇다면 살람도……?"

아린은 말없이 고개만 끄덕였다.

"블랙데세르툼에 있다는 가이아의 본질도?"

라몬이 동그란 얼굴에 어울리지 않는 가는 눈을 크게 뜨며 말했다.

"그렇습니다. 모두 진실입니다."

"그렇다면 여길 찾아온 이유는 무엇이오?"

"우리가 원하는 건 피라미드 하우스의 폐쇄와 의장단의 신변 확보입니다."

"말도 안 되는 스리요."

아린이 그럴 줄 알았다는 듯이 미소를 지어 보였다.

"우린, 다른 이유로 이곳을 찾아온 줄 알았는데……."

"물론 다른 이유도 있습니다. 밖에 있는 저들 대부분은 분명 위원님이 생각하는 그런 이유로 이곳에 온 사람들이지요. 하지만 우리의 진정한 목적은 그것이 아닙니다. 디아블로아이에 숨어 있는 의장단의 정체가 밝혀진다면 나머지는 자연스럽게 풀리게 될 겁니다. 다간, 위원님들이 힘을 보태주셔야 합니다. 진실을 밝힐 수 있도록 말입니다."

"어떤 진실을 말하는 겁니까? 진실은 거짓이 있을 때만 언급할 수 있는 것이지요. 피라미드 하우스에는 그 어떤 거짓도 없……."

그때 밖에서 고함치는 소리와 싸우는 소리가 들리는가 싶더니 QR2가 내뿜는 조자빔의 강렬한 소음이 뒤를 이었다. 디네가 H2를 빼 들고 제일 먼저 뛰쳐나갔고, 아린과 라몬이 뒤를 따랐다 QR2 한 대가 파괴되어 뒹굴고 있었고 나머지 한 대도 자이언트 소드가 박힌 채 빙빙 돌며 사방으로 빔을 쏘대고 있었다. 몇몇 사람이 QR2가 쏜 빔에 맞아 비명을 질렀다. 디네가 H2를 발사해 제멋대로 날 뛰는 QR2를 잠재웠다.

"어떻게 된 거죠?"

디네가 질문을 던지자마자 어디선가 QR2 한 대가 다시 나타났다.

"위험해요!"

디네가 몸을 날려 아린을 밀쳤고 전자빔이 허공을 갈랐다. 이번에는 QR2가 디네를 조준하더니 전자빔을 쏠 준비를 했다. 그때 어디선가 빔이 날아와 QR2를 명중시켰다. QR2는 '지지직' 소리를 내며 힘없이 바닥으로 떨어졌다.

"팀장님, 괜찮으세요?"

듀링이 크리티컬 랜스를 한 손에 들고 멀리서 달려왔다.

"도대체 무슨 일이 있었던 거야?"

디네가 옷에 묻은 흙을 털어내며 말했다.

"저 사람 때문이에요. 위원장님을 만나게 해달라고 고래고래 소리를 지르며 뛰어왔어요. 사람들이 왜 그러냐고 물어도 계속 위원장님을 만나게 해달라고만 하는 거예요. 그렇게 실랑이를 벌이고 있는데 QR2 한 대가 빔을 쏘면서 쫓아오더라고요. 그러자 트럭 밖에 있던 QR2 두 대가 폭주하기 시작했어요."

"결국 피를 보고 말았군."

어느 새 빅이 와 있었다.

"아니, 자네는 가원 아닌가?"

라몬이 피투성이가 된 채 쓰러져 있는 가원을 보며 말했다.

"도대체 누가 이런 짓을 한 거요?"

라몬이 화를 누르지 못하고 가는 눈을 최대한 크게 뜨며 성을 냈다.

"누구가 아니라 저 기계가 그런 겁니다. 그리고 이분은 이미 많이 상해 있었어요."

듀링이 QR2와 가원을 번갈아 쳐다보며 말했다. 가원의 얼굴에 있는 구멍이란 구멍에서는 모두 피가 흘러내리고 있었다. 귀에서 흘러내린 피가 금색의 구레나룻을 붉게 물들였다. 초점 잃은 눈동자는 생명의 불꽃이 꺼져가고 있음을 달해주었다.

가원이 브로이를 포함한 동료 위원들과 가모프의 방에 들어갔을 때 그들을 맞이한 것은 가모프가 아니라 유진 의장의 뒷모습이었다. 유진 옆에는 QR2 두 대가 그를 지키고 있었다. 브로이가 걸쭉한 목소리로 가모프와 면담을 요청했지만, 유진은 대답 대신 어둠이 내려앉은 가이아를 바라보았다.

"가모프 님은 어디 계십니까?"

"오늘따라 가이아의 어둠이 더 짙어 보이는군요. 신은 왜 빛과 어둠을 창조했을까요? 사람들은 빛은 생명을, 어둠은 죽음을 의미한다고 생각하죠. 하지만 그건 잘못된 생각이에요. 어둠은 죽음이 아닌 새로운 질서의 창조를 의미한답니다. 생명은 아니 진화란 밝은 면만 있는 것이 아니에요. 그 안에는 무한한 가능성과 함께 오류와 돌연변이 그리고 실패가 공존하고 있죠. 어둠은 실패한 진화를 숨기려고 있는 것이 아니라 새로운 질서를 만들기 위한 파괴를 위해 존재한답니다. 어둠이 짙으면 짙을수록 불순물은 더 깊이 가라앉고 새로운 질서는 그만큼 더 순수해지죠. 따라서 어둠은 건강한 생명의 필수적인 요소랍니다. 신은 불순물을 제거하려고 어둠을 만들었지요. 어둠이 빚어내는 음울하지만 황홀한 춤은 생명을 지탱하는 힘이랍니다. 쓸데없이 말이 길어졌네요. 질문이 뭐였죠?"

"저희는 가모프 님을 만나러 왔습니다."

"안타깝게도 더는 존경하는 가모프 님을 만날 수 없답니다. 그분은 새로운 질서와 창조를 위해 기꺼이 어둠을 택하셨답니다."

"그게 무슨 말입니까?"

"영원히 가라앉으셨죠. 그리고 당신들도 동참하시길 원하셨답니다."

"이 악마들!"

유진이 입가에 서늘한 미소를 지으며 손가락을 들어올려 까딱하자 QR2가 기다렸다는 듯이 빔을 발사했다. 브로이는 힘 한 번 써보지 못하고 바닥에 쓰러졌다. 빔이 뚫고 지나간 그의 이마에서 피가 흘러내렸다. 다음 희생양이 되기 싫었던 위원들이 앞 다투어 방을 빠져나가려고 발버둥쳤다. 하지만 QR2의 공격을 피해 방을 빠져 나온 위원은 그나마 젊은 가원뿐이었다. 시체 여덟 구를 뒤로 한 채 엘리베이터를 타고 1층으로 내려온 가원은 필사적으로 출구를 향해 달렸다. 하지만 에일이 QF2와 함께 그를 기다리고 있었다. 선택의 여지가 없었으므로 가원은 지그재그로 달리며 돌진했다. QR2가 쏜 빔이 그의 옆구리를 쓸고 지나갔지만 가원은 아랑곳하지 않고 그대로 달려 나갔다. 그때 에일이 가원의 목덜미를 낚아채더니 주먹으로 얼굴을 가격했다. 가원은 그대로 꼬꾸라졌다. 바로 그때 유진과 함께 나타난 QR2가 쏜 빔이 쓰러진 가원을 대신하여 에일의 어깨를 맞추었다. 에일이 비명을 지르며 쓰러지자 가원은 있는 힘을 짜내 다시 일어서 피라미드 하우스를 빠져나갔다. 유진의 으스스한 목소리와 QR2가 그의 뒤를 따랐다. 그는 QR2가 발사한 빔을 요리조리 피해 성난 군중이 몰려 있는 곳으로 내달렸다. 그리고 군중들 앞에 섰을 즈음 왼쪽 가슴이 뜨뜻해지는 것을 느꼈다. 그가 마지막 힘을 짜내 다시 눈을 떴을 때 라몬이 보였다. 그는 안간힘을 다해 입을 열었다.

"위...위원장님, 저들은...저들은 인간이..."
"이보게, 가원! 가원!"

툭 불거져 나온 경사진 앞면과 평평한 옆면, 그리고 커다란 바퀴까지 에이나인(A9)이라는 글씨가 선명하게 새겨져 있는 수십 대의 육상용 호버트럭 행렬이 먼지를 일으키며 맹렬한 기세로 달려가고 있었다. 360도 회전 가능한 사람의 허리높이까지 오는 육중한 바퀴 여섯 개가 구르는 소리는 분노한 신이 내지르는 호통처럼 들렸다. 텅스텐 합금강과 티타늄 합금을 정교하게 잘라 작고 단단한 볼트로 촘촘하게 조여 만든 외장은 가이아에서 가장 얇은 칼조차 들어가지 않을 정도로 빈틈이 없었다. 호버트럭 중앙에는 입자포를 발사할 수 있는 고순도의 파인 세라믹으로 만든 거대한 포가 장착되어 있었으며, 포 좌우로는 스나이퍼 빔 라이플 사수 두 명이 고정식 BR6를 언제든 쏠 수 있도록 만반의 준비를 하고 있었다. 레온은 호버트럭 행렬을 이끄는 지휘 차량에서 국장의 판단에 불만을 품은 바리온과 함께 앉아 있었다.

"이럴 필요까지 있을까?"

적외선 나이트 고글을 쓰고 새로 지급된 교환식 에너지팩 플라스마 스턴건을 허리에 찬 바리온이 퉁명스럽게 말했다.

"이봐, 우리는 명령에 따르면 그만이야."

파워 어시스터가 달린 파워드 프로텍터 슈트를 입은 레온이 고글의 초점을 맞추며 말했다.

"이건 우리가 할 일이 아니야. 탈주범과 사로잡힌 요원의 행방이 묘연한 상태에서 납득할 수 없는 지시라고."

"시위 진압용 기동부대가 따로 있다지만 한 번도 가동한 적이 없으니 할 수 없지 않나."

레온이 짜증 섞인 말투로 대꾸했다.

"이봐, 이제 자네도 반장이 됐으니 판단 정도는 스스로 내릴 줄 알아야지."

"반장한테 못 하는 말이 없군."

레온이 이온 빔 발사기인 서브머신건 SMG2를 꺼내 들었다.

"스턴건이면 충분해. 우리가 누굴 죽이러 가는 게 아니잖나."

"낸들 아나. 철저하게 준비하라고 하니까 하는 거지."

트리노는 티미의 배신으로 아린의 생포와 라그랑의 살해 모두 실패로 돌아갔다는 사실에 분노했다. 트리노는 곧장 티미의 목에 헌터들이 입맛을 다실 만한 조건을 내걸었고 얼마 지나지 않아 붉은색과 흰색이 섞인 머리에 선글라스를 낀 남자의 얼굴이 들어 있는 피로 흥건한 상자가 트리노에게 배달되었다. 버서커의 이빨과 베릴은 없었다. 이즈음 에일은 트리노에게 믿을 수 없는 소식을 전했다. 피라미드 하우스 앞에 모인 성난 군중들을 진압하라는 던바의 지시였다. 100여 년 전에 상인들이 아고르에서 일으켰던 시위를 마지막으로 가이아에서 시위가 벌어진 적은 없었다. 트리노는 고진이 한 말을 떠올렸다. '그자들은 우리와 같으면서 다르네. 우리에게 없는 것이 있지. 바로 영생이라네.' 그리고 이온 반장의 말도 떠올렸다. '저 역시 그 노인의 말을 믿지 않았습니다. 오늘 피라미드 하우스에 오기 전까진 말입니다.' 그리고 점술가와 그를 따르는 무리들이 헌터들을 죽이고 피라미드 하우스로 몰려간 이유를 생각했다. 트리노는 어디에 배팅을 해야 할지 고민하는 도박사처럼 주사위를 만지작거렸다. 그런 다음 조용히 레온을 호출했다.

저 멀리 바이오비클의 헤드라이트 불빛이 보이자 레온은 무선통신장치에 입을 대고 속도를 줄이라고 명령했다. 얼마 후 바이오비클 한 대가 지면에서 조금 뜬 상태로 쏜살같이 그들을 향해 날아왔다. 레온은 정지명령을 내린 다음 고글을 벗어 목에 건 후 SMG2를 들고 차에서 내렸다. 호버트럭이 양쪽에서 그를 엄호했다. 바이오비클에서 한 사람이 내리더니 레온에게 다가왔다.
"어디서 왔소?"
크리티컬 랜스를 든 늙은 남자가 레온에게 물었다.
"글을 읽을 줄 모르오?"
레온이 지휘 차량에 선명하게 찍힌 글자를 SMG2로 가리키며 말했다.
"에이나인이구먼. 그런데 당신들이 여긴 웬일이오?"
"당신들이 불렀잖소."

"우리가?"

노인은 어깨를 으쓱하며 모르겠다는 표정을 지었다.

"좋은 말로 할 때 허산하시오."

"무얼 말이요?"

"지금 말장난하자는 겁니까?"

레온이 노인을 쏘아보며 말했다.

"보아하니 시위를 진압한답시고 온 모양인데, 잘못 온 것 같소이다. 저들은 악마들을 처단하러 온 것이지 시위를 하러 온 것이 아니요. 가이아를 위해 동참하지 않을 거면 방해하지 말고 썩 물러가시오."

레온은 어이없는 표정으로 노인을 한동안 바라보더니 다시 차에 올라탔다. 그는 무선 통신장치에 대고 '전진'이라고 짧게 말했다. 노인이 크리티컬 랜스를 위협적으로 휘두르며 고래고래 소리쳤지만 레온은 아무 소리도 들리지 않는다는 듯 조용히 고글을 쓰고 정면을 응시했다.

"잘 참았군."

레온은 아무 말이 없었고, 바리온은 아웃 사이드미러로 노인을 쳐다보았다. 노인은 바이오비클에 올라탄 채 호버트럭 옆에 바싹 달라붙어 크리티컬 랜스를 위협적으로 휘두르고 있었다.

"지독한 노인이군."

바리온이 혀를 끌끌 차며 말했다. 헬리오스의 전자기파가 가이아의 대지를 환하게 밝히기 시작할 무렵 시위대의 본진이 모습을 드러냈다. 바이오비클 스무 대가 일렬횡대로 진을 치고 서서 그들의 진로를 막았다. 레온은 다시 한 번 차에서 내릴 수밖에 없었다. 그런데 어찌 된 일인지 바이오비클의 좌석은 모두 텅 비어 있었다. 레온은 바이오비클 너머로 시선을 옮겼다. 시위 현장은 그야말로 처참했다. 시위대의 절반가량이 상처를 입거나 시체가 되어 쓰러져 있었고, 파괴된 바이오비클이 여기저기 나뒹굴고 있었다. 어떻게 구했는지 알 길 없는 호버트럭 한 대도 예리한 칼에 베인 듯 반으로 갈라져 있었다. 그때 갑자기 주변이 소란스러워지더니 바람을 가르는 소리와 함께 반 토막 난 바이오비클이 레온이 있는 곳으로 날아왔다. 레온은 잽싸게 옆으로 몸을 굴렸다. 바이오비클은 레온을 지나 땅바닥에 처박히며 구겨졌다. 레온이 정신을 차리고 고개를 들자 놀라운 광경이 펼쳐졌다.

 디네와 듀링, 그리고 어디선가 본 기억이 있는 남자가 그들보다 두 배는 더 커 보이는 기계 병사와 어울려 싸우고 있었다. 기계 병사의 모습은 참으로 기괴했다. 렌즈 네 개가 눈을 대신했고 잠자리 날개와 비슷하게 생긴 길쭉하고 둥그런 모양의 안테나가 귀 부분에 각각 한 개씩 달려 있었다. 우람한 어깨 장갑과 다리 장갑은 지나치게 커 보였으며 양쪽 갈비뼈 부근에서 허벅지까지 내려오는 긴 관이 기계 병사가 움직일 때마다 수축과 팽창을 반복했다. 커다랗고 육중한 발은 두 갈래로 나뉘어 있었으며 바닥을 내리찍을 때마다 '철컹'하는 소리를 냈다. 빔을 발사할 수 있는 포가 양쪽 어깨에 장착되어 있었고, 금속을 자를 때 쓰는 거대한 이온 나이프가 달린 빔 라이플이 손에 들려 있었다.

기계 병사는 빔 라이프를 마구 흔들며 닥치는 대로 베고 지나갔다. 뒤로 물러서며 기계 병사를 상대하던 디네가 발을 헛디디며 넘어졌다. 빅과 듀링이 달려들어 디네를 구하려 했지만 역부족이었다. 기계 병사의 회심의 일격이 디네를 향해 덮쳐왔다. 바로 그때 '위잉'하는 소리가 들리는가 싶더니 기계 병사의 한쪽 팔이 뜯겨져 날아갔다. 기계 병사는 무슨 일이 있었났는지 모르는 듯 대부분이 사라진 팔을 움직이려고 버둥거렸다. 디네는 손에 든 H2를 내팽개치더니 땅바닥에 떨어져 있는 장거리 스나이퍼 빔 라이플 BR6를 들고 기계 병사를 겨눈 다음 방아쇠를 당겼다. 디네는 뒤로 쓰러졌고 빔은 기계 병사의 머리를 뚫고 지나갔다. 마침내 기계 병사가 바닥에 쓰러지자 빅과 듀링이 크리티컬 랜스와 자이언트 소드를 들고 조심스럽게 다가가 기계 병사의 몸통 이곳저곳을 찔러보았다. 디네는 일어서며 자신을 구해 준 사람들을 향해 시선을 돌렸다. 레온과 바리온이 그녀 쪽으로 걸어

오고 있었다.

"이게 뭐지?"

기계 병사의 옆구리에 달린 자그마한 버튼을 발견한 빅이 호기심을 감추지 못하고 버튼을 눌렀다. 그러자 흉부 장갑이 '철컥 철컥' 소리를 내더니 위아래로 열렸다. 빅이 소리치며 뒤로 물러났다. 듀링이 천천히 다가가 안을 들여다보았다.

"뭐...뭐야, 사...사람이잖아?"

기계 병사의 몸 안에 한쪽 팔이 잘린 여자가 피를 흘리며 누워 있었다.

22

긴 줄에 무언가가 주렁주렁 매달려 있었다. 크기도 제각기 달랐다. 펭은 무엇을 상상했는지 소스라치게 놀라며 자신의 배를 손으로 더듬거렸다. 배는 멀쩡했다. 그는 매달린 것이 무엇인지 제대로 보고 싶었지만, 눈의 초점이 말을 듣지 않았다. 게다가 그의 정신도 시력만큼이나 흐릿했다. 자신이 죽었는지 살았는지조차 알 수 없었다. 펭은 몸을 움직여 보려고 했다. 하지만 움직일 수 없었다. 딱딱한 무언가가 자신을 옴짝달싹 못하도록 잡고 있는 것처럼 느껴졌다. 펭은 다시 시도하려다가 그만두었다.

통증이 몰려올까 봐 겁이 났다. 본능이 꿈틀대는 것을 보니 죽은 것 같지는 않았다. 자신 옆에 검은 형체가 있다는 것을 알아챈 것은 그때였다. 고개를 돌리려고 해도 마음대로 되지 않았다. 검은 형체가 바스락거리는 소리를 내며 펭에게 다가왔다.

"깨어난 것 같아요."

귀에 익은 목소리였다.

"저 보여요?"

라이아가 얼굴을 바싹 갖다 대며 말했다.

"여… 여기가 어디지?"

겨우 의식이 돌아온 펭이 기어들어 가는 목소리로 말했다.

"고향에 온 걸 축하드려요."

라이아가 소맷자락을 걷어붙인 채 물에 흠뻑 적신 수건을 짜며 말했다.

"고… 고향?"

"그래요, 아저씨 고향."

"고향이라니?"

"말을 줄여야 해요. 회복될 때까지는."

라이아는 펭의 이마에 놓인 바짝 마른 수건을 물에 적신 수건으로 바꿨다.

"에밀리, 이제 뭘 해야 하지?"

"이걸 마시게 해."

에밀리가 걸은 액체가 담긴 그릇을 건네주었다. 라이아는 그릇을 들고 천천히 펭의 머리를 들어 올렸다.

"드세요."

액체가 몸으로 흘러들어 가자 펭이 인상을 찌푸렸다.

"너무 쓴데."

"좀 있으면 회복될 거예요. 수술 후 회복하는 데는 헤르바만한 것도 없답니다. 좀 쓰긴 하지만요."

짧은 단발머리에 길고 각진 얼굴과 큰 눈을 가진 에밀리는 허리를 단단히 조여 맨 허벅지까지 내려오는 긴 검정 셔츠와 발목 부분이 오므려진 펑퍼짐한 바지를 입고 있었고, 발목까지 올라오는 질긴 가죽 신발을 신고 있었다. 그녀가 움직일 때마다 소매와 목둘레에 그려진 금색 자수가 반짝였다.

"수술이라니?"

"척추뼈가 세 개나 어긋나 있었어요. 하지만 지금은 괜찮아요. 모두 제자리를 찾았으니까."

"볼 만했겠군."

헤르바가 혈관을 따라 몸속을 돌기 시작하자 시야가 밝아지고, 자신을 움직이지 못하도록 옥죄고 있는 등판이 느껴질 정도로 의식도 또렷해졌다. 펭은 약의 효과가 지나치게 빠르다고 생각했지만, 나쁠 것은 없었다.

"등에 있는 건 뭐야?"

"회복을 도와주는 장치에요. 피의 흐름을 좋게 해주죠. 헤르바가 효과를 빨리 내도록 해주기도 하고요."

라이아의 설명이 끝나자마자 펭은 등줄기를 타고 온몸으로 퍼지는 뜨거운 열기를 느낄 수 있었다. 몸이 점점 가벼워졌다.

"이곳엔 어떻게 왔지?"

"벤이 데리고 왔어요."

"벤?"

"아저씨를 등에 태우고 온 버서커 말이에요. 피핀의 한쪽 팔을 물어뜯기도 했죠."

그때 문이 열리더니 디렉과 중년의 낯선 남자가 들어 왔다.

"깨어나셨네요."

디렉은 사랑스러운 애완동물인 양 SP-2를 조심스럽게 품에 안고 있었다.

"살아있었군, 다행이야. 그런데 그건 어떻게 들고 왔지?"

펭이 차에 두고 왔던 SP-2를 보며 물었다.

"이걸 어떻게 가져왔는지 알면 놀라실 거예요."

디렉이 펭의 머리 위에 대롱대롱 매달린 소시지 하나를 뜯어내며 말했다. 펭은 그것이 소시지였다는 사실에 안도의 한숨을 내쉴 뻔했다.

"이거 먹어도 되죠?"

"이리 줘, 요리해 줄게."

에밀리가 손을 내밀며 말했다. 펭의 눈에 두 사람은 마치 오누이처럼 다정해 보였다.

"이렇게 빨리 회복되다니 젊음이란 좋은 것이로군요."

디렉과 같이 온 중년의 남자가 자식을 바라보듯 인자한 눈으로 펭을 바라보며 말했다. 남자 역시 흰색이라는 것만 빼면 에밀리와 같은 복장이었다. 그는 길쭉한 얼굴에 잘 어울리는 짧은 머리와 비밀을 가득 품은 깊고 푸른 눈을 갖고 있었다. 귀밑 턱에서 시작해 얇은 입술을 한 바퀴 돈 다음 턱밑까지 덮고 있는 잘 손질된 수염과 세 갈래로 뻗은 눈가의 주름이 그가 남자로서 최고의 지혜로 가득한 시점에 도달했음을 말해주었다.

"이분은 이곳 문두스의 지도자 아이작 스핀 박사님이에요. 그리고 에밀리는 박사님의 딸이고요."

라이아가 펭의 가려운 부분을 긁어 주었다.

"잘 왔소."

스핀은 두 손으로 펭의 손을 꽉 움켜쥐었다.

"저도 반갑습니다만, 제 꼴을 보니 아직은 제가 잘 온 건지 잘못 온 건지 모르겠군요."

"신만이 아시겠지요. 허나 분명한 건 이곳이 바로 당신의 고향이자 뿌리라는 사실이오."

스핀 박사는 꿈을 꾸듯 아련한 눈길로 펭을 바라보았다.

"긴 이야기가 될 테니 오늘은 얼굴만 익히는 것으로 하고 자리를 비켜드립시다. 몸을 움직일 수 있을 때 다시 찾아오도록 하지요."

스핀 박사가 부드러운 손길로 펭의 어깨를 어루만지며 말했다. 에밀리는 요리를 끝낸 음식을 접시에 담아 디렉에게 건네주었다.

"전 좀 더 있다가 갈게요."

디렉이 접시를 들고 등받이에 격자 문양이 촘촘히 새겨진 의자에 앉으며 말했다.

"그렇게 해."

라이아가 짧게 대답했다. 모두가 나가자 펭이 웃음 띤 얼굴로 입을 열었다.

"내가 준 레이저 건은 써 봤니?"

"아니오. 기회는 있었지만 쏘지는 못했어요. 그것보다 제가 어떻게 이 녀석을 가지고 왔는지 한 번 들어볼래요?"

디렉이 적당하게 구운 소시지를 입에 문 채 SP-2를 눈으로 가리키며 말했다.

3부 진실 309

"넌 벌써 이곳 사람이 다 되었구나. 그래 얘기해 봐."

디렉은 입에 묻은 기름을 손등으로 쓸어낸 다음 이야기를 시작했다.

"아저씨를 버리고 싶지 않았지만, 라이아가 괜찮을 거라고 했어요. 그리고 어차피 모래사막에서 아저씰 찾는다는 건 무리이기도 했고요. 그래서 아저씨의 운명을 신에게 맡기고 우리는 다시 걸음을 옮겼어요. 목이 말라 더는 걷기 힘들 정도로 지쳐 있을 때쯤 우리 앞에 무시무시한 버서커가 나타났어요. 오줌을 지릴 정도로 크더라고요. 물론 아저씨가 타고 온 그 녀석만큼은 아니지만요. 아무튼 저는 아저씨가 준 레이저건을 빼 들었고 살로몬은 우습게도 라이아 뒤에 숨어 벌벌 떨고 있었죠. 그런데 라이아는 우리와 달랐어요. 떨지도 위협을 가하지도 않았죠. 잠시 후 버서커가 콧김을 씩씩 내뿜으면서 라이아에게 다가왔어요. 한 번도 맡아 보지 못한 고약한 냄새가 코를 찔렀죠. 머리가 아플 정도였어요. 아무튼 저는 심장이 터질 것만 같았는데 라이아는 두려워하는 기색이 전혀 없더라고요. 버서커가 라이아의 코앞까지 다가왔을 때 전 라이아가 잡아먹히는 줄 알고 레이저건을 쐈어요. 하지만 레이저건이 작동하지 않았어요. 단단하게 잠겨 있는 안전레버를 풀지 않았던 거죠. 그런데 그때 또 한 마리의 버서커가 나타났어요. 이번에는 라이아도 긴장을 하더니 우리에게 처음 나타난 녀석의 등에 올라타라그 소리를 질렀어요. 말도 안 되는 소리라고 생각했지만, 라이아가 올라탈 수 있도록 등을 내어주는 녀석을 보면서 할 말을 잃었죠. 우리가 버서커의 등에 올라타자마자 두 번째로 나타난 녀석이 우리가 올라탄 버서커에게 이빨을 드러내며 달려들었어요. 그 광경은 정말이지……. 세상에 생각만 해도 심장이 뛰네요. 우리가 탄 버서커는 녀석의 공격을 피하기 바빴죠. 아무래도 우리 때문에 제 실력을 발휘하지 못하는 것처럼 보였어요. 그렇게 한참을 왔다 갔다 하며 상대의 공격을 피하더니 갑자기 앞발을 치켜들면서 괴성을 지르더라고요. 더는 참기 힘들었던 모양이에요. 저는 떨어지지 않으려고 버서커의 풍성한 갈기를 붙잡고 필사적으로 버텼죠. 살로몬은 거의 떨어질 뻔했고요. 아무튼 우리를 태운 녀석이 앞발로 상대의 머리를 내리쳤어요. 정통으로 맞았는지 '캑캑'거리며 머리를 흔들더라고요. 녀석이 기회를 놓치지 않고 상대의 목덜미를 꽉 물고는 놓아주지 않았어요. 목이 물린 버서커가 마지막 몸부림을 치면서 팔을 휘둘렀는데 아슬아슬하게 살로몬을 비켜갔어요. 살로몬은 거의 실신 직전이었죠. 얼마 후 목뼈를 으스러뜨리는 소리가 들리더니 모든 게 끝이 났어요. 녀석은 포효했고 우리는 귀를 막았죠. 라이아는 녀석을 포그라고 불렀어요. 포그가 우리를 이곳에 데려다주었죠. 라이아는 포그가 벤의 자식이라고 말해줬어요. 아저씨를 태우고 온 그 녀석 말이에요. 전 이곳에 오자마자 벤과 함께 다시 차로 돌아갔고 SP-2를 무사히 가지고 올 수 있었어요. 아무런 방해도 받지 않고 말이죠."

디렉이 숨이 찼는지 자리에서 일어나 컵에 물을 따라 마시고는 다시 돌아왔다.

"나를 버린 건 잘한 일이야. 그런데 벤과 포그라고 했니?"

"네, 벤과 포그요."

"아무튼 그 버서커들이 왜 우리를 구해줬는지 모르겠구나."

펭이 줄에 매달린 채 대롱거리는 소시지를 바라보며 말했다.

"벤은 블랙데세르툼의 수호자래요. 그 녀석의 나이는 스핀 박사님도 모른대요. 라이아는 이 사막과 거의 비슷할 거라고 하더라고요. 그리고 왠지 모르지만 벤은 사피엔스를 건들지 않는데요. 건들지 않을 뿐 아니라 등을 내어 줄 정도로 사피엔스를 좋아한다고 했어요. 그런데 몇몇 버서커는 그렇지 않대요. 사람마다 성격이 다르듯이 이 녀석들도 그런가 봐요."

"그렇게 오래 살 수 있는 동물이 있다고 생각하니?"

펭이 어느새 말라버린 수건을 이마에서 들어내며 말했다.

"그건 모르겠어요. 그런데 신기한 건 이곳 블랙데세르툼의 모든 버서커가 같은 핏줄이래요. 모두 벤의 자식들이라는 거죠."

"오래 산 것보다 그게 더 부러운데."

"농담은 여전하시네요. 아 참, 또 하나 알려드릴 게 있어요."

"그 전에 이걸 좀 물에 적셔 줄래?"

펭이 수건을 건네자 디렉은 양동이에 몇 번 담갔다 빼더니 물을 짜서 건네주었다.

"고맙다. 이곳은 정말이지 희한한 이야기가 넘쳐흐르는 곳이로구나."

펭이 넘겨받은 수건을 이마에 올렸다. 이번에는 아까보다 더 차갑게 느껴졌다. 열이 많이 내려간 것 같았다.

"이제 시작인걸요."

"그렇겠지."

"아 참, 아저씨 이름은 펭이 아니라 로저 펭이래요. 이곳 사람들은 이름과 성이 따로 있는데 이름은 그 사람 개인을, 성은 그 사람의 뿌리, 그러니까 음……, 한마디로 말해서 펭이라는 가문에서 태어난 로저라는 사람이라는 거죠. 그러니까 펭은 이름이 아니라 대대로 이어져 내려오는 혈통 같은 거예요."

펭은 대단한 것을 발견한 아이처럼 호기심으로 가득 차 있는 디렉의 눈을 바라보았다.

"그래, 그건 나도 안단다. 그리고 아마도 이 사람들은 호모가 아니라 사피엔스겠지. 벤의 호의를 받은 나도 그렇고."

"어떻게 아셨어요?"

"이드의 뿌리를 캐다가 알게 됐지. 그건 그렇고 이제 좀 자고 싶구나."

펭이 눈을 감으며 말했다.

"아 참, 쉬셔야 하는 데 제가 말이 너무 많았죠?"

디렉이 접시를 싱크대에 넣으며 말했다.

"그러고 보니 살로몬이 보이질 않는군."

펭이 감은 눈을 다시 떴다.

"떠났어요."

"떠나다니?"

"땅속을 연구하러 간다고 하더라고요. 지질 어쩌고저쩌고 하던데 잘 모르겠어요."

"혼자?"

"아니요. 그쪽 일을 잘 아는 사람들하고, 그렇게 벌벌 떨며 무서워하던 포그와 함께요."

"그래, 알았다. 나중에 보자."

디렉은 손을 흔들고는 방을 나갔다. 펭은 누워서 대롱대롱 매달려 있는 크고 작은 소시지들을 바라보았다. 이제는 아주 또렷하게 보였다. '지질 조사라……'

23

 밀스는 형형색색의 전선이 빽빽하게 꽂힌 헬멧을 쓴 채 허브캡슐 안에 누워 있었다. 차렷 자세로 서 있는 허브캡슐 위와 아래에서 뻗어 나온 광섬유 케이블이 밀스의 허브캡슐과 나란히 서 있는 같은 모양의 수많은 다른 서브캡슐로 신호를 보냈다. 서브캡슐 안에는 회산 기체가 보낸 초단파 신호에 반응한 이드들이 편안한 얼굴로 딜스와 같은 헬멧을 착용한 채 자신의 차례를 기다리고 있었다.

 "역시 밀스다워요. 너무 오래돼서 작동하지 않을 줄 알았는데 성공했군요. 밀스의 준비성만큼은 인정해줘야 해요. 이렇게 많은 이드를 모아 두다니요."

 유진이 허브캡슐의 동그란 창을 통해 드러난 밀스의 얼굴을 만족스러운 눈으로 바라보며 말했다.

 "트리노가 어리석은 선택을 한 것 같습니다. 유진 의장."

 던바는 캐터필트에 줄지어 늘어선 기계 병사 슬레이브 유닛 중 하나의 전원 케이블을 전원 공급장치에서 제거한 후 렌즈와 안테나 그리고 어깨 장갑과 다리 장갑을 비롯한 유닛의 구석구석을 작은 모니터와 불순물 탐지 센서가 달린 극속 탐지기로 세심하게 들여다보았다.

"어리석은 선택이라뇨?"

유진이 곱슬곱슬한 붉은 머리카락을 쓸어넘기며 물었다.

"그의 증오가 우리를 향하고 있다는 뜻이지요. 간사하게도 모종의 계획을 꾸미고 있었던 모양이에요. 그리고 우리의 소중한 슬레이브 유닛 한 대를 파괴시킴으로써 그 계획을 드러냈지요."

불순물 탐색을 끝낸 던바가 비어 있는 몇 대의 서브캡슐을 지나치며 말했다.

"생각했던 것보다 더 어리석은 사람이군요."

유진은 슬레이브 유닛의 상체와 하체 움직임을 제어하는 탄소섬유로 만들어진 관을 손으로 만지작거렸다.

"속물의 욕심은 끝이 없는 법. 이물질로 밝혀진 이상 그대로 놔둬서는 안 되겠지요."

캡슐을 살피며 걷다가 눈을 부릅뜬 이드의 눈과 마주친 던바는 서브캡슐의 덮개를 열었다. '쉬익'하며 기체 빠지는 소리가 통제실 전체를 휘감더니 환기구를 통해 밖으로 빠져나갔다. 잠시 후 알몸의 이드가 심한 기침을 하며 캡슐 밖으로 나오더니 그대로 쓰러졌다.

"경이로운 알고리즘입니다. 고작 10%뿐인 알고리즘만으로 이토록 완벽한 시스템을 구현할 수 있다는 것이 말입니다. 밀스의 능력을 조금 나누어줬을 뿐인데 이들은 아무런 어려움 없이 슬레이브 유닛을 통제하고 조종하지요."

던바가 쓰러진 이드를 일으켜 세우며 말했다.

"그렇다고 의식이 전부 사라진 건 아니에요. 그의 표정을 보세요. 비록 말은 못하지만 여기가 어딘지 궁금해 하고 있다는 것이 느껴져요. 저는 이 작업을 할 때마다 그들이 비록 하향식 구조의 산물이지만 숨겨진 또 다른 능력이 있지 않을까 생각한답니다."

"지나친 생각입니다. 가만 보면 유진 의장은 너무 멀리 내다보려는 경향이 있어요. 적당한 거리를 두지 않으면 가까운 것을 놓치기 십상이지요. 따라오게."

던바는 이드의 팔을 잡고 캐터펄트로 걸어갔다. 이드는 두려움 가득한 얼굴로 자기 몸을 통제할 수 없다는 사실을 알고 있다는 듯 순순히 던바의 지시를 따랐다. 던바가 차가운 금속 덩어리의 옆구리에 달린 눈에 띌까 말까 한 자그마한 버튼을 누르자 '철컥철컥' 소리를 내며 가슴 장갑이 위아래로 열렸다. 이드를 슬레이브 유닛에 태운 다음 다시 버튼을 누르자 장갑이 원래대로 돌아갔다. 이제 이드의 모습은 보이지 않았다. 캐터펄트의 활주로를 따라 설치된 램프의 적색 불이 녹색으로 바뀌자 슬레이브 유닛을 고정하고 있던 케이블이 '슉'하는 소리를 내며 떨어져 나가더니 뒤를 이어 로봇 팔이 나타나 이온 나이프가 장착된 빔 라이플을 슬레이브 유닛의 손에 들려주었다. 잠시 후 '위잉'하는 소리와 함께 슬레이브 유닛을 태운 캐터펄트가 천천히 움직이더니 이내 속도를 높였다. 출구에 다다르자 슬레이브 유닛이 튕기듯 날아올랐고 곧이어 작은 점으로 바뀌었다.

"트리노에게는 적절한 조치가 취해졌나요?"

유진이 멀어져 가는 슬레이브 유닛을 물끄러미 바라보며 말했다.

"그는 곧 사라질 거요. 그러면 저들도 오합지졸이 되겠지. 그건 그렇고 에일이 보이지 않는군요."

"에일은 회복실에 있어요. 많이 다쳤거든요. 음, 여기서 제가 할 일은 없어 보이네요. 밀스의 방에 가 있겠어요."

유진이 통제실을 나가자 던바는 좀 전에 하던 작업을 반복했다. 그는 지금까지 진화의 걸림돌을 제거하는 데 탁월한 능력을 발휘해왔고, 이번에도 그럴 것이라고 굳게 믿었다.

트리노는 자신의 탐욕에 어울릴 만한 게임을 하기로 했다. 그는 판단만 내려주면 움직이는 인물인 레온에게 시위대를 해산시키러 온 것처럼 행동하다가 기회를 봐서 피라미드 하우스로 들어간 다음 피라미드 하우스를 접수하라는 지시를 내렸다. 레온이 그다음 할 일을 물었지만, 트리노는 그때 가서 알려주겠다는 말로 이야기를 마무리 지었다. 레온과 병력이 떠난 후 트리노는 에이나인 정보국 사무실에 앉아 시시각각 벌어지는 현장 소식을 레온을 통해 전해 들었다. 생각지도 않은 복병인 슬레이브 유닛의 등장으로 계획에 차질이 생겼다는 좋지 않은 소식이 들려왔다. 디아블로아이의 음울한 주인공들이 출동시킨 슬레이브 유닛은 호버트럭 절반을 파괴했고 에이나인 병력 3분의 2를 무력화시켰다. 트리노는 시위대와 힘을 합쳐 수단과 방법을 가리지 말고 피라미드 하우스를 공격하라는 말과 함께 동원 가능한 모든 장비를 자초지종도 모른 채 어리둥절한 표정으로 서로를 바라보는 요원들에게 쥐어주며 출동 명령을 내렸다. 추가 병력을 내보내고 뒷짐을 쥔 채 자기 사무실을 서성거리고 있을 즈음 갑자기 아내가 찾아왔다.

"여기는 오지 말라고 했을 텐데."

트리노가 아내를 쏘아보며 말했다.

"앞으로는 오라고 해도 오지 않을 거야!"

트리노에 비해 지나치게 어려 보이는 아내는 성난 얼굴을 하며 자리에도 앉지 않고 으르렁거렸다.

"우리 관계를 정리하고 싶어. 더는 못 참겠어."

"미쳤군. 그런 얘길 왜 여기서 해!"

트리노의 부푼 배가 출렁거렸다.

"이게 최후통첩이라고 생각해."

그녀가 테이블 위에 봉투 하나를 던지며 말했다. 트리노가 신경질적으로 낚아채 봉투를 뜯었다. 봉투 안에는 그가 저지른 비리들이 낱낱이 기록되어 있었다.

"여기저기 꼬리치고 다니더니 이러려고 그랬나? 이까짓 거 태워버리면 그만이야."

"마음대로 해."

아내가 마이크로 칩을 손에 들고 흔들며 말했다.

"개 같은 년!"

트리노는 이글거리는 눈으로 아내를 쳐다보며 호출버튼을 눌렀다.

"당장 이 년을 끌어내! 그리고 다시는 이곳에 얼씬 거리지 못하게 하고!"

"……."

"이봐! 아무도 없어?"

잠시 후 에이나인 정보국에서 차출된 아내의 비밀 경호원이 들어왔다.

"잘 왔군. 당장 데리고 나가게."

하지만 경호원은 아내가 아닌 트리노에게 다가갔다.

"뭐 하는 건가?"

경호원은 트리노를 순식간에 제압하더니 독성 물질이 묻은 수건으로 그의 입과 코를 막았다. 트리노는 잠시 버둥거리는가 싶더니 이내 잠잠해졌다. 경호원은 아무 일도 없었던 것처럼 보이려고 트리노를 의자에 앉혔다. 인상을 쓰고 있는 것만 빼면 잠을 자는 것처럼 보였다. 일을 끝낸 경호원은 어디론가 무선 통신을 날렸다. 트리노의 아내는 화장을 새로 고친 다음 경호원과 함께 트리노의 방을 나왔다. 트리노의 비서가 다투는 소리를 들었는지 무안한 표정으로 눈인사를 했다.

"피곤하다네요. 전화가 와도 바꿔주지 말고, 아무도 들여보내지 말래요."

트리노의 아내가 눈을 찡긋하며 말했다.

티미는 자신의 배신을 트리노가 너무 빨리 알아차렸다고 생각했다. 하지만 이쪽 세계에서는 무슨 일이든 일어날 수 있었다. 트리노는 그의 목에 돈을 걸었고, 그 사실은 트리노가 티미의 배신을 알아챈 속도보다 더 빠르게 티미의 귀에 들어갔다. 티미에게 협박은 늘 있는 일이었고 그럴 때마다 협박을 걸어온 사람이 먼저 사라졌다. 상대가 에이나인의 국장이라 하더라도 변하는 것은 없었다. 신경을 좀 더 써야 한다는 점 말고는.

때마침 한 남자가 티미를 찾아왔다. 그는 버서커의 실제 발톱을 정교하게 가공해 만든 목걸이를 만지작거리며 앉아 있는 티미 앞에 가방 하나를 내려놓았다. 티미가 가방을 열자 방부 처리된 티미의 얼굴이 들어 있었다. 자신이 봐도 구별하기 어려울 정도로 똑같았다. 남자는 가방을 건네주며 한 가지를 부탁했는데 바로 트리노의 목숨이었다. 티미는 속으로 쾌재를 불렀지만 내색하지는 않았다. 그는 짐짓 고민하는 척하며 제안을 받아들였다.

티미는 트리노와 가장 가까우면서 동시에 가장 약한 고리를 찾기 시작했다. 그리고 머지않아 그 고리를 찾아냈다. 아무에게도 의심을 사지 않고 트리노에게 쉽고 가까이 접근할 수 있는 사람은 딱 한 사람뿐이었다. 바로 그의 아내였다. 게다가 티미는 아내와 트리노 사이에 봉합하기 어려운 깊은 골이 있다는 사실까지 알아냈다. 에이나인 국장의 아내는 남편보다 젊은 경호원에게 더 신경을 쓰고 있었다. 모든 상황이 티미에게 유리하게 돌아갔다.

티미를 비롯한 헌터들은 남녀 간의 지저분한 사생활에 개입하기를 꺼려했다. 이런 일들은 지하세계의 잡범들이나 이제 막 이쪽 세계에 발을 들인 신참들에게나 어울리는 일이었다. 티미 정도 되는 헌터가 불륜을 미끼로 일을 처리하는 경우는 드물었다. 따라서 티미는 잡범들을 이용하기로 마음먹었다. 하지만 에이나인 국장의 아내 뒤를 캐는 일에 선뜻 나설 용기 있는 신출내기 잡범은 많지 않았다. 그래서 그는 타깃을 트리노의 아내에서 젊은 경호원으로 바꾸었다. 그러자 몇몇 잡범들이 달려들었고 그들은 경호원을 티미가 있는 곳으로 데려왔다.

티미는 몸은 숨기고 목소리만 들리는 곳에서 경호원이 경호 대상과 사랑에 빠지는 것이 얼마나 어리석고 위험한 일인지 늘어놓았다. 게다가 당사자들이 중요한 위치에 있는 사람들일 경우 일어날 사태의 끔찍함에 관해 음울한 목소리로 떠들어댔다. 젊은 경호원에게 그의 협박 아닌 협박은 쉽게 먹혀들었다. 티미는 멍청한 젊은 경호원을 대신해 트리노를 처리할 방법과 도구까지 챙겨주었다. 그리고 둘이 편안하게 살 수 있는 거처까지 마련해주겠다고 약속했다. 경호원은 조금의 망설임도 없이 티미가 제안한 조건을 받아들였다. 티미는 만면에 미소를 띠며 허둥지둥 돌아가는 경호원의 뒷모습을 바라보았다. 그리고 얼마 후 그는 경호원으로부터 좋은 소식을 전해 들었고, 그 소식은 몇 단계를 거쳐 던바의 귀에까지 들어갔다. 하지만 티미는 경호원과 바람난 트리노의 아내가 살 보금자리를 마련해주지 못했다. 그럴 마음이 정말로 있었는지 없었는지는 모르지만 어쨌든 그 사건 이후 티미의 머리가 담긴 가방을 들고 찾아왔던 베일에 싸인 남자와 티미를 본 사람은 아무도 없었다.

첫 출격한 슬레이브 유닛의 한쪽 팔을 날린 이후 에이나인은 주춤거렸고 병력의 3분의 2가 비전투요원으로 내려앉았다. 그동안 던바가 내보낸 슬레이브 유닛의 피해는 거의 없었다. 아린과 함께 온 가이아인들은 아린이 호버트럭에 싣고 온 비장의 카드인 수소 이온 중화제를 발사기에 넣고 쏘아댔다. 중화제는 일부나마 피라미드 하우스를 무력화하는 데 성공했지만 효력이 오래가지는 않았고, 무력화한 부위에 일제 공격을 가하는 것도 슬레이브 유닛 때문에 여의치 않았다.

"지원 병력이 너무 늦는군."

레온이 쓰러진 호버트럭 뒤에 몸을 숨긴 채 바리온을 보며 말했다.

"트리노의 개가 된 것 같은 기분이야."

"너무 속 쓰려 하지 마. 국장의 지시든 뭐든 디아블로아이의 편에 서는 것보단 낫잖아."

레온은 SMG2의 에너지팩을 교환했다. 마지막 카트리지였다.

"제길, 이게 다지막이군."

"그건, 그래. 하지만 왜 국장이 반기를 든 거지?"

"낸들 아나? 아무튼 에이나인 요원 그 누구도 디아블로아이 편은 아니야. 그래서 싸우는 거고."

레온이 소형 플라스마 이어폰을 터치하며 말했다.

"국장님 연결해 줘."

"죄송합니다만, 지금도 연결이 안 됩니다."

교환원이 무뚝뚝하게 말했다.

"제길, 도대체 어디서 뭘 하고 있는 거야?"

"왜? 아직도 연락이 안 돼?"

"안 돼. 도대체 구슨 꿍꿍인지 모르겠군."

그때 '철컹'하는 소리와 함께 슬레이브 유닛 한 대가 나타났다. 레온의 SMG2에서 이온 빔이 뿜어져 나왔다. 그 사이 바리온은 건너편 흙구덩이 쪽으로 뛰어갔다. 양쪽에서 공격할 심산이었다. 슬레이브 유닛은 빔 라이플과 어깨에 장착한 빔 포를 레온과 바리온을 향해 동시에 발사했다. 레온은 잽싸게 몸을 수그렸고 바리온도 아슬아슬하게 빔을 피해 구덩이로 몸을 날렸다. 바리온이 고개를 들고 크리티컬 랜스로 슬레이브 유닛을 겨냥했다. 바로 그때 또 한 대의 슬레이브 유닛이 나타나 바리온의 크리티컬 랜스를 두 동강 냈다. 슬레이브 유닛은 장난감을 들어 올리듯 바리온을 들어 올렸다. 바리온은 비명을 지르며 고통스러워했다. 그의 몸이 산산조각으로 부서질 찰나 어디선가 빔이 날아와 슬레이브 유닛의 손목을 날려버렸다. 레온이 SMG2를 쏘며 바리온이 쓰러져 있는 곳으로 달려왔다.

"이봐, 바리온 괜찮아?"

피를 쏟으며 쓰러진 바리온은 말이 없었고 슬레이브 유닛은 연달아 날아오는 빔을 맞고 쓰러졌다. 곧이어 에이나인 지원 병력이 요란한 소리를 내며 다가왔다.

한편 디네와 아린은 반대편에서 가이아인들과 함께 슬레이브 유닛과 치열한 교전을 펼쳤다. 빅과 듀링은 각자 팀을 나눠 흩어졌다. 하지만 상황은 최악이었다. 크리티컬 랜스는 대부분 방전되어 무용지물이었고, 자이언트 소드는 근거리 무기라 슬레이브 유닛에 아무런 위협도 되지 못했다. 그들은 파괴된 호버트럭에서 뜯어낸 BR6 몇 정으로 겨우 버티고 있었다. 무기가 없는 이들은 손에 잡히는 대로 던지고 찌르며 사라져 갔고, 슬레이브 유닛은 눈에 보이는 대로 베고 쏘았다. 패색이 짙어지자 아린은 디네와 라그랑을 조용히 불러 쓰러진 호버트럭 안으로 들어갔다. 라몬이 넋이 나간 채 가윈의 시체 앞에 멍하니 앉아 있었고, 쓰러뜨린 슬레이브 유닛 안에서 발견한 이드는 응급처치를 받은 잘린 팔을 디네가 입고 온 망토인 베르누로 가린 채 눈만 껌벅거리고 있었다.

"가망이 없습니다. 하지만 그들의 포악한 정체가 만천하에 드러난 만큼 절반은 성공이라고 봐도 되겠지요."

"포기하지 말아요."

디네가 지친 얼굴로 말했다.

"저들은 지치지 않는 병사들을 끊임없이 내보낼 테고, 우리는 갈수록 소진될 겁니다. 하지만 얼마간은 버티겠지요. 에이나인에서 지원 병력을 보냈다고 했으니 말입니다. 하지만 그들 역시 잠깐의 시간을 버는 정도일 겁니다. 제가 두 분을 이리로 데려온 까닭은 어렵기는 해도 피라미드 하우스를 무너뜨릴 수 있을 거라 확신했기 때문입니다. 하지만 제 생각이 어리석었다는 걸 인정해야 할 것 같습니다. 이온 반장도 소식이 없고, 최고지도자 두 분도 돌아가셨을 확률이 높으니 저 안으로 들어갈 방법은 모두 사라졌다고 봐야겠지요. 그래서 드리는 말씀입니다만, 여기서 이럴 게 아니라 두 분은 블랙데세르툼으로 가시는 게 좋을 것 같습니다."

"아니에요. 이곳에서 끝을 봐야 해요."

"아닙니다. 어차피 가모프 님도 돌아가신 마당에 이곳에 있을 이유는 없지요. 진실을 찾으러 떠나세요. 블랙데세르툼에는 당신이 잃어버린 과거의 실마리가 있을 겁니다. 이제 희망은 그곳뿐입니다. 그러니 떠나세요. 경계를 서고 있는 바이오비클은 작동을 할 겁니다. 라그랑과 라몬 위원님을 데리고 가세요."

그때까지 아무 말이 없던 라몬이 고개를 들었다.

"제가 왜 그리로 갑니까? 전 이곳에 남겠소."

"아니에요. 이곳에서 위원님이 할 일은 없습니다. 저는 언젠가 디아블로아이의 존재들이 사라질 거라고 믿습니다. 블랙데세르툼은 그만한 힘을 가지고 있습니다. 저 섬뜩하고 흉측한 존재들이 사라지고 나면 누가 가이아를 이끌겠습니까? 대표 위원님들은 모두 돌아가셨고 나머지 위원들도 성치는 못할 겁니다. 오직 위원님만이 가이아를 다시 이끌 수 있습니다. 그러니 이곳을 떠나셔야 합니다. 가이아의 미래를 위해서라도 말이에요."

아린의 주름진 얼굴에 굳건한 결의가 느껴졌다.

"그곳에 무엇이 있다고 그러십니까?"

라몬이 따지듯 물었다.

"직접 보지 않으면 믿기 힘든 것들이지요. 믿고 떠나세요. 위원님에게 남아 있는 희망은, 아니 가이아에 남아 있는 희망은 오직 그곳뿐이랍니다."

"이해하기 어렵군요. 블랙데세르툼이란 곳에 무엇이 있든 이곳보다 안전할 리가 없지 않습니까?"

"안전합니다. 이분과 함께 있는 한 말입니다."

아린이 디네에게 눈길을 보내며 말했다.

"좋아요. 가겠어요. 그리고 저 이드도 데려갈게요."

디네가 베르누를 두른 채 눈만 껌벅거리고 있는 이드를 바라보며 말했다.

"잘 생각하셨습니다. 그곳에 가면 저 이드의 비밀도 풀 수 있을 겁니다."

"전 두려워요."

그때까지 조용히 있던 라그랑이 떨리는 목소리로 말했다.

"살람 박사님이 정말 그곳에 계시다면 전… 전…"

"걱정할 거 없다. 그분은 다 이해하실 거야. 그리고 너에겐 무엇보다 중요한 임무가 있단다. 네가 없으면 테타가 발견한 걸 제대로 해독할 수 없게 되지. 넌 꼭 가야 해. 너 역시 그곳에서 진실과 마주할 거고."

디네 일행은 빅과 듀링 그리고 가이아인들의 보호를 받으며 바이오비클에 올라탔다.

"팀장님, 잃어버린 과거를 꼭 찾으셔야 해요."

듀링이 미소를 지으며 손을 내밀었다.

"거기 가면 펭이 있을 거야. 안부 좀 전해줘."

빅도 오랜만에 미소를 지어 보였다.

"네, 그럴게요. 그리고 모두들 무사하셔야 해요. 제가 다시 돌아올 때까지……."

디네는 모두에게 작별 인사를 한 후 엔진 레버를 힘차게 당겼다. 바이오비클은 으레 쉰만큼 힘을 발휘했다. 그들은 순식간에 시야에서 사라졌다.

24

 문두스는 100미터 높이의 수직에 가까운 퇴적암으로 둘러싸인 거대한 동공 속 마을이었다. 문두스 사람들만 아는 입구인 문두스의 문을 찾지 못한다면 안에서 도와주지 않는 한 문두스에 들어갈 수 없었다. 용기 있게 문두스에 들어갔다고 해도 10미터마다 감시 초소가 있는 감시탑과 맞서야 했다. 감시탑의 높이는 퇴적암 높이와 같았다. 감시탑은 거대한 동공을 중심으로 동서남북에 하나씩 총 네 개가 있었다. 감시탑 가운데는 엘리베이터가 설치되어 있었고, 만일에 대비하여 만든 돌계단이 금속 기둥을 감고 올라갔다.

 잘 닦인 도로가 감시탑과 감시탑 사이는 물론 곳곳에 설치된 동공 속 마을과 지상을 연결하는 엘리베이터까지 뻗어 있었다. 엘리베이터는 땅속에서 솟아오르기 전까지 눈에 띄지 않았으므로 언뜻 봐서는 엘리베이터가 왔다 갔다 하는 곳인지 알기 어려웠다. 문두스인은 지름과 깊이가 각각 100미터, 500미터인 거대한 동공 안에서 생활했다. 카사라 불리는 슬라이드식 거주 공간의 한쪽 벽이 텅 빈 동공 쪽을 향해 있었기 때문에 동공의 안쪽 벽은 매끄러운 금속으로 반질반질 윤이 났다. 카사는 한낮이 되면 동공 쪽으로 쑤욱 하고 밀려 나왔다. 카사의 지붕에는 문두스의 모든 시스템을 작동시키는 에너지인 헬리오스 전자파를 모으는 전자파 집진 패널이 설치되어 있었다.

문두스 사람들은 미로처럼 뻗은 터널로 연결된 생활공간에서 살았다. 터널의 폭과 높이는 각각 5미터였다. 터널은 정확하게 반으로 나뉘어 있었는데, 한쪽은 사람들의 이동통로로 각종 배관과 공조 시스템이 벽과 천정을 가득 메우고 있었고 바닥은 퇴적암을 깎아 평평하게 한 후 그 위를 하이퍼세라믹이라 불리는 특수 금속으로 덮었다. 다른 한쪽은 이동통로보다 0.5미터 낮았으며 폭 2미터의 반중력 레일이 깔려 있었다. 이 레일을 따라 소형 물자를 나르는 카고크래프트가 0.5m 정도 공중에 뜬 채 지나다녔다. 카고크래프트는 물자뿐 아니라 사람도 날랐다. 문두스인들은 대부분 이동통로로 걸어 다녔지만, 급한 용무가 있을 때 카고크래프트를 이용했다. 2.5미터 높이의 카고크래프트는 1층과 2층으로 분리되어 있었으며, 파일럿 룸은 2층에 있었다.

펭은 문두스의 지도자 아이작 스핀 박사를 간나러 가기 위해 에밀리가 손수 제작한 특수 전동 휠체어에 몸을 실었다. 두 발로 걸으려면 조금 더 기다려야 했다. 라이아는 휠체어 손잡이를 잡은 채 스테이션 앞에서 카고크래프트가 도착하기를 기다렸다. 잠시 후 에밀리가 탄 카고크래프트가 스테이션으로 미끄러지듯 들어왔다. 펭과 라이아는 각종 전자 모듈과 케이블, 그리고 전선이 어지럽게 널려있는 화물칸에 올라탔다. 라이아는 정확하게 각을 맞춰 쌓여 있는 정사각형의 철제 포드(pod) 옆으로 설치된 의자에 앉아 안전벨트를 맸다. 펭의 휠체어는 포드를 고정하는 고리로 고정되었고, 펭은 휠체어에 있는 안전벨트로 몸을 고정했다.

"짐짝이 된 기분이야."

"그러고 보니 잘 어울리는데요?"

라이아가 짓궂게 말했다.

"휠체어만 아니면 2층으로 모셨을 텐데, 죄송해요. 조금만 참으세요. 금방 가니까."

"아닙니다. 저는 원래 편한 것보다 불편한 걸 좋아하는 체질이거든요."

펭이 한쪽 눈을 찡긋하며 말했다. 에밀리가 미소를 지으며 파일럿 룸으로 올라갔다. 잠시 후 중력을 거스르는 힘이 두 사람에게 느껴지는가 싶더니 카고크래프트가 천천히 움직이기 시작했다. 속도는 빠르지 않았지만 조용하고 안정감이 있었다.

"지도자의 딸 같지 않게 활동적인 여성이군."

"에밀리는 뛰어난 과학자이자 일꾼이에요. 이곳 문두스에서 없어서는 안 되는 존재죠. 문두스의 시스템 가운데 많은 부분을 그녀가 손보고 고쳤어요. 카고크래프트 역시 그녀의 작품이죠."

라이아가 의기양양해 하며 친구의 장점을 늘어놓았다.

"빅이 왔으면 잘 통했겠는 걸."

"서로에게 좋은 영향을 줬을 거예요."

펭은 카고크래프트의 미세한 진동을 몸으로 느끼며 골똘히 생각에 잠겼다. 가이아가 아닌 문두스를 고향이라고 주장하는 사람들에 둘러싸여 침대에 꼼짝없이 누워 있어야만 했던 그때, 펭은 자신의 과거를 되짚어 보았다. 그는 문두스가 아닌 가이아가 진정한 고향이라고 주장하고 싶었지만 안타깝게도 그들을 설득할 만한 결정적인 증거가 없었다. 그가 성년이 되었을 때 혼자 남은 아버지는 자기가 친부모가 아니라는 말만 남기고 숨을 거두었다. 그리고 세상은 펭이 자신의 뿌리를 찾을 기회조차 주지 않았다. 펭은 자신의 의지와 무관하게 얼굴 한 번 보지 못한 남자의 도움으로 에이나인에 들어갔고 그 후로 양아버지가 남긴 불가사의한 몇 마디 말은 바람처럼 그의 의식에서 사라졌다. 시간이 흐르고 영원히 지워진 줄로만 알았던 기억은 라이아와 함께 다시 찾아왔다. 하지만 펭은 한 번도 본 적 없는 젊은 여자가 내뱉은 허무맹랑한 이야기를 믿어야 할 정도로 자신의 과거가 불분명하다고 생각하지 않았다. 그는 자신의 뿌리가 가이아가 아닌 곳에 있다는 사실을 믿을 수 없었다. 라이아와 만난 이후 벌어진 일련의 사건들이 있기 전까지는.

3부 진실

"무슨 생각을 그렇게 하세요?"

"지금 벌어진 모든 일이 꿈은 아닐까 하는 생각."

"왜 그런 생각을 하죠?"

라이아가 스맷자락을 걷어붙이며 물었다.

"믿기 어려우니까. 그리고 믿고 싶지 않으니까. 난 그냥 평범했던 옛날이 좋아. 물론 진실을 알고 싶긴 해."

"진실을 알견 생각도 바뀔 거에요."

그때 2층에서 에밀리가 내려왔다.

"곧 있으면 도착하니까 내릴 준비하세요."

에밀리는 펭의 휠체어가 움직일 수 있도록 고리를 풀었고, 라이아 역시 안전벨트를 풀고 자리에서 일어섰다. 차창 밖으로 '3'이라고 써진 카고스테이션이 모습을 드러냈다. 카고크래프트는 조용히 멈춰 섰다. 문이 위아래로 열리자 라이아가 펭의 휠체어를 밀며 내렸다.

"고마워. 그럼 좀 있다 봐."

라이아가 에밀리에게 손을 흔들었다.

"태워줘서 고마워요."

펭도 한 마디 거들었다.

"아니에요."

에밀리는 두 사람에게 손을 흔들고는 문을 닫고 2층 파일럿 룸으로 올라갔다. 라이아는 카고크래프트가 시야에서 사라지자 휠체어를 밀었다. 중간쯤에서 터널이 갈라졌다. 라이아는 새롭게 나타난 터널 쪽으로 방향을 틀었다. 거기서 좀 더 들어가자 간격을 두고 문에 숫자 적인 카사가 나타났다. 스핀 박사의 카사는 제일 안쪽이었다. 라이아가 노크를 하자 문이 자동으로 열렸다.

"어서들 와요."

스핀 박사가 반갑게 두 사람을 맞이했다. 박사는 다른 문두스인들과 똑같은 카사에서 지냈다. 박사는 은둔하면서 지배하는 피라미드 하우스의 의장단과 달리 늘 문두스인들 가까이 있었고 그들의 고충을 들었으며 그들과 같이 일했다. 그는 직접 재배해 건조한 찻잎으로 우려낸 블랙티를 미리 준비한 찻잔에 따랐다.

"입에 맞을지 모르겠군요."

"향이 좋은데요."

"블랙티라고 합니다. 대대로 이어져 내려오는 것으로 귀한 손님을 대접할 때 빼놓지 않고 내놓는 것이지요. 손이 많이 간답니다."

펭이 찻잔을 들고 잠시 향을 음미한 후 조심스럽게 입으로 가져갔다.

"쌉쌀하면서 시원한 게 아주 좋습니다."

"허브를 첨가했답니다. 가끔 과일을 섞기도 하는데, 허브가 제일 낫더군요."

박사가 흡족한 눈으로 펭을 바라보았다.

"제가 찾아가려고 했는데 직접 오겠다는 연락을 받고 몹시 놀랐습니다. 몸도 성치 않은데 걱정이 좀 되더군요."

"다른 건 많은데 참을성이 없어서요. 그리고 이렇게 멋진 다리까지 준비해 주시니 안 타볼 수도 없는 노릇이고요."

펭이 휠체어의 팔 받침대를 '탁탁' 치며 말했다.

"저라도 그랬을 겁니다. 왜 아니겠습니까? 궁금한 게 많겠지요. 하지만 너무나 많은 시간이 흘렀답니다. 시간이란 모든 걸 희미하게 만들어버리지요. 직접 눈으로 본 것을 이야기하던 사람들이 사라진 지 1,000년이라는 세월이 지나가 버렸답니다. 그 말을 직접 전해 들은 사람들도, 그리고 그 말을 전해 들은 사람들에게 전해 들은 세대도, 또 그다음 세대들도 모두 떠나고 지금은 신화와 전설만 남았답니다. 하지만 밤과 낮이 순환하지 않는 시대가 오더라도 밤과 낮이 하루의 절반을 번갈아 차지했다는 진실은 사라지지 않는 법이지요. 1 더하기 1이 영원히 2인 것처럼 말입니다."

박사는 찻잔을 손에 들고 창밖을 내다보았다. 얼마 남지 않은 기회를 놓치지 않으려는 듯 수많은 카사가 동공 밖으로 고개를 내밀고 있었다. 카사의 지붕은 패널에 부딪힌 헬리오스 전자파로 인해 반짝거렸다. 몇몇은 카사의 지붕에 올라가 고장 난 패널을 손보고 있었다. 그들은 어깨와 팔, 복부와 등, 그리고 허벅지와 정강이를 납작하고 단단한 장갑으로 보호하고 있었으며 모래한 알도 들어갈 것 같지 않은 두툼한 신발을 신고 있었다. 얼굴에는 계란처럼 매끈한 타원형의 헬멧을 쓰고 있었는데 얼굴 전체가 쏙 들어가는 형태였다. 지붕에서 장갑까지 연결된 두 가닥의 두껍고 긴 케이블은 그들의 몸을 지탱해 줄뿐 아니라 그들이 들고 있는 작업도구에 전기를 공급해 주었다. 어둠이 내리기 전에 작업을 끝내려는 듯 그들의 손놀림이 분주했다.

"진실과 거짓이 뒤엉킨 실타래를 어디서부터 풀어야 할지 감조차 잡기 어렵군요. 우리는 진실을 알고 있지만 직접 보지는 못했답니다. 그리고 천 년 전 일어났던 불행한 일의 발단이 된 그 이전의 역사는 몇몇 단편적인 단서들 말고는 흔적조차 남아 있지 않지요. 그리고 그 단서들조차 역사가가 남긴 것이 아니라 이데온을 통해서 알게 되었답니다. 하지만 당신 가문이 대대로 지켜온 비밀에 관한 이야기에 비하면 이 모든 것들은 아무것도 아닙니다."

"이데온이라니요? 그리고 무슨 가문 말입니까?"

"그 두 가지는 모든 것의 시작이자 끝입니다. 먼저 당신의 몸속에 흐르는 피의 정체가 무엇인지부터 알려드려야 할 것 같군요. 당신의 원래 이름은 로저 아인입니다. 다시 말해 당신의 몸에는 아인 박사의 피가 흐르고 있다는 뜻이지요."

"아인 박사라니요?"

펭이 기다리지 못하고 끼어들었다.

"베르트만 아인 박사에 관해서는 인류 멸망의 씨앗이 될 이데온의 설계자였다는 사실 외에 알려진 게 별로 없었습니다. 그도 그럴 것이 지금으로부터 천오백 년 전 사람이니까요. 아인 박사 가문 곁에는 대대로 함께한 집사 가문이 있었는데 그 가문의 성이 바로 '펭'이었지요. 성과 이름에 관해서는 익히 들어 알고 계시리라 생각합니다. 아무튼 아인 가문과 펭 가문은 아주 오래된 동반자 관계였지요. 그리고 펭 가문은 아인 가문이 일찌감치 문을 닫은 것과는 반대로 오래 살아남았답니다. 얼마 전까지 말입니다. 펭 가문의 마지막 혈통이 누구인지 아십니까? 바로 당신의 아버지인 아바 펭이었지요. 불행하게도 아바 펭은 얼마 전 세상을 떠났습니다. 그는 언젠가 당신이 이곳을 찾아오리라 믿었고, 그때는 진실을 말해주라는 유언을 남겼지요. 정작 중요한 비밀은 끝까지 숨긴 채 말입니다. 아무튼 그가 당신에게 전해달라고 한 진실이란 바로 당신이 혼혈이라는 것입니다. 당신의 몸속에는 가이아인의 피뿐만 아니라 우리 사피엔스의 피도 흐르고 있답니다. 말을 중단해서 미안하지만 이쯤에서 가이아인이 어떤

존재인지 알려드려야 할 것 같군요.'

스핀 곽사는 블랙티로 목을 축였고, 펭은 박사의 입만 바라보았다.

"가이아인은 분명 우리와 같은 피와 뼈 그리고 살을 가진 종족입니다. 하지만 이 땅의 원래 주인은 아니지요. 우리가 수만 년의 역사를 가진 반면 가이아인들의 역사는 천 년이 되지 않습니다. 그리고 지금 가이아인이 사는 그 땅은 원래 우리의 고향이었습니다. 가이아인을 호모라고 부르는데 사실 호모는 호모 사피엔스에서 따온 것이지요. 호모 사피엔스는 바로 우리를 말하는 겁니다.'

펭은 머리를 세게 얻어맞은 사람처럼 멍한 표정을 지었다. 전설로만 전해지는 불투명한 존재인 사피엔스가 지금 자신을 쳐다보고 있다는 사실이 믿기지 않았다.

"뿐만 아니라 가이아인들이 알고 있는 고대 역사나 전설은 모두 사실이며 그것은 가이아인이 아닌 우리들의 역사랍니다. 가이아인은 조작된 기억을 바탕으로 우리를 대신해 원래 우리가 살던 땅에서 살아왔던 거지요. 쉽게 말해 우리가 진인류라면 가이아인은 유사인류라고 할 수 있습니다. 믿기 어렵겠지만 사실 그들은 태어난 것이 아닌 만들어진 존재랍니다."

"믿기 어렵군요. 납득할 만한 증거를 볼 수 있었으면 좋겠군요."

 펭이 마음을 가라앉히고 이성의 힘을 최대한 끌어올려 물었다.

 "물론입니다. 하지만 그것보다 못다 한 이야기를 마저 끝내겠습니다. 아바 펭에게는 요한 펭이라는 동생이 있었습니다. 그는 디아스라고 불렸던 탐험가의 딸과 사랑에 빠졌지요. 디아스는 문두스에 온 최초의 가이아인이었답니다. 디아스와 딸은 한동안 이곳에 머물렀고 우리는 그에게 모든 것을 보여주었지요. 그리고 가이아로 돌아가서 진실을 퍼트려주기를 바랐습니다. 하지만 안타깝게도 그는 충격에서 헤어 나오지 못한 채 다시 이곳으로 돌아오려다 목숨을 잃고 말았지요. 어쨌든 요한은 여기에 남은 그의 딸과 사랑에 빠졌고 당신을 낳았답니다. 하지만 그들의 사랑도 오래 가지는 못했지요. 당신을 낳고 난 후부터 여자의 정신이 이상해지기 시작했고 당신이 젖먹이일 때……."

 스핀 박사는 갑자기 말을 끊고 어둑해진 창밖으로 시선을 돌렸다. 카사가 사라진 동공은 금속의 차가운 곡면을 뽐내고 있었다. 박사는 침대 옆에 툭 튀어나온 붉은색 버튼을 눌렀다. 그러자 '우웅'하는 소리와 함께 마지막 남은 박사의 카사가 움직이기 시작했다. 동공은 비로소 완벽한 곡면을 이루었다.

 "어떻게 됐습니까?"

 "이곳 동공 아래로 몸을 던졌답니다. 그리고 얼마 후 요한도

따라갔지요. 그 사건 이후 아바 펭은 당신을 거두었고 우리는 당신과 지금은 디네라고 불리는 여자아이를 가이아로 보내기로 결정했답니다. 가이아인들에게 진실을 밝히려면 가이아인이면서 우리와 같은 피가 흐르는 존재가 필요하다고 생각했기 때문이지요. 그래야 진실에 눈을 뜰 테니까요. 우리는 두 아이를 맡길만한 사람으로 가이아의 최고지도자 중 한 사람인 가모프를 선택했답니다. 고민할 필요가 없었지요. 그는 선하고 진실을 가려볼 줄 아는 눈을 가진 사람이었어요. 직접 만났을 때 확신할 수 있었지요. 그가 아고라에 나타났을 때 나는 별다른 말을 건넬 필요가 없었답니다. 그는 나와 아이들을 한 가게로 데리고 가더니 들을 준비가 되었다는 듯 진지한 표정으로 나를 쳐다보더군요. 그리고 앞으로 당신이 알게 될 것들을 들려주었지요. 가모프는 의심하지 않았습니다. 대신 그가 원하는 것은 가이아의 평화였어요. 아이들은 얼마든지 맡아줄 테니 각자의 세계에서 평화롭게 살아가자고 하더군요. 나는 그러겠다고 대답했지요. 어차피 아이들이 자랐을 때 그는 세상에 없을 테니까요. 하지만 당신도 알다시피 가모프는 꽤 오래 살았지요. 아무튼 중요한 얘기는 지금부터랍니다. 최근 우리는 아바 펭의 유품을 정리하던 중에 아주 중요한 서류 하나를 발견했습니다. 아바가 끝내 말하지 않았던 비밀을 말이지요. 그 비밀은 아인 가문에 관한 것이었습니다. 아인 가문이 비밀리에 명맥을 유지해 왔고 그 아이들이 다름 아닌 펭의 가문으로 둔갑해 살아왔다는 것을 말입니다. 당신의 죽은 아버지, 그러니까 요한 펭은 사실 아바 펭의 동생이 아니라 아인 가문 사람이었답니다. 따라서 현재 유일하게 남은 아인 가문의 혈육이 바로 당신이라는 얘기가 되는 것이지요. 그리고 펭 가문은 대가 끊겼다는 것을 의미하고요. 하지만 그가 숨긴 것은 이뿐만이 아닙니다. 지금 이야기한 것보다 더 중요한 메시지가 남아 있었지요. 그 메시지는 암호문으로 적혀 있었지만 우리는 암호를 푸는 데 성공했습니다. 살람 박사가 큰 힘을 보태주었지요. 우리는 그 길로 라이아를 보내 당신을 찾았고 라이아는 테스트를 통해 당신이 아바 펭의 아들 아니, 요한 펭의 아들 로저 아인이라는 걸 알아냈지요."

펭은 스핀 박사의 말을 이해했지만 도무지 믿을 수 없었다. 요 며칠 사이 벌어진 모든 일들이 파노라마처럼 스치고 지나갔다. 그는 바윗덩이보다 무거워진 입을 억지로 열었다.

"아인 가문이 그토록 중요한 이유가 뭡니까? 그리고 제가 그 핏줄이라는 것이 어떻다는 겁니까?"

"아주 중요하답니다. 우리는 그것을 '축복'이라고 부른답니다. 당신은 우리와 가이아의 유일한 희망입니다."

"제가 한 말 기억하시나요? 이곳에는 아저씨를 기다리는 사람들이 있다고 한 달을요?"

 라이아가 박사의 방에 들어온 이후 처음으로 입을 열었을 때 에밀리가 문을 열고 들어왔다. 그녀는 약간 상기된 얼굴로 세 사람을 바라보았다.

 "그들이 왔어요."
 "누가 왔다는 거냐?"
 박사가 찻잔을 내려놓으며 말했다.
 "디네와 라그랑이요."

25

 에밀리는 디네와 라그랑, 그리고 라몬 위월을 무사히 데려온 것 역시 벤이었으며 그들은 지금 펭의 카사에서 지친 몸을 추스르고 있다고 말해주었다. 펭과 라이아는 다시 카고크리프트에 몸을 실었다. 스틴 박사는 그들이 만나야 할 사람은 자신이 아니라 살람 박사라고 말하며 먼저 가 있겠다고 말했다.

 "조금도 슬퍼하지 않는군요."
 라이아가 안전벨트를 단단히 조이며 말했다.
 "그들은 나보다 자신들을 더 소중하게 여겼지. 나 역시 그들의 피를 이어받았으니 마찬가지고. 게다가 내 안에는 한 번도 보지 못한 사람들을 위해 흘릴 눈물 따윈 없어."

펭은 상기된 얼굴을 보이기 싫었는지 얼굴을 돌렸다.

"이해는 가요. 하지만……."

"그 얘긴 그만하자고."

펭이 말허리를 잘랐다.

"궁금한 게 있는데, 나는 그렇다 치고 디네 팀장에겐 무슨 비밀이 있는 거야?"

"그것까진 저도 모르겠어요. 제가 아는 건 그녀가 우리와는 다르다는 것뿐이에요."

"우리와 다르다고?"

펭이 다시 고개를 돌렸다.

"저도 궁금해요. 그녀의 정체가 뭔지. 살람 박사를 만나면 모두 알게 되겠죠."

카고크래프트는 꾸불꾸불한 터널을 유연하게 빠져나가더니 펭과 라이아를 내려주고 다시 사라졌다. 그들이 카사에 들어서자 디렉이 자신의 모험담을 과장을 보태 이야기하고 있었다. 디네는 펭을 보고도 별로 놀라는 눈치가 아니었다. 하지만 라그랑은 라이아를 보더니 디네 뒤로 몸을 숨겼다. 라몬 위원은 지친 기색이 역력했다.

"고향에 온 사람치고는 몸 상태가 말이 아니네요."

디네가 휠체어를 탄 펭을 보며 말했다.

"운이 좀 없었다고 할까? 이분이 위원님이신가?"

펭이 에밀리에게 들은 정보를 되새기며 물었다.

"라몬이라고 하오."

디네가 대답도 하기 전에 라몬이 먼저 말을 걸거 손을 내밀었다.

"펭이라고 합니다."

"자네가 펭이구먼. 다 지나간 일이지만, 한때 자네 이름이 위원회에서 꽤 거론되곤 했었지. 그때는 참 허황한 사람이라고 생각했는데 이런 결과가 기다릴 줄은……."

라몬이 침통한 표정으로 말했다.

"반가워요. 우린 초면이지요?"

이번에는 라이아가 디네에게 손을 내밀며 말했다.

"피핀, 아니 아린한테 당신 이야기를 들었어요. 가이아를 혼란에 빠트린 장본인이라고 하더군요."

디네가 살짝 미소를 지으며 내민 손을 잡았다. 라이아는 웃으며 디네 뒤에 숨어 있는 라그랑을 쳐다보았다.

"우린 초면이 아니지? 첫 만남은 따끔했지만, 더는 그런 일이 없길 바라."

"그땐 죄송했어요. 하지만……."

"피차일반이야. 자네 동료도 그렇게 되고 말았으니 우리도 할 말은 없지."

"그런데 저 가련한 여성은 누구지?"

펭이 망토를 두른 이드를 보며 물었다.

"던바의 꼭두각시죠. 말하자면 길어요. 지금 피라미드 하우스 앞에서는 생사를 넘나드는 전투가 벌어지고 있어요. 던바는 이드가 조종하는 기계 병사를 앞세워 총공격에 나섰고 우리는 속절없이 무너졌어요. 저 여자는 기계 병사를 조종하던 이드였고요."

"피핀은 어떻게 됐나요?"

라이아가 걱정스러운 얼굴을 하며 물었다.

"지금은 어떻게 됐는지 몰라요. 우리가 여기 온 것도 아린 때문이에요. 그가 이곳으로 가라고 했거든요. 그들을 살릴 방법이 있을까요?"

"빅은 살아 있나?"

펭이 끼어들었다.

"출발할 때 우리를 배웅했죠. 안부를 전해달라고 했어요. 하지만 지금은 역시 알 수 없어요. 그들을 도울 방법을 찾아야 해요."

그때 문이 열리며 에밀리가 들어왔다.

"오늘은 아주 바쁜 하루군요. 인사들 나누었나요? 시간이 없으니 빨리 살람 박사를 만나러 가시죠."

"디렉, 가방 챙겼지?"

라이아가 펭의 휠체어를 밀며 말했다.

"물론이죠."

디렉이 SP-2가 들어 있는 가방을 들고 일어섰다. 잠시 후 펭 일행은 에밀리가 조종하는 카고크래프트에 올라탔다. 라이아와 펭은 벌써 세 번째였다.

살람 박사는 온도와 습도 조절 센서가 곳곳에 부착된 실험실 겸용 카사에 머물렀다. 박사는 목숨을 걸고 가이아에서 가져온 식물과 곤충을 가꾸고 길렀다. 몇몇 화초들은 빛이 가장 잘 들어오는 곳에 옹기종기 모여 있었고, 나머지 식물은 투명한 실험관 안에 들어 있었다. 톱니바퀴 모양의 넓은 잎사귀를 가진 식물, 가늘고 긴 잎사귀 옆으로 가는 털이 자라난 식물, 바늘처럼 뾰족뾰족한 잎을 가진 식물, 콩과의 쌍떡잎식물까지 각양각색의 식물이 방안을 가득 채웠다. 개똥벌레과, 나비과, 사슴벌레과 곤충을 비롯해 여러 마디발동물도 커다란 실험관 안에서 식물들과 함께 살았다. 살람의 정성스러운 손길로 건강하게 자라는 생명체들과 달리 그의 몸 대부분을 차지하는 생물학적 기능은 얼마 남지 않은 불꽃을 태우고 있었다. 살람의 주름은 처음 문두스로 왔을 때보다 두 배 가까이 늘었고, 반대로 그의 머리카락은 그보다 빨리 사라졌다. 알고리즘으로 작동하는 부위가 뇌에 몰려 있다는 사실이 유일한 위안거리였다. 신체 기능의 저하로부터 유일하게 자유로운 부분은 오로지 뇌뿐이었다. 하지만 여전히 뇌의 일부는 퇴행하는 생물학적 구조로 되어 있었고, 그가 숨을 쉬는 데 도움을 주는 신체기관 역시 마찬가지였다. 그가 생물학적으로 죽어가고 있다는 사실을 의심할 만한 것은 아무것도 없었다.

스핀 박사와 살람 박사가 사슴벌레의 길고 뾰족한 턱에 관해 진지한 토론을 이어가고 있을 때 펭 일행이 도착했음을 알리는 벨 소리가 들렸다. 스핀 박사가 문을 열어주려고 하자 살람 박사가 그를 제지했다.

"이 카사의 주인은 저랍니다."

살람 박사는 무뚝뚝한 표정으로 마음대로 움직이지 않는 다리를 천천히 움직였다. 마침내 그가 문을 열자 펭과 일행은 마치 죽은 사람이 살아 돌아온 것 마냥 놀란 눈으로 박사를 쳐다보았다. 늘어난 주름살과 듬성듬성한 흰 머리가 일부나마 과거의 흔적을 지웠지만 그가 살람 박사라는 사실을 못 알아볼 정도는 아니었다.

"정말 살아있었다니……."

가장 먼저 라몬이 입을 열었다.

"그렇게 서 있지들 말고 들어오세요."

살람이 느릿느릿한 말투로 그들을 재촉했다. 펭과 라몬, 라이아, 디렉, 디네가 차례로 들어왔고 라그랑이 쭈뼛거리며 제일 마지막으로 문턱을 넘었다.

"아시는 분도 계시겠지만, 처음 보는 분도 있을 테니 제가 소개를 하도록 하겠습니다. 여기 계신 이분은 이곳 문두스의 지도자이신 아이작 스핀 박사랍니다. 그리고 저는 다들 아시다시피 살람이라는 이름을 쓰지요."

"잘들 오셨습니다. 오늘은 문두스와 가이아 모두에게 뜻깊은 날이 될 듯싶습니다."

스핀 박사는 한 명도 빼놓지 않고 손을 내밀어 악수를 청했다.

"자자, 인사를 나누었으니 자리에 앉도록 하시지요."

살람은 실험 테이블 양옆으로 늘어선 목재 스툴 의자를 가리켰다.

"라그랑, 이리 가까이 오거라."

살람은 제일 뒤에 앉은 라그랑을 불렀다. 라그랑은 고개를 숙인 채 걸어오더니 살람이 내어준 의자에 앉았다.

"이 아이가 바로 제 제자랍니다."

살람이 흐뭇한 미소를 지어 보였다.

"박사님, 저는……."

"라그랑. 네가 잘못한 것은 아무것도 없단다. 그러니 아무 걱정하지 마라. 중요한 것은 네가 지금부터 해야 할 일들이야."

살람이 라그랑의 머리를 쓰다듬으며 말했다.

"박사님, 〈이드의 뿌리〉에서 밝히신 이야기부터 해서 궁금한 게 너무 많습니다. 도대체 진실이 무엇인가요?"

펭이 참지 못하고 나섰다.

"진실은 내 연구가 아니라 죽은 내 제자인 테라가 밝혀낸 것이 무엇이냐 하는 것이지요."

"디렉 군, 그 자료를 부탁하네."

스핀 박사의 말이 끝나기 무섭게 디렉이 가방에서 몇 장의 종이를 꺼내 앞으로 가지고 나왔다.

"자네가 직접 설명해 주게."

디렉은 목을 한 번 가다듬고는 이야기를 시작했다.

"이 자료는 테라의 부탁으로 제가 해킹한 자료입니다. 해킹할 때 SP-1이라는 해킹 모뎀을 썼는데 그 기계는 지금 여기에 없죠. 하지만 SP-1을 업그레이드한 SP-2만 있으면 문제는 쉽게 해결됩니다. 하이퍼블루투스 기능만 있으면 아무리 멀리 떨어져 있어도 서로를 탐색할 수 있거든요. 이 기계를 의뢰할 때 새롭게 추가한 기능이죠. 그런데 어찌 된 일인지 이곳 블랙데세르툼에서는 작동하지 않았어요. 그때 에밀리가 그 문제를 해결해 주었죠. 아무튼 저는 테라와 함께 작업했던 해킹 자료를 백업 파일을 뒤져 찾아냈고 SP-1에서 SP-2로 전송했습니다. 그리고 지금 제 손에 들려 있는 이 자료가 바로 그것입니다."

디렉은 굳이 하지 않아도 될 이야기까지 곁들여가며 신이 나서 이야기했다.

"해킹한 곳이 어디지?"

펭이 끼어들었다.

"저 아이도 몰라스. 자기들만의 룰이랍니다."

디네가 대신 대답했다.

"그건 아마도 여기 있는 이분이 아시지 않을까요?"

디렉이 라그랑을 바라보며 말했다.

"문제는 보시다시피 글자예요. 여기 계신 분들은 한 번도 보지 못했을 거예요. 살람 박사조차 풀지 못했거든요."

디렉이 굵기가 다른 선과 점, 그리고 물결 모양으로 이루어진 불규칙한 기호로 가득한 종이를 들어 보였다.

"그 문자를 해독할 수 있는 사람은 라그랑뿐이랍니다. 그녀는 분자물리학뿐만 아니라 언어학 전공자이기도 하지요."

살람 박사가 일어서며 말했다.

"시간이 필요한 일이니 우리는 여기서 못다 한 이야기를 하며 기다리기로 합시다."

디렉이 종이를 라그랑에게 건네주었다. 스핀 박사는 라그랑이 작업하기 좋은 곳으로 그녀를 데리고 갔다.

"알고리즘의 도움으로 우리는 당신들보다 조금 나은 능력을 가지고 태어나지요. 그리 오래 걸리지는 않을 겁니다."

살람은 잠시 디네를 쳐다보더니 느린 걸음으로 다가가 그녀의 손을 잡아 일으켰다. 그리고는 한참 동안 디네의 눈을 들여다보았다.

"당신은 이드입니다. 제 눈을 속이지는 못하지요."

순간 짧은 정적이 그곳에 모인 이들을 집어삼켰다.

"노…농담이 지나치시네요."

디네가 침묵을 깨고 굳은 표정으로 말했다. 펭과 라이아 역시 같은 표정을 지었고, 디렉은 입을 다물지 못한 채 SP-2가 들어 있는 가방을 꼭 붙잡고 있었다. 무슨 일이 벌어지고 있는지 모르는 라몬만이 침착함을 잃지 않은 채 자리에 앉아 있었다.

"전 이드의 진화에 관해 많은 관심을 기울여 왔고 연구도 진행했습니다. 당신의 눈은 호모의 눈도 사피엔스의 눈도 아닙니다. 그렇다고 온전한 이드의 눈도 아닙니다. 하지만 인간보다는 이드에 가까운 것만큼은 분명합니다. 이데온이 정답을 알려줄지도 모르겠군요."

"역시 그랬군요."

어느 새 스핀 박사가 돌아와 이야기에 끼어들었다.

"자네는 블랙데세르툼의 한 가운데에서 태어났네. 발가벗은 채 검은 사막 한가운데 놓여 있는 것을 내가 발견했지. 자네의 DNA는 우리와 달랐어. 이드일 거라고 추측은 했지만 확신할 수는 없었지. 모두가 자네를 검은 사막이 낳은 아이라고 말했어. 하지만 좋은 징조라고 생각하지는 않았지. 우리는 자네를 어떻게 해야 할지를 두고 토론을 시작했네. 결국 자네를 펭과 함께 가이아로 보내기로 했다네. 어른이 되면 어떤 식으로든 우리에게 도움이 될 거라고 생각했기 때문이지. 자네에겐 불행한 결정이었지만, 그때로 다시 돌아간다 해도 같은 결정을 내리게 될 걸세. 믿기 어렵겠지만 자네의 고향은 가이아가 아니라 이곳 블랙데세르툼이야. 변이 자네를 공격하지 않았다는 것만큼 확실한 증거도 없지. 이제 할 일은 자네의 진정한 정체를 밝히는 것일세. 그리고 그 비밀을 풀 열쇠는 이데온이 쥐고 있을 테고……."

디네는 땅바닥에 주저앉아 흐느꼈다. 지금 그녀가 할 수 있는 유일한 행동이었다. 라이아가 다가와 그녀를 자리에 앉힌 다음 등을 어루만져주었다. 디네의 흐느낌이 오랫동안 카사 안을 맴돌았다.

26

"이 자료의 중요성은 질서를 유지하도록 이끄는 독특한 분자 배열과 배출 시스템, 그리고 에너지원에 있습니다."

라그랑이 무뚝뚝한 표정으로 두 손을 모은 채 자기가 해독한 문서의 비밀을 하나하나 짚어나갔다.

"분자생물학을 물리학의 눈으로 바라보면 우리와 바위의 차이를 알 수 있습니다. 우리는 의지를 발휘해 남을 돕거나 사랑을 나눕니다. 하지만 바위는 그렇게 하지 못합니다. 그 이유는 우리 몸은 단순한 바위와 달리 물리법칙을 따르는 독특하고 복잡한 분자 배열로 이루어져 있기 때문입니다. 그리고 이 분자들이 의식의 출발점입니다. 하지만 이 분자 배열은 치명적인 단점이 있는데 그것은 바로 쉽게 분열되어 흩어진다는 것입니다. 죽음을 피할 수 없다는 뜻입니다. 그런데 컴퓨터가 분석한 이 자료에 따르면 던바를 비롯한 3인의 의장단은 분열을 피해 가는 방법을 알아낸 듯 보입니다. 그 비밀은 '아인 배열'이라고 부르는 독특한 분자 배열에 있습니다. 아인 분자 배열이 창출하는 질서는 분열되지 않으며, 확신할 수는 없지만 아마도 외부에서 꾸준한 에너지만 주어진다면 거의 영원토록 살아남을 수도 있는 것으로 보입니다. 그리고 자료에 따르면 여기서 말하는 에너지원이란 물질이 아니라 '정도'입니다. 정보를 에너지 삼아 영원한 질서를 얻을 수 있는 배열, 그것이 바로 '아인 배열'의 비밀입니다. 기존의 분자 배열이 의식에 초점을 맞추었다면 이 새로운 패턴의 분자 배열은 의식과 함께 영원성까지 획득 가능한 무한한 능력을 함축하고 있다는 얘기가 됩니다. 여기서 또 하나 중요한 것은 분열이 일어나지 않도록 하는 배출 시스템입니다. 우리는 분비물이나 열로 질서를 파괴하는 힘을 상쇄시킵니다. 하지만 이들이 이용하는 상쇄법은 우리와 다릅니다. 아마도 이들은 아주 소량의 음식물을 섭취하거나 아예 음식물을 먹지 않아도 대사를 할 수 있는 신체를 가진 걸로 보입니다. 이들은 우리와 같은 배설기관이 없으며 오직 정수리에 있는 배출구를 통해 기체화한 정보의 찌꺼기를 내보냅니다. 지금은 쓸모 없어졌지만 살람 박사님의 생각처럼 이드의 목 뒤에 있는 단자도 예전에는 같은 역할을 한 것이 아닐까 생각됩니다. 이상입니다."

라그랑의 딱딱한 설명이 끝나자 살람이 자리에서 일어났다.

"먼저 이 자료의 출처에 관해 간략하게 말씀드려야 할 것 같습니다. 이 자료는 내 제자인 테라가 최고지도자인 고진으로부터 넘겨받은 권한을 이용해 해킹한 자료입니다. 아마도 던바를 비롯한 의장단의 생체를 기록하고 관리하는 컴퓨터에서 나온 자료인 것으로 보입니다. 그 아이는 아고라에 숨겨 둔 문두스의 정보원을 통해 그 사실을 제게 알려왔습니다. 제가 살아 있다는 걸 아는 유일한 아이였지요. 저는 라그랑에게도 말하지 말라고 했습니다. 많이 알수록 위험해지니까요. 테라가 고진으로부터 비밀리에 부여받은 알파 프로젝트라는 임무를 통해 결정적인 정보를 알아냈다는 소식을 듣자마자 나는 스핀 박사에게 부탁했지요. 테라와 라그랑을 이리로 데려와 달라고 말입니다. 하지만 다들 아시다시피 일이 틀어졌지요. 너무 많은 걸 감추려고 했던 제 실수입니다. 라이아에게 만큼은 충분한 정보를 알려줬어야 하는데 그녀가 접촉할 사람들의 면면이 호락호락한 사람들이 아니라는 점 때문에 지나치게 경계한 것이 아닌가 하는 아쉬움이 남습니다.

  테라의 죽음은 불행한 일이지만 그의 죽음이 헛되지 않았다는 사실이 제게는 더 중요합니다. 아무튼 그의 노력으로 우리가 밝혀낸 것들을 정리하면 이렇습니다. 첫째, 이드의 행적보고는 이드를 관리하려는 목적이 아니라 그들에게 필요한 에너지 즉, 무한한 정보의 공급이었다는 점입니다. 라그랑이 해독한 대로 이들의 생체 분자 배열은 우리와 다르며 에너지원으로 정보를 이용한다는 사실이 이를 잘 증명해주고 있습니다. 문제는 그들이 얼마나 오래 살아왔느냐 하는 것입니다. 그들의 역사가 가이아의 역사일 테고 또한 이드의 비밀을 풀어줄 열쇠일 테니까요. 그리고 이건 어디까지나 제 생각입니다만, 그들도 영원토록 살지는 못할 겁니다. 그들이 어떤 방식으로 대사를 하든 그들 역시 우리와 같이 언젠가 산산이 흩어질 육체를 가지고 있기 때문이지요. 둘째, 하늘을 뒤덮고 있는 회색 기체의 정체입니다. 에너지는 그것이 무엇이든 쓸모 없어질지언정 사라지지는 않는답니다. 그렇다면 저들이 쓰고 버린 정보의 폐기물은 어디로 갔을까요? 우리 머리 위를 둥둥 떠다니고 있지요. 저 음울한 기체야말로 던바 일당이 뱉어낸 정보의 폐기물입니다. 나는 인간의 몸속에서 나온 분비물이 새로운 생명의 씨앗이 되듯이 저들의 몸속에서 나온 분비물도 무언가 역할이 있을 거라고 생각했습니다. 제가 추가로 조사한 바에 따르면 비록 폐기물이지만 저 기체는 눈에 보이지 않는 미세한 입자들로 이루어져 있습니다. 입자들은 서로 부딪히면서 전자파를 발생시켜 스스로를 보호하지요. 전자 장비가 먹통이 되는 이유이기도 합니다. 하지만 정말 중요한 것은 회색 기체에서 흘러나온 전자파 일부가 이드에게 영향을 줄 수 있다는 사실입니다. 우리 이드에게는 초단파에 반응하는 알고리즘이 존재합니다. 이 알고리즘은 뇌의 지휘부와 연결되어 있답니다. 말하자면 초단파로 이드를 통제하는 것이 가능하다는 이야기지요. 하지만 모든 이드를 통제할 수는 없습니다. 자극에 반응하는 정도가 사람마다 다르듯이 초단파에 반응하는 이드 역시 다 다르기 때문입니다. 물론 이론상으로 그렇다는 것입니다."

"사실이에요."

디네가 갑자기 말을 끊었다.

"조종당한 이드 하나를 데려왔어요. 그들은 이드를 조종해 기계 병사에 태워 우리를 공격했어요."

"그 이드는 지금 어디에 있습니까?"

살람 박사의 눈이 지금까지와는 달리 초롱초롱 빛났다.

"펭의 방에 있어요."

"음……. 제가 조사를 좀 해봐도 괜찮을까요?"

"그러려고 데리고 왔으니 마음대로 하세요."

디네가 차갑게 말했다.

"잘 하셨습니다. 자, 이제부터가 핵심입니다. 저는 조금 전 저 아이가 말했고 제가 직접 쓴 〈이드의 뿌리〉에서 밝혔듯이 이드의 목 부분에 있는 단자에 주목했습니다. 그리고 제 가설은 테라가 획득한 자료가 말해주듯이 사실로 밝혀졌습니다. 우리 이드 역시 한때는 정보를 에너지 삼아 아주 오래 살 수 있었다는 이야기가 됩니다. 중요한 건 그 시기가 언제였는가 하는 겁니다. 확률 높은 형태로 산산이 부서지지 않고 살던 이드가 인간처럼 짧은 수명으로 퇴화한 그 시기 말입니다. 하향식 구조의 산물인 알고리즘은 스스로 진화하지 못합니다. 물론 절대적인 것은 아닙니다만."

살람 박사는 이 부분에서 자신의 뒷목을 어루만지는 디네를 흘끔 쳐다보았다.

"아무튼 스스로 진화할 수 없다면 보이지 않는 손의 개입을 언급하지 않을 수 없습니다. 그들은 과연 누구일까요? 가장 그럴듯한 대답은 음울한 회색 기체를 내뿜으며 이드로부터 정보를 빼앗아 살아가는 돈바 일당이겠지요. 그들은 집요하게 이드의 뿌리를 캐내려는 사람들을 방해해 왔고, 그와 관련한 모든 기록을 지웠습니다. 그리고 자료대로라면 우리보다 훨씬 오래 산 존재들이지요. 저 역시 문두스에 오기 전까지 그들을 의심해왔습니다. 하지만 이유를 알지 못했지요. 이드라는 종족의 역사가 왜 그들을 그토록 두렵게 하는지 말입니다. 이제 저는 그들 역시 하나의 부품에 지나지 않는다는 것을 알았답니다. 자, 일어들 납시다. 제 친구를 만나러 가야 할 시간이 된 것 같군요. 저와 가끔 소통하는 친구인데 불친절하기가 이루 말할 수 없답니다. 모두들 스핀 박사를 따라가세요."

살람은 조금 지쳐 보였다. 그는 다시 의자에 앉아 자신이 정성스럽게 가꾼 화초들을 멍하니 바라보았다. 디네는 라몬과 디렉, 그리고 라그랑과 스핀 박사가 나가는 동안 앉은 채로 물끄러미 자신의 발을 바라볼 뿐이었다. 펭이 다가서는 라이아를 물리치고는 손수 휠체어를 밀며 디네에게 다가갔다.

"뭐해? 끝을 봐야지."

"정령의 숲에서 듀링에게 제가 한 말이네요."

디네가 모든 것을 내려놓은 사람처럼 힘없이 말했다.

"이드라서 실망했나?"

디네는 대답 대신 헛웃음을 터트렸다.

"제가 이드라는 걸 알면 듀링은 어떤 표정을 지을까요?"

"난 혼혈이라더군."

발끝에 닿아 있던 디네의 시선이 펭에게 옮겨갔다.

"혼혈?"

"그래, 혼혈. 어머니는 가이아인이고, 아버지는 진인류라고 주장하는 이곳 문두스 사람이지. 그러니까 세상의 모든 짐을 혼자 지고 있는 듯한 표정은 그만 거두지 그래."

"한때 에이나인을 이끌던 두 팀장의 정체가 말이 아니네요."

디네가 엷은 미소를 지었다. 문두스에 온 이후 처음 내비친 편안한 미소였다.

"난 우리의 정체보다 우리와 다른 순수 가이아인인 디렉과 라몬의 정체가 더 궁금해."

펭이 천천히 휠체어를 밀며 말했다.

"그러게요. 가이아 전체가 미궁 속에 빠진 느낌이에요."

디네가 자리에서 일어나자 살람도 천천히 몸을 일으켰다.

"자, 가시지요. 미궁이라도 길은 있으니까요."

라이아가 펭의 휠체어를 밀며 바깥으로 나오자 스핀 박사가 기다렸다는 듯이 라이아를 불러 세웠다.

"라이아는 디렉 군과 함께 지하 작업실에 있는 에밀리를 도와줘야겠어."

"에밀리를요?"

"그래, 중요한 작업을 하고 있는 중인데 일손이 부족한 모양이야."

"알았어요."

라이아는 펭을 디네에게 맡기고 디렉과 함께 지하로 연결된 엘리베이터에 올라갔다. 나머지 사람들은 플랫폼 앞에서 그들을 태울 카고크래프트를 기다렸다. 오래지않아 카고크래프트 한 대가 조용히 나타나 그들을 싣고 빠르게 사라졌다.

에밀리가 오래전부터 만들어온 UA4(Ultimate Attack 4)는 문두스 최고 기술의 집약체였다. 우레탄 탄소섬유를 철을 섞어 만든 티타늄 합금으로 씌운 다음 래미네이트로 코팅한 금속 장갑을 UA4의 허벅지에 고정하는 작업이 라이아와 디렉에게 맡겨진 임무였다. 3미터에 달하는 UA4의 허벅지에 장갑을 씌우는 일은 만만치 않았다. 전력 케이블이 달린 로딩암이 도움을 주고는 있었지만 장갑과 몸체를 연결하는 일은 볼트 몇 개만 박으면 끝나는 일이 아니었다. 섹션마다 다른 복잡한 배선도를 보면서 서로 어긋나지 않게 전선을 연결해야 했다. 조금의 실수도 용납할 수 없는 정교한 작업이었다. 디렉은 컴퓨터를 조립 분해하던 기억을 떠올리며 라이아가 말해주는 대로 차분하게 전선을 연결했다. 라이아는 손재주가 없는 대신에 배선도를 읽는 능력이 탁월했다. 에밀리가 생각한 대로 두 사람의 호흡은 잘 맞아떨어졌다. 에밀리는 툭 튀어나온 가슴 장갑을 위아래로 벌린 채 기존 좌석을 떼어낸 자리에 새로 만든 좌석을 끼워 맞추는 중이었다. UA4의 심장인 브리지 포드는 많은 센서와 버튼, 그리고 배선들이 어지럽게 펼쳐져 있었으며, 컴퓨터 시스템과 디스플레이 모니터가 장착되어 있었다. 잘록한 허리 아래로 뻗은 종아리는 투박한 허벅지에 비해 지나치게 날씬했다. 굽이 달린 구두처럼 생긴 발은 UA4가 안정감 있게 접지할 수 있도록 넓고 평평했으며 앞굽과 뒤굽은 분리되어 따로 움직였다. 직삼각형 모양의 뿔처럼 솟아오른 어깨 장갑 바로 위에는 플라스마를 가두어 무력화하는 자기장 발사기인 토카막 빔 포가 장착되어 있었고 너클 글로브의 보호를 받는 날카로운 손가락 끝에도 토카막 빔 노즐이 달려 있었다. UA4는 굵직한 다섯 개의 동력 케이블로 격납고에 든든히 고정된 채 당당하게 서 있었다.

오토스크류에 머리채를 붙잡힌 마지막 세라믹 볼트가 UA4의 허벅지 깊숙이 사라지자 디렉이 땀을 훔치며 말했다.

"휴, 끝났어요."

"수고했어."

라이아가 디렉이 내려올 수 있도록 바퀴가 달린 이동 작업대를 옮겨주었다.

"머리가 마음에 들어요."

디렉이 작업대 위에서 입을 벌린 새의 부리처럼 생긴 UA4의 얼굴을 바라보았다. 부리 속에는 크기가 다른 렌즈 두 개가 특수 보호필름으로 만든 방탄유리의 보호를 받으며 위아래로 장착되어 있었는데 위의 렌즈가 아래보다 더 컸다. 누가 작동 버튼을 눌렀는지 렌즈 두 개가 '지잉지잉' 소리를 내며 각기 따로 움직였다.

"어두운 곳에서 브면 더 그럴듯해."

라이아가 배선도를 품에 안듯이 들고 말했다.

"보고 싶어요."

"조금만 기다려 주겠니. 거의 다 끝났어."

에밀리가 가늘고 뾰족한 침이 달린 주사기처럼 생긴 물체를 파일럿시트 팔 받침대 아래에 있는 선서에 연결하며 말했다. 보조원 두 사람이 등에 달린 터빈 엔진의 노즐을 상하좌우로 움직이며 최종 점검을 하고 있었다. 지상으로 내려온 디렉은 UA4의 전체적인 모습을 감상하려고 UA4로부터 멀찍이 떨어졌다.
"한번 타보고 싶어요."
"기회가 있을 거야."
라이아가 이동 작업대에서 내려오는 에밀리를 바라보며 말했다.
"정말이죠?"
"어차피 시험 비행을 해야 하니까. 그때 태워줄게."
에밀리가 작업장 여기저기에 흩어져 있는 전기배선을 정리하며 말했다.
"그런데 어떻게 둘이 타죠?"
"걱정하지 마. 2인승이니까."
보조원 두 명이 에밀리를 보며 고개를 끄덕이자 에밀리도 고개를 끄덕였다.
"오늘 할 일은 대충 끝난 것 같아. 이제 하부 쪽 배선 정리만 끝내면 시험가동에 들어 갈 거야."
"그동안 고생했어."
라이아가 에밀리의 어깨를 토닥이며 말했다.
"이제 불을 꺼볼까?"
에밀리가 작업실 전원스위치를 끄자 완전한 어둠이 찾아왔다.

하지만 UA4는 아무런 반응도 하지 않았다.

"고장인가요?"

디렉이 조마조마해 하며 물었다.

"성급한 아저씨, 즈금만 기다려요."

에밀리의 말이 끝나자마자 UA4의 렌즈에서 푸른빛이 감돌기 시작하더니 강렬한 전자파가 뿜어져 나왔다. 가슴과 양쪽 허벅지에도 푸른빛의 V자가 선명하게 드러났다. 불이 켜져 있을 때는 보지 못한 표식이었다.

"대단해요. 금방이라도 움직일 것처럼 저를 노려보고 있어요."

"만족스럽니? V자 표식은 승리를 뜻해."

에밀리가 팔짱을 낀 채 UA4가 내뿜은 푸른빛을 온몸으로 받으며 그들이 만든 창조물을 자랑스럽게 쳐다보았다.

"저도 알아요. 그런데 왜 UA4죠?"

"실험기 3대의 값진 희생이 없었다면 이 녀석은 탄생하지 못했을 거야."

"그렇군요. 그런데 이 녀석을 만든 이유가 뭐죠?"

디렉이 UA4 가까이 다가가 자신의 손길이 닿은 허벅지를 어루만지며 물었다.

"UA가 무슨 뜻인지 아니?"

"글쎄요."

3부 진실

"Ultimate Attack, 즉 최후의 공격이란 뜻이야. 말하자면 이 모든 상황을 정리할 수 있는 병기란 의미이지."

에밀리가가 작업실 스위치를 켜며 말했다.

"무얼 공격한다는 거죠?"

디렉이 갑자기 환해지자 눈을 가늘게 뜨며 말했다.

"두고 보면 알 거야."

에밀리가 UA4 옆에 놓인 기다란 철제 상자를 열었다. 제2작업실에서 막 보내온 물건이었다. 상자 안에는 래미네이트로 코팅된 양자 빔 발사기인 퀀텀런처가 자태를 뽐내고 있었다. 퀀텀런처는 UA4 전용 무기였다. 에밀리는 퀀텀런처를 손에 든 UA4의 위용과 문두스의 앞날을 머릿속에 그렸다. 그러는 사이 라이아가 로딩암을 움직여 런처의 고리와 연결했다. 런처가 이동하는 모습을 보며 두 사람은 서로를 향해 보일 듯 말 듯 한 미소를 지었다.

27

빅은 땀을 뻘뻘 흘렸다. 가이아의 기술자라면 누구나 인정할 만한 손재주를 가진 그였지만, 이 순간 그는 늙고 쇠약한 스승 밑에서 처음 기술을 배우던 때로 돌아간 것처럼 엉성했다. 아무리 빅이라 해도 변변한 장비조자 없는 곳에서 한 번도 보지 못한 기계를 움직이게 하는 것은 쉬운 일이 아니었다. 에이나인의 부서진 호버트럭에서 찾아낸 소형 메인터넌스 박스와 부품 몇 개로 날아간 팔을 찾아 붙인 것만으로도 대단한 일이었지만, 그런 정도로는 전장의 판세를 뒤집을 수 없었다. 그는 비브라늄 재질의 특수가방에 들어 있는 도구로 이드의 목 뒤 단자와 연결하게끔 되어 있는 슬레이브 유닛의 엑세스 포드를 떼어냈다. 엑세스 포드의 비밀을 풀어야만 기계 병사를 움직일 수 있었다.

빅은 전선의 흐름이 최악으로 치달을 즈음 레온에게 자신의 생각을 말했다. 레온은 추가 병력마저 줄어들고 있는 상황에서 피라미드 하우스로 들어갈 수 있는 유일한 방벽일지도 모를 빅의 아이디어를 마다할 이유가 없었다. 문제는 가이아인이 슬레이브 유닛을 움직일 수 있느냐 하는 것이었다. 물론 이 문제는 말을 꺼낸 빅이 책임져야 할 부분이었다. 빅은 자신이 내뱉은 작전의 성공을 위해 최선을 다했다. '철컹'거리는 소리를 내며 끝도 없이 밀려드는 슬레이브 유닛이 테폐 들판을 참혹한 피타다로 만들 때도, 가이아인들을 이끌며 노구에도 불구하고 앞장서서 전선에 나가 이리 뛰고 저리 뛰던 아린이 차가운 시신이 되어 돌아왔을 때도 그는 꿈쩍도 하지 않는 기계 병사와 씨름하고 있었다. 사람들이 커다란 통나무를 쌓은 후 그 위이 숨을 거둔 아린을 올려놓고 불을 피웠을 때야 비로소 빅은 그 불꽃의 정체를 듀링에게 들었다. 빅은 잠시 손을 놓고 아린의 명복을 빌었다. 듀링은 아린이 죽어가면서도 승리를 확신했다고 전해주었다. 하지만 빅에게는 슬퍼할 겨를이 없었다. 그는 다시 일에 몰두했고 손놀림은 더 빨라졌다.

빅이 생체에 반응하는 제너레이터를 떼어내고 기계식 제너레이터로 교체하고 있을 때 큰 함성이 들려왔다. 구름처럼 몰려드는 가이아인들의 모습이 오랜만에 하던 일을 멈추고 밖을 내다본 빅의 눈에 들어왔다. 테페 평원에서 벌어지는 학살극에 참지 못한 가이아인들이 들고 일어났다는 말을 듀링을 통해 들은 적이 있는 빅은 그들이 실제로 행동에 나섰음을 확인했다. 빅은 부푼 희망을 안고 제너레이터를 슬레이브 유닛에 연결한 다음 조심스럽게 작동 버튼을 눌렀다. 하지만 기계 병사는 꿈쩍도 하지 않았다. 빅의 애타는 마음을 아는지 모르는지 레온과 부상에서 겨우 회복한 바리온은 안타까운 죽음과 맞바꾼 슬레이브 유닛 두 대를 빅에게 던져주고 쏜살같이 전쟁터로 사라졌다.

가이아인들의 합세로 사기가 크게 오른 아군이 힘을 내자 전선은 더 치열해졌다. 그만큼 사상자도 늘어났다. 가이아인의 시체가 쌓여가는 속도만큼 슬레이브 유닛의 공격력도 약해졌다. 하지만 레온은 더는 고장 난 슬레이브 유닛으로 빅을 압박하지 못했다. 디아블로아이의 존재들이 비행 기능이 탑재된 FSU(플라이트 슬레이브 유닛)를 보내 파괴된 슬레이브 유닛을 회수했기 때문이다.

몰려든 가이아인의 분투로 전투는 잠시 소강상태에 들어갔지만 오래가지는 않았다. 몇 명의 에이나인 대원이 호버크루저를 타고 피라미드 하우스를 들이받는 무모한 작전을 펼치자 슬레이브 유닛이 다시 공격을 시작했다. 이번에는 FSU의 대대적인 공습도 뒤따랐다. FSU는 위력적이었다. 재밍 센서(전파방해센서)가 탑재된 FSU는 몇 대 남지 않은 호버크루저를 무력화시켰고 로테이팅 빔 캐논(회전식 빔 캐논)을 이용해 지상에서 움직이는 물체는 무엇이든 남김없이 처리했다. 가이아인의 필사적인 저항이 애처로울 정도였다.

레온과 바리온은 각자의 팀을 이끌고 힘겹게 싸움을 이어나갔다. 바리온은 두 갈래로 나뉜 슬레이브 유닛의 육중한 발아래에서 산산조각 나기 직전인 대원 하나를 구하려다 슬레이브 유닛이 휘두른 이온 나이프에 한쪽 다리의 허벅지 아래가 깨끗하게 쓸려 나가는 큰 부상을 입고 말았다. 바리온은 다른 대원들의 도움으로 가까스로 목숨만 건진 채 임시로 마련된 응급실로 옮겨졌다. 간호 경력이 있는 대원과 가이아인이 바리온의 잘린 다리를 알코올로 소독한 다음 붕대로 감았지만, 상태가 좋지 않았다.

소식을 듣고 달려온 레온이 침통한 얼굴로 의식을 잃은 바리온을 내려다보았다. '일어날 수 있을 거야. 암 그렇고말고.'

마침내 기계식 제너레이터가 슬레이브 유닛의 몸을 일으켜 세우는 데 성공하자 빅은 레온과 듀링을 불렀다. 세 사람은 피라미드 하우스에 침투할 방법에 관해 의논했고 한 가지만 빼고 뜻을 같이했다. 그 한 가지는 훈련받은 요원이 아닌 빅을 포함해야 한다는 조건이었다. 듀링과 레온은 잠시 망설였지만, 실랑이를 버릴만한 시간이 없었다. 세 사람은 즉각 작전에 돌입했다. 그들은 어렵게 얻은 슬레이브 유닛 세 대에 각각 나눠 타고는 전장이 혼란해진 틈을 타 테페 들판에 널브러진 채 FSU의 구조를 기다렸다. 얼마 지나지 않아 FSU 한 대가 무심하게 그들이 탄 슬레이브 유닛을 차례차례 피라미드 하우스의 SU 덱(Deck)으로 날랐다.

세 사람은 어둠이 내리기를 기다려 슬레이브 유닛의 가슴 장갑을 열고 수리를 기다리는 슬레이브 유닛이 줄지어 늘어선 메인터넌스 레일 위로 내려왔다. 레온은 BR6를 어깨에 둘러멨고, 빅과 듀링은 H2를 허리에 찬 채 크리티컬 랜스를 들었다. 그들이 메인터넌스 레일을 빠져나오자 창백한 얼굴에 나뭇가지처럼 비쩍 마른 남자가 발가벗은 이드를 슬레이브 유닛에 태우며 뭐라고 중얼거리고 있었다. 레온은 그가 디아블로아이의 의장단 가운데 한 사람임을 직감했다. 레온은 듀링과 빅에게 숨어 있으라고 손짓한 후 즈심스럽게 던바에게 다가갔다. 던바가 다음 차례의 이드가 잠들어 있는 서브캡슐로 가려고 등을 보이자 레온이 뛰쳐나갔다.

"움직이지 마!"

레온이 BR6의 차가운 총구를 겨누며 말했다.

"놀랍군. 어떻게 들어왔지?"

던바가 레온의 말을 무시하며 뒤로 돌더니 레온을 노려보았다. 레온은 방아쇠를 당겨야 할 손가락이 뻣뻣해짐을 느꼈다.

"자네가 저 우둔한 무리들의 대장인가?"

등줄기가 오싹해질 정도의 한기가 레온의 몸을 파고들었다. 대답하려고 해보았지만 뜻대로 되지 않았다.

"쯧쯧, 어리석은 일이야. 고작 백 년 사는 것들이 가아이의 미래를 좌우하려 들다니 말이야. 자네들은 심각한 착각에 빠져 있어. 가아이인 모두가 사라져도 우리가 손해 볼 것은 전혀 없다는 사실을 모르고 있단 말이야. 우리는 자네들과 같은 존재가 아니야. 가아이는 우리가 만든 세계지. 신에게 대들면 어떻게 되는지 똑똑히 보여줄 참이었는데 제 발로 찾아왔군.'

"허... 헛소리 집어 치워!"

레온이 남아 있는 힘을 쥐어짜내 소리쳐 보았지만, 등줄기를 타고 흐르는 공포를 이겨내기가 쉽지 않았다. 던바의 찢어질 듯

차가운 목소리가 몸속 세포 하나하나를 후벼파는 것 같았다. 멀리 떨어져 있는 듀링과 빅에게도 전해질 정도였다. 던바는 땀을 뻘뻘 흘리는 레온을 향해 죽음의 한 발을 내디뎠다.

"가소로운 자여, 우리를 죽일 수 있을 거라고 생각하나?"

"무...물론이지."

레온은 이제 혀까지 무뎌졌고 방아쇠에 걸려 있는 손가락의 힘마저 빠져나가기 시작했다.

"제발 죽여주게. 나도 이제 그만 쉬고 싶어."

던바가 BR6의 총구에 이마를 갖다 대며 말했다. 얼음장처럼 차가운 눈빛이 레온을 똑바로 응시했다. 레온은 눈을 질끈 감고 온 힘을 다해 손가락에 힘을 줘 방아쇠를 당겼다. 하지만 던바가 총구의 방향을 바꾼 뒤였다. BR6가 내뿜은 광선은 아무런 성과도 없이 허공으로 사라지고 말았다. 힘을 모두 소진한 레온은 BR6를 땅에 떨어트렸다.

"대단한 친구군. 칭찬할 만해. 자네를 이제야 만났다는 게 안타깝군."

앙상한 체격의 던바는 육중한 몸집의 레온을 손쉽게 들어올렸다. 레온이 벗어나려고 발버둥쳤지만 뜻대로 되지 않았다. 레온은 거의 실신 직전이었다. 던바가 쓰디쓴 미소를 지으며 다섯 손가락을 오므렸다. 손가락은 아주 빠른 속도로 레온의 복부를 지나 등을 뚫고 나왔다. 레온이 잠시 버둥거리는가 싶더니 이내 잠잠해졌다. 바닥은 레온이 쏟은 피로 물들었다. 던바가 레온을 내려놓고 손에 묻은 피를 핥았다. 바로 그때 '헉'하는 소리가 던바의 귀를 간질였다. 던바가 소리가 나는 쪽으로 고개를 돌리자 두링과 빅이 잽싸게 몸을 숨겼다.

"쥐새끼들이 또 있었군."

던바는 길고 가는 다리를 재빨리 움직여 두링과 빅에게 달려들었다. 던바는 듀링의 목덜미를 낚아채는 데 성공했지만 빅은 놓치고 말았다. 듀링은 눈을 감은 채 크리티컬 랜스를 있는 힘을 다해 휘둘렀다. 하지만 랜스는 던바의 손날에 보기 좋게 두 동강 나고 말았다. 던바는 듀링의 머리채를 잡더니 그대로 벽에 대고 눌렀다. 듀링은 비명조차 지르지 못했다. 그 사이 빅은 타고 온 슬레이브 유닛에 올라탔다. 던바가 좀 전에 태운 슬레이브 유닛에게 공격 명령을 내리자 두 대의 슬레이브 유닛이 뒤엉켜 싸우기 시작했다. 던바의 슬레이브 유닛이 무기를 잡으려고 잠깐 한눈을 판 사이 빅이 기회를 놓치지 않고 다리를 낚아채 쓰러트린 다음 두 개로 갈라진 육중한 발로 등을 내리 찍었다. 던바의 슬레이브 유닛이 '지지직'거리며 파괴되자 던바는 재빨리 다음 슬레이브 유닛을 준비시켰다. 때마침 FSU 한 대가 파괴된 슬레이브 유닛을 내려놓고 다시 날아오르려 하고 있었다. 빅은 FSU에

필사적으로 매달렸다. 아무것도 모르는 FSU는 다시 테페 들판을 향해 날았다. 그때 던바가 빠르게 대기시킨 슬레이브 유닛이 빅이 탄 슬레이브 유닛의 발목을 붙잡았다. 두 대의 슬레이브 유닛이 달라붙자 균형을 잃은 FSU는 조금 날더니 아래로 곤두박질치기 시작했다. 빅이 다리를 잡은 슬레이브 유닛을 떨어트리려고 발버둥치면 칠수록 FSU의 추락 속도는 더 빨라졌다. 잡목이 우거진 풀숲에 다다랐을 때야 비로소 던바의 슬레이브 유닛이 떨어져 나갔다. FSU가 가까스로 균형을 잡았지만 지면과 너무 가까웠다. 두 대의 슬레이브 유닛이 숲의 고요를 깨트리며 바닥에 부딪혔다. FSU 안에 있던 이드가 캐노피 밖으로 튕겨져 나와 어디론가 날아갔다. 빅도 정신을 잃고 말았다.

붉은색 곱슬머리를 어루만지며 초조하게 MST를 바라보던 유진은 MST에서 흘러나오는 노란 물결로 한껏 물든 통로를 걸어오는 에일을 발견했다. 어깨의 부상 흔적은 말끔히 지워져 있었다. 에일은 홀로그램 프로젝션 테이블에 앉은 유진이 오늘따라 우울해 보인다고 생각했다.

"몸은 좀 어때요?"

유진이 딱딱한 얼굴로 물었다.

"거뜬해요. 그런데 표정이 밝아 보이지 않는군요. 의장님."

에일이 좀처럼 보기 힘든 유진의 표정을 살피며 말했다.

"여기 상황도 에일처럼 깨끗해졌으면 좋겠는데……."

"저들의 저항이 만만치 않은가 보죠?"

"정리되고 있어요. 하지만 이데온의 침묵도 길어지고 있지요. 아시다시피 좋은 신호는 아니랍니다."

유진은 붉은 곱슬머리를 찰랑거리며 자리에서 일어나 이데온이 전송한 메시지의 출구 역할을 하는 MST로 다가가 가장 최근에 도착한 메시지를 보관하는 블록을 열어 구슬 하나를 꺼냈다. 유진은 구슬을 가지고 자리로 돌아와 데이터 인식 슬롯에 넣었다. 잠시 후 이데온의 메시지를 담은 플라스마 이온 광선이 허공을 가득 채웠다.

"가장 최근에 이데온이 보내온 메시지랍니다. 우리가 눈여겨보았던 변수가 그대로 남아 있어요. 제 예상대로 밖에서 설치고 있는 무리들은 전체 확률에 지장을 주지 않는 변수라는 말이지요. 우리를 위협할 변수, 다시 말해 우리가 모르는 미지의 변수가 머지않아 닥쳐올 거예요. 그때 우리가 할 수 있는 일은 많지 않을 겁니다. 그리고 여기 이데온이 보내온 마지막 메시지를 보세요. 이데온은 진화에 필연적으로 따라오는 오류를 받아들여야 한다고 말하고 있어요. 비록 그 오류에 관해서는 알려주지 않았지만, 나는 그가 암시하는 것이 무엇인지 다층 짐작할 수 있어요."

"그게 뭐죠?"

에일은 마치 이데온이 숨겨놓은 비밀이 있기나 한 것처럼 홀로그램이 펼쳐놓은 복잡하고 어지러운 공식과 문자들을 뚫어지게 쳐다보았다.

"통제의 불가능에 관한 것이죠. 제가 읽은 어떤 책에 이런 구절이 나옵니다. '신들은 그들이 만든 최상의 창조물들을 완전히 지배할 수 없게 된다는 문제를 받아들여야 한다.'"

"너무 앞서가는 거 아니에요? 우리는 지금까지 수많은 오류를 발견했고 적절히 통제해 왔어요. 앞으로도 그럴 거고요. 우리의 능력을 너무 과대평가해서도 안 되지만, 지나치게 부정적인 면만 보는 것도 좋지 않은 것 같아요."

유진은 동의할 수 없다는 듯 머리를 좌우로 저었다.

"가끔 우리가 이데온과 연결되어 있다는 사실을 잊어버리곤 한답니다. 변수만큼이나 두려운 것은 이데온과의 단절이에요. 그가 왜 우리로부터 멀어졌는지, 왜 관심을 끊었는지 그 이유를 알지 못하면 우리는 반갑지 않은 결과물을 받아들여야 할 겁니다. 물론 안다고 해서 나아질 것도 없지만 말이죠."

"이데온을 의심하지 말아요. 늘 그랬듯이 이데온은 앞으로도 영원히 우리를 지켜보며 우리 곁에 남을 거예요."

에일이 확신에 찬 표정으로 유진을 바라보았다.

"내가 염려하는 가장 우울한 시나리오는 이데온의 행동에 담겨 있답니다."

유진은 천진난만한 표정으로 자신을 바라보는 에일의 얼굴을 두 손으로 부드럽게 감싸 쥐었다.

"우리는 끊임없이 오류와 싸웠고 가이아를 완벽한 세상으로 만들려고 했어요. 하지만 그 세계는 자유롭게 꿈틀대는 세계가 아니라 우리 입맛에 맞는 가공된 세계에 지나지 않았지요. 우리는 돌연변이가 활개치도록 놔둬야 했어요. 오류가 저절로 잦아들도록 지켜봐야 했어요. 숨어서 제어하는 것이 아니라 숨어서 지켜보는 길을 택해야 했어요. 이데온이 한 것처럼 말이에요. 이데온은 우리와 반대로 오류를 필연적인 것으로 보았죠. 우리가 오류를 제거할 때다다 비록 우리에게 전해지지는 않았지만, 이데온의 계산기는 우울한 결과물을 쏟아냈을 겁니다."

유진의 두 손에 힘이 들어가자 에일의 얼굴에 경련이 일어났다.

"그렇다면 이데온은 왜 가만히 보고만 있는 거죠?"

"그게 바로 우리와 다르다는 거예요. 그리고 가장 중요한 핵심은 이데온은 우리들조차 오류로 인식하고 있다는 겁니다. 이데온 입장에서 보면 말이 되는 이야기지요. 우린 그것을 깨닫지 못했어요. 이데온은 으리를 버린 것이 아니라 지켜보고 있는 거예요. 그는 우리가 어떤 식으로 결말이 나든 상관하지 않을 겁니다. 그가 보내온 수많은 메시지보다 그의 행동 속에 해답이 숨어 있었다는 걸 우리는 모르고 있었어요. 이제 이데온이 보내는 메시지는 없을 거예요."

유진은 에일의 얼굴이 일그러질 정도로 꽉 쥔 두 손을 풀었다.

"그럼 우리는 어떻게 되는 거죠?"

"신만이 알겠죠."

유진은 처음 에일이 들어왔을 때 앉아 있던 자리로 돌아가 똑같은 자세로 앉았다.

"뮤, 그럼 당신은 여기서 뭘 기다리고 있는 거죠?"

"오랜만에 듣는 이름이군. 스칼라."

에일이 유진에게 다가가 가슴으로 그의 얼굴을 안았다.

"마지막 희망이지. 이데온이 우리를 버리지 않았다는 마지막 희망. 하지만 이데온이 가장 우려하던 의외성은 이 세계가 아니라 바로 우리였어. 그는 다시 시작하고 싶어 할지도 몰라. 그렇다고 그가 직접 개입하는 일은 없을 거야. 그렇게 되면 그 자신이 스스로 오류라는 걸 드러내는 꼴이 되고 말테니까. 말이 안 되지. 그런 일은 절대로 일어날 수 없어. 이데온은 완벽한 존재니까."

"이제 좀 쉬어요. 오늘따라 너무 말이 많네요. 뮤"

두 사람의 대화가 차가운 입맞춤으로 끝이 나려고 할 때 MST에서 유진이 기다리던 신호를 보내왔다. 유진은 에일을 밀어내고 MST로 다가가 블록을 열었다. 막 도착한 데이터 구슬을 테이블로 가져온 유진은 데이터 인식 슬롯에 구슬을 넣었다. 구슬이 회전하면서 내려갔다. 잠시 후 푸른빛이 감도는가 싶더니 플라스마 이온 광선이 허공으로 흩뿌려졌다. 지금까지 이데온이 전송한 메시지 중에 가장 단순한 메시지가 허공에 새겨졌다. 분석을 끝낸 유진이 그답지 않게 입술을 파르르 떨며 마지막 메시지를 큰 소리로 읽었다.

"확률 제로!"

28

스핀 박사는 펭어게 이데온을 만나려면 문두스가 끝나는 곳에서 시작해 문두스의 전체 깊이만큼 더 내려가야 한다고 말해주었다. 문두스의 가장 깊은 곳에는 노인들이 살고 있었다. 그들은 그들의 나이만큼이나 현명한 사람들이었다. 문두스인들은 그들이 이데온이 내뿜는 파괴적인 기를 억누르는 영험함을 품고 있다고 믿었다.

가장 연장자로 보이는 노인이 스핀 박사와 몇 마디 나누더니 펭 일행을 힐끔 쳐다보았다. 노인은 풍성한 소매와 발목까지 내려오는 긴 천의 허리 부분을 정교한 장식띠로 여민 옷을 입고 있었는데, 스핀 박사는 그 옷을 카프탄이라 부른다고 일행에게 알려주었다. 카프탄의 역사가 얼마나 되었는지는 신만이 아실 거라는 말도 덧붙였다. 노인은 다리보다 튼튼한 지팡이를 능숙하게 놀리며 그들에게 다가오더니 두 손을 모았다. 노인은 풍성한 소매에서 펭의 눈에 익은 작고 앙증맞은 물건을 꺼내 펭에게 건네주었다.

"재밍 센서 유닛(Jamming Sensor Unit)입니다. 디아블로아이의 존재들이 극초단파로 이드를 조종하듯이 이데온은 그것보다 더 강력한 전파로 우리에게 영향을 미칩니다. 호모 사피엔스의 씨를 말리는 데 결정적인 역할을 한 것이 바로 하이퍼초단파라 불리는 초월적인 힘입니다. 그런데 어떤 이유에서인지 모르지만 1,000년 전보다 많이 약해졌답니다. 덕분에 우리는 그와 만날 수 있었지요. 우연인지, 아니면 그가 원한 것인지는 아무도 모른답니다. 아무튼 살람 박사가 의장단이 초단파로 이드를 통제할 것이라고 생각한 것도 이데온의 이러한 능력 때문이지요. 아무리 약해졌다고는 해도 이 재밍 센서 없이는 이데온과 소통할 수 없습니다. 사람에 따라서는 목숨을 잃을 수도 있지요."

스핀 박사가 말하는 동안 펭은 노인의 눈을 유심히 바라보았다. 안개처럼 뿌연 막이 동공을 가리고 있었다.

"그는 눈이 아닌 귀로 보고 듣습니다. 이곳에서 오래 살다보면 저렇게 되지요. 재밌 센서라 해도 한계는 있으니까요."

"그럼 이곳을 폐쇄시켜야지 왜 이대로 두는 거죠?"

디네가 안타까운 눈으로 노인을 바라보며 말했다.

"그것이 바로 호모 사피엔스(진인류)가 끊어내지 못한 질긴 운명이지요. 아무리 과학이 발달하더라도 종교와 미신은 늘 우리와 함께해 왔습니다. 우리가 피핀에게 주문한 것도 그런 자극이었습니다. 때로는 자극이 그 어떤 과학보다 더 믿음직스럽게 인간을 지탱해 주기도 한답니다. 가이아인 역시 비록 태어나지 않은 존재지만 그 밑바탕은 우리와 같다는 것을 보여주었지요."

"무언가에 홀린 것처럼 아린을 따랐던 사람들 말이군요."

스핀 박사는 미소만 흘린 채 아무런 대답 없이 앞장서서 걸었다. 펭이 휠체어를 끌며 따라붙었다. 펭은 뒤돌아보지 않았지만 노인이 흐릿한 눈으로 자신을 바라보고 있다는 것을 느낄 수 있었다.

스핀 박사는 그들을 이데온에게 데려다줄 로딩행거로 안내했다. 로딩행거는 가느다란 돌다리가 유일한 연결통로인 돌기둥에 붙어 있었다. 로딩행거는 지름이 10미터는 족히 넘어 보이는 돌기둥의 외부 벽을 따라 나선형으로 이어진 레일에 붙어 움직이는 이동장치로, 돌로 만든 바닥에 단단히 뿌리를 내린 금속파이프가 둘러쳐져 있었다. 기계장치라고는 바닥에서 솟아 올라온 컨트롤박스가 전부였다. 스핀 박사가 컨트롤박스의 시동 버튼을 누르자 로딩행거가 큰 소리를 내며 천천히 움직이기 시작했다.

"20분 정도 걸릴 겁니다. 다소 어지러울 수 있으니 고정된 곳에 시선을 두는 게 좋습니다."

보이는 거라고는 축축한 암반이 전부인 배경을 앞에 두고 긴 침묵이 이어졌다. 마침내 로딩행거가 내는 거친 기계음을 뚫고 펭이 입을 열었다.

"생각해 보니 라이아의 부모님을 아직 못 만났군요."

"만날 수 없을 겁니다."

박사의 얼굴이 어두워졌다.

"왜죠?"

"라이아의 부모는 한때 아고라에 숨겨둔 문두스의 정보원이었지요. 두 사람은 힘들고 어려운 일들을 쉽게 풀 수 있도록 많은 도움을 주었답니다. 그들은 자신들의 목숨보다 문두스를 더 소중하게 여겼지요. 안타깝게도 우리는 그들 덕을 톡톡히 보면서도 그들을 지켜주지 못했습니다. 라이아의 부모는 폭주한 젊은 이드에게 살해당하고 말았지요. 잘 아시겠지만, 고삐 풀린 이드를 상대하는 건 무척 괴로운 일이랍니다. 그들의 시신조차 찾지 못했어요. 우린 라이아에게 큰 빚을 지고 있답니다."

라그랑이 애써 사람들의 시선을 피하며 깊은 심연을 내려다보았다. 펭은 스쳐 지나가는 암반을 보다가 어지러움을 느꼈는지 고개를 숙였다.

"그랬군요. 이드를 대하는 태도가 남다르다 했더니 그런 사연이 있었군요."

"처음에는 당신을 데려오는 임무를 맡기지 않으려고 했습니다. 라이아의 분노가 일을 그르칠 수도 있다고 생각했지요. 하지만 문두스에는 언제나 일손이 부족할 뿐 아니라 맡은 일만 하기에도 벅찬 곳이지요. 선택의 여지가 없었답니다. 한편으로 그만한 실력을 갖춘 아이도 드물었고요. 아무튼 그 정도면 잘 해냈다고 생각합니다. 비록 테라를 데려오지는 못했지만 그건 라이아의 책임이 아니랍니다. 그녀에게 살람의 요청이 전해진 것은 테라가 죽은 뒤였으니까요. 아무튼 라이아는 부모의 명성에 어울리는 자식이라는 것을 잘 증명했지요."

다시 긴 침묵이 이어졌고 로딩행거의 기계음이 그 자리를 대신했다. 얼마 후 따뜻한 열기가 느껴지는가 싶더니 로딩행거의 속도가 점점 줄어들었다. 그리고 마침내 완전히 멈춰섰다.

돌기둥과 이어진 터널 입구로 가까이 다가갈수록 열기는 더 뜨겁게 느껴졌다. 스핀 박사의 발걸음이 빨라지자 나머지 사람들도 덩달아 걸음을 재촉했다. 터널의 끝을 알리는 환한 불빛이 그들을 먼저 맞이했다. 불빛을 따라 조금 더 들어가자 터널 입구가 모습을 드러냈다. 미리 연락을 받았는지 하얀 가운을 입은 두 사람이 두꺼운 철문을 열어 둔 채 그들을 기다렸다. 펭과 일행은 그들의 안내를 받으며 안으로 들어섰다. 펭은 딱 벌어진 입을 다물지 못했고, 입이 없는 것처럼 말이 없던 라몬 위원도 들을 수 있을 만큼 큰 소리로 놀라움을 표시했다.

단자함과 배선반이 덕지덕지 붙은 보호패널로 덮인 거대한 원형 토로이드를 중심으로 셀 수 없이 많은 튜브와 배관, 그리고 케이블이 혈관처럼 뻗어 나와 벽면에 부착된 여러 대의 메인 컴퓨터 코어로 연결되어 있었다. 커다란 제너레이터 네 대가 웅장한 소리를 내며 토로이드 바로 옆에 놓여 있었고, 메인 컴퓨터 코어 옆으로는 플러그와 단자, 그리고 형형색색의 버튼과 레이저 증폭기와 스캐닝 장비를 비롯한 다양한 모듈로 채워진 컨트롤 테이블이 자리를 차지하고 있었다. 하얀 가운을 입은 남자가 그 앞에 서서 스캐너가 뱉어 낸 종이를 유심히 살폈다. 컨트롤 테이블마다 하나씩 달린 스크린에는 그래프와 숫자, 그리고 라그랑이 해독한 문자와 비슷하게 생긴 글자들이 끊임없이 바뀌며 아래로 흘러내렸다.

하얀 가운을 입은 사람과 짧게 이야기를 나눈 스핀 박사는 펭을 거대한 토로이드 옆에 있는 엘리베이터로 데려갔다. 엘리베이터를 타고 지하로 내려가자 본체라고 할 수 있는 원형 토로이드의 숨은 몸체가 모습을 드러냈다. 본체에는 지름이 1미터 가량 되는 거대한 케이블이 대동맥처럼 중앙에 버티고 있었으며, 두꺼운 합금으로 만든 방열판과 전지패널, 그리고 에어록과 열기를 뽑아내는 열배기패널이 덕트와 함께 덩어리째 붙어 있었다. 메인 케이블 옆으로는 지름이 50cm 가량 되는 절연 나노튜브에 싸인 전선 뭉치가 배전반을 지나 지상으로 연결되었다. 그 사이사이로 가느다란 구리 코일이 금속파이프의 보호를 받으며 줄지어 늘어선 채 자기 역할을 하고 있었다. 군데군데 설치된 모니터는 각 장치의 상태를 체크해 보여주었다. 제일 아래 메인 플랫폼에는 아무런 정보 표시 없이 침묵에 잠긴 커다란 메인 스크린과 문두스를 통틀어 딱 한 대 있는 양자컴퓨터가 자리를 차지하고 있었다.

"이것이 이데온의 정체인가요?"

펭이 휠체어를 이리저리 밀며 10미터 가량 되는 거대한 몸체를 올려다보았다.

"엄밀히 말하면 이데온은 아닙니다. 이데온이 보내오는 메시지를 받는 기계장치일 뿐이지요. 하지만 이곳 사람들은 이것을 이데온이라고 부릅니다."

"소통은 어떻게 합니까?"

"이데온은 소통을 하지 않습니다. 그저 정보를 보낼 뿐이죠. 그마저도 자주 있는 일은 아니랍니다."

박사가 침묵에 잠긴 스크린을 바라보며 말했다.

"그럼, 도대체 이데온은 어디에 있는 겁니까?"

"그건 아무도 모릅니다. 바로 우리 발밑일 수도 있고 아니면 그보다 더 깊은 곳일 수도 있지요. 중요한 것은 우리가 접근할 수 있는 한계가 여기까지라는 겁니다."

박사가 양자컴퓨터 옆에 달린 레이저 증폭기와 이데온과 소통하기 위해 스핀 박사와 에밀리가 오랜 연구 끝에 개발에 성공한 이데온 전용 프로토콜인 HTPFI(High speed Transmission Protocol For Ideon)를 점검하며 말했다.

"어떻게 그를 불러내죠?"

"방법이 하나 있긴 한데 그리 유쾌하지는 않답니다."

"기분 따위는 아무래도 좋습니다. 그 방법을 실행하시죠."

펭이 조급함을 드러냈다.

"지금 하고 있지 않습니까?"

펭이 멍한 눈으로 바라보자 박사가 웃음을 터트렸다.

"하하하. 농담이 아니에요. 지금 우리가 할 수 있는 유일한 방법은 기다리는 것입니다. 이데온은 자기가 원하는 시간에, 원하는 방법으로, 하고 싶은 말을 들고 우리를 찾아온답니다. 심지어 그가 보내는 메시지도 중구난방이지요. 때로는 기호와 수식으로, 때로는 라그랑만이 해독할 수 있는 고유한 문자로, 때로는 알기 쉽도록 우리가 아는 문자로 메시지를 보낸답니다. 살람이 말한 대로 그는 꽤 까다로운 존재지요. 라그랑이 필요한 이유이기도 하고요."

"잘 때는 있습니까?"

펭이 농담조로 박사의 말을 받아쳤다.

"원한다면 덕트 하나를 내어드리지요. 아주 따뜻하답니다."

"다시 생각해보니 여기서는 잠이 올 것 같지 않군요. 그건 그렇고, 아까 살람 박사가 말한 아인 배열에 관한 것 말입니다. 이름부터가 심상치 않은데 혹시……."

"저희도 같은 생각을 했답니다. 베르트만 아인 박사가 남긴 씨앗이 아닐까 하고요. 하지만 해답을 찾을 수 있을 것 같진 않습니다. 해답을 손에 쥔 이데온은 베르트만 아인 박사를 썩 좋아하지 않거든요. 가이아를 만든 존재들을 가이아인이 싫어하듯이 말입니다. 그는 아인 박사에 관해 언급한 적이 없답니다."

박사의 말이 끝나기 무섭게 '땡'하는 소리가 나더니 엘리베이터에서 디네와 두툼한 종이 뭉치를 손에 든 라그랑이 내렸다. 두 사람 역시 문두스인이 이데온이라 믿는 거대한 구조물에 시선을 빼앗겼다.

"굉장하군요."

디네가 가까이 다가와 양자컴퓨터에 달린 레이저 증폭기를 세심하게 살폈다. 바로 그때 증폭기에서 미세한 진동이 느껴지더니 열배기패널에서 '쉭'하는 소리가 들려왔다. 그와 동시에 감시 모니터에 나타난 단조로운 그래프들이 빠르게 요동치기 시작했다. 위층에서 바삐 움직이는 발소리가 들리는가 싶더니 누군가가 큰 소리로 떠들었다.

"박사님, 이데온입니다! 그가 왔어요!"

컴퓨터보드의 스피커를 통해 흥분한 목소리가 들려왔다. 스핀 박사는 메인 플랫폼에 달린 거대한 스크린에 눈을 고정시켰다. 펭과 디네 역시 긴장한 눈빛으로 스크린을 주시했다. 라그랑만이 별다른 표정 변화 없이 차분하게 서 있었다.

"그가 오고 있어."

거대한 메인 스크린에 라그랑이 해독한 문자가 하나둘 모습을 드러내자 박사가 말했다. 펭이 테라의 모니터에서 얼핏 보았던 문자였다. 문자는 그때와 달리 펭에게 아무런 영향도 주지 못했다. 재밍 센서 덕분이었다. 박사는 스피커에 대고 외쳤다.

"스캐너 스탠바이 하고 바로 전송해주게."

"알겠습니다. 실시간 전송 모드로 돌리도록 하겠습니다."

 말이 끝나기 무섭게 플랫폼 끝에 달린 데이터 출력장치가 작동하기 시작했다. 하지만 곧바로 모든 장치가 꺼져버렸다. 박사가 실망의 눈빛을 내비칠 즈음 은은한 파장이 디네의 귀를 자극했다. 익숙한 목소리였다. 디네는 듀링의 창고에서 눈뜨기 전 경험했던 목소리라는 사실을 기억해냈다. 그때보다 더 생생한 목소리였다. 박사가 멍한 눈으로 스크린을 바라보는 디네의 얼굴과 스크린을 번갈아 바라보았다. 박사는 이데온이 디네와 소통하고 있음을 눈치채고 증폭기의 다이얼을 최대로 돌렸다. 하지만 이데온의 메시지는 디네만을 향하고 있음을 깨달았을 뿐이다.

 디네의 눈에서 눈물이 흘러내렸다. 펭은 일이 어떻게 돌아가는지 알고 싶었지만 지금은 침묵이 최선의 방법이라고 생각했다. 박사 역시 팔짱을 낀 채 디네의 상태만 체크했다. 라그랑은 손에 쥔 종이 뭉치를 한 장 한 장 넘기며 마음속으로 읽어 내려갔다. 펭과 박사의 인내심이 바닥을 드러내려고 할 때 쯤 갑자기 출력장치에서 출력물이 쏟아져 나왔다.

"박사님, 무슨 일 있으십니까?"

 스피커에서 당황한 듯한 남자의 목소리가 들려왔다.

"아...아니야 별일 없네."

"이데온이 보낸 데이터가 많습니다. 받아 보셨나요?"

"지금 나오고 있네."

"알겠습니다."

스피커가 꺼지자 디네가 온몸을 부들부들 떨며 쓰러졌다. 펭이 급하게 휠체어를 굴려 그녀 곁으로 다가갔다. 하지만 불편한 다리로 그가 해줄 것은 아무것도 없었다. 스핀 박사가 다시 스피커를 켜고 사람들을 불렀다. 그사이 라그랑은 출력장치가 뱉어낸 데이터를 정리했다. 사람들이 걱정스러운 눈으로 지켜보는 가운데 디네가 깨어났다. 그녀는 아무 말이 없었고 다섯 명은 올 때와 같은 길을 따라 문두스인이 생활하는 곳으로 돌아갔다.

라그랑이 문자 해독을 끝마쳤을 즈음 다섯 사람이 다시 모였다. 제일 먼저 입을 연 것은 디네였다.

"그는 제가 자기와 가장 가까이 지내던 에이도스의 분신이라고 말했어요. 내 안에 그의 모든 것이 들어있다고 말이에요. 사실 저는 이데온과 한 번 마주친 적이 있어요. 비록 현실은 아니었지만요. 그가 제 꿈에 나타나 저와 다정하게 이야기를 나누던 장면이 지금도 생생하게 기억나요. 내용은 이해하기 어려운 것들이었지만 즐겁다는 느낌만큼은 지울 수가 없었죠. 그러다가 어느 순간 저는 아주 작은 세포 단위로 흩어졌고 많은 시간이 흐른 뒤 다시 환생했어요. 그때는 이해할 수도, 이해하고 싶지도 않은 꿈이라고 생각했는데 그게 아니었어요. 이데온은 제 안에 에이도스의 모든 것이 들어 있지만 전부는 아니라고 했어요. 제 안에는 호모 사피엔스의 일부도 들어있다고 했어요. 그리고 자신은 창조할 뿐 간섭하지 않는다고 하면서 두 가지 의미 있는 메시지를 전하고 떠났어요. 하나는 자기가 기대하던 최고의 결과물이 저라는 것이고, 다른 하나는 제가 꼭두각시처럼 조종당하는 이드를 해방시킬 열쇠를 쥐고 있다고 했어요."

"이런 말 하긴 좀 그렇습니다만, 한마디로 당신은 가장 훌륭한 진화의 산물이라고 할 수 있을 것 같군요. 이데온이 인정하듯이 말입니다. 우리가 보기에도 당신은 이드의 특성을 전혀 가지고 있지 않을뿐더러 주관적으로 느끼는 감정도 우리와 다를 바가 없어 보입니다. 물론 목 뒤의 단자도 없지요. 살람 박사가 가까이서 들여다봐야 구분할 수 있을 정도니까요.'

스핀 박사가 조심스럽지만 확신에 찬 어조로 말했다.

"결국, 저 역시 디아블로아이의 존재들과 다를 바가 없다는 뜻이겠죠."

"그렇지 않아요."

물어보지 않으면 일체 입을 열지 않던 라그랑이 입을 열자 사람들이 놀란 얼굴로 그녀를 쳐다보았다.

"모두가 착각하고 있는 부분이 있어요. 유전자의 대물림으로 태어나든, 절대자의 창조물로 태어나든 우리 몸을 이루는 분자들은 모두 같아요. 기계가 아니란 이야기죠. 이드에게 알고리즘이라고 하는 기계적인 부분이 있는 건 사실이지만 90%는 사피엔스와 똑같아요. 특히나 디네는 100% 인간과 같죠. 그 이유는 이데온이 디네에게 말한 것처럼 그녀의 몸이 에이도스의 절반 정도를 차지했던 생체 DNA와 호모 사피엔스의 DNA로 이루어졌기 때문이에요. 이데온이 보내온 메시지에 따르면 그가 창조한 던바 일행과 디네는 1,000년 전 인간의 모습보다 더 진화한 형태일 뿐 큰 차이는 없다고 했어요. 그는 호모 사피엔스의 모든 분자 배열을 분석을 통해 알아냈고 거기에 약간의 오류를 수정했을 뿐이라고 말했죠. 그 약간의 차이가 우리가 느끼기에는 무척 크지만 말이에요. 아무튼 이데온은 자신조차도 의장단과 디네가 품은 잠재적 가능성이 어떻게 변할지 모른다고 했어요. 이데온의 생각은 의식이 세포를 이루는 입자 하나하나의 배열에서 나온다는 것을 부정하지는 않았지만, 입자들의 양자적 행동을 예측할 수는 없기 때문에 긴 세월에 걸쳐 그들이 어떻게 변해 가는지를 두고 봐야 한다는 것이었죠. 그래서 이데온은 던바를 비롯한 4인에게 자신과 에이도스에게 주어졌던 두 가지를 적용했다고 해요. 그것은 에이도스의 배출기능과 자신처럼 정보로 질서를 유지하도록 하는 시스템이었죠. 던바 의장단이 이드의 과거 찾기를 숨기려 했던 이유가 바로 여기에 있어요. 그들 안에 이드가 심어져 있다는 것과 이드가 자신들보다 훨씬 오래된 종족이었다는 사실이 알려지는 날에는 모든 것이 물거품이 될 수도 있기 때문이죠. 아무튼 이데온은 그들에게 영원한 삶을 주지는 않았는데 그것이 바로 알고리즘으로 작동하지 않는 호모 사피엔스의 신체였어요. 재미있는 것은 그들이 이데온처럼 분신을 만들어냈다는 거예요. 이데온도 미처 예상하지 못했던 사건이었죠. 그것이 바로 가이아라는 세계죠. 뿐만 아니라 던바 의장단은 호모 사피엔스의 특징인 DNA의 대물림까지 재현했어요."

전과 달리 라그랑의 한결 부드러운 설명이 이어지는 가운데 스핀 박사가 끼어들다.

"그렇게 된 거로군요. 사실 저희도 가이아라는 세계가 있다는 걸 최근에야 알았답니다. 불과 100년 전까지만 해도 우리는 던바 일행과 싸움을 준비하고 있었답니다. 하지만 어느새 그곳에는 거대한 제국이 서 워져 있더군요."

"그렇다면 우리 기억 속에 있는 가이아의 역사는 어디로부터 온 것인가요?"

라몬이 모처럼 입을 열었다.

"저들의 능력으로 보았을 때 최초의 가이아인에게 호모 사피엔스의 역사를 자기 것으로 기억하게 만드는 것쯤은 어려운 일이 아닐 겁니다. 그다음은 아주 쉽지요. 새롭게 태어난 아이들은 거짓 기억을 가지고 창조된 최초의 가아인들에게 역사를 배우며 자라게 될 테니까요."

"그렇다면 이드는요? 이드는 도대체 어디서 나타난 겁니까?"

라몬이 현실을 부정하려는 듯 연이어 질문을 던졌다.

"에이도스의 후예들이죠. 그런데 이데온은 지금 우리의 시조라고 추측되는 이드에 관한 정보를 거의 보내지 않았어요. 따라서 여기서부터는 정확하지 않아요. 아무튼 이드는 살람 박사님이 말한 대로 우리의 뿌리일지도 몰라요. 하지만 그가 시작이 아니라는 것만큼은 확실해요. 최초의 이드라고 여겨졌던 에이도스와 우리는 분명 달랐어요. 우리보다 많은 부분이 알고리즘으로 되어 있었다고 해요. 여기까지가 이데온이 말한 에이도스의 전부예요. 따라서 여기서부터는 제 추측입니다만, 아마도 지금의 우리는 던바가 아니라 이데온이 손을 댄 것으로 보여요. 그리고 이드 역시 DNA를 다음 세대로 넘기는 존재로 다시 태어났죠. 대신에 수명은 짧아졌지만요."

"희미하긴 하지만 제 꿈이 환상이 아니라면 그건 아마도 지금 이드의 조상이라고 생각되는 그 사람, 이데온과 가장 가까이에서 마지막까지 존재했던 한 에이도스의 부탁 때문이었을 거예요."

디네가 꿈을 꾸는 듯한 얼굴로 비어 있는 조각을 맞추려고 입을 열었다. 사람들의 시선이 동시에 그녀를 향했다.

"그는 이데온에게 작은 부탁을 남겼어요. 좀 더 나은 존재로 다시 태어나게 해달라고 말이죠. 그가 바란 것은 영원한 생명도, 전지전능한 힘도 아니었어요. 바로 호모 사피엔스처럼 자신의 흔적을 남길 수 있는 조그만 발자취였죠. 그리고 이데온이 들어준 부탁의 결과가 지금의 이드들이에요."

"안타까운 일이군. 얻는 것이 있으면 잃는 것도 있는 법. 이드는 호모 사피엔스와 가까워지면서 많은 것을 잃었어. 나약해졌지. 그렇지 않았다면 던바 일당에게 휘둘리지 않을 힘 정도는 있었을 텐데 말이야."

펭이 주먹으로 자기 손바닥을 내리치며 말했다.

"그래서 저를 생각해낸 거죠. 아마도 그 죄책감 때문이 아닐까 하는 생각이 들어요."

디네가 머리를 쓸어 넘기며 말했다.

"그럴까? 그는 늘 방관자처럼 행동해 왔었지. 그런데 왜? 모르겠군."

"라그랑, 이데온이 전할 말은 다 한 건가?"

묵묵히 듣고 있던 스핀 박사가 라그랑을 보며 재촉하듯 물었다.

"아니요. 아직 하나가 남았어요. 이데온은 이것이 문두스와 소통하는 마지막 메시지가 될 거라고 말했어요."

라그랑이 비장한 얼굴로 말했다.

"궁금하군."

성급한 펭이 또다시 끼어들었다.

"던바 의장단의 실패가 이데온의 실패를 의미하지 않는다. 가이아의 실패는 던바의 실패일 뿐이다."

그때 밖에서 시끄러운 소리가 들리더니 누군가 노크도 없이 문을 박차고 들어왔다. 살람 박사를 도와 이런 저런 연구를 담당하던 보조연구원이었다.

"지도자님, 큰일 났습니다. 살람 박사가, 살람 박사가……."

29

살람 박사의 카사에서 얼마 떨어지지 않은 그의 실험실은 엉망진창이었다. 뇌파측정기는 바닥에 널브러져 있었고, 실험체의 최종 상태 그래프를 화면에 띄워 놓은 모니터는 접촉 불량인지 계속 깜빡거렸다. 전원 케이블이 달린 인젝션 유닛이 촘촘하게 박혀 있는 돔처럼 생긴 뇌파수집장비 역시 뇌파측정기와 연결된 채 테스팅 배드 아래에 떨어져 있었다. 이 외에도 생체 내 비게이션 컨트롤 유닛과 브리지 리미터를 비롯한 전자장비가 쓰러져 있거나 자기 자리를 이탈한 상태였고 플라스크와 비커, 피펫을 포함한 자질구레한 화학실험 도구들이 깨지거나 부서진 채 바닥에 흩어져 있었다. 가장 먼저 들이닥친 스핀 박사는 놀랄 새도 없이 살람 박사를 찾았다. 박사는 실험실 바로 옆에 따로 마련된 세이프티 챔버 바닥에 쓰러져 있었는데 디네가 데려온 이드가 그의 목을 조르고 있었다. 이드는 발가벗은 상태였고 한쪽 팔이 없었다. 머리에는 전선을 꽂은 채였고 얼굴에도 작은 바늘이 여러 개 꽂혀 있었다. 박사는 마취의 영향으로 약해진 이드의 악력 덕분에 괴로워하면서도 의식을 잃지 않았다. 하지만 이드가 마취에서 완전히 회복하는 즉시 살람은 목숨을 잃을 것이 분명했다.

"멈춰!"

스핀 박사가 온몸의 힘을 모아 외쳐 보았지만, 이드는 쳐다보지도 않았다. 이드의 악력이 조금씩 강해지자 빨갛게 달아올랐던 살람의 얼굴이 창백해지기 시작했다. 살람은 자신이 한 실험을 후회했다. 그는 좀처럼 찾아오기 힘든 기회를 얻었고 그 기회를 놓치고 싶지 않았다. 가이아에서 이드를 죽이거나 해브하는 것은 가장 무거운 죄에 해당했다. 하지만 문두스에서는 모든 것이 허락되었다. 박사는 디네가 이드를 데려왔다고 말한 순간, 마음 깊은 곳에서 꿈틀대는 욕망을 느낄 수 있었다. 하지만 그 어떤 욕망도 목숨보다 중요할 수는 없었다. 살람이 모든 것을 체념한 채 이드의 손에 목숨을 맡기려던 찰나 갑자기 이드의 손가락 힘이 약해지기 시작했다. 살람은 그것이 죽음과 가까워졌음을 의미하는 것인지 아니면 누군가 자신을 돕고 있는 것인지 알아차리지 못할 정도로 의식이 없는 상태였다. 이드의 손아귀에서 완전히 벗어난 후 침몰하던 의식이 조금씩 다시 떠오를 때쯤 그는 사태를 파악할 수 있었다.

디네는 자신의 몸에서 솟구쳐 오르는 강한 에너지를 느꼈다. 세포 하나하나를 이루는 아원자들이 공명하더니 마치 하나의 물결처럼 커다란 파동을 일으켰다. 그 에너지는 우리 몸의 붕괴를 막는 생명의 파동임이 분명했다. 디네가 파동을 자기 마음대로 할 수 있다는 사실을 깨닫는 데는 오랜 시간이 걸리지 않았다. 그녀는 따뜻하고 편안한 파동의 물결을 자기 의지와 상관없이 한쪽 팔을 잃은 채 실험 대상이 된 가여운 이드가 느낄 수 있도록 해주었다. 눈에 보이지 않는 파동이 이드의 뇌와 공명하는 순간 이드는 살람 박사의 목을 조르던 손을 거두어들였다. 디네는 이드를 자기 품에 앉더니 꼭 안아주었다. 펭을 비롯한 실험실 안에 모인 사람들은 좀처럼 보기 힘든 이드의 눈물을 똑똑히 보았다.

"믿기지 않는 일이군."

펭이 한몸이 된 디네와 이드를 아련한 눈으로 바라보며 중얼거렸다. 스핀 박사와 라몬 위원이 살람을 일으켜 세울 즈음, 헬리오스의 전자기파를 흡수하려고 동공 밖으로 고개를 내민 실험실의 커다란 창문 밖으로 점 하나가 보였다. 점은 점점 커지더니 실험실 쪽으로 천천히 다가왔다. 펭은 손을 이마에 대고 힐리오스가 뿜어낸 전자기파를 등진 채 다가오는 물체를 보려고 눈살을 찌푸렸다. 하지만 빛 때문에 물체를 똑바로 쳐다보지 못했다.

"저... 저게 뭐죠?"

펭이 미지의 물체를 가리키며 말했다. 스핀 박사가 고개를 돌리더니 펭처럼 한 손을 이마에 대고 물체를 바라보았다. 시험비행 중인 UA4였다.

"얼티메이트 어택."

스핀 박사가 큰 소리로 외쳤다.

"마침내 완성했군."

박사는 살람을 라몬에게 맡기고 빠른 걸음으로 창문 쪽으로 다가갔다. UA4는 이제 창문 전체를 가리고 있었다. 잠시 후 물체의 육중한 가슴 장갑이 위아래로 열리더니 납작하고 단단한 금속 옷의 보호를 받으며 몸보다 커 보이는 커다란 헬멧을 쓴 사람이 모습을 드러냈다. 그는 손을 흔들며 창문 가까이 다가왔다. 곧이어 한 사람이 더 나타나 같은 동작을 반복했다. 펭이 가까이 다가가 두 사람이 누구인지 확인했다.

3부 진실

"라이아! 디렉!"

"펭 가문이 남긴 비밀을 말해야 할 때가 온 것 같군요. 로저 아인. 당신을 왜 축복이라고 하는지 말입니다."

펭은 휠체어를 돌려 스핀 박사를 똑바로 응시했다. 라이아와 디렉이 무슨 일이 벌어졌는지 궁금한 듯 헬멧을 실험실 창에 바싹 갖다 붙였다.

"살람 박사가 푼 암호문에는 이렇게 적혀 있었습니다."

'믿고 싶지 않지만, 나는 HAL이 비우호적일 수 있음을 가정해야 하는 과학자이다. 또한 자식의 앞날을 비롯해 한 치 앞도 내다보지 못하는 한심한 인간이기도 하다. 물론 HAL은 완벽한 사고체이며 우리를 적으로 돌리지 않을 것이다. 하지만 어떤 이유에서건 그가 세상에 태어나지 말았어야 한다는 끔찍한 이야기가 흘러나온다면 나는 무척 슬플 것이다. 그래서 나는 그런 일이 일어나기 전에 사태를 수습할 수 있는 모종의 장치를 마련해 두기로 했다. HAL을 멈추지 않으면 안 되는 불행한 사태가 일어났을 때 이를 적절히 활용하기 바란다. 방법은 아주 간단하다. 아인 가문의 피가 흐르는 사람이면 누구든 자신의 피를 HAL에게 주입하기만 하면 된다. 아인 가문의 혈액 안에 담긴 정보 입자들이 HAL의 질서를 유지하는 힘인 입자 파동을 흐트러뜨려 그 즉시

분해해버릴 것이다. 이 글을 어려운 암호로 남겨두는 까닭은 이 방법이 최후의 수단이 되어야 한다는 생각에서다. 부디 내 뜻을 잘 새겨 현명한 판단을 내리기 바란다.'

"참고로 여기에 나오는 HAL은 의심의 여지 없이 이데온입니다."

스핀 박사의 근엄한 목소리가 실험실을 감돌더니 공중으로 흩어졌다. 펭이 실험실 창에 붙어 있는 라이아와 디렉을 바라보며 부드러운 미소를 지었다. 라이아와 디렉도 웃음으로 화답했다.

"이 모든 걸 정리하려면 제 피가 필요하다는 이야기군요. 박사님은 이데온을 잠재우고 싶으신가요?"

"그러고 싶어도 그럴 수 없다는 걸 아실 겁니다. 이데온은 처음부터 우리보다 월등한 능력을 가지고 태어났습니다. 그리고 대략 1,000년이라는 시간이 흘렀지요. 우리는 좀 더 쓸 만한 곳에 당신의 능력이 쓰이길 바랄 뿐입니다."

"그렇다면 주저할 필요가 없겠군요. 하지만 이런 꼴로 제가 뭘 할 수 있겠습니까?"

펭이 휠체어에 탄 자신을 가리키며 말했다.

"그래서 저 물건이 필요한 것이지요."

스핀 박사가 라이아와 디렉 뒤에 늠름하게 서 있는 UA4를 가리켰다.

"저도 가겠어요. 그곳에는 저를 필요로 하는 존재들이 있어요."

디네가 이드를 바라보며 말했다.

"우리도 그래 주길 바랐다네."

스핀 박사가 흡족한 미소를 지으며 라이아를 향해 엄지손가락을 치켜세우자 라이아는 디렉의 손을 잡고 다시 UA4로 돌아갔다. 잠시 후 UA4는 날카로운 소리만 남긴 채 사람들의 시야에서 사라졌다. 겨우 정신을 차린 살람 박사가 디네의 품에 안겨 있는 이드를 물끄러미 바라보았다.

펭과 디네는 라이아와 디렉이 썼던 것과 똑같은 헬멧을 들고 브리지 포드로 안내할 승강기에 올라탔다. 디렉이 그들을 향해 걸어왔다.

"이거 받으세요."

디렉이 비브라늄 안전레버가 달린 레이저건을 내밀었다.

"이 녀석이 아저씰 지켜줄 거예요."

디렉이 지난날의 펭처럼 진지한 얼굴로 말했다.

"널 지켜주었듯이?"

"네. 맞아요."

"고맙다."

펭이 레이저건을 손에 쥔 채 물끄러미 바라보았다.

"꼭 살아서 돌아오셔야 해요."

"네가 뭘 모르는 모양인데 원래 주인공은 죽지 않는단다."

펭이 한쪽 눈을 찡긋하며 말했다.

"문두스는 언제나 일손이 부족하답니다. 그러니 두 눈 다 꼭 살아서 돌아오셔야 해요."

이번에는 에밀리가 끼어들었다.

"그럴게요. 그리고 그 아이 잘 부탁해요."

디네가 에밀리 곁에 서 있는 팔 잘린 이드를 걱정스럽게 바라보았다.

"걱정하지 마세요. 에밀리는 아주 뛰어난 과학자이자 의사거든요."

라이언가 환한 미소를 지으며 말하더니 펭을 바라보았다.

"문두스 사람들을 실망시키지 말아요. 그땐 제가 가만히 있지 않겠어요."

"나를 노리는 사람이 또 한 명 추가되었군. 그건 그렇고 라몬 위원님은 어떻게 하실 작정입니까."

펭이 주뼛거리며 서 있는 라몬을 바라보았다.

"솔직히 말하면 난 아직도 뭐가 뭔지 잘 모르겠네. 다만, 한 가지 분명한 것은 지금 벌어지는 모든 일들이 사실이든 아니든 내

3부 진실 403

게는 가이아의 미래만큼 중요하지 않다는 걸세. 난 가모프 지도자님의 뜻을 받들 생각이네. 만일 내게 어떤 역할이든 주어진다면, 그리고 그 역할이 가이아를 위한 것이라면 내 남은 삶을 가이아를 위해 쓸 작정일세."

라몬이 어느새 길게 자란 턱수염을 쓰다듬으며 말했다.

"알겠습니다. 분명 위원님께서 하실 일이 있을 겁니다."

펭은 이 말을 끝으로 디네와 함께 브리지 포드로 올라갔다. UA4의 조작은 열여덟 살 소년이 쉽게 움직일 수 있을 만큼 간단했다. 그는 디네의 도움을 받아 에밀리가 특별히 제작한 좌석에 앉았다. 펭의 뒤를 이어 디네가 자리를 잡자 승강기는 텅 빈 휠체어만 태운 채 다시 아래로 내려갔다. 펭은 에밀리가 알려준 대로 팔을 받침대에 올린 다음 받침대 끝에 달린 버튼을 눌렀다. 따끔거리는 느낌과 함께 펭의 혈액이 빠져나갔다. 혈액은 일차로 UA4에 장착된 소형 냉동캡슐로 들어갔다. 펭이 브리지 포드의 정면 모니터 왼쪽에 달린 빨간 버튼을 누르는 즉시 냉동캡슐이 해동 모드로 바뀌면서 해동된 혈액이 UA4의 가슴에 장착된 발사관으로 스며들게 되어 있었고, 펭이 타깃을 조준한 채 빨간 버튼 옆에 있는 초록 버튼을 누르면 주삿바늘처럼 생긴 얇은 침이 달린 인젝션 킷이 발사되어 타깃의 몸에 그의 혈액을 남김없이 밀어 넣도록 되어 있었다. 모든 준비를 마친 펭이 UA4의 전원을 켜자 가슴과 허벅지에서 푸른빛의 V자가 나타났다. 새의 부리처럼 생긴 얼굴에서도 불빛이 쏟아져 나왔다. 잠시 후 거대한 퀀텀런처를 어깨에 고정한 UA4가 거칠게 꿈틀거리더니 쏜살같이 게이트를 빠져나갔다. 펭은 살람 박사의 카사를 한 바퀴 돌았다. 스핀 박사가 창밖으로 손을 흔들었다. UA4가 속도를 올리더니 문두스의 거대한 동공을 순식간에 빠져나갔다.

바리온이 눈을 켰을 때 그를 괴롭힌 건 하나밖에 남지 않은 그의 다리가 아니었다. 그보다는 학살에 가까운 일방적인 전투가 빚어낸 가이아의 암울한 미래였다. 레온이 듀링과 함께 피라미드 하우스로 들어갔다는 희망적인 메시지는 한나절도 지나기 전에 절망으로 되돌아왔다. 그 누구도 레온과 듀링이 어떻게 되었는지 알지 못했다. 하지만 가이아인들과 에이나인 대원들은 그들이 어떤 결말을 갖이했을지 충분히 짐작하고도 남을 무시무시하고 격렬한 공격을 온몸으로 받아내야 했다. 테페 언덕 아래의 평야는 핏빛으로 물들었고 가이아인들의 시체가 산처럼 쌓여 갔다. 에이나인을 제외한 다른 비밀정보국 요원들도 디아블로아이의 잔학성에 치를 떨며 가세했지만 슬레이브 유닛과 FSU의 막강한 공격력 앞에서 힘 한 번 제대로 써 보지 못하고 허무하게 사라지고 말았다. 바리온이 깨어났을 때 가이아인을 제외한 전투 가능한 병력은 고작 2~300명 정도였다. 하루도 버티기 힘든 숫자였다.

바리온은 마지막 총공격을 준비했다. 그는 사람이든 기계든 움직일 수 있는 모든 병력과 물자를 모았다. 돌멩이를 들고 서 있는 가이아인도 있었다. 그는 목발을 짚은 채 증오로 가득한 눈을 번뜩이며 대열을 맞추어 서 있는 전투요원과 가이아인들 앞에 모습을 드러냈다. 바리온은 사람들을 내려다볼 수 있는 곳에 서서 마음 깊은 곳에서 우러나오는 목소리로 가이아의 미래와 마지막 공격의 의미에 관해 이야기했다. 그의 연설은 비관적인 상황에 놓인 가이인들에게 잠시나마 서광을 비춰주었다. 연설이 끝났을 때 들려온 함성은 고막을 찢을 듯했고 사람들의 눈빛은 피라미드 하우스의 방어막을 뚫을 기세였다.

마침내 총격이 시작되었고 바리온은 목발을 짚으며 비장한 얼굴로 호버트럭에 올라탔다. 하지만 던바 역시 가만히 있지 않았다. 그는 남아 있는 슬레이브 유닛과 FSU를 총동원했다. 두 부대는 테페 언덕 중간쯤에서 맞부딪혔다. 전투라기보다 일방적인 피의 잔치였다. 바리온도 목발을 집어던지고 적당한 엄폐물이 있는 곳에 몸을 숨긴 채 BR6로 적지 않은 슬레이브 유닛을 못 쓰게 만들었다. 하지만 상황은 점점 나빠져만 갔다. 그는 눈앞에서 이슬처럼 사라지는 가이아인과 대원들을 바라보며 분노의 눈물을 흘렸다. 마침내 마지막 카트리지마저 모두 소진되자 그는 BR6를 내팽개치며 한 발로 뛰기 시작했다. 바리온은 이름 모를 가이아인이 떨어트린 자이언트 소드를 집어 들더니 FSU를 향해 집어 던졌다. 자이언트 소드는 FSU의 털끝 하나 건드리지 못하고 힘없이 바닥으로 떨어졌다. FSU는 절뚝이며 고래고래 소리를 지르는 바리온의 주위를 한 바퀴 돌더니 조용히 빔 포를 움직여 바리온을 조준했다. 잠시 후 빔 포에서 은은한 녹색 빛이 감돌기 시작했다. 하지만 FSU는 빔 포를 쏘지 못했다. 어디선가 귀를 찢는 듯한 천둥소리가 들리더니 FSU가 한쪽 날개를 잃은 채 빙글빙글 돌며 바닥으로 곤두박질쳤다. 뜻밖의 상황에 당황한 바리온이 고개를 돌려 FSU를 추락시킨 주인공을 바라보았다. 딱 벌린 새의 부리처럼 생긴 균형 잡힌 몸매의 비행체가 한 번도 들어보지 못한 웅장한 소음을 내며 그들 곁으로 날아오고 있었다. 잠시 후 비행체의 손에 들려 있는 무기에서 천둥소리를 내며 뿜어져 나온 강력한 빛이 FSU 세 대를 한꺼번에 격추시켰다. 바리온은 두 손으로 귀를 막은 채 실성한 사람처럼 대굴대굴 구르며 웃기 시작했다. 기쁨의 눈물이 그의 뺨을 타고 흘러내렸다.

30

 바리온의 기대와 달리 구세주처럼 나타난 비행체, 아니 기계 병사는 4대의 FSU를 무력화시키는 것으로 만족한 듯 공격을 멈추고 지상으로 내려왔다. 던바의 꼭두각시들이 무슨 일이 벌어졌는지 상황을 파악하는 동안 테페 언덕의 잔인한 살육은 잠시 소강상태에 들어갔다. 모두의 시선이 UA4로 쏠렸고 UA4 역시 그들을 향해 푸른빛을 내뿜었다. 정신을 차린 슬레이브 유닛 한 대가 자기도 모르게 내려놓았던 빔 라이플을 들어 올려 UA4를 겨눴다. 그 순간 UA4의 가슴 장갑이 열리더니 디네가 그들 앞에 모습을 드러냈다. 디네는 테페 언덕의 처참한 광경을 가슴에 담았다. 그녀의 눈에 눈물이 고였다. 몸속 깊은 곳에서는 주체하기 어려운 강한 에너지가 솟구쳐 올랐다. 아원자들의 공명이 파동의 물결을 만드는 데는 오랜 시간이 걸리지 않았다. 이 에너지는 빛이 담고 있는 화려하고 다양한 광자들의 춤이라기보다는 의지를 담은 단일 광자들의 모임에 가까웠다. 에너지 파동은 디네의 마음이 담긴 분자의 지문을 싣고 물결처럼 퍼져 나갔다. UA4를 겨누던 슬레이브 유닛이 제일 먼저 반응했다. 슬레이브 유닛의 장갑이 위아래로 열리더니 알몸의 이드가 모습을 드러냈다. 디네는 UA4의 차가운 금속 손의 도움을 받아 지상으로 내려와 두 팔을 벌렸다. 이드는 슬레이브 유닛에서 걸어 나오더니 디네의 품에 안겼다. 잠시 후 여기저기서 똑같은 일이 벌어졌다. FSU마저 지상으로 내려왔다. 다시는 날지 않을 것처럼 모든 기계장치의 전원을 껐다. FSU와 한몸이던 이드들도 자석처럼 디네에게 이끌렸다.

던바는 이드의 갑작스러운 이상행동보다는 갑자기 눈을 뜬 밀스가 더 걱정이었다. 밀스의 눈은 붉게 물든 상태였다. 일그러진 얼굴 때문에 이마의 주름은 더 깊어졌다. 처음 보는 밀스의 상태에 당황한 던바는 캡슐을 열고 헬멧을 벗겼다. 밀스의 충혈된 눈이 정처 없이 떠돌아다녔다. UA4의 굉음소리가 들려온 것은 바로 그때였다. 던바는 재빨리 슬레이브 유닛에 길스를 태운 다음 밀스의 정수리에 슬레이브 유닛의 금속 단자를 연결했다. 그러자 몸을 부르르 떠는가 싶더니 정처 없이 떠돌던 밀스의 눈에서 광채가 뿜어져 나왔다. 밀스는 한 마리 짐승처럼 포효했고 소리에 반응한 슬레이브 유닛이 거칠게 몸부림쳤다. 피라미드 하우스의 방어막을 토카막 빔으로 무력화시킨 UA4가 굉음을 내며 날아 들어와 캐터펄트 위에 사뿐히 내려앉았다. 곧이어 두 대의 육중한 금속이 서로를 향해 달려들었다. 던바는 그 틈을 타 통제실을 빠져나갔다.

유진은 최대한 고통 없이 에일을 영원한 안식처로 돌려보냈다. 밀스의 방에 도착한 던바의 눈에 에일은 유진의 품에 안겨 잠든 것처럼 보였다. 하지만 곧 그녀가 더는 피라미드 하우스를 위해 일할 수 없다는 것을 깨달았다.

"무슨 짓을 한 건가?"

"앞으로 우리에게 닥칠 일."

유진이 자신의 품에 안긴 에일을 바라보며 말했다.

"우리에게 닥칠 일?"

던바가 유진이 뱉은 말에 물음표를 달았다.

"이제야 깨달았답니다. 우리를 미친 듯이 달리게 만든 진화라는 거대한 힘에 관해서요."

"그걸 이제야 알다니······. 유진의 껍데기를 두른 고진 같군."

던바가 홀로그램 프로젝션 테이블 뒤로 가더니 웬만한 힘으로는 열기 힘든 메인 컨트롤박스의 덮개를 거칠게 잡아 뜯었다.

"우린 고진보다 어리석은 존재들이랍니다."

"뚱딴지같은 소리 그만하고 여길 떠날 준비나 하게."

던바가 컨트롤박스 안에 꼭꼭 숨겨둔 소형 리엑터(원자로) 콘솔박스를 꺼내며 말했다.

"가여운 페르미온이여. 우리가 꿈꾸던 원대한 계획의 끝에 무엇이 있는지 알기나 하나요? 당신은 인정하고 싶지 않을 테지만 우리는 시작과 끝이 아니라 과정일 뿐이에요. 이데온이 숲어놓은 원대한 계획의 실행자로서 우리의 역할은 여기까지랍니다."

"그게 무슨 소리지?"

던바의 해골 같은 얼굴이 험악하게 일그러졌다.

"우리는 가이아의 그 어떤 꼭두각시보다 더 불쌍한 꼭두각시에 불과해요. 이데온은 인류의 진화라는 큰 목표를 위해 당신과 나, 그리고 스칼라와 구아티를 탄생시켰죠. 하지만 우리는 스스로 신이 되고 싶었고 이데온이 방관하는 사이 그렇게 되었다고 믿을 만한 세계를 창조했죠. 이데온이 우리를 만든 것처럼 말이에요. 하지만 가이아 역시 이데온의 거대한 테두리 안에 있는 세계일 뿐 우리만의 독자적인 세계가 아니에요. 이데온은 호기심 어린 눈으로 지켜보았을 거예요. 우리가 어떻게 가이아를 이끄는지, 진화의 좋은 밑바탕이 되어줄지 자못 궁금해 했을 겁니다. 하지만 우리는 이데온의 기대에 부응하지 못했어요. 인류를 파멸로 이끌었던 통제와 권위를 무기로 돌연변이와 오류를 철저하게 배척하는 무균 시스템에 집착했죠. 그때부터 이데온은 우리로부터 멀어지기 시작했답니다. 그래도 전 여기서 마지막 희망을 기대하며 기다렸죠. 불행하게도 이데온이 전해온 마지막 메시지는 우리가 바라던 것이 아니었어요. 그는 우리의 여정이 여기까지라고 선언했답니다. 당신이 그 버튼을 누른다고 해서 달라질 건 아무것도 없어요. 이데온은 모든 계산을 끝냈답니다."

유진이 에일을 안은 채 조용히 자리에서 일어났다. 그가 발걸음을 옮기려 하자 던바가 그의 어깨를 잡았다.

"날 실망시키는군. 날 따르지 않겠다면 살아 있을 필요도 없지."

"당신의 어리석은 행동은 끝이 없군요. 그리고 이로서 분명해졌네요."

"뭐가?"

던바가 특유의 싸늘한 목소리로 물었다.

"이데온은 틀리는 법이 없다는 사실 말이에요."

유진이 조심스럽게 에일을 바닥에 내려놓았다.

"자, 마음대로 하세요."

유진이 두 팔을 벌리며 미소를 지었다.

"뮤, 어리석은 건 내가 아니라 너야. 이데온이 뭔데? 그는 허상이야. 데이터 쪼가리 몇 개로 우리를 현혹할 수 있다고 생각하는 수준을 보라고. 왜 그를 신봉하지? 이데온은 알고리즘 덩어리일 뿐 계획 따위는 없어. 없는 신을 만들어 그 안에 자신을 가두지 말게. 누가 우리를 조종한단 말인가? 어리석은 사람 같으니라고. 우리는 우리의 의지대로 행동할 뿐이야. 우리는 얼마든지 다시 새로운 세계를 창조해낼 수 있어. 가이아를 깨끗이 지우고 나면

당신 생각도 달라질 거야. 그러니…….'

"가이아를 지우는 순간 우리도 함께 지워질 거예요. 아니 우리가 먼저 지워질지도 모르죠."

유진이 붉은 곱슬머리를 하얗고 가는 손가락으로 걷어 올리며 말했다.

"그렇게 원한다면 가이아와 함께 사라지게."

던바가 우진의 목숨을 빼앗으려 하던 바로 그 순간 '꽝'하는 소리와 함께 밀스의 반 출입구가 무너져 내리더니 촘촘하게 늘어선 MST보다 더 큰 물체가 그들을 향해 성큼성큼 다가왔다. MST가 도미노처럼 차례차례 쓰러졌다. UA4는 슬레이브 유닛의 고장 난 헤드를 던바에게 집어 던졌다. 헤드는 둔탁한 소리를 내며 던바의 발밑까지 굴러갔다. 던바가 리엑터 콘솔박스를 치켜들었다.

"누군지 모르지만 허튼짓 하지 않은 게 좋아."

딱 벌어진 새의 부리처럼 생긴 곳에서 흘러나오는 푸른빛에 감춰진 렌즈가 던바와 유진을 동시에 겨냥했다.

"신의 사자군요."

유진이 밝게 웃으며 이번에는 UA4를 향해 두 팔을 벌렸다. UA4의 가슴 장갑에서 '덜컥' 소리가 나더니 뾰족한 물체가 고개를 빠끔히 내밀었다.

"내가 나갈 때까지 손가락 하나라도 움직이면 이곳을 전부 날려버리겠어."

　던바가 활짝 펼친 유진의 팔을 거칠게 뿌리치고는 UA4에 시선을 고정한 채 MST 잔해 사이로 뒷걸음질 쳤다. 출입구 가까이 다가간 던바가 회심의 미소를 지으며 리엑터 콘솔박스 위로 툭 불거져 나온 빨간 버튼의 커버를 열려는 순간 '획'하는 소리가 나더니 번쩍이는 물체가 던바를 향해 날아와 그의 허벅지에 꽂혔다. 곧이어 허벅지에 꽂힌 인젝션 킷이 작동하면서 펭의 혈액이 던바의 몸속으로 밀려들어 갔다. 리엑터 콘솔박스가 '쿵' 소리를 내며 바닥으로 떨어졌다. 던바는 신음소리조차 내지 못하고 분자화되어 산산이 흩어졌다. 이번에는 UA4의 작은 렌즈가 유진을 겨냥했다. 유진은 양팔을 벌리고 두 눈을 감았다. 그런 다음 세상 모든 것을 다 가진 사람처럼 행복한 미소를 짓더니 고개를 끄덕였다. 펭이 잠시 머뭇거리는가 싶더니 이내 초록 버튼을 눌렀다. 인젝션 킷은 유진의 팔에 정확히 꽂혔다. 유진의 미소가 공중으로 흩어졌다. 펭은 가슴 장갑을 열고 밀스의 방을 둘러보았다. 그러더니 할 일이 생각난 듯 장갑을 닫고 쿵쿵 소리를 내며 밀스의 방을 빠져나왔다. 차갑게 식어버린 에일의 육체만이 정적이 감도는 밀스의 방에 홀로 남았다.

　펭은 갇혀 있던 위원들을 해방시켜 준 다음 이온 반장과 레온,

그리고 듀링의 시신을 수습했다. 빅의 시신은 어디에도 보이지 않았다. 피라미드 하우스 밖으로 나오자 발가벗은 이드에 둘러싸인 디네가 환하게 웃고 있었다. 목발을 짚은 채 겨우 서 있는 바리온과 살아남은 가이아인의 함성소리가 테페 언덕을 가득 메웠다. 펭이 UA4의 장갑을 열자 함성소리는 더 커졌다. 그가 불편한 몸을 억지로 끌어올려 사람들을 향해 손을 흔들 때쯤 멀리서 FSU 한 대가 나타났다. 펭이 잽싸게 장갑을 닫고 퀀텀런처를 들어 올려 FSU를 조준했다. 검은 연기를 내며 날아온 FSU는 투박하게 미끄러지더니 지면의 흙을 거칠게 파헤치며 UA4로부터 얼마 떨어지지 않은 곳에서 멈춰 섰다. 사람들이 무기를 손에 들고 FSU를 에워쌌다. 침묵 속에 캐노피가 열리더니 한 사람이 두 손을 높이 들고 걸어 내려왔다. 몇몇이 그를 알아보고 뛰어가더니 얼싸안았다. UA4의 장갑이 다시 열렸다.

"쿨하게 헤어진 줄 알았는데 다시 만났군."

펭이 빅을 보며 말했다.

"뭔지 몰라도 크게 한 건 한 모양인데, 한 턱 내라고."

빅이 UA4를 툭툭 치며 말했다.

"저쪽 하늘을 좀 보세요."

사람들이 디네가 가리킨 방향으로 고개를 들렸다. 회색 기체가 엷어진 곳에 파란 하늘이 드러났다.

3부 진실

"와아."

사람들의 함성소리가 다시 울려 퍼졌다.

"저 하얀 게 구름이라는 건가?"

빅이 넋을 놓고 하늘을 바라보며 말했다.

"그래 맞아. 신화 속 이야기가 아니라 진짜였어."

펭이 흥분을 감추지 못하고 대답했다. 사람들이 일제히 파란 하늘이 있는 곳으로 몰려갔다. 얼마 후 회색 기체는 피라미드 하우스 위를 제외하고 모두 사라졌다. 그리고 그 회색 기체조차 머지않아 자취를 감추었다.

가이아인들이 자신들이 살아온 삶의 터전이 원래는 가이아가 아닌 '지구'였고 헬리오스는 '태양'이라고 불렸다는 사실을 알았을 즈음 펭은 문두스로 돌아갔다.

"이데온이 가이아를 그대로 놔둘까요?"

"누가 알겠나. 하지만 분명한 것은 이데온이 가이아에 흥미를 잃었다는 걸세."

스핀 박사가 블랙티를 탁자에 내려놓으며 말했다.

"가이아 재건이 쉽지만은 않을 것 같습니다."

펭이 어둠이 깔리기 시작하는 동공을 내다보며 말했다.

"함께한 시간은 짧았지만, 믿을 만한 사람 같더군."

"라몬은 가모프만큼 존경받는 위원이지요."

펭이 다시 탁자로 걸어와 앉았다.

"디렉과 빅은 어떤가?"

"같이 일하기로 했답니다. 비슷한 구석이 많거든요."

"가끔 에밀리에게 연락이 온다고 하더군."

박사가 일어나더니 카사를 작동시켰다.

"서로 도울 일이 많을 겁니다. 그건 그렇고 살람 박사님이 보이질 않는군요."

"안 그래도 그 문제를 상의하려고 자네를 부른 걸세."

"무슨 문제라도……."

펭이 뜨거운 찻잔을 조심스럽게 들어 올리며 말했다.

"사라졌네. 디네가 데려온 이드와 함께."

"네?"

"검은 사막을 샅샅이 뒤져보았지만 흔적조차 찾지 못했다네."

"가이아로 돌아간 건 아닐까요? 바리온에게 연락은 해보셨습니까?"

펭이 찻잔을 내려놓으며 말했다.

"물론일세. 하지만 에이나인 국장이 찾지 못했다면 그곳에는 없다는 뜻이겠지."

그때 노크 소리가 들리더니 박사가 다가서기도 전에 둔이 열렸다.

"빨리들 와보세요. 해머로프가 돌아왔어요."

라이아가 두 사람을 재촉했다.

"해머로프?"

펭이 자리에서 일어서며 물었다.

"살로몬과 함께 떠났던 사람이에요."

거의 뼈만 남은 사람이 침대 끄트머리에 앉아 있었다. 남자는 믿기 어려울 정도로 야윈 상태였다. 그는 두꺼운 이불로 몸을 감싼 채 몸을 녹여줄 차를 두 손에 꼭 쥐고 실성한 사람처럼 멍하니 앉아 있었다. 펭과 스핀 박사는 해머로프가 스스로 입을 열 때까지 기다렸다. 얼마의 시간이 흘렀을까 멍하니 한 곳을 응시하던 해머로프가 마침내 말라비틀어진 입술을 움직이기 시작했다.

에필로그

 포그의 용맹스러운 포효는 오래가지 않았다. 그들에게 호의적이지 않은 버서커를 네 마리쯤 해치운 포그는 기진맥진한 상태였고, 벤에는 못 미치지만 포그보다 더 큰 몸집의 버서커가 나타났을 때 속절없이 무너지고 말았다. 기특하게도 포그는 살로몬과 해머로프를 포함한 세 명의 문두스 과학자들이 안전한 곳으로 몸을 숨길 때까지 버텨주었다. 포그를 잃은 살로몬과 본사 일행의 행군은 오래가지 못했다. 자기 몸 하나 가누기 힘든 검은 모래사막을 지질 조사용 기기까지 들고 걷는다는 것은 자살행위나 마찬가지였다. 결국 두 명의 과학자가 목숨을 잃고 나서야 그들에게 호의적인 버서커가 나타났다. 딕 해머로프는 그를 '홈'이라고 불렀다. 홈은 포그보다 덩치가 컸고 갈기의 색깔도 짙었다.

홈은 왕성한 기력으로 블랙데세르툼을 자신의 안방처럼 활보했다. 슬금슬금 도망치는 버서커가 대부분인 가운데 가끔 자신의 힘을 과신한 버서커가 홈에게 시비를 걸어왔다. 그러나 홈의 몸에 홈 하나 내지 못하고 물러나야 했다.

해머로프와 살로몬은 곳곳에 구멍을 뚫었고 지질 탐사용 탐침봉을 깊숙이 찔러 넣었다. 어디를 찔러도 전자기파의 요란한 파장이 감지되었고, 전리층 관측기의 바늘이 파르르 몸을 떨었다. 해머로프는 전하의 밀도가 높은 전리층이 땅속 깊은 곳에 존재한다는 것을 확신했으며, 심지어는 블랙데세르툼 전체에 걸쳐 있을 거라고 생각했다. 그리고 이 전리층은 이데온의 존재를 증명하는 증거이기도 했다. 살로몬도 해머로프의 의견에 동의했다. 문제는 범위가 상상을 초월한다는 데 있었다. 어쩌면 이데온의 크기는 문두스 사람들이 생각한 것보다 훨씬 더 클지도 몰랐다.

해머로프와 살로몬이 문두스에서 얼마만큼 멀리 왔는지 가늠할 수조차 없는 곳까지 왔을 때 홈의 발걸음이 갑자기 멈추었다. 해머로프가 갈기를 잡아당기고 발길질을 해보았지만 홈은 꼼짝도 하지 않았다. 얼마 후 한 치 앞도 보이지 않을 정도로 짙은 안개가 그들을 덮쳤다. 홈은 유령처럼 사라졌고 그들 앞에는 한 번도 보지 못한 세계가 펼쳐졌다. 검은 모래는 온데간데없이 사라지고 각양각색의 건물들이 나타났다. 두 사람이 한 번도 본 적 없는 형태의 건물들이었다. 해머로프와 살로몬은 서로를 쳐다보았다. 해머로프는 그개를 좌우로 흔들었고 살로몬은 묘한 미소를 지었다. 살로몬은 조심스럽게 한 발짝 내디뎠다. 그때 한 남자가 유령처럼 다가왔다. 살로몬은 그가 누구인지 금방 알아보았다.

"사…살람 박사님!"

이데온

초판 1쇄 발행 2022년 04월 10일

지은이 고승현
펴낸이 고학준
디자인 김지훈

펴낸곳 99퍼센트
      등 록 제2021-000003호
      주 소 경기도 고양시 일산동구 중산로 10
      전 화 070-7797-3459
      메 일 99perbooks@naver.com
      인스타 @99perbooks
      블로그 blog.naver.com/ohahim7

ISBN 979-11-974640-4-1 03810
ⓒ 고승현, 2022

* 이 책은 저작권법에 따라 보호받는 저작물이므로 무단복제를 금지하며, 이 책 내용의 전부 또는 일부를 이용하려면 반드시 저작권자와 99퍼센트의 서면 동의를 받아야 합니다.
* 파본은 구입하신 곳에서 교환해드립니다.